Je tiens à exprimer mes plus vifs remerciements à Didier BONNET pour sa très attentive relecture de mon manuscrit et au Général Hervé ROY pour ses précieux conseils.

SARRANCHES

Devant l'insistance de Germain son mari, Jeanne Sénéchal avait dû céder, bien à contrecœur, et accepter de donner ce bal pour Angela, leur petite-fille.

Elle n'aimait plus recevoir, dans l'hôtel de la rue du Bac, non plus qu'à Sarranches, fastueuse demeure que Germain avait fait construire quelques années après leur mariage en partie grâce à sa dot. Rien n'avait été trop beau pour réaliser son rêve auquel il avait voulu donner des allures de palais italien. Elle revoyait encore la stupéfaction incrédule de ses parents, soyeux lyonnais habitués à l'austérité du paraître et à une sage économie, quand, la demeure achevée, ils étaient venus pour un bref séjour.

En apprenant qu'une centaine d'hectares entouraient la maison, le père de Jeanne, le sévère M. Calvet qui ne souriait presque jamais, acquiesça, estimant que l'achat de terres était chose raisonnable alors qu'il jugeait insensée la construction de cette bâtisse.

Germain, qui avait toujours su amadouer son beau-père organisa une chasse : elle acheva de persuader M. Calvet du bien-fondé de Sarranches. A la vue des perdreaux et des faisans aux plumes brillantes et douces que la mort n'avait pas encore ternies, alignés en bon ordre par les rabatteurs, une expression de vague contentement se laissa deviner sur son visage glabre.

Sarranches

Quant à son épouse la respectable Mme Calvet, à l'œil critique et dur, elle n'avait rien trouvé à redire sur la tenue de la maison malgré les angoisses de Jeanne. Sa fille lui avait offert le spectacle qu'elle souhaitait et qui lui permettrait, rentrée à Lyon, de décrire à ses amies et connaissances, ces vieilles dames austères, souvent aigries et toujours prêtes à juger les gens, celui d'un ménage uni et prospère avec trois beaux enfants, Jacques, Gilbert et Olivia, soigneusement habillés et sur lesquels veillait une institutrice.

Jeanne possédait la photo un peu bistre, témoin d'une époque révolue, qui représentait les sept acteurs de ce moment heureux qu'elle tenait à conserver, posant sur le perron d'un air emprunté, tandis qu'on avait fait appel à un ami de la famille, le Dr Deschars, pour manœuvrer l'appareil. A l'arrière-plan, à peine reconnaissable, on distinguait la silhouette de Noël, alors tout jeune homme et troisième valet de chambre.

Dans un cadre d'argent, à côté de la pendule de bronze doré, cette photo trônait sur la cheminée. De quand datait-elle ? De 1902, sans doute. Jacques avait neuf ans, Gilbert huit et la petite Olivia engoncée dans une robe en dentelle ceinturée de satin, à peine quatre. On pouvait penser qu'elle deviendrait jolie. Il avait fallu attendre la génération suivante et l'apport, non négligeable, d'Inès, pour qu'une vraie beauté apparaisse dans la famille : c'était Angela.

Angela allait avoir dix-huit ans, l'âge fatidique pour les jeunes filles, celui de l'entrée dans le monde et pour laquelle on pressait Jeanne de donner un bal à la fin du mois de juin...

Alors qu'en mars dernier les troupes allemandes avaient pénétré en Autriche, sans d'ailleurs que l'Anschluss eût provoqué d'autres réactions que quelques molles protestations chez les gouvernants, que la guerre d'Espagne faisait des ravages. Le mois dernier, l'aviation italienne avait fait plus de mille morts en bombardant Barcelone.

Avec une acuité qui se faisait parfois douloureuse, surtout le soir à Sarranches, dans ce cadre qui semblait pourtant fait pour le bonheur, Jeanne percevait de plus en plus souvent les

Sarranches

ondes de mort qui, pour la seconde fois en un quart de siècle, se propageaient à travers l'Europe. Ces ondes, que jadis elle n'avait pas su capter. Pourtant, en 14, elle approchait de la quarantaine...

A cette époque, pour une femme, cet âge était à la fois infantile... et certain. En comparant son image d'alors et l'apparence, l'assurance et surtout la joie de vivre d'Inès sa belle-fille, elle reconnaissait avoir trop vite renoncé. Comment s'empêcher d'éprouver un sentiment où se mêlaient jalousie, regret et même frustration rétrospective : fallait-il chercher ailleurs l'absence de sympathie qu'elle éprouvait pour Inès à laquelle elle n'avait rien à reprocher et qui rendait Gilbert heureux ?

Germain conclut leur conversation sur l'opportunité de ce bal en soupirant :

– Vous savez Jeanne, ce sera peut-être le dernier... Moi aussi je suis inquiet de la tournure que prennent les événements : Dieu sait où nous en serons lorsque viendra le tour de Laurence.

Laurence, la fille d'Olivia n'avait que quinze ans.

Pour Charlotte, la sœur aînée d'Angela, le bal avait eu lieu rue du Bac, car c'était l'hiver. Charlotte étant déjà presque fiancée à Bruno Lorrimond, les Sénéchal auraient pu se dispenser de cette dépense et de ce tracas. Mais Germain, si moderne en ce qui concernait les affaires, demeurait attaché à certaines conventions, surtout à celles qui concernaient sa famille. Jeanne ne voulait pas non plus qu'Olivia déjà portée à jouer les victimes, se sentît lésée : cependant, elle ne pouvait rien au fait que ses aînés, Marc et Gabriel, fussent des garçons et que Paul de Préville son époux, se montrât si peu doué pour les affaires.

Elle entendit la première cloche : déjà sept heures et demie. Il était temps de sonner la femme de chambre et de se préparer pour le dîner.

Une des fenêtres de sa chambre d'angle donnait sur le parc et l'étang, l'autre sur la cour d'honneur où venait de s'arrêter

Sarranches

l'Hispano jaune et noir de Gilbert. Joseph, le maître d'hôtel, se précipitait déjà pour tenir la portière et aider Inès et Angela tandis que Gilbert ouvrait le coffre. Ils arrivaient vraiment à la dernière minute, songea Jeanne vaguement mécontente.

Elle congédia la femme de chambre après qu'elle eut agrafé sa robe, une robe de moire grise, puisque Germain n'aimait pas le noir.

– C'est trop triste pour les enfants, prétendait-il.

Pour ceux-là peut-être, mais pour l'autre, celui qui n'était plus là, ne viendrait jamais plus... ne méritait-il pas un deuil éternel?

– Depuis le temps... disait aussi Germain.

Comme si le temps effaçait quoi que ce soit...

Avant de quitter la pièce elle jeta machinalement un dernier regard à sa silhouette dans le miroir en pied du salon d'habillage : elle n'avait jamais pris plaisir à son apparence. Fort puritaine, Mme Calvet avait inculqué à Jeanne dès l'enfance, que se complaire à la projection de son image était un péché. De toute façon, elle était laide, comme elle-même. Au manque de séduction de sa mère, Jeanne ne pouvait qu'acquiescer... D'ailleurs M. Calvet ne regardait jamais son épouse. Il avait tout de même dû s'intéresser à elle à deux reprises, puisque hélas, après Jeanne, elle avait enfanté Alberta...

Avant de frapper à la porte de Germain dont les appartements communiquaient avec les siens, elle prit un mouchoir dans la commode en marqueterie de bois de rose et de citronnier, choisie par son époux comme tout le mobilier tant à Sarranches qu'à Paris. Il avait toujours fréquenté les salles de ventes et les antiquaires où il cherchait autrefois à entraîner sa jeune femme : cet humaniste s'étonnait discrètement de son inculture totale à laquelle il souhaitait remédier comme à sa totale indifférence à son cadre de vie. Jeanne soupirait sans répondre : comment lui faire entendre que dans la famille Calvet, l'art était tenu pour négligeable, source de dépenses inutiles, capable même d'inciter au libertinage?

Noël qui bavardait familièrement avec son maître tout en lui tendant les boutons de manchettes en saphir que Jeanne lui avait offerts pour leurs noces d'argent, – elle-même avait reçu un bracelet de rubis et de diamants choisi chez Cartier – s'arrêta net à son arrivée.

– Je suis prêt, dit Germain avec une bonne humeur qui n'abusa pas sa femme.

Elle avait aperçu, sur la petite table d'acajou, un verre vide que Noël, complice, s'empressa de faire disparaître. Comment ne pas juger déplorable l'habitude prise depuis quelque temps par Germain de se faire monter de l'alcool dans sa chambre avant le dîner? Chez les parents de Jeanne, on ne servait du vin que les jours de fête... Et avant ses fiançailles, Jeanne n'y avait jamais eu droit.

– Les enfants sont arrivés?
– A l'instant. Je pense que Deschars ne va pas tarder.
– Eh bien, descendons.

Le majestueux escalier de pierre qui reliait le rez-de-chaussée au premier étage, (celui qu'ils occupaient avec leurs invités, par opposition au second dévolu aux enfants, même s'ils étaient depuis longtemps des adultes, et au troisième réservé aux petits-enfants) aboutissait dans le hall, pavé de grandes dalles de marbre noires et blanches, sur lequel ouvraient le salon, la bibliothèque et la salle à manger, vastes pièces pouvant accueillir de nombreux invités. Seuls, les Sénéchal affectionnaient le petit salon bleu, plus intime et facile à chauffer l'hiver, bien que Germain eût fait installer le chauffage central y compris dans les chambres des domestiques.

Joseph parut, portant un plateau d'argent chargé d'un carafon et de verres en cristal. Il s'approcha de Jeanne. Comme d'habitude, elle refusa:

– Merci Joseph. Nous attendrons le docteur Deschars.

Gilbert apparut le premier. Bel homme dans la quarantaine, sûr de lui, il ressemblait à Germain au même âge: à n'en pas douter, il était le fils de son père. Tandis que Jacques avait bien été le fils de Jeanne!

– Inès et Angela descendent tout de suite, dit Gilbert en s'approchant avec un plaisir manifeste de la porte-fenêtre qui ouvrait sur le parc. Comme il fait bon ce soir!

Sarranches

Du regard, il embrassa la vaste étendue de verdure et d'eau, baignée par un soleil couchant qui n'allait pas tarder à disparaître derrière le bois des Mattes. Sa mère se demanda s'il était en train de penser qu'un jour il posséderait ce domaine et plus encore. Si Jacques avait vécu, il eût fallu partager. Olivia serait à l'abri du besoin puisque la rue du Bac lui reviendrait. Mais ils allaient encore attendre : elle n'avait que soixante-trois ans et Germain soixante-douze... Et au dire du Dr Deschars, beaucoup de leurs contemporains pouvaient envier leur santé...

En regardant l'étang que l'on vidait tous les cinq ou six ans pour le curer, à l'exception d'une poche où l'on rassemblait perches, carpes, ablettes, barbeaux, anguilles et brèmes, qui tout à tour figuraient au menu, diversement accommodés par le chef Sébastien, Jeanne se disait que les terres seules ne constituaient pas l'intégralité d'une propriété : dans les bois et les champs vivaient chevreuils, sangliers, lièvres, renards, sans compter les animaux qu'on surprenait parfois au cours d'une promenade, hérissons, belettes, fouines, putois, loirs, blaireaux, taupes et campagnols. Et puis, il y avait le gibier que Germain, Gilbert et Paul de Préville, le mari d'Olivia, chassaient si volontiers : faisans, perdreaux, bécasses, et canards sauvages. Lorsque les Sénéchal s'étaient installés à Sarranches, au début du siècle, Macaret, le vieux régisseur, leur avait assuré que dans son enfance, il avait encore aperçu un loup... Germain avait ri en pensant qu'il exagérait. Mais sa femme n'en était pas si sûre...

Inès parut, superbe à son habitude : était-ce la conviction d'être aimée qui lui conférait ce rayonnement essentiel à toute beauté véritable ? Jeanne reconnaissait volontiers qu'Inès était le type de femme dont un mari pouvait être fier : élégante, sans ostentation, elle était exemplaire en toutes les circonstances et semblait incapable du plus léger impair... Elle comptait parmi les rares femmes de sa génération qui avaient poursuivi des études sérieuses : du temps de Jeanne, il n'en était pas question. Elle s'intéressait à l'histoire, à la politique, à la peinture : elle accompagnait souvent Germain à des expositions ou des vernissages. Alors que Jeanne depuis longtemps avait renoncé à feindre le moindre intérêt pour ces manifestations. A quoi bon ?

A l'entrée d'Eric Deschars, leur médecin et ami, Jeanne ne put s'empêcher d'éprouver, comme toujours à sa vue, un léger malaise : il avait été le témoin – oh! combien discret et efficace – de la période la plus sombre de son existence. Elle ne parvenait pas à l'oublier et lui non plus sans doute.

Comme à l'accoutumée car il était intuitif, il trouva quelque chose d'aimable à dire pour apaiser cette gêne qu'il percevait :

– Vos fleurs sont si belles Jeanne !

Il avait cessé de la complimenter sur sa bonne mine ou ses toilettes. Il s'approcha pour respirer le parfum des roses-thé disposées par Noël dans le grand vase de cristal.

– Elles ne sentent pas...

Il était exceptionnel que la mère de Jeanne achetât des fleurs... A Sarranches deux jardiniers veillaient à ce qu'il y en ait toujours à couper dans les serres ou les parterres. Comme Germain avait très vite remarqué que sa femme était incapable de composer un bouquet, Noël « qui avait beaucoup de goût » avait été chargé de cette mission...

Angela fit son entrée presque en courant, et comme toujours Jeanne reçut le choc de son extraordinaire beauté. Elle n'était pas la seule : l'œil de Deschars s'alluma. Germain n'était pas en reste. Quant à Gilbert, on aurait dit qu'il s'étonnait d'être le père de cette merveille : décidément, il faudrait une grande force de caractère à Angela pour ne pas se laisser réduire à son apparence...

Jeanne n'était pas certaine qu'elle en fût capable...

Joseph proposa les apéritifs. Seules Angela et sa grand-mère refusèrent. Inès fit honneur au porto... Elle avait encore une silhouette de jeune fille. A son âge, Jeanne se dit qu'elle commençait déjà à s'empâter. Maintenant...

Chaque fois qu'elle pénétrait dans ce salon de Sarranches et qu'elle apercevait sa belle-mère invariablement vêtue avec une

Sarranches

sombre austérité (même si ses toilettes, comme l'exigeait Germain, portaient la griffe de grandes maisons), Inès avait l'impression qu'une chape de plomb s'abattait sur ses épaules. A Paris, rue du Bac, c'était pire encore. Au moins ici, pouvait-on apercevoir par les portes-fenêtres un paysage riant, de la verdure et des fleurs.

Combien la présence de Jeanne se révélait pesante! Il semblait parfois, qu'elle y prenait plaisir et en rajoutait... Pauvre Germain, sa vie conjugale n'avait pas dû être drôle en dépit des compensations...

Inès devina le regard critique de Jeanne se poser sur elle, sur ses épaules nues que Gilbert aimait tant à caresser, puis, s'attarder sur Angela. Gilbert ne lui avait pas caché les réticences de sa mère à la perspective de ce bal : il disait qu'avec l'âge, elle était devenue regardante. C'était sans doute vrai : Inès se souvenait d'une discussion surprise entre ses beaux-parents au sujet d'une commande de caisses de champagne : il s'agissait d'une marque que Germain jugeait indigne de la table de Sarranches. Il avait le goût du faste, n'aimant que le meilleur. Inès partageait assez cet avis. Quand on avait les moyens...

Au moment de son mariage – c'était en pleine guerre, en 1917 – des rumeurs étaient parvenues jusqu'à elle : Germain aurait épousé Jeanne pour sa dot qui était considérable. Mais à cette époque, il l'avait déjà décuplée, avec un sens des affaires dont, Dieu merci, Gilbert avait hérité.

Joseph annonça le dîner. Inès posa son verre et devina la réprobation muette de sa belle-mère : cette dernière ne connaîtrait jamais le goût d'un bon vin, d'un meursault doré qui enchantait la vue et l'odorat avant de combler le palais, d'un pommard soyeux sur un gigot de marcassin... Les caves de Sarranches où son beau-père lui faisait souvent l'honneur de l'emmener pour lui faire goûter une nouvelle acquisition étaient des mieux fournies. Quel plaisir de contempler ces casiers qui s'alignaient en bon ordre le long des murs, ornés d'étiquettes où l'on reconnaissait la belle écriture de Noël : lui seul était préposé à cette tâche dont il était fort jaloux. Généralement, il accompagnait Germain et Inès dans leurs libations secrètes. Ah! si Jeanne s'en était doutée!

Depuis longtemps Inès avait remarqué que les rapports de son beau-père et de Noël étaient bien différents dans la réalité de ce qu'ils apparaissaient au salon. Une sorte d'amitié les liait, faite d'estime, de complicité et de confiance. Lors du mariage de Gilbert et d'Inès, Noël était déjà chez les Sénéchal depuis une quinzaine d'années et avait donc connu Gilbert, Jacques et Olivia enfants. Il était discret, intelligent, pourvu d'une distinction naturelle et Inès s'était souvent demandé pourquoi il avait borné ses ambitions à être valet de chambre, pensant qu'il aurait pu prétendre à une meilleure place dans la société... Un jour, Gilbert, mi-sérieux mi-plaisantant, lui avait dit qu'il croyait que Noël était le fils adultérin de leur vieux voisin, mort à présent, le baron de P...

Après le dîner, laissant ses beaux-parents, son mari et Deschars s'adonner au plaisir, pour elle incompréhensible, du bridge, Inès profita de la douceur du soir pour sortir sur la terrasse. Angela la rejoignit bientôt :

– Quelle soirée lugubre!

Sa mère ne pouvait qu'acquiescer : elle aussi s'était ennuyée. Elle lui fit cependant remarquer en souriant :

– C'est pour toi que nous sommes là, ne l'oublie pas! Cela faisait plaisir à ton grand-père que nous venions et comme il a la gentillesse et la générosité de prendre en charge la totalité des frais de cette réception...

– Evidemment... Mais j'ai l'impression que grand-mère n'en est pas spécialement satisfaite.

– C'est une autre question!

– Tu ne l'aimes pas beaucoup... remarqua Angela qui était très libre avec sa mère.

– C'est une femme de devoir... qui a eu un grand chagrin.

– Ça fait des siècles qu'oncle Jacques est mort...

– Vingt ans.

Comme si elle avait pu oublier! Inès avait épousé Gilbert l'année précédente, en pleine guerre, alors qu'il était à peine

Sarranches

remis d'une blessure à la jambe qui l'avait immobilisé de longues semaines. Et aussi, probablement sauvé, car il n'avait pu reprendre du service actif. De nombreux amis et parents – le frère de son père, le cousin de sa mère – avaient été tués durant ces quatre années de cauchemar. On se demandait chaque jour quel nouveau deuil on allait apprendre. Et même au reçu des courriers venus du front, la joie n'était pas complète : l'expéditeur avait pu, depuis, avoir perdu la vie...
Jacques lui aussi avait réchappé à cette tuerie. Au moins en apparence...
– Comment était-il ? demande Angela.
– Très beau, séduisant, toutes les jeunes filles le recherchaient... infiniment doué aussi : il peignait, écrivait des poèmes, il avait un goût très sûr en même temps qu'original pour décorer les maisons... Ses amis le consultaient souvent.
– Tu l'aimais beaucoup ?
Inès hésita :
– Je ne l'ai pas connu très longtemps.
Comment expliquer à Angela, que déjà fiancée avec son père, il lui avait fallu lutter contre une violente attirance envers Jacques, ce charmeur si distrayant qui avait le don de rendre la vie agréable, facile, passionnante... Mais elle n'avait pas manqué de noter qu'il entretenait quelques relations douteuses : des compagnons de jeu, de débauche peut-être ? Lui disparu, la situation s'était éclaircie. Bien que parfaitement heureuse avec Gilbert, éprouvait-elle parfois des regrets ? Qui sait...
Inès tourna le dos au parc et sur la terrasse, devant les grandes baies éclairées du salon, elle ressentit un vif plaisir à se trouver dehors et dans l'obscurité et à contempler une maison illuminée et animée qui l'attendait...

Elle se retrouva avec Gilbert dans la chambre tapissée de taffetas vert Empire, une couleur froide et peu propice à l'intimité, meublée d'acajou sombre et brillant, après cette soirée sans surprise dont un excellent dîner arrosé de côte-rôtie fut le seul agrément. Au cours du repas, elle avait échangé un discret

sourire complice avec Noël qui servait le nectar dans des verres en baccarat qui en exaltait la couleur : ils l'avaient goûté ensemble quelques mois auparavant...
La porte refermée, Gilbert explosa :
— Tu ne sais pas la réflexion inouïe que m'a faite Mère : elle m'a dit que la perspective d'un bal en cette année qui marquait le vingtième anniversaire de la mort de Jacques la désolait.
— Mon Dieu! A quelle époque est-il mort déjà?
Naturellement, elle le savait très bien, c'était le 19 juin. Elle se trouvait à Paris, enceinte de Charlotte, et Germain qui souhaitait lui épargner des émotions trop brutales pour ne pas compromettre la naissance de l'héritier — il espérait un mâle — avait dépêché Olivia pour lui apprendre la nouvelle avec ménagement. Inès avait éprouvé un choc beaucoup plus violent qu'elle ne l'avait laissé paraître, abusant sans difficulté sa belle-sœur toute à son double chagrin : en plus de son frère, elle avait perdu quelques mois auparavant un jeune homme, Augustin Lenoir, qu'elle avait si bien soigné à l'hôpital, qu'on l'avait jugé de nouveau apte à combattre. Reparti sur le front, il avait succombé lors de la bataille de Picardie en mars 18. Fort éprise, elle avait envisagé de l'épouser après la guerre, consciente que ses parents y feraient obstacle, Augustin étant de milieu modeste et dépourvu de fortune.
Après quelque temps, harcelée par Jeanne qui la voyait *monter en graine* pour employer sa propre expression, de guerre lasse, Olivia avait accepté d'épouser Paul de Préville; Elle aurait pu plus mal tomber... Et puis, après l'hécatombe, les jeunes gens disponibles n'étaient plus légion...
— C'est quand même incroyable qu'après vingt ans, son souvenir ait priorité sur ses enfants vivants! s'insurgea encore Gilbert. J'ai parfois l'impression que nous ne comptons pas pour elle! Jacques a toujours été le préféré mais tout de même!
Sous l'homme d'affaires adulte, brillant et sûr de lui, subsistait un petit garçon qui ne comprenait encore pas pourquoi sa mère l'avait si peu aimé. A son âge, il n'arrivait pas à

Sarranches

l'admettre. Non qu'il eût jamais manqué du nécessaire ni même du superflu. Non, c'était l'attention dont il avait été privé... Et encore, Gilbert, un garçon, avait pu mieux réagir que la pauvre Olivia qui s'était étiolée comme une plante laissée à l'abandon.

Inès ne reprochait pas à sa belle-mère cette prédilection mais de l'avoir manifestée, comme à plaisir : ne se rendait-elle pas compte que ces blessures affectives subies au cours de l'enfance sont parfois si profondes qu'elles s'infectent sous la cicatrice et peuvent saccager une vie ? Peut-être s'en moquait-elle, toute à sa passion. Cerné par cette affection exclusive et étouffante, Jacques avait-il cherché à y échapper par un comportement différent ?

Inès elle-même aimait-elle également ses trois enfants ? Certes non. Comment ne pas préférer la rayonnante Angela et le délicieux petit Olivier, ce garçon tant attendu dont la venue avait comblé la famille puisqu'il en serait l'héritier, à Charlotte si peu douée pour le bonheur, indifférente et dont l'aigreur et la morosité sans doute dues à son manque de beauté, surtout comparée à celle de sa cadette, rappelaient celles de sa grand-mère. Approuvée par Gilbert, Inès s'était évertuée à privilégier un peu Charlotte aux dépens de sa sœur pour rétablir une sorte d'équilibre.

— Mais Angela aura son bal. Heureusement Père me soutient...

— Il est fou d'Angela !

Gilbert sourit tout en commençant à se dévêtir :

— Il n'est pas le seul ! J'espère qu'on ne nous la prendra pas trop vite ! La maison sera moins gaie sans elle...

— Il nous restera Olivier : pour un certain temps puisqu'il n'a que onze ans ! Et puis, nous voyagerons tous les deux en amoureux : nous irons à Rome, à Venise...

Maintenant torse nu, Gilbert s'approcha de sa femme avec cette expression à la fois tendre et impérieuse qu'elle connaissait si bien. Il la serra contre lui :

— Enlève tout ça, chuchota-t-il.

Leurs vêtements jetés pêle-mêle sur le fauteuil, dans le

désordre du bonheur, il l'entraîna vers le grand lit accueillant et éteignit. Pénétrant par la fenêtre grande ouverte, la lueur de la lune baignait leur chambre d'une clarté douce, et comme complice. Inès aimait la peau chaude de Gilbert, l'étreinte de ses bras, ses caresses et qu'il lui chuchote après plus de vingt ans :
— Comme tu me plais mon Inès...

Malgré d'apparentes manifestations dictées par les convenances, Angela ne percevait de la part de sa grand-mère, aucune vraie affection. Et ces soirées à Sarranches étaient si pesantes en l'absence d'invités... Eric Deschars? Elle l'avait toujours connu, il faisait presque partie de la famille... il avait soigné à diverses reprises ses angines ou ses crises de foie.

Habitant à quelques kilomètres de Sarranches, il chassait souvent avec Germain Sénéchal, Paul de Préville et Gilbert. Entourée d'un jardin planté d'arbres fruitiers, sa petite maison était hospitalière : il y vivait seul avec deux chats siamois, malicieux et insupportables. Angela et sa mère allaient de temps en temps déjeuner chez lui et y prenaient chaque fois beaucoup d'agrément.

A Sarranches, la chambre d'Angela, tendue de toile de Jouy, se trouvait au troisième étage comme celles de ses cousins. Autrefois, elle la partageait avec Charlotte : en accédant au statut de femme mariée, sa sœur s'était installée avec Bruno au second étage, à côté de Paul et d'Olivia.

Au fond du couloir les jumeaux occupaient une pièce d'angle. A côté d'eux la chambre d'Olivier et contiguë à la sienne, celle de Laurence. Plus loin la lingerie, domaine d'Irma, et un office où on préparait les petits déjeuners.

Pendant les vacances, lorsque tous les cousins séjournaient à Sarranches l'atmosphère était très animée; ce soir, seule à son étage, Angela pouvait s'attarder dans la salle de bain. Mais, quand personne ne cherchait à vous déloger en tambourinant à la porte et en criant, où donc était le plaisir?

Une fois couchée dans les draps de métis un peu rêches — elle savait par Irma, la lingère, que sa grand-mère en avait reçu

Sarranches

vingt-quatre douzaines lors de son mariage et que tout un lot n'avait jamais été utilisé – Angela ne parvint pas à s'endormir : comme chaque soir depuis un mois, elle pensait à Arnaud Buffévent rencontré lors d'une sauterie chez son amie Marie-Louise Garaud et revu plusieurs fois depuis. Il lui avait plu tout de suite : elle n'était pas la seule, toutes les filles recherchaient ce beau garçon au sourire enjôleur pour ses qualités de danseur. Grand, mince, élégant, il valsait avec une telle grâce qu'il donnait envie de l'applaudir. Etudiant à Sciences Po, il terminait une licence de droit. Ses deux jeunes sœurs ne sortaient pas encore le soir, comme Angela deux ans auparavant. A cette époque, Inès ne cessait de lui répéter qu'elle avait tout le temps. Mais, Angela qui ne manquait pas de finesse avait compris que ses parents voulaient d'abord caser Charlotte : dès l'annonce des fiançailles de cette dernière, sa mère s'était montrée beaucoup plus accommodante en ce qui concernait les sorties de sa fille cadette.

Angela n'avait pas envie de se marier tôt, comme sa sœur. Elle voulait profiter de sa jeunesse, de quelques années sans responsabilités : Charlotte ne se plaignait-elle pas sans cesse du travail que donnait la tenue d'une maison ? Pourtant, sans enfants, disposant de deux domestiques elle ne devait pas être accablée par les impératifs du quotidien...

Et aussi, Angela projetait de voyager, – elle rêvait de prendre l'avion depuis que ses parents l'avaient emprunté pour se rendre à Marrakech – de visiter Rome, Venise, Florence, Madrid, de connaître des gens différents... Pour son voyage de noces, Charlotte s'était rendue en train de nuit jusqu'à Venise où elle avait passé une semaine dans un luxueux hôtel sur le Grand Canal avant de gagner Rome. Mais Angela avait l'impression qu'elle n'avait pas vu grand-chose...

Ce serait agréable de voyager avec Arnaud... Bien sûr, il serait invité au bal, mais elle ne le verrait guère au milieu de trois cents personnes...

En fait, bien qu'il se montrât fort courtois – ni plus ni moins qu'avec les autres filles – Angela se demandait si Arnaud l'avait remarquée. Pour le moment, aucune d'entre elles ne semblait l'intéresser particulièrement. Mise à part Isabelle Ballandier qui était si gaie, amusante et tellement *lancée* depuis la superbe fête que ses parents avaient donnée pour elle cet hiver dans leur hôtel de la rue de Courcelles. Vexés, ceux qui n'avaient pas été conviés avaient tous prétendu avoir été malades ou absents de Paris! Le buffet était somptueux, avec des pièces montées, chef-d'œuvre du meilleur traiteur, et deux orchestres se relayaient, dont un tzigane. Une mère avait laissé entendre que c'était excessif, que cela faisait nouveau riche... De l'avis d'Angela, cette soirée contrebalançait la triste réception de la semaine précédente chez la pauvre Séverine de Magrée où on servait du mousseux, qui avait d'ailleurs manqué à la fin de la soirée, de la cerisette et des petits fours plutôt pâteux. Un orchestre minable invitait à la danse et la robe de Séverine avait dû être retaillée dans une toilette de sa mère... Elle seule avait l'air de s'amuser...

Arnaud avait des yeux magnifiques, d'un bleu presque gris...

Lorsque Françoise la femme de chambre apporta le petit déjeuner et ouvrit les volets, Jeanne était réveillée depuis longtemps. Après la mort de Jacques, elle avait perdu le sommeil et Eric lui avait prescrit des somnifères qu'elle avait été obligée de prendre pendant des mois. Ces médicaments l'abrutissaient : mais qu'importait?

Et, sans doute était-ce désormais l'effet de l'âge – les vieillards, dit-on, ont besoin de moins de sommeil – mais elle distinguait souvent les premières lueurs de l'aube. Durant ces heures maudites, celles où le passé ressurgissait, dans l'obscurité l'assaillaient toutes les pensées néfastes qui avaient rôdé au cours de la journée.

Bien sûr, elle aurait pu allumer et lire, comme le lui avait recommandé Eric. Ou encore s'habiller et sortir dans le parc. Elle imaginait la tête de Françoise en trouvant son lit vide le matin et les ragots qui s'ensuivraient à la cuisine et à l'office! Qu'irait-on supposer!

Sa mère lui répétait toujours : « On ne doit pas donner à

penser aux domestiques. » A une seule exception près, elle avait suivi ce précepte.

Tout en mangeant sans appétit une brioche confectionnée par Sébastien, elle se souvenait qu'on était dimanche et qu'à onze heures, tous assisteraient à la messe au premier rang, dans le banc fermé tapissé de velours rouge usé, réservé à la famille... Aucun d'eux, sauf cas de maladie, n'aurait su se soustraire à cette obligation. Tant vis-à-vis des gens du village et du personnel du château et des métairies, qui les sachant à Sarranches ne s'expliqueraient pas leur absence, qu'à l'égard du Seigneur auquel ils devaient rendre cet hommage en dépit d'épreuves cruelles et injustes.

Quand il arrivait à Jeanne de s'interroger sur ses rapports avec Dieu, elle était bien obligée de convenir qu'ils avaient changé. Elle n'attendait plus rien de Lui puisqu'Il l'avait privée de ce qu'elle avait de plus cher au monde. Irait-elle jusqu'à dire que sa confiance en Lui était ébranlée si elle ne pouvait mettre en doute Sa toute-puissance ?

Il y avait de cela...

Jamais elle n'avait osé avouer ces sentiments à son confesseur : ce brave homme ne comprendrait pas et lui représenterait qu'elle n'était pas la seule mère au monde à avoir perdu un fils. Elle n'en disconvenait pas.

Il l'inciterait à la résignation, à offrir à Dieu sa souffrance : lui aussi ne manquerait pas de répéter : *cela fait si longtemps*, argument qu'elle ne pouvait supporter.

Jeanne préférait se replier sur son chagrin...

Vers neuf heures alors qu'elle procédait à sa toilette, elle perçut dans la cour un bruit familier et allègre : Germain et Angela revenaient de leur promenade matinale. Les chevaux piaffaient, hennissaient. Par la fenêtre entrouverte, Jeanne entendit le rire d'Angela. Germain plaisantait avec Noël venu les attendre sous le prétexte d'aider la jeune fille. Leste et légère, elle sauta à terre, imitée par Germain plus lent à se mouvoir : il avait passé soixante-dix ans et chacun à commencer par Deschars se plaisait à reconnaître qu'il n'avait pas l'allure d'un septuagénaire.

Sarranches

Il n'en allait pas de même pour Jeanne... Elle n'était pas femme à passer ses journées dans des instituts de beauté pour remédier aux outrages des ans... On lui avait dit qu'Alberta ne craignait pas d'y recourir. Elle avait repéré une photo de sa sœur dans un de ces magazines pour *gens du monde*. En comparant la silhouette encore jeune et plaisante d'Alberta, sa cadette de deux ans à peine, avec sa propre apparence, Jeanne avait été accablée...
Et jalouse...
Au début de leur mariage, Germain avait voulu initier son épouse à l'équitation. Voulant lui faire plaisir, — son désir, inculqué par sa mère, n'avait-il pas été, initialement, de se comporter en épouse modèle ? — elle s'y était essayée : mais perchée sur cette bête envers laquelle elle n'avait aucune attirance elle se sentait mal à l'aise, maladroite, lourde malgré sa minceur d'alors, de jeune femme qui n'avait pas encore porté d'enfants. N'était-il pas terrifiant de savoir que si le cheval s'emballait, elle ne parviendrait pas à le maîtriser, que ce serait au-dessus de ses forces ? Elle n'avait pas l'habitude de se servir de son corps, il lui demeurait comme étranger.
Chez les Calvet, on n'accordait aucune importance au corps : on le soignait lorsqu'il avait des ratés, on l'entretenait en bon état de marche par une nourriture saine et variée et chaque jour, la mère de Jeanne l'emmenait pour une promenade hygiénique : « Il faut prendre l'air », répétait-elle. De sport il n'était pas question pour les filles, en cette fin du XIXe siècle : Jeanne voyait ses cousins canoter, nager, jouer au tennis, partir chasser, se défier à la course, revenir échauffés, joyeux et hors d'haleine... Vêtues de mousseline blanche, ceinturées de rose ou de bleu pâle, les deux sœurs les attendaient avec un livre dont la lecture avait été autorisée par leur mère, occupées à d'interminables ouvrages dont la seule utilité était de leur faire passer le temps... Sous le grand tilleul qui jouxtait la maison, elles servaient aux sportifs affamés le cake maison arrosé d'orangeade ou de jus de cassis.
Jeanne ne se souvenait pas de les avoir enviés ; Alberta elle, rongeait son frein et se lamentait : « Mon Dieu, quelle deveine de ne pas être un garçon ! »

Sarranches

Un jour où cette réflexion lui avait échappé devant leur mère, elle avait été rabrouée : « Nous devons remercier le Seigneur de la place qu'Il nous a dévolue sur terre et nous efforcer de remplir les desseins qu'Il a formés pour nous. Alberta et Jeanne, vous avez eu la chance de naître dans une famille aisée, de ne pas avoir à vous soucier de votre subsistance et de votre avenir. Jamais vous ne connaîtrez le sort de ces malheureuses, obligées dès l'âge de seize ans quand ce n'est pas plus tôt, d'abandonner leur foyer et de travailler dix heures par jour en usine, de rentrer épuisées et hagardes, pour trouver le feu éteint, le garde-manger vide et des enfants à nourrir. Vous devriez être reconnaissantes du sort qui est le vôtre. »

Mme Calvet savait de quoi elle parlait : deux fois par semaine, accompagnée d'une amie et escortée par le valet de chambre qui portait les paquets, elle se rendait dans les quartiers pauvres de la Croix-Rousse pour visiter les malades et les miséreux. Le soir, – était-ce pour édifier ses enfants par son exemple ou se glorifier de sa charité ? – elle leur racontait ce qu'elle avait vu et entendu dans les taudis sordides où elle se rendait. Parfois elle ajoutait : « Et encore, mes pauvres enfants, je ne peux pas tout vous dire... » Sans doute souhaitait-elle épargner à leurs chastes oreilles des récits trop crus qui leur auraient révélé des aspects de la nature humaine qu'elles devaient ignorer. En tout cas, jusqu'au mariage... Après, elle ne serait plus responsable de ses filles... Ce serait à leurs maris de les protéger des réalités.

Quel bonheur de galoper vers le bois des Mattes dans la fraîcheur exquise du matin aux côtés de son grand-père, sur l'herbe encore luisante de rosée, ou en suivant les petits chemins de terre ! Pour s'élancer à travers champs il leur fallait attendre la fin des moissons, vers le 15 juillet, lorsque le soleil était si ardent qu'à neuf heures déjà, la chaleur les obligeait à rentrer. Angela qui détestait tant se lever de bonne heure à Paris, n'éprouvait aucune peine à Sarranches à sortir dès l'aurore. Trois ou quatre heures durant, elle suivait Germain, un ancien de Saumur : il ne ménageait pas sa petite-fille. Il lui

Sarranches

avait appris à sauter les obstacles, d'abord un simple tronc en travers d'une allée, puis des barrières, dont on enlevait la partie supérieure, des haies et même la Reuille. Au fond de cette petite rivière, qui traversait la propriété, pendant les vacances Marc, Gabriel, Charlotte, Angela et Laurence capturaient des écrevisses que leur accommodait en grognant un peu de ce surcroît de travail, car il fallait les châtrer, le chef Sébastien, alors que c'était la fille de cuisine, Claudette, qui se chargeait de cette opération, qui demeurait mystérieuse aux pêcheurs.

Terrifiée à la pensée d'affronter les obstacles Angela n'en laissait rien voir à son grand-père, dont elle tenait à conserver l'estime. Peu à peu, elle prit de l'assurance et même du plaisir à dominer son appréhension.

Après avoir galopé, tous deux avaient faim. Ils s'arrêtaient dans une des nombreuses fermes du domaine où on leur préparait une omelette au lard ou aux pommes de terre arrosée de gnôle pour lui et de cidre pour elle. On leur réservait le meilleur accueil car on adorait Germain qui avait toujours un mot aimable pour chacun et qui n'était pas *fier*.

En revanche, comment imaginer Jeanne en train de trinquer, de manger du saucisson et de raconter des histoires nettement plus lestes que les anecdotes de bon ton réservées au salon! Cette seule éventualité paraissait absurde!

Angela aimait ces salles communes, si animées, du moins en leur présence, où le feu flambait dans l'âtre, été comme hiver, où les animaux, poules, canards, chiens ou chats, entraient et sortaient comme s'ils étaient chez eux... Dotées de l'inévitable fosse à purin, les cours de ferme étaient plutôt sales et il fallait prendre garde où on mettait les pieds! Quant aux commodités, mieux valait ne pas en parler : situées généralement au fond de la cour, près de la porcherie ou de l'étable, l'accès en était des plus malaisés. D'autre part, il était difficile de réussir à y aller seul : une fois, un canard charmant et effronté avait suivi Angela sans qu'elle parvînt à s'en débarrasser! Inès avait beaucoup ri à ce petit fait divers! Autrefois, Germain avait tenté d'entraîner Charlotte dans ses promenades matinales; Mais elle s'était vite lassée des réveils matinaux et des efforts physiques : cette paresseuse préférait son confort.

Sarranches

Séparées par un écart de moins de deux ans, comme Jeanne et Alberta, élevées de la même façon, Charlotte et Angela se ressemblaient peu au physique : un peu courtaude, Charlotte était châtain clair avec des yeux noisette et Angela, mince et élancée, plutôt brune avec des yeux verts. Sans s'être jamais vraiment disputées elles n'étaient pas très proches. Et moins encore... depuis le mariage de Charlotte qui menait désormais une vie très différente.

Installés dans un spacieux appartement rue de l'Université – qui appartenait à Germain – les Lorrimond fréquentaient des « jeunes ménages » qui se recevaient entre eux, allaient ensemble au théâtre puis souper dans des restaurants élégants ou danser dans les boîtes de nuit où évidemment, Angela n'était pas autorisée à se rendre.

Elle se demandait souvent à quoi Charlotte qui ne lisait guère et en fait, ne s'intéressait pas à grand-chose en dehors de ses toilettes et des réceptions, occupait ses journées : travaillant beaucoup, Bruno quittait tôt son foyer et y rentrait tard.

Tandis qu'ils allaient au pas, dans la grande allée qui menait au château, Germain se tourna vers sa petite-fille et s'enquit :
– Alors tu es contente d'avoir ton bal?
– Oh! oui grand-père, je vous remercie beaucoup.
– Ce n'est pas pour que tu me remercies que je te le demande. C'est que je veux être sûr de te faire plaisir : j'ai beaucoup d'affection pour toi, Angela. En secret je peux te le dire, tu es mon petit enfant préféré. Ne le répète pas aux autres !

Angela sourit : elle ne pouvait pas lui répondre qu'il était son grand-père préféré puisqu'elle n'en avait pas d'autre : le père d'Inès était mort plusieurs années auparavant et Angela l'avait peu connu.

– Moi aussi je vous aime beaucoup grand-père. Et je voulais vous dire : plus qu'au bal encore, je prends plaisir à ces promenades seule avec vous le matin.
– Alors c'est bien, dit-il. Tâche de ne pas te marier trop vite pour que nous puissions continuer encore quelque temps nos petites expéditions.

Sarranches

En arrivant dans la cour, Angela leva la tête et aperçut sa grand-mère qui semblait les guetter à la fenêtre de sa chambre. Elle sourit, mais d'un curieux sourire, jugea Angela qui avait l'œil vif... Sans doute craignait-elle qu'ils fussent en retard pour la messe.

Ou bien était-elle jalouse de ces moments que son mari et sa petite-fille passaient en tête-à-tête?

Une fois de plus, Inès Sénéchal retrouvait cette petite église de Sarranches où elle s'était mariée plus de vingt ans auparavant avec un homme superbe dans son uniforme d'artilleur mais qui traînait encore la jambe. Pâle et maigre, Gilbert semblait néanmoins en pleine santé à côté du pauvre Jacques, grièvement blessé l'année précédente, – il avait perdu un bras – et dont les yeux sombres dévoraient le visage émacié, grisâtre à force de souffrance. Un rictus presque permanent avait complètement modifié et comme figé son expression.

A cause de la guerre et des diverses disparitions qui avaient endeuillé les deux familles, la cérémonie s'était déroulée dans l'intimité et la réception qui avait suivi n'avait pas réuni plus de cinquante personnes. C'était amplement suffisant pour Inès.

Sous des apparences aimables, elle percevait l'hostilité de Jeanne, mécontente à l'évidence d'un mariage où elle n'avait joué aucun rôle... Germain lui, avait réservé le meilleur accueil à sa bru qui voyait en lui un allié à toute épreuve.

Elle ne s'était pas trompée...

Le prêtre montait à l'autel et récitait le Confiteor tandis que les pensées d'Inès s'envolaient vers son passé, vers cette période si violente par les espérances conçues et les angoisses éprouvées. Elle n'avait jamais trouvé que la guerre fût jolie... et lorsqu'elle entendait dire qu'un tel cataclysme pourrait recommencer, elle remerciait le Ciel de n'avoir pas, comme sa belle-sœur Olivia, de fils en âge de partir.

Pauvre Olivia! Malgré une toilette d'un bleu criard qui ne la flattait guère, elle était rayonnante, le jour du mariage de son frère: elle devait penser que le prochain qu'on célébrerait dans cette église serait le sien, qu'elle parviendrait à vaincre les réticences de ses parents. Elle était si amoureuse de cet Augustin Lenoir qu'Inès n'avait jamais rencontré. Sur une photo, il avait l'air sympathique. Exit Augustin, fauché à vingt-trois ans. Mais avec la croix de guerre et deux citations : triste consolation pour sa mère...

Et pour Olivia, demeurée prostrée de longs mois, de nouveau accablée par l'étrange mort de Jacques, trouvé noyé dans l'étang, lui un si bon nageur. Du temps où il avait ses deux bras, bien sûr. Mais avec un bras et deux jambes on peut surnager.

Surtout dans moins d'un mètre d'eau...

Après l'avoir examiné et s'être enfermé pendant deux heures avec Germain, Deschars avait expliqué qu'en se promenant au bord de l'étang, Jacques avait perdu l'équilibre et en tombant, heurté une pierre au fond de l'eau.

Après la naissance de Charlotte, Gilbert avait confié à sa femme dans le plus grand secret qu'en réalité Jacques s'était suicidé : malgré la morphine dont il usait et abusait, la souffrance était devenue si intolérable qu'il avait décidé d'y mettre fin. Avec l'aide de Deschars, Germain et Gilbert avaient réussi à maquiller la mort de Jacques en accident.

— C'était mieux ainsi pour tout le monde, avait conclu Gilbert. Et maman n'aurait pas supporté l'idée qu'il se soit tué. C'est un péché mortel. Et tu sais combien elle est croyante... On n'aurait pas pu l'enterrer religieusement... A propos, même Olivia n'est pas au courant.

— Je me tairai, sois tranquille. C'est Deschars qui procurait la morphine à Jacques?

Gilbert regarda sa femme, étonné :

— Oui. Pourquoi?

— Pour rien, avait-elle répondu.

Pauvre Jacques... C'était dans cette église aussi qu'il avait été enterré, un matin où il pleuvait à verse. A cette époque Inès ne savait pas encore la vérité... On devinait Jeanne décomposée sous ses voiles noirs. Il ne lui avait pas été possible ensuite d'assister au déjeuner que selon la coutume, la famille offrait aux parents et amis qui s'étaient déplacés pour les funérailles. Olivia et Inès, pourtant enceinte, avaient assisté Germain du mieux possible.

La seule personne de la famille à ne s'être pas dérangée était Alberta, la sœur de Jeanne. Absente déjà, lors du mariage de Gilbert et d'Inès...

Lorsque cette dernière s'était étonnée – oh! avec la discrétion requise pour une nouvelle venue dans la famille – que leur tante n'eût pas jugé bon de manifester sa sympathie en ces circonstances pénibles autrement que par l'envoi d'un télégramme adressé au seul Germain, on lui avait répondu avec une certaine gêne que Jeanne et Alberta n'étaient pas dans les meilleurs termes.

Inès avait pensé qu'elle aurait pu paraître à l'enterrement de son neveu et filleul...

La chorale lui écorchait les oreilles : une dizaine d'enfants du village massacraient le Sanctus à qui mieux mieux malgré les efforts désespérés de Mlle Lissonot qui tenait l'harmonium, pour les faire chanter juste et surtout, avec ensemble. L'un d'eux – sans doute un petit garçon de douze ou treize ans – prenait chaque fois deux secondes en retard : il ne parvenait jamais à les rattraper... Cette messe n'en finissait pas... Inès observa son époux qui réprimait mal ses bâillements, alors qu'Angela était visiblement ailleurs.

A leur retour, les Préville étaient installés au salon. Paul feuilletait un journal et Olivia regardait d'un air vague par la fenêtre. Ils sursautèrent à la vue de Gilbert et d'Inès, comme s'ils avaient perdu toute notion du lieu où ils se trouvaient.

– Quelle bonne surprise! s'exclama Gilbert en embrassant sa sœur. C'est rare que vous veniez le dimanche!

A leur air on devinait que ce n'était pas par plaisir : Gilbert avait entendu dire dans le milieu des affaires que Paul avait de gros ennuis. Inès savait aussi qu'il avait prêté de l'argent à sa sœur. Elle ne lui avait pas demandé combien...

Olivia chuchota à Gilbert :

– Paul est venu voir papa...

Sarranches

— Cela va si mal ?
— Oui...
Prostré, Paul demeurait silencieux : en ce moment, faire des frais dépassait ses forces. Inès le regarda attentivement, et s'aperçut qu'il avait beaucoup changé. Ses tempes grisonnaient. Amaigri, il flottait dans ses vêtements ce qui contrastait avec l'embonpoint de sa femme qui, elle, avait encore grossi comme en témoignait l'étoffe de sa robe rose à pois bleus tendue à craquer sur un ventre qu'on devinait dépourvu de muscles...
Noël arriva opportunément pour proposer à boire. Le verre à la main, les deux hommes s'isolèrent, tandis qu'Inès, peu soucieuse de recevoir des confidences, demeurait avec Olivia. Une certaine gêne s'installa entre elles jusqu'au moment où Inès demanda des nouvelles de Laurence : à seize ans à peine, elle allait passer la première partie de son baccalauréat fin juin.
— J'espère que tu la laisseras assister au bal d'Angela, bien qu'elle soit encore un peu jeune.
— Oui, si elle en a envie, je le lui permettrai. Mais peut-être craindra-t-elle de ne connaître personne.
Olivia prêtait bien à tort ses appréhensions à sa fille, dégourdie et rieuse.
— Elle pourra porter la robe que je lui avais fait faire pour le mariage de Charlotte...
Inès s'abstint de faire remarquer qu'après dix-huit mois, il serait difficile à Laurence d'entrer dedans. Le temps venu, elle lui proposerait une robe d'Angela qui prenait un soin maniaque de ses vêtements : un prêt entre cousines ne devrait pas humilier Olivia, fort susceptible... Inès se dit qu'elle en parlerait plutôt à Germain qui serait ravi de gâter sa petite-fille.
La cloche du déjeuner sonna et les Sénéchal ne tardèrent pas à descendre. Malgré les efforts d'Inès et ceux de Gilbert, le déjeuner fut lugubre : on évoqua le cabinet Daladier qui avait remplacé Blum, le Yankee Clipper qui avait volé de Baltimore à Marseille avec des passagers, les juifs chassés de Vienne. Paul dédaigna le soufflé au homard, pourtant le chef-d'œuvre

incontestable de Sébastien, accompagné d'un chablis premier cru digne de tous les éloges...

Quant à Jeanne, à part quelques banalités de circonstance, elle demeura silencieuse, apparemment indifférente aux malheurs de sa fille et de son gendre. D'ailleurs, s'était-elle jamais intéressée à Olivia ?

Et à Gilbert, guère plus...

Le repas terminé, les trois hommes s'enfermèrent dans le bureau de Germain avec un carafon de cognac et une boîte de havanes. Jeanne remonta dans ses appartements et Olivia, Angela et Inès sortirent se promener dans la campagne accompagnées des chiens de Germain, deux superbes épagneuls feu, Argos et Myra.

Après le thé, les Préville regagnèrent Paris. Gilbert, Inès et Angela les suivirent après le dîner. Seule avec Gilbert, Inès l'interrogea :

— Alors ?
— Ce n'est pas brillant. Paul a perdu beaucoup d'argent en Bourse. Il a vendu à découvert et les titres ont monté contrairement à ce qu'il escomptait... Il s'est fait reporter, reporter et maintenant, il lui faut livrer des titres qu'il est obligé de racheter 18 % plus cher... sans parler des frais de report et de courtage.
— Il n'est tout de même pas ruiné pour une opération, si désastreuse soit-elle !
— A mon avis, il ne nous a pas tout dit : il doit être en mauvaise posture depuis déjà un certain temps. J'ai eu vent de certaines rumeurs il y a plus d'un an...
— Tu n'as pu rien faire à ce moment-là ?
— Il ne m'a rien demandé.
— Et maintenant ?
— Olivia a dû l'inciter à chercher de l'aide auprès de la famille. Elle est très inquiète et ne dort plus. Elle prétend que Paul est capable de se suicider...

Inès imaginait aisément l'effet que l'éventualité d'un tel drame pouvait avoir sur la pauvre Olivia. Même si elle n'avait jamais su la vérité pour Jacques : ou s'en était-elle doutée et s'était-elle tue, pour ménager sa mère ? Ou plutôt, la réputation des Sénéchal : un suicide dans la famille aurait épouvanté un prétendant éventuel. Surtout à cette époque-là...

Inès n'avait jamais su si Olivia aimait Paul : elle l'avait épousé sans enthousiasme, sans répulsion apparente non plus et lui avait donné trois enfants. Paul avait-il été épris de cette jeune femme mélancolique, rêvant encore à son amour perdu, dont la confortable dot compensait le manque de séduction ?

On ne leur prêtait aucune aventure extraconjugale, ni à l'un ni à l'autre.

– Enfin, soupira Gilbert, nous ferons notre possible pour aider Paul, en tout cas, lui donner le temps de se retourner. Quelle calamité que ces gens qui veulent à tout prix faire des affaires sans en avoir la compétence !

– Il ne peut tout de même pas accepter d'être entretenu par sa femme...

– Cela coûterait moins cher ! Ce naïf se laisse toujours avoir : entre nous, il n'est pas très intelligent. De plus, il manque de caractère, de ressort. Au lieu de chercher une solution pour s'en tirer, il se lamente.

– Le voilà arrangé ! On ne peut pas prétendre non plus qu'Olivia soit très stimulante pour un homme.

Gilbert regarda malicieusement sa femme :

– Tout le monde n'a pas la chance de t'avoir !

N'était-ce pas elle qui avait de la chance d'avoir un mari tel que Gilbert : si elle était tombée sur quelqu'un comme Paul ! Mais elle ne l'aurait pas choisi.

Et avec Jacques, quel genre de vie aurait-elle eu ?

En la déposant, chez Marie-Louise Garaud qui donnait une sauterie, Inès avait prévenue sa fille qu'elle viendrait la chercher à dix heures. Angela pénétra dans le salon avec une seule crainte : et si Arnaud ne venait pas ?

La soirée battait déjà son plein, une soixantaine de personnes se pressaient devant le buffet qu'on venait d'ouvrir, plusieurs couples dansaient au son d'un fox-trot et dans un coin, comme d'habitude, se tenaient les mères : Angela comprenait que la sienne ne souhaitât pas trois heures durant, demeurer en proie au bavardage de ces vieilles dames à la vigilance toujours en éveil.

— Tu dois avoir une tenue impeccable et ne pas attirer l'attention, avait dit Inès. Ta réputation est en jeu, et ces dames ne sont pas toutes bienveillantes.

C'était peu dire! En quête du beau parti pour leurs filles, elles dénigraient de façon sournoise les concurrentes, de préférence celles avantagées par la nature! Ce n'était pas le cas de la mère de Marie-Louise heureusement, amie d'enfance d'Inès, qui accueillit Angela avec un sourire affectueux :

— Tu es éblouissante ma chérie comme toujours! Viens prendre une coupe de champagne.

Angela se sentit un peu réconfortée : elle n'était pas sûre que cette robe verte lui allât très bien. Quand elle en fit le choix avec sa mère, dans la boutique, elle avait été séduite. Maintenant elle trouvait la couleur un peu vive par opposition avec la blancheur de sa peau. A dix-huit ans révolus, elle pourrait enfin se maquiller; et son collier, un simple fil d'or tressé, lui paraissait bien modeste en comparaison des superbes perles d'Isabelle Ballandier, seule à porter ce qu'on appelait un *vrai bijou*.

Angela fit le tour des deux salons, dit bonjour à ceux qu'elle connaissait, et aperçut justement Isabelle près du buffet. Après s'être enquise des uns et des autres, elle demanda négligemment :

— Et Arnaud Buffévent?

— Je ne sais pas s'il vient. Je l'ai vu hier soir au bal Noirond : il dansait beaucoup avec la petite Ida Carelli. Je crois qu'il en pince pour elle...

Elle baissa le ton et ajouta d'une voix de conspiratrice :

— Cela ne m'étonnerait pas s'ils avaient...

Soudain, Angela vit Arnaud qui s'inclinait devant la maîtresse de maison. Furieuse du trouble qu'elle éprouvait, elle le regarda à peine lorsqu'il vint la saluer et se retourna aussitôt vers Séverine pour l'entretenir d'un film, *La Bête humaine* de

Jean Renoir, avec Jean Gabin, dont tout le monde parlait. Le visage ingrat de la jeune fille exprima l'étonnement et sa bouche, en s'ouvrant, dévoila des dents mal rangées et d'une blancheur approximative : d'ordinaire, c'est à peine si on prêtait attention à la pauvre Séverine, qui riait bêtement au moindre propos qu'on lui tenait.
Soudain, une main se posa sur le bras d'Angela.
– Venez danser.
Comme par un fait exprès, on attaquait un de ses airs préférés, *Stormy weather*. Aussitôt elle sentit que l'attention des mères se fixait sur le couple qu'elle formait avec Arnaud, et dont elle aperçut sans déplaisir le reflet dans la vaste glace surplombant la cheminée. Dans les coins moins éclairés du salon et hors d'atteinte des regards maternels, Arnaud resserrait son étreinte. Lui aussi devait avoir reçu des mises en garde afin de ne pas compromettre une jeune fille qu'il serait après contraint d'épouser. Angela avait entendu sa tante Olivia chapitrer Marc et Gabriel avant une sortie. « Quelle hypocrisie! » songeait-elle. Si les mères organisaient ces réceptions, non sans déplorer entre elles les frais qu'elles entraînaient, n'était-ce pas afin de favoriser des rencontres puisque dans ce milieu choisi les jeunes gens étaient en principe tous *épousables*.
Bien sûr, il arrivait que, malgré la vigilance de ces dames, se glissât une brebis galeuse. Mais c'était exceptionnel...
Après quelques banalités de circonstance, Arnaud se mit à parler sans enthousiasme de ses études. A vingt-deux ans, il terminait une licence de droit et partirait bientôt au service militaire. Il comptait mettre à contribution son oncle général pour être basé non loin de Paris et bénéficier de nombreuses permissions. Deux ans lui semblaient long...
– A moins qu'il n'y ait la guerre, dit-il. Auquel cas je serais rappelé sur-le-champ... Et Dieu sait pour combien de temps. Pour mon père, cela dura quatre ans.
– Pour le mien aussi...
L'orchestre fit une pause puis attaqua une valse. Il eût été grand temps de se séparer d'Arnaud – autre principe à respecter scrupuleusement : pas plus de trois danses avec le même

cavalier — et elle allait entamer irrésistiblement la quatrième, mais elle était incapable de s'interdire le plaisir de valser avec Arnaud. Comme dans un rêve, elle se laissait emporter dans ce tourbillon délicieux et griser par la musique de Strauss...
La valse achevée, elle s'arracha avec peine à ses bras et proposa d'un air dégagé :
— Si nous allions boire quelque chose? Je meurs de soif...
Dans la pièce voisine, Arnaud lui tendit une coupe de champagne et très vite, dans le mouvement qui se faisait autour du buffet, entouré comme d'habitude, ils furent séparés. Angela le vit converser avec Marie-Louise puis l'entraîner sur la piste. Pendant ce temps, Angela mangea un petit four pour se donner une contenance... Charles de Lorette, un gros garçon qui transpirait toujours, s'approcha d'elle et il fallut le suivre tout en trouvant injuste que les filles n'eussent jamais le droit de choisir leur cavalier et rarement, celui de leur refuser une danse : quelle excuse invoquer? Et puis, *faire tapisserie* avait un côté déshonorant. Ne plaignait-on pas avec un feint apitoiement Séverine de Magrée? Charles aurait dû l'inviter, ils étaient parfaitement assortis!

Délivrée de ce dernier cavalier, la jeune fille passa de bras en bras, en s'efforçant d'avoir l'air enjoué et, résolution plus difficile, d'éviter de croiser sans arrêt le regard d'Arnaud. Elle s'interrogeait sur cette Ida Carelli entrevue à deux ou trois reprises : le physique de cette petite blonde un peu timide n'avait rien de remarquable, mis à part de grands yeux bleus. Aujourd'hui, elle n'était pas venue : n'était-elle pas conviée ou se rendait-elle à une autre soirée?

Inès arriva enfin, très élégante dans un tailleur blanc et parme de chez Chanel. Comme elle tranchait sur les autres femmes, ternes et sombrement vêtues! Elle paraissait jeune grâce à cet ensemble certes, mais aussi par son allure, sa démarche, sa sveltesse : à l'exception de Mme Garaud, sa partenaire au tennis, ses émules étaient disgracieuses, engoncées dans une sorte d'inertie corporelle, lentes à se mouvoir, presque maladroites... Et Inès se tenait droite : Angela remarqua que plusieurs de ces dames, voûtées, semblaient vieilles avant l'âge, surtout Mme de Magrée qui devait bien avoir cinquante ans, peut-être plus, et avait eu six enfants dont Séverine était la dernière !

L'année précédente Angela avait raté son bac et à la rentrée, ses parents ne l'y obligeant pas, elle s'était sentie sans courage pour se représenter.

– Pour une fille, cela n'a pas beaucoup d'importance, avait dit Gilbert en souriant. Après tout, Charlotte n'a pas réussi non plus...

La comparaison n'enchantait pas Angela.

– Après avoir rencontré Bruno, les études étaient devenues son dernier souci, soupira Inès qui elle, possédait une licence de lettres. Mais c'est dommage pour Angela qui a tant de facilités...

Angela admettait sa paresse alors que sa cousine Laurence, une bûcheuse tenace, avait toujours su ce qu'elle voulait : devenir médecin.

Comme Inès n'acceptait pas que sa fille restât inoccupée, elle l'avait inscrite aux cours du Louvre et à l'Ecole Berlitz afin d'y perfectionner son anglais. Elle l'avait aussi chargée de faire réciter ses leçons à son petit frère chaque soir, avant le dîner. Quant à Olivier, à force d'entendre les grandes personnes discuter sans arrêt de l'éventualité d'une guerre, il rêvait pour l'instant de devenir général !

Ces derniers temps, Angela s'était mise à lire les journaux. Depuis qu'Hitler avait donné l'ordre à la Wehrmacht d'envahir la Tchécoslovaquie, l'inquiétude tourmentait ses parents. Le frère de son père était mort des suites de la dernière guerre et lui-même souffrait parfois de ses blessures... Ne disait-il pas :

– Quel soulagement que Charlotte et Angela soient des filles !

– Je n'aimerais pas être à la place d'Olivia ! répondait Inès en hochant la tête.

En première année de Sciences Po, Marc travaillait le

Sarranches

moins possible, contrairement à Gabriel qui préparait simultanément une licence de lettres et d'histoire.

Il fut un temps, en fait jusqu'à la naissance d'Olivier, où elle l'avait enviée pour ces deux garçons robustes qu'elle avait mis au monde...

LE BAL

Depuis la mort de Jacques, elle avait renoncé aux fards. Jeanne Sénéchal serra ses lèvres minces et pâles en regardant dans la glace avec indifférence son visage morose et sévère, celui d'une femme de devoir qui avait dû faire face à de terribles épreuves... Françoise, la femme de chambre, une petite femme à l'allure enjouée, terminait d'agrafer la robe de taffetas violet, dont le tissu crissait sous ses doigts : bien que provenant d'une *grande maison*, elle n'avait aucun chic sur Jeanne.

— Préparez mon étole de vison, il fera peut-être froid dehors après le dîner.

Françoise congédiée, elle s'approcha du secrétaire d'acajou, un très joli meuble XVIIIe que Germain son époux avait acquis pour une bouchée de pain lors d'une faillite. Elle en sortit la clef du coffre, dissimulée au fond d'une penderie. Pour y accéder il fallait écarter les vêtements : Jeanne estimait cette cachette très ingénieuse... Elle exhuma plusieurs écrins de maroquin rouge à son chiffre et contempla ses bijoux sans satisfaction particulière. Elle écarta la rivière de diamants qui lui venait de sa mère et qu'elle ne portait que dans les grandes occasions — mariage de sa petite-fille Charlotte, dîner à l'ambassade de Grande-Bretagne pour évoquer les plus récentes — et choisit deux rangs de perles avec un fermoir en rubis de chez Cartier, une broche en diamants et une bague sertie d'une émeraude carrée qu'elle mettait rarement, sa mère ayant toujours prétendu que les pierres vertes portaient malheur, et elle pensa le choix suffisant pour la campagne.

Bien qu'elle se défendît d'être superstitieuse, en bonne chrétienne si exacte à remplir ses devoirs, elle ne s'en souvenait pas moins que c'était peu après que Germain lui fit cadeau de cette émeraude qu'on était venu lui annoncer que Jacques... Cette pierre était peut-être maudite par destination, puisque offerte pour se faire pardonner une aventure avec une petite actrice des boulevards, Florence Marley...

Jeanne n'avait jamais éprouvé le moindre plaisir à la porter...

Sans même une ultime consultation au miroir en pied de son salon d'habillage, elle passa dans sa chambre, aussi vaste que triste, en dépit de quelques beaux objets, dessin d'Ingres et aquarelle de Panini, pendule de bronze doré flanquée d'une paire de candélabres et des fauteuils Louis XV de part et d'autre d'une superbe commode en marqueterie de bois de rose et de citronnier.

Elle consulta la pendule : il était temps de descendre.

Comme le bal avait lieu à la campagne, Laurence de Préville avait obtenu le droit d'y assister. Elle porterait la robe de taffetas rose confectionnée pour le mariage de Charlotte. Tandis qu'Angela pour ses dix-huit ans avait droit à une somptueuse toilette de Lanvin.

— Plus tard, ce sera ton tour, dit Olivia sans grande conviction.

La crise qui avait secoué les Etats-Unis jusqu'au fond des campagnes les plus reculées, avait gagné l'Europe, semblait s'installer, et les affaires n'étaient guère brillantes. Le scandale de l'Aéropostale avait mis fin à la carrière politique d'un député influent, Maurice Bouilloux-Lafont, et failli saborder celle du ministre des Finances Pierre Etienne Flandin. La banqueroute d'Oustric avait entraîné la démission du ministre de la Justice et celle du sous-secrétaire d'Etat aux Travaux publics. Ce n'était pas la victoire du Cartel des gauches qui

Le bal

assainirait une situation que Paul qualifiait de désastreuse. Et le président de la République, Paul Doumer, venait d'être assassiné par Gorguloff.

Un an auparavant, un peu embarrassé, Paul avait demandé à Olivia de restreindre leur train de vie, en limitant les réceptions, en supprimant une des femmes de chambre et en renonçant à s'habiller chez les grands couturiers. Olivia aurait consenti bien volontiers à ces restrictions si son mari avait pris la peine de la mettre au courant de l'état exact de leurs finances. Mais ce n'était pas son genre. Il s'était contenté de murmurer :

— C'est une mauvaise passe, tout à fait provisoire. Ne t'inquiète pas, cela ne durera pas.

La catastrophe se profilait et il avait fallu solliciter l'aide de Germain et de Gilbert. Après deux mois on n'enregistrait aucune amélioration.

Olivia se sentait impuissante à influencer les événements ; ne connaissant rien à la politique et aux affaires, elle se savait incapable de gagner sa vie pour soulager son mari. A part tenir une maison (en se limitant à donner des ordres aux domestiques car elle aurait été bien empêchée de faire quoi que ce soit de pratique par elle-même) et élever convenablement ses enfants en leur inculquant de bons principes, ceux-là mêmes de ses parents. La pensée ne l'avait jamais effleurée de *travailler* et de faire carrière comme quelques-unes de ses contemporaines, fort rares à la vérité et que les hommes jugeaient avec une sorte de condescendance ironique.

A quarante-cinq ans, son existence pouvait se résumer à un amour de jeunesse avorté, et un mariage de convenance avec trois enfants, dont la dernière se trouvait auprès d'elle.

Elle soupira, regardant sa fille qui débordait de santé, d'énergie, de projets, si différente d'elle-même et de ses inquiétudes qu'elle avait décidé de ne pas faire partager aux enfants.

— Oh ! je ne sais pas si j'aurais envie d'un bal, dit gaiement Laurence. Peut-être pas...

Elle aurait préféré se voir offrir un cheval... ou un voyage dans un pays lointain...

Sarranches

Plus intelligente que sa mère, mûre pour son âge et très observatrice, elle était au courant de tout. Pour satisfaire sa curiosité elle allait jusqu'à écouter aux portes les conversations et s'entendait à faire parler les domestiques. Appréciant autant sa gentillesse que ses yeux noisette, ils ne se faisaient pas prier pour raconter ce qu'ils savaient, devinaient ou même supposaient.

C'est ainsi qu'elle avait appris que le départ de Louisette, si bonne couturière, n'était pas dû à une faute de sa part, – d'ailleurs, elle n'avait pas été remplacée – que si ses parents avaient limité réceptions et sorties, le désir de rester en famille n'y était pas pour grand-chose. Et surtout, elle avait remarqué que son père avait perdu tout entrain et rentrait plus soucieux soir après soir. Parfois il avait une expression si accablée qu'elle avait envie de se jeter dans ses bras et de l'embrasser. Par crainte de l'embarrasser, elle réprimait ses élans.

Olivia se leva du canapé recouvert d'une perse à fond crème et dit sans enthousiasme :

– Eh bien, je suppose qu'il est l'heure d'aller se préparer.

Avant de rejoindre son mari dans leur chambre, elle s'attarda un moment devant la fenêtre ouverte sur l'arrière du parc, d'où montaient le joyeux vacarme des préparatifs du bal, l'air chaud et parfumé de juin, un peu grisant, annonciateur de prochaines vacances. Elle appréhendait cette soirée qui s'annonçait pour elle comme une redoutable corvée.

Une grande activité régnait au rez-de-chaussée fermement orchestrée par Noël, le valet de chambre et homme de confiance de Germain, et supervisée par Inès Sénéchal. Avec ces deux-là, aucun détail ne serait oublié, rien ne manquerait. Et Noël avait disposé dans chaque pièce et sur les buffets de somptueux bouquets composés de fleurs qui venaient d'être cueillies dans les serres.

Bien qu'il assumât les frais de la réception, Germain avait laissé Inès – après tout, il s'agissait du bal de sa fille – s'occuper de toute l'organisation. Depuis quelque temps, il avait remarqué que Jeanne avait tendance à se montrer pingre.

Le bal

Lui qui avait le goût du faste, détestait la mesquinerie. Surtout chez lui.

L'orchestre arrivait et Noël conduisit les musiciens dans une pièce où ils pourraient s'habiller et se restaurer avant l'arrivée des invités prévue à partir de dix heures. Avant, on dînerait tranquillement en famille, – ce qui ferait déjà douze personnes – de viandes froides et de salades. Il ne fallait pas surcharger les domestiques qui jusqu'à l'aube auraient à servir et abreuver trois cents invités.

Gilbert Sénéchal admira une fois de plus l'efficacité de sa femme. Elle n'en était pas moins élégante : la sobriété de son fourreau de soie bleu nuit d'une coupe merveilleuse mettait en valeur sa silhouette élancée, dont la jeunesse était entretenue par une pratique régulière du sport. Gilbert était toujours amoureux. Quelle différence avec sa sœur Olivia qui descendait maintenant avec précaution le grand escalier en compagnie de son mari, alors qu'elles avaient le même âge à quelques mois près !

Gilbert alla au-devant d'eux en souriant :

– Alors, vous êtes prêts pour la grande nuit ?

– Oh ! Je crois qu'après minuit j'irai me coucher, dit Olivia d'un air déjà las... Ces distractions ne sont plus de notre âge. N'est-ce pas Paul ?

Le visage défait, Paul esquissa une vague mimique d'assentiment. Il avait des ennuis graves, mais était-ce une excuse pour porter ce vieux smoking élimé et laisser Olivia paraître dans cette méchante robe, d'un vert si vif que seule une rousse à la crinière ardente et dans la fleur de l'âge, l'eût supporté. Olivia n'avait jamais su s'habiller, même autrefois, lorsque fraîche, elle ne manquait pas d'une certaine joliesse. Il était vrai qu'à l'époque, sa mère choisissait ses robes : cette dernière eût jugé presque immoral qu'elles fussent seyantes et missent la jeune fille en valeur... Comment ne pas plaindre Olivia, son adolescence morose, étriquée, sans véritable ouverture vers la vie... Lui, un garçon, n'avait pas tardé à fuir l'atmosphère souvent oppressante de Sarranches et de l'hôtel de la rue du Bac, et

Sarranches

cette mère qui portait le deuil éternel de son fils aîné, et semblait en vouloir à ses enfants survivants et au monde entier.

Jacques aurait maintenant près de cinquante ans et sa disparition et les circonstances qui l'avaient accompagnée, avaient bouleversé Gilbert. Sa chance fut de rencontrer Inès qui lui rendit le goût de vivre... Il la considéra avec tendresse et comme tout semblait prêt, glissa son bras sous le sien pour la conduire à la salle à manger.

Angela Sénéchal, celle qui serait la reine de la soirée, avait du mal à paraître aussi heureuse qu'elle aurait dû l'être malgré l'image ravissante que lui renvoyait son miroir. L'inquiétude la rongeait depuis trois jours et annulait tout le plaisir anticipé de ce bal : et si elle était enceinte?

Elle ne pouvait partager avec personne cette angoisse, qui la nuit dernière l'avait réveillée avant l'aube : comment avouer à sa mère ou à qui que ce soit, que trois semaines auparavant, elle n'avait pas su résister aux instances pressantes d'Arnaud Buffévent, et qu'elle avait accepté de se rendre chez lui en fin d'après-midi pour *prendre le thé*?

Certes, elle avait hésité avant de se décider : elle se rendait bien compte de la gravité d'un tel acte et de ses multiples conséquences. Mais son envie d'être avec Arnaud, de se trouver dans ses bras était si irrésistible qu'elle était persuadée de rencontrer l'homme auquel elle était destinée. Elle avait souvent éprouvé une attirance pour certains jeunes gens : mais cela ne pouvait se comparer à la force attractive, physique et impérieuse, qu'Arnaud exerçait sur elle... Jusqu'à lui, il ne s'agissait que de toquades... Tandis que ce printemps, elle avait la tête tournée par les attentions de ce beau garçon à la mode que toutes les jeunes filles recherchaient...

Cette sensation nouvelle lui avait fait oublier toute prudence. Et, pour bien peu d'agrément en vérité... A sa vive surprise car elle s'était attendue à tout autre chose... Après les baisers passionnés échangés, le contact de son corps nu et blanc, moins ferme qu'elle ne s'y attendait, lui avait laissé une vague impression de dégoût. Dégoûtée de lui ou d'elle-même?

Le bal

S'était-il seulement rendu compte qu'elle était vierge ? Il avait manifesté bien peu de délicatesse, de tendresse lors d'une étreinte décevante. Après, il ne lui avait même pas dit qu'il l'aimait. Il s'était étiré dans le lit avec une manifeste satisfaction et avait allumé une cigarette. Seule attention, il l'avait raccompagnée en taxi.

Si les choses tournaient mal, proposerait-il de l'épouser pour *réparer* ? Elle en doutait même si elle était consciente d'être un beau parti. L'aimait-elle toujours ? Elle continuait à penser à lui mais sans aucun plaisir. Toute cette aventure lui laissait un goût amer bien éloigné du bonheur escompté.

Et sa grand-mère ! Si elle se doutait ! Cette pensée la terrifiait, et malgré la chaleur de cette soirée d'été, des frissons l'envahissaient.

On frappa à sa porte :
— Tout le monde est à la salle à manger et vous attend, dit Joseph.

Comme il l'avait vu naître, il se permit d'ajouter avec un bon sourire :
— Vous êtes magnifique, Mademoiselle Angela, je suis sûr que vous serez la plus belle de toutes ces dames !

Maîtrisant une émotion que la gentillesse du vieil homme avait encore exacerbée, Angela s'efforça de sourire et de plaisanter. Quoi qu'il arrivât, on devait se tenir. Cette règle ne souffrait nulle entorse.

Ce soir, elle serait dure à respecter... !
— Eh bien ! tu as mis le temps, mais quel résultat ! constata Gilbert avec un sourire approbateur à l'entrée d'Angela.

La fierté paternelle illuminait son visage à la vue de cette beauté fragile et pensait-il, encore si candide. Il espérait profiter encore quelque temps de sa présence à son foyer, conscient, bien entendu, que le bal était avant tout destiné à lui faire connaître de jeunes soupirants, susceptibles peut-être de demander sa main. Charlotte était mariée – *casée*, disait-il. Et son départ de la maison ne l'avait guère éprouvé ; pour Angela, il en irait bien différemment. Lorsque à son tour, elle le quitterait, seul demeurerait le petit Olivier qui venait d'avoir onze ans. La maison serait moins animée... Enfin, il ferait des voyages avec Inès.

Angela s'assit et se mêla à la conversation sans être capable d'avaler la moindre bouchée.

— Il faut prendre des forces, dit Germain.

Attirer l'attention était bien la dernière chose qu'elle souhaitait. Mais le regard affectueux de son grand-père ne la quittait pas.

— Je ne crois pas qu'elle mourra de faim ce soir, dit Inès qui supposait Angela un peu émue à la perspective de cette soirée donnée pour elle ; nous avons prévu des buffets copieux pour cette jeunesse. Elle se restaurera tout à l'heure. Tu n'es pas trop serrée dans ta robe n'est-ce pas ?

Angela se sentit blêmir : on ne pouvait pas déjà voir, alors que rien n'était sûr... Si seulement elle avait pu se retrouver trois semaines en arrière, avant cette fatale soirée...

— J'ai un peu chaud, dit-elle. Puis-je sortir un instant ?

Inès aussitôt s'inquiéta :

— Bien sûr. Veux-tu que je vienne avec toi ?

Angela réussit à sourire :

— Je vais juste prendre un peu l'air sur la terrasse.

La relative fraîcheur lui fit du bien... Un moment, elle avait cru se trouver mal. Alors que les invités étaient sur le point d'arriver et Arnaud parmi eux. Il ne s'était pas manifesté, même par un coup de téléphone, depuis qu'Angela lui avait cédé. Elle savait qu'en ces dernières semaines de juin, il passait des examens, mais n'en pensait pas moins sur ce qu'elle considérait comme de la muflerie. Elle ne lui dirait sûrement pas qu'elle avait peur...

Déjà, une voiture s'arrêtait dans la cour d'honneur. Il fallait rejoindre les autres et jouer son rôle de jeune fille comblée.

En regardant les nombreux invités qui circulaient dans un joyeux brouhaha, dans les salons brillamment éclairés et dans les allées du parc, bordées de photophores, Charlotte Lorrimond était un peu jalouse. Il lui semblait que le bal offert pour ses dix-huit ans à elle et qui avait eu lieu rue du Bac, en

Le bal

plein hiver, avait été moins somptueux. Non que ses parents eussent lésiné : elle aussi avait été emmenée chez un grand couturier – Paquin – pour sa robe, elle avait reçu un collier de perles et d'autres cadeaux. Ses parents s'étaient toujours efforcés de ne privilégier aucune de leurs filles. Mais ils n'avaient pas réussi à donner à Charlotte la beauté et le charme d'Angela.
Il s'en fallait de beaucoup...
Quand elle n'était encore qu'une petite fille de douze ou treize ans, Angela était déjà séduisante alors que personne ne remarquait son aînée. Si au moins Bruno son mari avait continué à lui prêter la même attention qu'au temps des fiançailles, Charlotte n'aurait peut-être pas ressenti ce désenchantement qui l'empêchait de prendre un véritable plaisir à la soirée. Comme à toute chose d'ailleurs... En un peu plus d'un an, le jeune homme empressé, amoureux, car il l'avait été, s'était métamorphosé en un mari courtois, à la limite de l'indifférence, lui semblait-il parfois, absorbé par les affaires et qui accordait à sa femme le minimum de son temps...
A la vue d'Alicia Méraud, sa compagne d'études qui n'était même pas encore fiancée, elle se dit qu'elle du moins avait réussi à mettre le grappin sur un homme plutôt bien de sa personne, qui lui assurait un train de vie agréable et ne se montrait guère exigeant. Que demander de plus? Elle lui ferait deux enfants, pas plus, qu'elle n'était guère pressée de mettre au monde, craignant pour sa liberté, et elle estimait qu'ainsi elle aurait rempli sa part du contrat.

Après deux coupes de champagne, Angela s'était sentie plus vaillante. Pour se donner du courage, elle se répétait ce qu'elle avait entendu dire par ses amies : à savoir qu'on ne tombait jamais enceinte la première fois. Et elle n'avait pas l'intention de récidiver, au moins avec Arnaud Buffévent!
Ce dernier arriva tard alors que la soirée battait déjà son plein. Angela qui le guettait, constata qu'au lieu de venir aussitôt lui dire bonjour et l'inviter à danser, il s'était installé à une table pour bavarder avec Marc et Laurence de Préville.

Sarranches

Cette impolitesse et ce manque d'égards achevèrent de la convaincre qu'elle s'était galvaudée, et cette évidence déplaisante lui rendit presque désagréable le spectacle de la fête.

Après s'être assurée que les différents buffets étaient convenablement approvisionnés, que le service suivait, Inès s'était assise auprès de son mari et d'un couple ami, les Garaud, qui avaient accompagné leur fille, Marie-Louise. Très attentive à ses propres enfants, il lui sembla que quelque chose n'allait pas. A Gilbert elle dit à mi-voix :
– As-tu l'impression que nos filles s'amusent?
Gilbert la considéra avec une feinte indignation et s'exclama :
– Elles seraient bien difficiles!
Mais voyant que sa femme ne plaisantait pas, il chercha à les repérer sur la piste où elles dansaient au son de *Beguin the beguine*. Charlotte lui parut en effet renfrognée dans les bras de son cavalier. Il reconnut son gendre qui semblait s'acquitter d'une corvée avec un air sinistre : après un an de mariage, c'était étrange et inquiétant... Quand il se souvenait d'Inès et de lui, si follement épris, leurs corps enflammés de désir, incapables de se détacher l'un de l'autre...
– Ils se sont peut-être disputés...
– Je l'ignore... Mais observe Angela...
Tandis qu'il la cherchait, il remarqua son père enlaçant une ravissante personne et dansant avec une ardeur juvénile. Son air guilleret disait assez qu'en dépit de ses soixante-douze ans, lui s'amusait énormément. Et sa cavalière, visiblement enchantée par ses propos, riait aux éclats.
Gilbert sourit :
– Tu as vu Père?
Inès sourit à son tour :
– Il sait profiter de la vie celui-là. Pas comme...
Elle s'interrompit.
– Tu peux le dire : pas comme elle, compléta Gilbert avec une pointe d'amertume.
Quelquefois, il craignait que Charlotte se mît à ressembler à

Le bal

sa grand-mère qui bannissait tout ce qui s'apparentait à de la gaieté, allant jusqu'à tenter de convertir les autres à cette triste règle de vie. Il en arrivait à penser que Jeanne était méchante et indifférente aux autres, n'ayant aimé que Jacques. Ce n'était pourtant ni le lieu ni l'heure ce soir de s'attarder sur des rapports filiaux qui n'avaient jamais été faciles. Si sa mère avait mal accueilli Inès, d'excellente famille, c'est parce qu'ils s'aimaient et que le spectacle de leur bonheur l'indisposait ! Pourtant Jacques, déjà amputé, il est vrai, était encore vivant...

— Là, dit Inès, sur la droite.

Il l'aperçut enfin. Au lieu de la jeune fille rayonnante, il vit une personne crispée, s'efforçant de sourire et d'être aimable. Etait-elle souffrante ? Elle avait demandé à sortir au cours du dîner, mais Gilbert avait mis cela sur le compte d'un compréhensible énervement.

— Tu crois qu'elle est malade ?

— Ce n'est pas cela... répondit Inès songeuse.

Sur les injonctions de sa mère, Marc de Préville avait invité une fois sa sœur à danser, puis jugeant son devoir accompli, l'avait plantée devant le buffet. Laurence se fit servir du champagne et commença à regretter d'avoir insisté pour être présente. Elle ne connaissait personne, à l'exception de sa famille et aucun de ces jeunes gens ne lui prêtait la moindre attention. Etait-ce en raison de son âge ou bien parce qu'elle portait une robe trop courte ? Elle avait grandi depuis le mariage de Charlotte...

Quelle déception, après avoir rêvé de danser toute la soirée !

Comme l'orchestre s'arrêtait et que les couples se séparaient, Charlotte se dirigea vers le buffet, accompagnée de son mari. Laurence pensa qu'ils n'avaient l'air de s'amuser ni l'un ni l'autre. Elle se rapprocha d'eux : au moins ils lui parleraient.

A la vue d'Alicia Méraud, Charlotte sourit enfin : elle souhaitait que son ancienne condisciple enviât son sort de femme mariée, établie, élue. Alicia elle, se trouvait toujours sur le marché, et d'un an plus âgée, n'était plus de la première fraîcheur. Et on savait ses parents guère fortunés...

Sarranches

— Cette soirée est la plus belle de la saison, dit Alicia avec un enthousiasme qui n'était pas feint. Ton grand-père fait royalement les choses.

Charlotte accepta ces compliments de bonne grâce et daigna s'apercevoir de la présence de Laurence...

— Je ne sais pas si tu connais ma petite cousine Laurence de Préville, la sœur de Marc et de Gabriel.

Pendant que les jeunes femmes bavardaient, l'orchestre rejoua. Bruno déposa sa coupe de champagne à moitié pleine sur le buffet et empoigna Laurence avec une sorte de brusquerie :

— Viens danser.

Laurence le suivit sur la piste. Elle connaissait peu ce nouveau cousin rencontré lors de quelques réunions de famille et avec lequel elle n'avait échangé que des banalités.

— Tu t'amuses ? questionna-t-il.

— Un peu, répondit Laurence sans enthousiasme excessif.

— Moi pas du tout.

D'abord interloquée, Laurence poursuivit :

— Pourtant, tu as Charlotte. Moi, si je ne m'amuse pas beaucoup, c'est que personne ne s'intéresse à moi. Tu es le premier qui m'invite à danser... si on excepte Marc. Mais un frère, ça ne compte pas.

Bruno sourit et resserra son étreinte :

— Et un cousin ça compte ?

— Oui. Surtout un cousin par alliance, précisa Laurence. Ce n'est pas comme si je te connaissais depuis toujours.

Elle aperçut sa mère qui lui faisait signe de loin : elle comprit que cette dernière se retirait. Son père n'était pas auprès d'elle. Peut-être était-il déjà monté.

Il devait être près de minuit.

Le moment fatidique approchait, inévitable : elle allait affronter Arnaud. Tout en passant de bras en bras, elle avait eu le temps d'arrêter sa conduite : elle ferait comme si rien ne s'était passé, comme si elle avait oublié ces moments dont les suites pouvaient se révéler si affreuses. Devant le manque

Le bal

d'empressement de l'intéressé, c'était la seule attitude à adopter. Elle avait réussi à s'étourdir, une heure ou deux, grâce au champagne. Maintenant, si elle buvait encore, elle aurait mal au cœur ou bien s'effondrerait.

Enfin, Arnaud vint à elle. Arrivé depuis plus d'une heure, ayant déambulé dans les salons et le parc, il avait déjà fait danser une demi-douzaine de jeunes filles... Curieusement, ce fut elle qui se sentit gênée : elle engagea la conversation, redoutant un silence inconfortable qui s'instaurerait entre eux. Elle était encore séduite par son allure et son regard charmeur, mais désormais elle savait que sous cette apparence flatteuse il y avait un homme qui sans doute – elle n'en était pas encore sûre – ne l'avait prise que pour se distraire, sans rien éprouver d'autre pour elle qu'un désir éphémère. Au contact du corps d'Angela ce désir semblait renaître. S'était-elle trompée et les examens étaient-ils la seule cause d'une froideur inexplicable ? Il la serra contre elle :

– Tu es la plus jolie fille du bal, dit-il.
– Merci de tes compliments.

Son ton glacé étonna Angela elle-même. Il provoqua les excuses d'Arnaud :

– Je ne t'ai pas fait signe dernièrement, à cause de mes examens. Maintenant, j'en ai terminé et nous pourrions nous revoir.

Bien que tentée, Angela hésita et lança :

– J'ai beaucoup d'engagements jusqu'à notre départ en vacances.

Il devait comprendre qu'elle n'était pas à sa disposition même s'il lui plaisait beaucoup.

Elle le devina décontenancé devant cette résistance imprévue : il avait l'habitude que les filles se jettent à sa tête. Celle-ci avait même couché avec lui et voilà qu'elle ne montrait aucun enthousiasme à l'idée de *remettre ça*. Alors qu'il n'arrivait pas à se débarrasser de la petite Ida, séduite au début du printemps et délaissée pour courtiser Angela. Il s'en était vite lassé : quoi de plus ennuyeux qu'une fille qui s'accroche ?

Mais la conquête d'Angela, qu'il avait trouvée à son goût

Sarranches

sans plus, avait été un peu trop facile à ses yeux : il était venu ce soir bien résolu à la laisser tomber, sans le moindre scrupule.

Et puis il avait été ébloui par le faste de Sarranches et le train de vie des Sénéchal, luxueux sans ostentation. Leur réputation n'était plus à faire. Angela serait richement dotée et hériterait d'une fortune. Il aurait bientôt vingt-trois ans, il était temps de penser à se ranger. Si une bonne affaire se présentait, il serait stupide de ne pas la saisir. D'autant plus qu'il n'avait pas l'intention de se tuer au travail. Angela était ravissante et elle lui ferait honneur.

Un plan naquit dans son cerveau. Il fallait qu'il parvienne à lui faire de nouveau l'amour, – mieux que la première fois où il reconnaissait avoir été un médiocre partenaire – avec si possible, un enfant à la clef. Elle serait contrainte alors de l'épouser. Et de plus, son obligée.

– Tu m'as beaucoup manqué tu sais... lui dit-il de sa voix charmeuse.

– Vraiment !

Elle ne semblait pas le croire. Ce n'était pas une sotte comme la petite Ida qui gobait tout ce qu'on lui disait. En fait, elle avait été vexée de ce silence obstiné depuis ce qu'il appelait *leurs ébats*.

Il est vrai qu'alors, il ne connaissait pas Sarranches...

L'orchestre fit une pause et Angela se dégagea. Il voulut la retenir :

– Laisse-moi, dit-elle, je me dois à mes invités.

Elle était coriace, ce qui n'était pas pour lui déplaire. Il tenterait à nouveau sa chance un peu plus tard. Fatiguée, vers trois heures du matin, elle offrirait moins de résistance. Il s'efforcerait aussi de la faire boire.

Entourée par des mères qui couvaient des yeux les évolutions de leurs filles, à l'abri de son face à main, Jeanne Sénéchal observait les invités d'un air peu amène, supputant le nombre de caisses de champagne qui allaient être vidées. Il s'agissait naturellement d'une grande marque, du Veuve Clic-

Le bal

quot : Germain n'avait rien voulu entendre pour offrir un champagne de qualité inférieure. Il avait l'habitude de celui-là et s'y tenait, même s'il s'agissait d'abreuver trois cents gosiers incapables de faire la différence... Et ce soir, il faisait particulièrement chaud...

Avec l'âge, Jeanne qui avait toujours été gâtée, devenait regardante. Cela l'agaçait de voir Germain *dilapider* comme elle disait. Après tout, il s'agissait de *son* argent à elle, même si elle savait bien que grâce à de judicieux placements et à une chance extraordinaire en affaires, son mari avait multiplié par dix et plus, la confortable dot reçue des parents de sa femme. S'il ne possédait pas le génie de son père, Gilbert semblait en avoir hérité les qualités : il était sérieux, compétent, solide et Jeanne savait que si un malheur arrivait à Germain, elle pourrait compter sur son fils... Mais Jacques, s'il avait vécu, lui aurait été bien supérieur dans tous les domaines, elle en demeurait persuadée. Elle ressentait la douleur irrémédiable de sa perte enracinée dans son cœur, presque aussi vivement qu'au premier jour. Un profond soupir s'exhala de sa poitrine : rien ni personne ne lui rendrait jamais Jacques...

Olivia avait quitté le bal sans regret, reconnaissante à Bruno de s'occuper de Laurence. Elle ne se préoccupait pas de Marc : il n'avait qu'à inviter des jeunes filles à danser.
Paul avait disparu dès l'arrivée des premiers invités. Depuis, une vague inquiétude rôdait dans son esprit :
Dans l'entrée, elle croisa Noël chargé d'un plateau :
– Vous n'avez pas vu Monsieur le comte ?
– Non Madame, pas depuis le dîner.
Sans doute le retrouverait-elle dans leur chambre. Ces derniers temps, Paul fuyait les mondanités. Elle avait l'impression qu'il souhaitait être seul. Pourtant, elle aurait voulu l'aider...

Une pensée fugitive à laquelle elle ne voulait pas croire, avait traversé l'esprit de Laurence tandis qu'elle dansait avec son cousin : Bruno n'était pas follement épris de sa femme. Maintenant qu'elle se sentait plus à son aise, tous les regards ne convergeant pas sur elle et ayant pris son parti de sa robe trop courte, elle se mit à observer les autres. Elle surprenait des échanges de regards, des mains qui se crispaient sur la taille d'une jeune fille ou sur l'épaule d'un garçon, des visages qui rayonnaient de plaisir et d'autres... Certains invités s'empiffraient avec allégresse et faisaient honneur au champagne du grand-père Sénéchal. Alignés derrière les buffets, les extras n'arrêtaient pas de remplir les verres. Tous ces jeunes gens en smoking – comme la réception avait lieu à la campagne, l'habit n'avait pas été de mise – dont certains portaient des vestes de shantung blanc, retiraient leurs gants et s'épongeaient. Les jeunes filles elles, avaient la chance d'avoir le dos et les épaules nus...

Un peu las de danser, Germain décida qu'il était temps de s'arrêter. Il aperçut sa petite-fille Laurence qui faisait tapisserie et l'invita à s'asseoir un moment auprès de lui : il faudrait qu'il lui trouve un petit jeune homme pour s'occuper d'elle. Elle était assez mignonne, cela devait être facile.

Il leur fit servir du champagne et leva sa coupe :
– A ta santé, ma chérie. Le prochain bal sera pour toi!
– Oh! j'ai encore le temps vous ne croyez pas?
Il la regarda en souriant :
– Rien ne presse en effet... Où sont tes parents? Je les ai à peine aperçus ce soir...
– Je crois qu'ils sont montés.
Elle hésita avant d'ajouter :
– Papa était fatigué.
Germain décida d'interroger Laurence : par elle, il apprendrait peut-être ce qu'Olivia n'osait ou ne voulait pas lui dire. Depuis l'entretien qu'il avait eu avec son gendre deux mois auparavant – et qui s'était soldé par un prêt – des rumeurs fâcheuses continuaient à se répandre.
– Il est souvent fatigué ces temps-ci?
– Oui.
– Ou soucieux?
– Plutôt, avoua Laurence, réticente.

Le bal

— Ecoute, tu peux tout raconter à ton vieux grand-père qui ne veut que votre bien à tous.

Laurence se lança :

— Il dit que nous devons nous restreindre, que nous vivons au-dessus de nos moyens, que les temps sont difficiles.

— Je vois, dit Germain songeur.

Ainsi ce que Mayer, son banquier et ami, lui avait confié, trois jours auparavant, était exact : loin de se désengager et de mettre de l'ordre dans ses affaires, Paul s'était un peu plus enlisé. Il faudrait voir de toute urgence avec Gilbert comment le tirer d'embarras. Cette petite sotte d'Olivia aurait vraiment pu lui en parler! A moins que son mari, déjà humilié dans sa fierté d'avoir été contraint d'accepter un prêt, ne le lui ait interdit... Germain se souvenait combien il avait été ulcéré lorsque au moment du mariage, le bruit avait couru qu'il vendait son nom contre la fortune Sénéchal... Jeanne et lui-même n'avaient pas été mécontents de voir Olivia devenir comtesse de Préville, tout le monde y avait trouvé son compte. Et il apparaissait que cela n'avait pas été un si mauvais ménage... si toutefois on ne pouvait le comparer à celui de Gilbert et d'Inès... Parfois il se disait que s'il avait eu une femme comme la rayonnante Inès...

Il soupira : il n'avait guère été heureux, malgré d'innombrables aventures et un bon nombre de liaisons. La plus longue, presque quatre ans, avec Florence Marley, lui avait donné un fils, âgé maintenant de vingt et un ans et dont il assumait la charge... Il aurait aimé pouvoir inviter ce soir Alain, un fort beau garçon dont il était fier – sa mère avait été aussi ravissante qu'élégante – mais il n'en était pas question.

Par un de ces hasards dont le destin est coutumier, ce fils lui était né au moment même ou l'autre lui était retiré. Cette naissance avait un peu atténué l'amertume affreuse et cette honte qu'il éprouvait d'une sorte de soulagement : Jacques avait tellement changé depuis son amputation...

Et même avant... sans qu'il lui soit possible de situer précisément le moment ou les choses avaient commencé à dérailler. Rien n'avait été précipité : il se souvenait de quelques impressions, revoyant fugitivement certains amis de Jacques.

Naturellement, il ne s'était pas ouvert à sa femme de ses inquiétudes naissantes : Jeanne ne tolérait aucune critique, pas la moindre restriction concernant son fils adoré, symbole de la perfection.

Cette liaison avec Florence avait sans doute marqué la meilleure époque de sa vie. Car l'aventure avec Alberta avait vite viré au cauchemar : ce fût inconscience et folie de sa part de s'y être engagé !

Sans être une beauté, sa belle-sœur avait un charme piquant dont Jeanne était totalement dépourvue : pleine d'entrain et d'allant, elle prenait plaisir à tout – un peu comme Inès – et lorsqu'elle séjournait avec eux à Sarranches, il était évident que la maison était beaucoup plus animée. Pas trace chez elle de cette austérité inculquée par les parents Calvet : il n'avait pu supporter le puritanisme de sa belle-mère, pétrie de principes, engoncée dans ses préjugés qu'il jugeait d'un autre âge, qui, chez Jeanne, avait entraîné une totale inaptitude au bonheur.

Peu à peu Germain s'aperçut qu'il prenait plus d'agrément à la compagnie de sa belle-sœur qu'à celle de sa femme, bien qu'il lui sût gré de lui avoir donné ces trois superbes enfants qu'il chérissait.

Vers l'âge de vingt-deux ou vingt-trois ans, Alberta avait épousé, contre le gré de ses parents et à la désapprobation muette de Jeanne, un fils de famille désargenté, un peu aventurier, Hubert de Chandon qui, le mariage à peine célébré dans une intimité contrainte et un peu honteuse, avait entraîné son épouse à Java où il possédait des plantations.

L'intense satisfaction et même le sentiment d'orgueil d'avoir échappé à sa famille et à une vie conventionnelle, dont témoignaient les premières lettres d'Alberta à sa sœur firent place peu à peu à certaines réticences, à quelques doléances qui se devinaient plus qu'elles ne s'exprimaient vraiment. Le climat, une chaleur humide, des pluies tropicales, était usant, le confort de la maison, isolée au milieu de la plantation, rudimentaire, et rares les distractions. Et puis il y avait toutes ces bêtes qui, selon Alberta, ne cessaient d'assiéger la maison :

moustiques, araignées, scorpions, serpents. Sans parler d'une végétation envahissante et menaçante, contre laquelle il fallait sans cesse lutter, et de ces indigènes sournois aux pieds nus glissant sans bruit, habiles à vous épier sans être vus.

Sans doute, au début de ce séjour, Hubert emmenait-il de temps en temps sa femme à la ville située à deux journées de route. Là, ils retrouvaient d'autres planteurs pour un bref simulacre de vie sociale, quelques soirées entre Européens au club où on dansait, cancanait, jouait aux cartes et buvait, quelques courses, la lecture et les commentaires de journaux déjà périmés, un déjeuner ennuyeux chez les propriétaires de la plantation — car Alberta avait découvert avec consternation que son mari n'était qu'un employé — avec le consul, un vieux jésuite, un médecin et quelques laissés pour compte qui, après des années passées en Indonésie, n'avaient pu se décider à regagner la France où personne ne les attendait.

Au bout de quelques mois, ces piètres distractions lui furent même refusées : elle attendait un enfant et des nausées régulières rendaient tout déplacement impossible sur ces routes défoncées, embourbées, qui les reliaient à la civilisation.

Déjà, Alberta regrettait ce mariage absurde, avec un partenaire qui se révélait médiocre. Elle tombait de haut alors qu'elle avait imaginé mener une vie grisante ponctuée de voyages et d'aventures, elle se voyait réduite à une condition qu'elle jugeait désormais assez misérable et sans espoir de grands changements. Hubert se satisfaisait fort bien de cette existence qui lui convenait et évitait à son tempérament peu porté à l'effort, toute compétition avec plus actifs et plus brillants que lui comme cela aurait été le cas en Europe.

Comprenant qu'elle n'avait rien à attendre de ce compagnon choisi pour contrer ses parents et échapper à une vie monotone, Alberta se désolait d'une grossesse qui la liait désormais à lui. Aussi accueillit-elle avec soulagement une fausse couche qui la libérait. Elle quitta sans regret Hubert et Java et repartit pour la France sans esprit de retour au vif désarroi de son mari qui fut plus déconcerté encore en recevant la demande de divorce qu'elle lui fit parvenir de Paris. Ce

Sarranches

fut à cette époque que Germain se lia avec Alberta qui se trouvait alors dans une situation difficile, socialement, – beaucoup se refusaient à recevoir une divorcée – et matériellement : mécontents d'une fille impudente qui avait trahi leurs principes, ses riches et vertueux parents lui versaient un subside lui permettant juste de survivre dans un modeste appartement, aidée par une unique servante alors que sa sœur occupait un hôtel particulier de trois étages où son confort et celui de ses enfants était assuré par une dizaine de domestiques.

Bien qu'elle ne lui en ait jamais parlé ouvertement, Germain subodorait que sa femme n'était pas vraiment désolée des ennuis d'Alberta qui, très vite, avait renoncé à la solliciter, préférant l'aide discrète de Germain lors de rencontres secrètes...

Germain se mit à aimer ces visites brèves. En dépit de la modestie des lieux, il se sentait confortable. Et puis, Alberta, comme Inès aujourd'hui, avait toujours quelque chose d'amusant à dire et savait donner au moindre fait divers, relief et piquant. Germain riait de bon cœur et s'avisa qu'il riait rarement dans son foyer.

Ce qui devait arriver, se produisit un soir où Jeanne avait retrouvé des dames charitables de la bonne société qui s'occupaient d'un orphelinat. De tromper sa femme avec sa propre sœur aviva le remords de Germain : jusqu'alors, il s'était limité à de brèves aventures avec des demi-mondaines. Depuis la naissance d'Olivia, Jeanne rechignait à de trop fréquentes assiduités. Sans se refuser vraiment au devoir conjugal, il était évident qu'elle n'y prenait aucun plaisir...

Germain s'organisa pour aller retrouver Alberta deux ou trois fois par semaine. Sans *l'entretenir* vraiment, puisque ses parents l'aidaient si peu que ce fût, il lui offrait des toilettes, quelques beaux meubles pour agrémenter un intérieur qu'elle avait su décorer avec goût et rendre chaleureux. Ils allaient parfois aux environs de Paris dans une de ces auberges pour faux ménages où la discrétion de mise ajoutait encore à la saveur de ces moments.

Germain se rendit compte qu'Alberta n'avait jamais aimé

vraiment sa sœur et que si Jeanne se fichait de ses déboires, Alberta trouvait fort divertissant d'être devenue la maîtresse de son mari. Parfois, en quittant l'appartement d'Alberta pour regagner le toit conjugal, Germain ne pouvait s'empêcher de soupirer en se disant que s'il avait épousé Alberta au lieu de Jeanne, il eût été plus heureux...

Avant son mariage, il n'avait fait qu'entrevoir la cadette. Comme il se devait, les Calvet tenaient à établir d'abord leur fille aînée, moins avantagée par la nature. Sans se soucier d'Alberta qui avait contracté une union stupide en dépit de tous ses attraits et atouts.

Un instant démoralisée par son expérience javanaise et par l'accueil glacial que lui avaient réservé les siens, elle s'était vite reprise. La liaison avec son beau-frère était une étape vers l'accession à une vie plus agréable, sans qu'elle sût encore quelle forme elle revêtirait. Elle était bien décidée à ne pas demeurer à l'écart du monde dans cet appartement miteux plus qu'il n'était nécessaire, et à refaire surface d'une manière ou d'une autre.

Elle comptait sur l'aide de Germain...

Ce dernier, un peu naïf pour une fois, se croyait aimé pour lui-même.

Leurs relations duraient depuis plus d'un an, lorsqu'ils furent aperçus en un lieu et dans une situation qui ne prêtaient pas à l'équivoque, par un confrère de Germain. Tout émoustillé par sa découverte, ce dernier ne put se retenir d'en faire part à sa femme, laquelle n'ayant aucune sympathie pour Jeanne s'empressa de la répandre. Tout Paris fut au courant. Comme toujours en pareil cas une bonne âme ne manqua pas pour faire à Jeanne une discrète allusion à son infortune tout en feignant de la plaindre. D'abord incrédule, elle se mit à prêter à son mari une attention qu'elle ne lui accordait plus depuis longtemps et conçut des soupçons qu'elle se décida un soir à vérifier en se rendant à l'improviste chez sa sœur.

La domestique qui la connaissait la laissa entrer et c'est ainsi qu'elle confondit le couple adultère. Ulcérée, elle signifia à Alberta qu'elle ne la reverrait plus. Quant à Germain, son mari et le père de ses enfants, elle lui interdit énergiquement de revoir la coupable et l'incita, s'il ne pouvait s'empêcher de courir les *gueuses*, catégorie dans laquelle elle rangeait désormais sa sœur, de le faire avec discrétion. Tout penaud, Germain promit de se conformer à ces impératifs. Il n'avait pas lieu d'être fier de la manière dont il s'était comporté... Mais le souvenir du visage de Jeanne dont la fureur confinait à la crise de nerfs en découvrant le lit défait, lui donnait encore la chair de poule aujourd'hui...

Dès lors, Jeanne se consacra presque exclusivement à Jacques qui allait avoir douze ans, en lui donnant priorité sur ses deux autres enfants.

Une coupe de champagne à la main, assis en face de la jeune Laurence qui avait encore toute la vie devant elle, les oreilles remplies de la joyeuse animation de la fête, Germain se sentit mélancolique, ce qui ne lui était pas habituel : étaient-ce les souvenirs qui affluaient ou s'était-il subitement senti vieux ?

Il se ressaisit et sourit à sa petite-fille :

— Ne te tourmente pas ma chérie, je vais voir ce que je peux faire pour ton père.

La soirée s'avançait : il était presque une heure du matin. Angela qui dansait avec son beau-frère avait l'esprit ailleurs. Irrésistiblement, elle cherchait le regard d'Arnaud. Parfois, elle croyait le repérer, mais l'uniformité des tenues ne rendait pas l'identification facile.

— Ton grand-père a grandement fait les choses, remarqua Bruno sur un ton admiratif qui n'était pas feint. Je crois que c'est la plus belle réception à laquelle j'aie jamais assisté... J'espère que tu t'amuses !

— Mais oui, dit Angela d'un ton las, autant que toi...

Bruno écarta de lui un instant la jeune fille pour regarder son visage :

— Qu'y a-t-il ? Tu ne t'es pas sentie bien à dîner...

— Ce n'est pas ça...

Elle aimait beaucoup Bruno, elle le trouvait sérieux, intel-

Le bal

ligent et astucieux, gentil et plutôt beau garçon. Il inspirait confiance : mais comment lui raconter qu'elle redoutait d'être enceinte ? Et il n'était pas question d'en parler à sa sœur qui aurait dû être sa confidente : un mari ne répète-t-il pas tout à sa femme ?

— Et toi, tu t'amuses ?
— Oh! moi... dit-il désabusé.
— Tu t'es disputé avec Charlotte ?
— Pas vraiment...

Depuis quelque temps, il voyait sa femme telle qu'en elle-même : égoïste, puérile, prétentieuse et jalouse. Notamment à l'égard de sa sœur. Et les élans physiques s'étant amenuisés, Bruno s'ennuyait aux côtés d'une épouse qui ne pensait qu'à s'habiller et à *sortir*. Il détestait la vie superficielle qu'elle lui faisait mener, ces cocktails, ces dîners presque quotidiens dans une société insouciante que ses seuls plaisirs intéressaient.

— Ce que tu peux être sérieux, disait souvent Charlotte d'un air de reproche dès qu'il tentait d'élever un peu la conversation.

Et elle revenait aux potins, médisant volontiers sur ses propres amies, échangeant des adresses de fournisseurs ou de restaurants, vantant son coiffeur ou sa couturière. La satisfaction d'entrer dans la famille Sénéchal et l'attirance physique indéniable avaient-elles pu masquer son caractère renfrogné et une quasi totale inculture ?

Il ne devait s'en prendre qu'à lui-même.

Remontée dans sa chambre, Olivia n'y avait pas trouvé Paul. Les lampes de chevet étaient allumées, répandant une faible clarté et sur le lit, la femme de chambre avait disposé sa chemise de nuit de soie rose ornée de dentelles et le pyjama à raies blanches et bleues.

Elle passa dans la salle de bain attenante, raviva son maquillage, déplorant une fois de plus son nez brillant et sa vilaine peau. En se regardant, elle se trouva sans charme, déjà flétrie. Elle soupira et demeura un moment incertaine, écoutant les échos assourdis de la soirée. Elle se serait volontiers débarrassée de cette robe qui l'engonçait et surtout de ses escarpins qui meurtrissaient ses pieds gonflés par la chaleur. Elle s'assit sur le lit mais craignant de s'assoupir résista à la tentation de s'y allonger. Il lui fallait trouver Paul : cela ne lui ressemblait pas du tout de disparaître ainsi sans prévenir. Probablement se promenait-il dans le parc, ressassant des soucis qui se faisaient de plus en plus pressants. La dernière fois qu'elle l'avait vu, il conversait avec Mayer, le directeur de la Banque d'Investissements Privés, et sa femme. Il devait être onze heures. La pendule indiquait deux heures moins dix.

Olivia avait faim. Elle regagna le rez-de-chaussée et traversa un salon où s'étaient réfugiés autour de Jeanne à l'abri du bruit, le docteur Deschars, Mme Mayer, deux ou trois femmes âgées, relations de Jeanne qui avaient accompagné une petite-fille ou une filleule, et quelques notabilités du pays comme le député et le maire, que Germain avait jugé utile d'inviter. Pas trace de Paul non plus dans la bibliothèque, d'ailleurs plongée dans l'obscurité, car le maître de maison ne souhaitait pas qu'on utilisât cette pièce les soirs de grande réception, pour ménager les tapis précieux.

Elle aperçut Marc.
— Tu n'as pas vu ton père ?
— Pas depuis peu, non...
— Si tu le vois, tu lui diras que je le cherche.
— Entendu.

Il s'éloigna titubant presque : il avait bu. Ce n'était pas la première fois... il faudrait qu'elle en parle avec Paul. Comme Gabriel, pourtant son jumeau, était différent... il n'était pas là ce soir, travaillant avec acharnement à la préparation d'un examen qui avait lieu la semaine suivante. Olivia s'approcha du buffet, prit une assiette de viandes froides et alla s'installer auprès d'une de ses amies. Elle repartirait ensuite à la recherche de Paul.

Jeanne commençait à sentir la fatigue. Maîtresse de maison, elle ne pouvait quitter ses hôtes. Ne laissant rien paraître de sa lassitude, se résignant à cette inévitable cor-

Le bal

vée, d'un geste, elle fit signe à Noël qui passait avec un plateau chargé de boissons et invita les Mayer et Deschars à se resservir, ce qu'ils firent volontiers. Le champagne de Germain avait beaucoup de succès. Elle-même, à son habitude se contenta d'un jus d'orange. Elle vit passer Olivia qui avait l'air égaré, puis Laurence, escortée d'un jeune homme. Germain allait et venait, l'œil à tout. Il surveillait le déroulement de la soirée : car le bruit avait couru qu'au bal donné par Mme de Gercaux, des jeunes pris de boisson s'étaient fort mal tenus. Il ne fallait pas que cela se reproduise à Sarranches... D'ailleurs, la petite Annie de Gercaux avait été rayée de la liste... On chuchotait qu'elle avait encouragé ses invités à boire. On l'avait paraît-il aperçue, dans un bar des Champs-Elysées... Angela qui aimait bien Annie, avait été désolée. Mais Jeanne, toujours au courant de tout, bien que sortant rarement, et même Inès, s'étaient montrées intraitables. Inès l'avait expliqué à sa fille :

— Tu dois te montrer très prudente au moment où tu fais ton entrée dans le monde...

— Au moment où on me met sur le marché tu veux dire! s'était exclamée Angela.

— Si tu veux, répondit Inès. Tu sais, une réputation est une denrée fragile : un rien suffit pour qu'une jeune fille soit qualifiée de *fast*... Et une fois collée cette étiquette, il est très difficile de modifier l'opinion...

Angela protestait pour la forme, consciente du bien-fondé de cette mise en garde. Elle n'avait pas manqué d'occasions d'observer ces dames jacassantes et si souvent malveillantes, qui faisaient ou défaisaient les réputations. Quoique moins vulnérables, les garçons eux-mêmes n'étaient pas à l'abri : vulgaires coureurs de dot ou amateurs de boissons fortes étaient jugés sans indulgence.

Elle n'en était que plus épouvantée de ce qu'elle avait fait avec Arnaud... C'était la première fois qu'elle cachait quelque chose d'important à sa mère qu'elle aimait tant...

Alors que Laurence pensait à monter se coucher, un jeune homme blond s'était approché d'elle et l'avait invitée à danser.

Sarranches

Il s'était présenté : Harold Davis. Lui non plus ne connaissait personne. De passage à Paris avec sa mère Helen Davis, amie d'enfance d'Inès, il avait été invité au dernier moment. A tout juste vingt ans, il était élève au Christchurch College à Oxford et bien que parlant très correctement le français, se sentait intimidé et un peu perdu au milieu de cette assemblée étrangère pour lui.

Laurence fut touchée que cet inconnu s'occupât d'elle. Lorsqu'ils eurent dansé et bu un peu de champagne, elle l'emmena à sa demande, visiter le château.

— Je suis si content de voir un château français...

Laurence se crut tenue de préciser :

— Vous savez, il n'est pas ancien. C'est mon grand-père qui l'a fait construire il y a une quarantaine d'années.

Harold admira les peintures du salon, un Vuillard et des Bougueraux, et surtout la bibliothèque qu'il trouva magnifique et où Laurence l'introduisit en cachette...

— Vous vivez ici? demanda-t-il.

— Non, à Paris. Je viens là pour les vacances et vous?

— Mes parents habitent Londres. Mais moi je suis à l'université à Oxford. L'été, nous nous installons à Fox Hall dans le Kent où je monte à cheval. Je vais aussi quelquefois faire du bateau autour de l'île de Wight...

Laurence ignorait où se trouvait l'île de Wight et se promit de s'informer dès le lendemain. Elle trouvait Harold très sympathique. Un peu timide, blond et rose, si différent des jeunes français arrogants et sûrs d'eux qui l'avaient dédaignée toute la soirée.

— Puisque vous aimez les chevaux, cela vous amuserait-il de voir les écuries?

— Bien sûr.

A quelques centaines de mètres du château, un long bâtiment abritait les chevaux de Germain, une demi-douzaine. Il était seul à monter Chiquita, une jument alezane, et les autres étaient à la disposition de la famille et des invités qui le souhaitaient. Laurence aimait l'odeur de paille et de cuir qui se dégageait des stalles et de la sellerie attenante.

Le bal

Harold caressa l'encolure de Chiquita au poil soyeux et lustré qui poussa un long hennissement de plaisir :
— C'est la préférée de grand-père. Moi je monte Melchior d'ordinaire qui est moins nerveux et ma cousine Angela, Circé.
— Le bal est donné pour elle, n'est-ce pas?
— Oui, pour ses dix-huit ans.
— Il faudra que je l'invite à danser, constata Harold. Je crains de ne pas oser...
— Oh! il y a tellement de monde, vous n'êtes pas obligé...
Angela avait tous les danseurs dont elle pouvait rêver. Laurence elle, n'avait qu'Harold et comptait sur sa compagnie.
— Vous croyez?
Harold paraissait très soulagé.
— Je préfère rester avec vous, dit-il encore.
En quittant l'écurie, il lui prit gentiment la main. Pour elle, c'était une première fois. Au loin, on percevait les échos du bal.

Pendant une pause de l'orchestre auquel Noël venait d'apporter de quoi se sustenter et se désaltérer, Angela bavardait avec Isabelle Ballandier et Séverine de Magrée. Arnaud Buffévent s'approcha d'elle :
— La prochaine est pour moi, dit-il en souriant.
Angela surprit un éclair d'envie dans les yeux verts d'Isabelle. En retrait, Séverine n'espérait pas attirer le regard d'Arnaud.
Ce dernier ne s'occupait que d'Angela, ignorant complètement les autres jeunes filles. Bien qu'elle jugeât ce comportement mufle — n'avait-il pas été invité chez les deux jeunes filles quelques semaines auparavant? — il y avait quelque chose de grisant à polariser l'attention d'un garçon aussi séduisant, aussi convoité qu'Arnaud et cela, devant ses amies. Angela jouissait de ce petit triomphe mondain sans avoir pour autant le désir d'écraser les autres, surtout la pauvre Séverine. En la voyant un peu misérable près du buffet alors qu'Isabelle s'était vite envolée au bras d'un danseur, une idée charitable mais un

peu diabolique lui vint, qui aussi lui permettrait de mesurer son ascendant sur Arnaud :
— Tu veux me faire plaisir?
— Bien sûr! Quelle question!
— Alors sois gentil : invite une fois Séverine...
Arnaud la considéra avec une incompréhension manifeste :
— Cette mocheté?
— C'est une fille charmante. Si on la voyait une fois danser avec toi, je suis sûre qu'après, elle trouverait des cavaliers...
De se voir reconnaître un tel pouvoir par Angela flatta Arnaud :
— Eh bien, si tu y tiens...
Angela lui sourit et il en profita pour resserrer son étreinte : elle ne se déroba pas.

Charlotte était mécontente : profitant de ce qu'elle dansait, son mari s'était éclipsé. Elle le savait fatigué après une semaine éprouvante : ce n'était pas une raison pour aller se coucher et la laisser en plan. Seconde contrariété, Angela étant la reine de la fête, personne ne se souciait de sa sœur aînée, mariée et donc sortie de la compétition. Furieuse, elle alla s'asseoir au côté d'Alicia Méraud qui faisait tapisserie.
— Je me repose un instant, je suis morte, prétendit-elle. Qu'est-ce que tu deviens?
Il y avait bien six mois qu'elle n'avait vu Alicia. Ni pris la peine de lui téléphoner.
— Je viens de terminer ma deuxième année de licence d'anglais. Et cet été, je pars en Angleterre pour me perfectionner. Si tout va bien je préparerai l'agrégation.
— Ne penses-tu pas te marier? demanda Charlotte surprise.
Elle n'imaginait pas une autre conclusion à la vie de jeune fille.
— Jusqu'à présent, personne ne s'est présenté, répondit Alicia sereine. Et puis, j'ai envie d'agir par moi-même, de ne pas être dépendante... Même si je me marie un jour...
— Tu veux gagner ta vie?
— Je veux en tout cas être capable de le faire si c'est néces-

Le bal

saire. Avec une agrégation, je pourrai être professeur, traduire des livres...

Stupéfaite, Charlotte se livra à quelques réflexions, ce qui lui arrivait rarement. Ses études avaient été médiocres, pour ne pas dire inexistantes et elle n'avait jamais cherché à se cultiver. Depuis l'âge de quatorze ou quinze ans, elle savait que ses parents fortunés l'entretiendraient jusqu'au mariage. Puis un époux prendrait la relève.

Tel n'était pas le cas d'Alicia dont la mère, veuve, disposait de peu de moyens.

– Ma mère ne peut pas assumer ma charge indéfiniment, poursuivit Alicia. Bientôt, il lui faudra payer les études de mes deux jeunes frères qui ont quinze et treize ans.

Cette conversation ennuyait Charlotte qui avait toujours été choyée et de laquelle on n'avait jamais exigé un effort soutenu.

Un invité se dirigeait vers elles. Déjà, Charlotte se levait pour le suivre. Mais à son vif dépit c'est Alicia qu'il entraîna sur la piste.

Décidément, elle n'intéressait personne.

Autour de Jeanne, on avait pris congé. Les derniers à la remercier avec effusion furent les Mayer.

Elle se retrouva seule, dans le petit salon encombré de verres vides, de cendriers débordants, précaire abri dans une demeure entièrement livrée à l'ivresse du bal.

Comme elle avait détesté cette soirée, la vue de toute cette jeunesse aux corps souples, tentateurs, élancés, virevoltant joyeusement, avec leurs visages que la vie n'avait pas encore marqués, illuminés par l'attente non seulement de l'amusement d'une réception exceptionnelle, mais d'une rencontre, de la rencontre!

Les raisons profondes de son déplaisir, de cette acrimonie à l'égard de cet envahissement juvénile, ne devait-elle pas les chercher dans son lointain passé? N'était-ce pas l'évocation d'une soirée semblable, un quart de siècle auparavant très exactement, puisque c'était en juin 1913, qu'avait eu lieu un autre bal, donné à l'occasion des dix-huit ans de sa fille ? Mais la pâle et morose Olivia, un peu boudinée déjà dans une robe de satin blanc ceinturée de rose qui découvrait des épaules sans beauté, un peu tombantes – Jeanne s'était approchée de la cheminée et contemplait maintenant la vieille photo, prise comme toujours par Deschars, – était bien incapable d'être la reine de la fête comme l'était Angela. Ce soir-là, celui qui avait traîné tous les cœurs après soi, éclipsant sa sœur, celui dont Jeanne avait suivi les évolutions avec amour, fierté et ravissement, c'était Jacques. Son Jacques, dans la splendeur éclatante et triomphante de ses vingt ans...

A l'évocation de ces souvenirs encore si vifs malgré le temps écoulé depuis lors, Jeanne ressentit une immense lassitude. Seule dans sa chambre, elle se fût abandonnée à son chagrin. Mais il lui fallait se reprendre : à tout instant un invité ou un serveur pouvait pénétrer dans la pièce. Jeanne regarda la pendule : trois heures à peine ; cette nuit blanche n'était pas finie...

Après s'être désaltérée et avoir reposé ses pieds meurtris, Olivia était partie à la recherche de son mari. Elle avait fait plusieurs fois le tour de toutes les pièces, avait interrogé les uns et les autres, elle aurait fini par le rencontrer.

Dans la cour, elle aperçut Laurence qui riait, main dans la main avec un jeune homme blond. Olivia eut un sourire attendri, heureuse que sa fille ait trouvé un cavalier : elle ne voulait pas gâcher son plaisir mais dès demain, elle lui ferait des recommandations.

— Tu n'as pas vu ton père ?
— Non. Nous pouvons t'aider à le chercher si tu veux maman, je te présente Harold Davis.

Harold s'inclina sur la main qu'Olivia lui tendait distraitement.

— Non, non, mes enfants amusez-vous. Je pense qu'il en avait assez du bruit et qu'il est allé se promener peut-être du côté de l'étang.

Au prononcé de cette phrase, elle sentit son cœur se serrer

Le bal

et malgré la chaleur, des frissons la parcourir... Elle resserra son écharpe de cachemire brodée d'or – un cadeau de Gilbert pour son dernier anniversaire – et demeura perplexe. L'angoisse l'emporta : malgré la souffrance que chaque pas lui causait, elle se dirigea vers cet étang maudit depuis que Jacques s'y était noyé et précisément vers l'endroit où le drame s'était passé. Une pierre carrée, gravée de son seul prénom « Jacques » – et de la date de sa mort « 19 juin 1918 » – rappelait pour la postérité le malheur insigne qui s'était abattu sur les Sénéchal.

A l'époque, la disparition d'Augustin Lenoir, son grand amour, le seul à vrai dire qu'elle eût connu, avait plongé Olivia dans un si profond désespoir que cette douleur supplémentaire l'avait à peine atteinte : elle avait accepté sans s'interroger un instant, la version de la noyade.

C'était Paul, peu après leur mariage, Paul qui n'avait pas connu Jacques mais dont la sensibilité toujours en éveil flairait ce qui était dissimulé, qui l'avait amenée à se poser des questions. En émettant avec sa discrétion naturelle, des doutes sur le déroulement du drame, il en avait suscité dans l'esprit de sa femme. Certains faits oubliés, propos entendus entre son père et Deschars, attitude contrainte de ce dernier dans les mois qui avaient suivi, étaient alors revenus à la mémoire d'Olivia.

N'osant pas questionner son père, elle s'était alors tournée vers Deschars qui, après une gêne et des réticences extrêmes, lui avait enfin avoué la vérité. Il l'avait conjurée de n'en rien dire, même pas à son mari. Mais Olivia, si elle n'avait jamais été amoureuse de Paul, éprouvait une sincère affection pour lui et lui accordait – à l'époque – une totale confiance. Elle avait donc trahi ce secret de famille. Et maintenant, torturée par des images obsédantes, elle redoutait que son mari, dans l'état d'accablement où il se trouvait, ne suivît l'exemple de son beau-frère...

A mesure qu'elle s'éloignait du château illuminé, symbole d'un monde en sursis, pour s'enfoncer dans la nuit relativement claire car la lune était pleine, il lui semblait que loin du bruit et de la lumière, il faisait plus frais. La singularité de sa

Sarranches

présence à l'orée du bois des Mattes, à cette heure où d'ordinaire elle dormait, bien à l'abri des couvertures, lui apparut. Olivia n'avait pas l'habitude de se promener seule la nuit dans le parc, pas plus d'ailleurs que dans la journée, car elle était piètre marcheuse, et une impression de malaise, presque d'inquiétude, – même si elle se répétait que celle-ci n'était en rien fondée : car, que risquait-elle en vérité ? – ne tarda pas à l'envahir, qui n'était pas seulement due à sa préoccupation au sujet de Paul.

En pénétrant dans le petit bois qui précédait l'étang, les derniers échos de la fête évanouis, Olivia fut comme enveloppée par un silence étrange parfois rompu par des craquements, des crissements, des halètements, que cette citadine peu familière des secrets de la nature ne parvenait pas à identifier.

Le visage cinglé par des branches basses, trébuchant, elle était au bord de la détresse. La lune, lorsqu'elle l'apercevait à travers la ramure, avait l'air hostile, menaçante. Elle n'osait pas appeler Paul, sans bien savoir si c'était par crainte d'être ridicule – auprès de qui dans ce lieu désert ? – ou de précipiter un drame qui se préparait peut-être à proximité. Elle s'effrayait de s'être aventurée ainsi sans s'être munie d'une lampe de poche.

Et sans changer de souliers...

Parvenue au bord de l'eau qui clapotait doucement et en heurtant la pierre élevée à la mémoire de Jacques, elle prit conscience de l'absurdité de sa démarche : la pièce d'eau mesurait plusieurs hectares, où chercher Paul maintenant ? Jusqu'à présent, elle avait été convaincue que s'il voulait mettre fin à ses jours, ce ne pouvait être que là, en ce lieu chargé d'une signification bien précise. N'avait-elle pas été stupide d'imaginer cela et comment Paul, bon nageur et pourvu de ses deux bras, parviendrait-il à se noyer ?

A moins qu'il ne se fût drogué auparavant... Soudain, son cœur se serra et elle redouta qu'il ne l'eût pas attendue : si le pire était déjà accompli, si son corps flottait entre deux eaux, dissimulé par le bouquet de roseaux qui était comme un mur au-delà duquel on ne distinguait rien ? Quatre heures sonnèrent au clocher tout proche du village. Avant de rebrousser chemin, dans l'étrange pénombre lumineuse qui précède l'aube, Olivia s'assit sur la pierre, en ayant conscience de commettre une sorte de profanation envers son frère dont le comportement lui était toujours apparu mystérieux et de braver en quelque manière obscure, sa mère.

Inès commençait à ressentir la fatigue : elle s'était levée presque à l'aube pour veiller aux préparatifs et, imitant Gilbert qui l'avait abandonnée depuis une heure déjà, aurait volontiers regagné ses appartements. Mais elle devait rester aux côtés de Germain. Elle savait qu'il ne monterait qu'après le départ du dernier invité. Avisant Eric Deschars seul à une table, l'air rêveur, elle le rejoignit et se fit servir à boire.
— Superbe soirée, dit-il. Pas autant que l'autre, pourtant...
Au ton altéré de sa voix, à son élocution un peu pâteuse, Inès comprit qu'il avait sans doute forcé sur la boisson.
— L'autre? s'enquit-elle avec étonnement.
— Le bal pour Olivia, juste avant la guerre, il y a un quart de siècle. Ce n'était pas encore de votre temps chère Inès...
— C'est vrai, je ne connaissais même pas Gilbert! Ce souvenir semble vous rendre nostalgique...
— J'étais jeune à l'époque... et j'étais éperdument amoureux.
— Vous ne vous êtes jamais marié...
Inès hésita au bord de cette conversation dont il lui semblait qu'elle allait glisser dans une intimité qu'Eric regretterait peut-être plus tard.
— N'étiez-vous pas payé de retour?
— Oh! si... ici même, j'ai connu le bonheur le plus extrême, le plus fou...
Peu après, il murmura, comme pour lui seul :
— Et le plus extrême malheur...
Inès s'aperçut que la véritable personnalité de Deschars lui avait jusqu'alors échappé, malgré tant d'années de rencontres régulières : elle n'aurait jamais imaginé que derrière l'apparence courtoise et paisible, il y avait cet être passionné, exalté,

dont les yeux brillaient d'un étrange éclat à l'évocation d'un passé dont elle ne savait rien, aucun des membres de la famille Sénéchal – s'ils étaient au courant – n'y ayant jamais fait la moindre allusion.

Elle n'en apprit pas davantage ce soir-là, car on vint à leur table.

L'animation de l'orchestre ne faiblissait pas et Angela continuait à passer de bras en bras dans une sorte de vertige. Parfois, elle demandait grâce et s'asseyait un instant avec l'un ou l'autre de ses cavaliers qui s'empressaient alors de lui proposer petits fours ou rafraîchissements.

L'angoisse ressentie au cours du dîner s'était atténuée, faisant place à une douce euphorie dont le champagne était peut-être la cause. Elle apercevait de l'autre côté de la piste où les danseurs se faisaient moins nombreux, sa mère et Eric qui conversaient, un peu plus loin, Isabelle Ballandier et Marie-Louise Garaud très entourées, Séverine qui faisait tapisserie et sa cousine Laurence, toujours avec le même cavalier. Arnaud, réapparaissant après s'être comme volatilisé, vint vers Angela qui se raidit. Elle se rendait compte que malgré la résolution qu'elle avait prise d'éloigner le jeune homme, elle n'était pas sûre d'elle. Tantôt elle le jugeait comme un fat, plein de lui-même, un mondain coureur de jupons, et tantôt il était le garçon le plus séduisant qu'elle ait jamais rencontré et l'attirance qu'elle lui avait inspirée la flattait secrètement. Il lui fallait admettre que durant leurs ébats sur la piste, son contact provoquait des sensations délicieuses et si intenses qu'elle l'avait suivi chez lui et s'était laissé déshabiller un dimanche en fin d'après-midi, en l'absence de M. et Mme Buffévent et des domestiques...

Et d'où venait la déception qui avait suivi ces moments d'intimité d'abord grisants et que son inexpérience ne suffisait pas à expliquer. A qui la faute, s'interrogeait-elle?

Et maintenant, cette désillusion était peut-être assortie d'une catastrophe. Elle s'en persuadait chaque heure davantage. Alors qu'Arnaud ne risquait rien. Cette injustice la révol-

Le bal

tait : vers qui allait-elle se tourner si le malheur se confirmait et qui pourrait l'aider ? Elle savait seulement qu'elle n'aurait pas recours au responsable qui l'entraînait maintenant dans une valse, offrant au monde l'image d'un couple superbe et triomphant. Spectacle qui inciterait certains à pronostiquer des fiançailles...

Aux premières lueurs de l'aube, peu avant le départ des derniers invités, Laurence fit visiter à Harold les serres de Sarranches. C'était un lieu un peu magique où son grand-père avec l'aide du chef jardinier, tentait d'acclimater des espèces tropicales, des orchidées, des palmiers. L'odeur lourde et grisante du jasmin et des lis s'ajoutait à la température et à l'humidité, montait un peu à la tête. Tandis qu'à l'abri des regards, ils déambulaient tendrement, assaillis par le parfum délicieux des ananas et des oranges. Harold s'enhardit à l'embrasser.

Soudain, en reculant Laurence avait heurté un corps étendu :

– Quelqu'un s'est évanoui !

Harold se pencha et du geste déjà professionnel du futur médecin, s'empara du poignet pour tâter le pouls.

– Je crois bien qu'il est mort, murmura-t-il. Savez-vous qui c'est ?

Dans le demi-jour de la serre, Laurence aperçut d'abord une main crispée sur un revolver. Avec appréhension, elle alla plus avant, examina le visage rendu méconnaissable par la blessure qui ensanglantait la tempe, mais reconnut les yeux fixes où se reflétait encore une infinie tristesse. Tout à coup figée, presque tétanisée, la vue brouillée, elle cria :

– Papa !

Elle se laissa tomber auprès du cadavre en criant :

– Il faut faire quelque chose ! Il ne peut pas être mort !

Un bras énergique la relevait et Harold avec l'autorité d'un homme mûr lui enjoignait :

– Vous ne devez toucher à rien. Il faut prévenir quelqu'un. Mais... pour votre famille mieux vaudrait que les invités ne soient pas au courant. Vous comprenez cela n'est-ce pas ?

Sarranches

— Parce que...
— Oui, murmura Harold. Et je ne crois pas que votre mère soit la première personne qu'il faille informer.
— Grand-père! Trouvons-le vite!
Lui prendrait la situation en main. En dépit du choc, Laurence était assez avisée pour mesurer le scandale que constituerait le suicide de Paul de Préville, lors d'un grand bal donné à Sarranches.
Harold serra Laurence contre lui :
— Soyez courageuse. Allons trouver votre grand-père.
En approchant du château, Laurence entendit les dernières voitures qui quittaient la propriété.
— Tout le monde s'en va, dit Harold, il est cinq heures passées.
Dans l'entrée, Laurence aperçut Inès et Eric Deschars qui se disaient adieu. Elle courut :
— Venez vite, papa... papa a eu un accident dans la serre.
Pressentant le pire, Eric et Inès se regardèrent épouvantés. Aussitôt, Inès se contrôla :
— Vous, dit-elle à Harold, vous vous occupez de Laurence et vous ne la quittez pas. Et pas un mot à quiconque jusqu'à ce que nous revenions.
Voyant Noël qui aidait une dame âgée à monter dans sa voiture, Inès proposa :
— On l'emmène?
— Oui, il pourra être utile, dit Deschars tristement et qui semblait dégrisé. Comme la dernière fois...
A toute allure le trio se dirigea silencieusement vers la serre. Le jour se levait. Deschars s'accroupit auprès du cadavre.
— Il n'y a plus rien à faire, la mort remonte à environ deux heures.
— Y a-t-il encore du monde? s'enquit Inès.
— Une trentaine de personnes, dit Noël. Dans un quart d'heure, ils seront tous partis...
— Il faut que je prévienne mon beau-père... et surtout Olivia.
— Je reste ici. Noël, pouvez-vous demander à Joseph de venir nous aider à transporter le corps au château.

Le bal

Dans l'entrée, les derniers attardés remerciaient Germain Sénéchal pour l'inoubliable soirée dont il les avait gratifiés. Il sourit en voyant sa belle-fille :
— Pas trop fatiguée chère Inès ?
Elle l'entraîna à l'écart :
— Père, j'ai une mauvaise nouvelle à vous annoncer : Paul s'est suicidé dans la serre.
— Oh non !
Son visage se décomposa et il devint si pâle qu'Inès s'inquiéta.
— Venez vous asseoir. Je monte chercher Gilbert.
Elle conduisit son beau-père dans le petit salon, où une seule lampe était allumée. Blottis l'un contre l'autre sur un canapé, se trouvaient Laurence et Harold.
— Comment lui dire... chuchota Germain.
— Ce sont eux qui l'ont trouvé. Personne ne sait rien, rassurez-vous.
— Cet endroit est vraiment maudit... soupira-t-il.
En voyant son grand-père, Laurence se jeta dans ses bras en sanglotant.

FUNÉRAILLES

L'annonce du décès du comte de Préville, attribué à un accident, n'avait été faite dans le Carnet mondain du *Figaro* que quatre jours après le bal, en fait, le jour même des funérailles, afin d'éviter un afflux de relations venues de la capitale en curieux, pour présenter leurs condoléances aux Sénéchal. Ce délai avait été nécessaire à Germain et à Gilbert pour élaborer une version qui préserverait l'avenir d'Olivia et de ses enfants : il était inopportun de parler d'un suicide dû à des affaires désastreuses... Il ne fallait pas non plus, et sur ce point Gilbert comme Inès s'étaient montrés très fermes, entacher le souvenir du bal d'Angela et y mêler le tragique incident : quoique survenus simultanément, les deux événements, bal et tragédie, devaient être dissociés dans les esprits.

Comme vingt ans plus tôt, Eric Deschars avait été exemplaire.

Les extras engagés pour la soirée avaient quitté le château quand le corps fut transporté dans une chambre d'ami. Germain savait qu'il pouvait compter sur Noël et Joseph pour accréditer auprès des autres domestiques qui la transmettraient aux habitants du village, l'assertion suivante : Paul de Préville s'était tué *accidentellement* en nettoyant son fusil *le lendemain matin*.

Sarranches

D'autre part, un suicide aurait interdit un enterrement religieux...

Olivia avait consenti sans faire de difficultés à cette version mensongère et s'en voulait d'avoir négligé la serre dans ses recherches. Même si elle n'était pas arrivée à temps, du moins aurait-elle épargné à sa fille cette macabre découverte.

La disparition de son mari l'affectait, et plus encore ses conséquences : elle en déplorait les circonstances et s'angoissait pour l'avenir. N'ayant jamais eu à prendre de décisions, à assumer de responsabilités, elle se savait parfaitement incapable de s'occuper de ses affaires et de prendre en main son destin et celui de ses enfants. Et elle refusait de s'avouer l'inaptitude de Paul.

Si elle ne se souciait pas trop pour Gabriel, travailleur et volontaire, Marc l'inquiétait, dont les bulletins au cours d'une scolarité déplorable avaient porté la mention : *élève dissipé – ne s'intéresse pas à son travail*. Privé de l'autorité d'un père, même si Paul l'avait exercée en de rares occasions, trop rares au goût d'Olivia, que deviendrait-il, maintenant que sa famille était quasiment ruinée : Olivia ignorait quelle serait sa situation matérielle. Elle ne possédait même pas de carnet de chèques, ignorait tout d'un compte en banque. Chaque semaine, Paul avait pour habitude de lui donner une certaine somme pour la maison et en fin de mois, pour les gages des domestiques. Il s'occupait de tout le reste.

Heureusement, elle pouvait compter sur son père et sur son frère. Elle devrait organiser le quotidien et cette perspective ne lui souriait guère.

Inès se révéla semblable à elle-même, pratique, compétente et secourable : elle réconforta Olivia et Laurence, et après s'être occupée de l'intendance du bal, se chargea de celle du repas de funérailles, de la cérémonie qui aurait lieu à Sarranches, des faire-part et des tenues de deuil. Et c'est elle qui accueillit Gabriel, le fils de Paul qui n'avait pas assisté au bal ayant un examen à préparer... Il s'effondra dans les bras de sa tante.

Funérailles

Plus réfléchi et mûr que son frère, il avait une vue lucide de la situation. Il redoutait que ses études et celles de Laurence ne fussent compromises. Et plus tard, sans dot, sa sœur trouverait difficilement à se marier dans son milieu.

Avec tact, Inès lui fit espérer que certaines de ces difficultés pourraient être aplanies. Doutait-il que Germain, si attaché à sa famille, leur viendrait en aide? Elle lui fit comprendre aussi que plus tard, beaucoup plus tard, du moins fallait-il l'espérer, leur mère hériterait d'une coquette fortune.

Un peu rasséréné par cette conversation, Gabriel n'oubliait pas qu'il faudrait aussi affronter les rumeurs provoquées par ce drame... Certains ne manqueraient pas de faire le rapprochement entre les mauvaises affaires de Paul de Préville et sa subite disparition... Et puis Gabriel avait compris que sa mère n'était guère armée pour faire face à toutes les difficultés qui allaient se présenter.

Lui-même n'avait que dix-neuf ans : aux yeux du monde, il n'existait pas encore. A Gilbert, s'il l'acceptait, serait dévolue la tâche de défendre la mémoire de son beau-frère, de remettre de l'ordre dans ses affaires et de sauver ce qui pouvait l'être...

Jeanne n'éprouvait que de la contrariété de la mort de son gendre. Elle ne l'avait jamais beaucoup aimé. Son seul mérite, à ses yeux, avait été d'épouser sa fille – il n'aurait pas convenu qu'Olivia Sénéchal demeurât sur le carreau – après une déception sentimentale que Jeanne avait toujours jugée absurde et surtout disproportionnée en regard des mérites de celui qui en fut la cause. Ce malheureux Augustin Lenoir, fils d'un petit instituteur, qu'elle avait entrevu deux ou trois fois, ne présentait aucun intérêt. Mais Jeanne avait senti que, pour la première fois, sa fille était prête à la braver. Par bonheur, la Providence avait été secourable en permettant la disparition de ce fiancé *inépousable*.

Jeanne avait eu sans cesse à l'esprit l'exemple d'Alberta, partie au bout du monde sur une foucade, avec un aventurier : on avait vu le résultat! Et les conséquences désastreuses que ce fiasco conjugal de sa sœur et son retour en France avaient entraînées pour elle...

Il avait donc fallu caser Olivia. Et une alliance avec le comte de Préville, issu d'une famille honorable quoique désargentée, était une solution acceptable à défaut d'être exaltante...

Et maintenant, sa disparition brutale contraignait sa famille à une série de contre-vérités vis-à-vis de l'Eglise et du monde, pour permettre des obsèques religieuses. Devant cette situation de péché mortel Jeanne s'étonnait de sa relative indifférence. Des difficultés financières de son gendre, elle n'avait jamais rien voulu savoir : ce n'était pas de son domaine. Aux hommes de la famille de s'en occuper.

Le matin de l'enterrement, Angela se leva avec peine, épuisée après une nuit d'angoisse. Après six jours de retard, elle était pratiquement certaine d'être enceinte.

La glace lui renvoya l'image d'un visage pâle, aux traits tirés. Il fallait espérer qu'on attribuerait à un légitime chagrin cette mine défaite. Le voile de crêpe l'aiderait à la dissimuler. D'ailleurs aujourd'hui, toute l'attention se reporterait sur sa tante et sur ses cousins.

Angela savait que dans sa situation, il ne fallait pas atermoyer. L'année précédente, elle avait entendu parler par Charlotte du cas d'Antoinette Sellier qui s'y était prise trop tard pour avorter. Elle avait été expédiée quelques mois à l'étranger le temps d'accoucher et l'enfant avait été abandonné aux soins d'une nourrice. A son retour, Antoinette avait paru un peu amaigrie et triste. Ses parents avaient tout fait pour la marier au plus tôt, multipliant les réceptions. Cependant l'histoire avait transpiré — Charlotte n'était-elle pas au courant ? — et jusqu'à présent, Antoinette n'avait pas trouvé *preneur* et s'était mise à fréquenter un autre milieu...

Bien résolue à ne pas en arriver à pareille extrémité, Angela devrait se décider dans les tout prochains jours. Le confident devrait être discret. Pas facile à trouver...

L'intervention serait coûteuse : de combien fallait-il disposer ? Elle possédait de très modestes économies. Elle pourrait vendre une bague donnée par sa marraine, un modeste saphir

Funérailles

entouré de petits éclats de brillants. Elle en ignorait la valeur. Mais encore une fois, à qui s'adresser ? Elle ne connaissait que le bijoutier de famille, place Vendôme, où son grand-père et Inès l'avaient conduite pour choisir le collier de perles de ses dix-huit ans. Elle avait noté que ce charmant vieux monsieur était un ami de Germain auquel il ferait part de sa démarche.

Charlotte Lorrimond était furieuse : quelle mouche avait piqué son oncle de se faire sauter la cervelle en pleine *saison* ? Par sa faute, elle avait dû décommander un grand dîner prévu la semaine suivante et dont les préparatifs l'avaient occupée depuis près de trois semaines. De plus, elle devrait renoncer à paraître dans toutes les réceptions auxquelles Bruno et elle étaient conviés avant les vacances.

Et que son mari parût indifférent à tous ces sacrifices mondains ajoutait encore à son agacement. Ce serait gai, cette série de dîners en tête-à-tête où, la dernière bouchée avalée, Bruno se retirait dans son bureau pour travailler !

Le désagrément était encore plus grand pour Angela qui serait privée de tous les grands bals — les plus beaux et généralement les plus amusants — que les propriétaires de châteaux et de demeures aux environs de Paris donnaient en fin de saison. Et Charlotte savait par expérience que les parcs où on se promenait au clair de lune en échappant à la surveillance des mères, étaient beaucoup plus propices au flirt que les salons parisiens brillamment éclairés où il n'est pas facile de s'isoler.

Il n'était pas étonnant qu'Angela, avec laquelle elle était montée en voiture pour se rendre à l'église, fît cette tête bien qu'en présence de leurs parents, il lui ait été évidemment impossible de se plaindre.

Franchement, Paul de Préville aurait pu attendre le mois de juillet et mieux encore août, pour en finir avec la vie.

Laurence était doublement bouleversée par la disparition d'un père tendrement aimé et par ce contact brutal avec la mort. Et ce premier mort était son père, découvert au moment même où dans le ravissement elle venait d'échanger son premier baiser.

Sarranches

Le souvenir radieux de cette étreinte était irrémédiablement gâché, teinté de tristesse et de culpabilité. Depuis lors son sommeil était ponctué de cauchemars où elle revivait la scène tragique et ces mots d'Harold : « Je crois bien qu'il est mort. Savez-vous qui c'est ? » Cette voix s'enflait pour répéter de plus en plus fort : « Savez-vous qui c'est ? Savez-vous qui c'est ? » Elle se réveillait haletante. La sueur collait son ventre à la chemise de nuit de fin coton et elle repoussait violemment le drap froissé.

La nuit précédente, elle s'était précipitée à la fenêtre pour respirer l'air frais et parfumé qui montait de la roseraie. Un peu apaisée elle s'était recouchée sans pour autant se rendormir. Et maintenant, suivant l'ordre établi des funérailles, Laurence était assise au premier rang à gauche, entre sa mère et Jeanne. Inès, Charlotte et Angela occupaient le reste de la rangée tandis que leur faisaient pendant du côté droit, Gabriel et Marc, puis Germain, Gilbert, Bruno et le petit Olivier.

Les femmes de la famille étaient vêtues d'un noir opaque, le visage dans un flot de crêpe, les hommes portaient costume sombre, chemise blanche et cravate noire. En raison de son jeune âge, on s'était contenté de coudre un brassard de deuil sur la manche du blazer bleu marine d'Olivier.

Prévenus à temps et triés avec soin, quelques parents éloignés étaient présents ainsi qu'une demi-douzaine d'intimes, comme Deschars et les Mayer. Naturellement le maire du village de Sarranches et le conseil municipal presque au complet.

Les habitants du village de Sarranches emplissaient le reste de l'église avec le personnel du château. Seuls Sébastien le cuisinier et Claudette étaient restés avec les extras pour la préparation du repas.

Requise, et assez satisfaite de faire valoir ses talents devant une assistance plus nombreuse et plus brillante que lors de la messe dominicale, Mlle Lissonot s'employait à faire chanter le Kyrie aux enfants de la chorale, ravis de cette occasion de manquer l'école. Ils s'exécutaient avec d'autant plus d'enthousiasme et de précipitation qu'ils savaient que Germain leur glisserait une pièce en remerciement de cette prestation excep-

Funérailles

tionnelle même si certains, un peu plus musiciens que d'autres, avaient conscience que le résultat n'était peut-être pas tout à fait à la hauteur de leurs efforts et de la circonstance.

Au cours de la cérémonie qui sembla interminable à Gilbert, le curé prononça d'une voix un peu hésitante – concevait-il des doutes au sujet de l'accident du défunt? – un panégyrique dont les éléments lui avaient d'ailleurs été fournis la veille par Inès. En écoutant l'éloge de son beau-frère, Gilbert ne pouvait se retenir d'un sentiment d'ironie exaspérée. Sa seule conduite exemplaire au cours de la dernière guerre était à porter au crédit de Paul. Le rappel de sa brillante carrière d'homme d'affaires aurait prêté à sourire si la pauvre Olivia et ses enfants n'avaient pas été en cause...

Pour avoir étudié à fond la situation de Paul, lorsqu'il était venu deux mois auparavant solliciter son aide en toute hâte, Gilbert connaissait l'état de délabrement et de désordre de son patrimoine. Ou plutôt de celui d'Olivia dont la dot avait été enviable car Germain s'était montré fort généreux lors du mariage... Au lieu de se contenter de la faire prospérer en s'éclairant de conseils avisés, – que n'avait-il consulté Mayer! – son beau-frère avait voulu se lancer dans les *affaires* pour lesquelles il n'était vraiment pas doué. Non qu'il manquât d'imagination, au contraire hélas! Après avoir acheté une petite entreprise d'outillage qui avait fait faillite, les clients ayant déserté pour cause de mauvaise qualité des marchandises, Paul s'était alors lancé dans l'importation de plantes exotiques – peut-être la vue des serres de Sarranches lui avait-elle inspiré cette idée extravagante – qui, lors de leur arrivée, ne tardaient pas à s'étioler pour finalement dépérir. Un peu découragé par l'insuccès, il s'était mis à boursicoter et avait perdu tout ce qu'il n'avait pas voulu. Et la troisième dévaluation du franc, en mai, n'avait rien arrangé.

Gilbert s'était même aperçu qu'il avait vendu une petite ferme que possédait Olivia aux environs de Sarranches : pourquoi cette dernière, dont la signature avait été nécessaire pour

Sarranches

la transaction, ne l'avait-elle pas averti ? Vraiment, sa sœur était trop sotte...

Il ne s'expliquait pas le manque d'intérêt dont elle avait toujours fait preuve, et son peu d'implication dans les réalités de l'existence. Lorsqu'il comparait le comportement d'Olivia et celui d'Inès, véritable auxiliaire, bien informée, de bon conseil, au courant de la politique et de l'économie, partie prenante dans presque toutes les activités de son mari, il se rendait compte que l'attitude de sa femme au cours de leur vie commune, l'intérêt qu'elle avait porté à ce qu'il faisait, les suggestions judicieuses souvent émises, et surtout cette certitude qu'il avait eue de se sentir épaulé, étaient pour beaucoup dans sa réussite. Il ne pouvait s'empêcher de plaindre Paul qui n'avait jamais pu se confier et n'était pas entièrement responsable de ses échecs successifs. Comme il avait dû se sentir seul parfois !

Gilbert connaissait peu ses neveux qu'il ne voyait qu'au cours des réunions de famille et lors de brèves vacances. Il doutait fort que les Préville eussent été de vrais éducateurs...

D'ici peu, il lui faudrait avoir une conversation sérieuse avec eux...

Lorsque le glas avait commencé à résonner, emplissant la campagne de son appel lugubre, sa mère lui avait expliqué que la matinée serait longue et qu'il lui faudrait être patient. Son jeune âge le dispenserait d'assister à l'inhumation : après la messe, il rentrerait au château avec Irma et Françoise et attendrait sagement l'heure du déjeuner. Ensuite il se distrairait dans sa chambre en évitant de faire du bruit.

Olivier s'était fort bien comporté. Pourtant, le spectacle de toute sa famille endeuillée le terrifiait un peu : il les reconnaissait à peine, surtout les femmes, dissimulées derrière toutes ces étoffes noires que le vent faisait s'envoler. Même sa mère, si proche d'ordinaire, lui paraissait différente aujourd'hui...

Il savait par Irma, bavarde impénitente qui l'avait abondamment renseigné, évoquant avec des larmes dans la voix l'enterrement de son oncle Jacques, des lustres auparavant,

Funérailles

qu'au cimetière au lieu de creuser un trou, comme il était d'usage, on ferait glisser le cercueil à l'aide de cordes dans un caveau. Caveau dont l'édification symbolisait aux yeux d'Irma le prestige des Sénéchal. Olivier considérait avec une curiosité inquiète cette longue boîte de chêne verni, munie de poignées en argent, exposée devant l'autel au milieu de la nef et qui contenait le corps de son oncle Paul qu'il n'avait pas vu mort. Ses décorations, la croix de guerre et la médaille militaire, comme le lui avait appris Gabriel, disposées sur un petit coussin de velours rubis témoignaient de sa valeureuse conduite. D'innombrables gerbes de fleurs confectionnées en hâte par le jardinier et son aide depuis la veille, cernaient le catafalque embaumant l'église alors que l'entêtante odeur d'encens était presque écœurante. Quelques couronnes envoyées par les Mayer, Deschars, le député, le préfet, le maire et le conseil municipal, les habitants de la commune et le personnel du château, s'alignaient, de part et d'autre de l'autel, ornées de rubans violets où se détachaient en lettres d'or quelque inscription ou le nom du donateur.

Cet apparat en imposait à Olivier, mais Irma l'avait nourri de récits parfois fantasmagoriques. Au service des Sénéchal depuis plus de trente ans, elle en savait long sur la famille et lui parlait souvent de sa splendeur et de ses hauts faits, passés et présents, ainsi ce faste lui paraissait-il aller de soi.

Tard venu, Olivier se sentait un peu solitaire à Sarranches. Négligé par les *grands* qui ne faisaient aucun cas de lui, le laissant tout juste ramasser les balles de tennis lors de leurs parties, il passait de longs moments dans la lingerie les jours de pluie. Bien qu'il jugeât Irma sans âge, – il aurait été très surpris si on lui avait dit qu'elle n'avait que dix ans de plus que sa mère – il appréciait la compagnie de cette femme bonne et affectueuse, enjouée, et surtout sa conversation. Sans enfants elle-même, elle s'était prise d'une tendresse maternelle pour lui qu'elle avait vu naître, au surplus le petit-fils d'un homme qu'elle vénérait. Sa juvénile présence lui réjouissait le cœur.

Olivier appréciait qu'elle lui parlât comme à un adulte. Souvent, entraînée par les réminiscences d'un passé que sa mémoire magnifiait, et qui comptait tant dans son existence, la lingère oubliait que son discours s'adressait à un petit garçon de onze ans, encore bien peu au fait des choses de la vie.

Par elle, Olivier avait appris ce que même ses parents ignoraient : la rage aveugle de Jeanne lorsqu'elle avait découvert que son mari avait une liaison avec sa sœur. Elle avait tout cassé dans sa chambre, donnant libre cours, peut-être pour la seule et unique fois, à la violence secrète qui l'habitait. Irma, alors jeune femme de chambre, dans la première décennie du siècle, avait été appelée par des coups de sonnette impérieux dont la fureur avait résonné à travers tout l'hôtel, plongeant la domesticité dans le désarroi et l'inquiétude. Un peu tremblante Irma s'était précipitée dans les appartements de Jeanne pour y découvrir sa maîtresse, pour une fois indifférente à se donner en spectacle, sanglotant à fendre l'âme, allongée sur son lit au milieu de l'après-midi (fendre l'âme, cette expression avait intrigué Olivier, incapable de faire le rapport entre cette âme et celle dont on lui parlait au catéchisme). La pièce dévastée, les vases jetés à terre, le petit service en baccarat pour la nuit, avec sa carafe, son verre et ses coupelles de douceurs brisés en mille morceaux, les fauteuils renversés, la tenture de soie rouge du baldaquin arrachée, la glace surmontant la cheminée étoilée, témoignaient du désordre inouï créé par une colère qui s'était mue en désespoir devant pareille humiliation. Terrifiée à cette vue et comprenant sur-le-champ que Jeanne ne lui pardonnerait jamais d'en avoir été le témoin, Irma s'était employée sans mot dire à réparer les dégâts, au moins ceux qui relevaient de sa compétence, ramasser, balayer, redresser les sièges.

Après avoir quitté la pièce, Irma avait hésité sur la conduite à tenir. Puis elle avait été prévenir Germain...

Le soir même, les Sénéchal partaient pour Sarranches et n'avaient regagné Paris qu'une fois toute trace de l'ouragan effacée.

Un mois plus tard, Jeanne décidait de changer de femme de chambre et Irma devenait lingère à Sarranches. Germain avait généreusement réparé cette *disgrâce*.

Funérailles

Car ç'en était une.

Parfois, quand il regardait la vieille femme à la peau ridée, sèche et blême, au maintien sévère et digne, Olivier n'arrivait pas bien à faire coller ces deux images de sa grand-mère : la vision qu'il en avait dans la réalité et celle, si étrange et déconcertante, imaginée grâce aux récits d'Irma.

En sortant de la messe, suivant à pied le convoi funéraire traîné par quatre chevaux noirs la famille se dirigea vers le cimetière, modeste espace enclos de murs, distant d'une centaine de mètres. Au moment de la mort de Jacques, Germain y avait fait édifier un caveau : Paul serait le second de la famille à y prendre place. Dans quelques jours, on fixerait à l'intérieur une plaque à son nom. Puis le caveau serait de nouveau scellé jusqu'au prochain décès.

Germain avait prévu large : dix places. Par la suite, comme il l'avait confié non sans une certaine satisfaction à sa belle-fille, on pourrait procéder à des *réductions* ce qui libérerait des emplacements. Germain avait toujours eu l'esprit pratique.

Par cette belle matinée de juin, Inès étouffait de chaud dans sa robe de crêpe à manches longues, engoncée sous ses voiles en assistant debout en plein soleil à l'inhumation. En regardant les petits enfants de chœur dont l'un portait l'encensoir et l'autre le gros missel du curé, elle se félicitait d'avoir épargné cette épreuve à Olivier, un peu contre l'avis de Gilbert qui trouvait qu'il fallait endurcir les garçons. Mais après tout, Paul n'était que son oncle : s'il s'était agi de Jeanne, naturellement, Inès aurait conservé son fils auprès d'elle.

Olivia était pitoyable : elle semblait tellement désarmée devant ce drame qu'Inès se promit de l'aider durant ces premières semaines de veuvage au milieu des difficultés qui fondraient sur elle. Elle se demanda si elle irait jusqu'à inviter Olivia à séjourner quelque temps dans leur villa de Biarritz où Gilbert et elle passaient une partie de l'été avec Angela et Olivier, puisque désormais Charlotte n'y faisait qu'une brève apparition... Elle consulterait d'abord son mari, si jaloux de sa tranquillité lors de cette période estivale en famille qu'il répugnait toujours à inviter d'autres gens. Mais la famille n'était-ce pas aussi sa sœur?

Certes, la présence d'Olivia ne serait pas légère : Inès ne savait jamais très bien quoi lui dire. Et puis, il faudrait l'occuper : peu sportive, elle se trempait deux minutes dans l'eau quand elle jugeait la température supportable, ce qui arrivait rarement, et ne jouait ni au tennis ni au golf. Aimerait-elle aller se promener en mer ou faire des excursions? Inès en doutait.

Il faudrait plutôt organiser des thés et des bridges, distractions auxquelles Inès, femme de plein air, répugnait. Evidemment, les cocktails et les dîners ne manquaient pas dans cette station élégante que Gilbert et Inès n'avaient pas vraiment choisie : quelques années auparavant, Inès avait hérité de sa marraine une villa qu'elle avait d'abord pensé vendre. Puis la situation agréable, un immense jardin planté d'arbres entourant la maison aménagée de façon commode, la proximité de la mer, la possibilité de se livrer à de nombreuses activités sportives, et surtout le fait que Gilbert et les enfants s'y plussent, l'avaient convaincue de garder Ustaritz.

Ce soir même, elle parlerait à Gilbert. Peut-être pourrait-on aussi inviter Laurence, dont on avait peine à croire qu'elle fût la fille d'Olivia en voyant la vitalité dont elle faisait preuve.

Le suicide de son père avait frappé Marc plus qu'il ne l'avait touché. Bien qu'à la différence de son frère il ne fût pas très intelligent, il avait compris que cette existence heureuse et insouciante de fils de famille aisée était terminée.

Il se rendait compte aussi que, même si jusqu'à présent, les Sénéchal grâce à de nombreuses complicités – Deschars, Noël, Joseph et même celle du jeune homme qui accompagnait Laurence lors de la découverte du corps et jusqu'au curé qui n'avait guère été curieux, – étaient parvenus à cacher ce suicide, des rumeurs ne tarderaient pas à filtrer et risquaient d'avoir de fâcheuses conséquences pour son avenir. Le drame s'était déroulé juste avant les vacances. En septembre, il ne serait plus d'actualité, les gens penseraient à autre chose.

Funérailles

Mais lui, qu'allait-il devenir ? Il se savait peu apte aux études. En conscience, il reconnaissait aussi son immense paresse et son manque de goût pour l'effort. Sans argent, il lui faudrait bien exercer une profession et gagner sa vie, de la manière la moins fatigante possible.

Ou envisager une autre solution....

A l'insu de sa famille, Marc avait depuis quelques mois (c'était aussi une des raisons de son peu d'assiduité pour l'étude) une liaison avec une femme mariée, mère d'un de ses camarades. Armelle de Rivière avait le double de son âge, mais cette femme lancée, élégante et bien résolue à s'amuser, insatisfaite d'un époux plus âgé qui consacrait le plus clair de son temps aux champs de courses et aux cercles de jeux, très à l'aise et expérimentée, était encore d'une séduction rare. Bien qu'assez imbu de lui, Marc avait été surpris par les avances de cette femme sur laquelle il n'aurait jamais songé à jeter son dévolu. Il s'était volontiers laissé faire et avait pris goût, non seulement à des jeux amoureux où il avait beaucoup à apprendre, mais aussi aux soirées arrosées dans les restaurants à la mode, d'abord en compagnie de Jean, le fils d'Armelle, puis en tête-à-tête en des lieux plus discrets dont elle semblait familière.

Le cadeau d'une paire de boutons de manchettes en or incrusté de rubis l'avait stupéfié. Les timides scrupules qu'il avait exprimés avaient fait sourire Armelle. Il avait accepté, sachant ses parents trop distraits pour les remarquer et s'enquérir de leur provenance. D'autres avaient suivi puis les visites aux tailleurs et aux chemisiers.

Lorsqu'ils sortaient, Armelle remettait quelques billets à Marc pour qu'il réglât les dépenses de bars, restaurants, boîtes de nuit, taxis. Du reliquat, elle n'avait cure et ne demandait pas de comptes. Le jeune homme avait ainsi accumulé une coquette somme et songeait aux moyens de la faire fructifier.

A la vue de sa mère éprouvée, soutenue par Gabriel et Laurence en pleurs, il se disait que désormais, il lui serait encore plus facile de mener un genre de vie auquel il avait vite pris goût.

Sarranches

Le déjeuner était servi dans cette même salle à manger qui avait réuni la famille avant le bal d'Angela. A cette différence que cette fois-ci elle était au complet, qu'Olivier avait été admis à table et que s'y ajoutaient le curé, Deschars et les Mayer... Le maire s'était excusé.

A la demande de Jeanne, le curé dit le bénédicité et les convives prirent place. Aidé de Françoise, Joseph passa le premier plat, tandis que Noël servait un chablis parfumé que, sur les instructions de Germain, il avait monté de la cave le matin même. Par inadvertance, il en versa dans le verre d'Olivier : après s'être assuré que personne ne l'observait, ce dernier y goûta, puis, s'enhardissant, termina son verre... Ce repas lugubre commença à lui paraître moins intimidant et il était fier d'être admis parmi les grandes personnes...

Naturellement, il ne se mêlait pas à leurs propos, d'abord contraints, s'animant peu à peu mais dont une bonne part lui échappait. Assis en bout de table entre Laurence et Gabriel qui chuchotaient par-dessus sa tête, il observait ses grands-parents qui présidaient la longue table couverte d'une nappe blanche damassée, chargée de porcelaines, de cristaux et d'une étincelante argenterie. Olivier remarqua qui ni l'un ni l'autre n'avait l'air particulièrement affecté. Germain attaquait de bon appétit le chaud-froid de volaille qui avait succédé au colin mayonnaise et parlait avec Mme Mayer, placée à sa droite, qui n'avait elle, aucune raison d'être triste puisqu'elle connaissait à peine Paul... Olivier repéra aussi que cette dame, sensiblement plus jeune que son mari, très élégante et très maquillée, se tournait fréquemment vers son voisin de droite qui n'était autre que son père. A un moment, il surprit le regard de sa mère fixé sur eux avec une sorte de vigilance inquiète qui le frappa alors que simultanément, elle souriait aimablement au curé, placé selon l'usage à la droite de Jeanne.

Germain avait pris Olivia à sa gauche. Son visage si pâle se colorait légèrement aux pommettes. Sans doute avait-elle enlevé son chapeau de deuil sans même prendre soin de se regarder dans une glace, car sa maigre chevelure, d'un blond fade et éteint, présentait quelque désordre, accentuant encore son air un peu égaré, qui lui donnait l'apparence d'une vieille petite fille.

Olivier cependant, qui n'avait pas l'habitude de rester si longtemps à table, trouvait que le repas s'éternisait et attendait le dessert avec impatience. Il ne se rendit pas compte que de l'autre côté, sa cousine Angela avait à peine touché à son assiette.

Enfin, le curé dit les grâces et Angela put s'éclipser tandis que les convives gagnaient le salon bleu où le café serait servi.

Dès les premières bouchées avalées, elle avait eu comme un malaise qu'accentua l'apparition du fromage. Elle crut qu'il lui faudrait quitter la table mais prit sur elle, ne voulant en aucun cas attirer l'attention.

Elle ouvrit en grand la fenêtre de sa chambre et flageolante, s'étendit sur son lit : elle manquait d'air et ses jambes la portaient à peine. Etaient-ce là les premiers symptômes annonciateurs d'une grossesse ou ces haut-le-cœur n'étaient-ils dus qu'à la seule anxiété et aux émotions de cette matinée?

A force de ressasser cette obsédante inquiétude, elle se dit qu'il fallait tout avouer à Deschars. De préférence à sa mère que cette éventualité accablerait et qui ne manquerait pas d'alerter son père.

Si Eric parvenait à tout arranger à l'insu de ses parents, ce serait l'idéal. Mais accepterait-il? Angela savait que l'avortement était sévèrement réprimé en France et que les médecins qui le pratiquaient et se faisaient prendre, ou étaient dénoncés, se voyaient condamnés à de lourdes peines allant jusqu'à l'interdiction d'exercer. Et Antoinette Sellier, comment s'était-elle débrouillée? Fort peu liée avec elle, Angela ne pouvait le lui demander. Isabelle Ballandier qui était la grande amie d'Antoinette était peut-être au courant? Mais Isabelle était une bavarde incorrigible, incapable de garder un secret... D'ailleurs, à y bien réfléchir, n'était-ce pas elle qui avait vendu la mèche pour Antoinette?

C'était affreux de ne pouvoir se confier à personne : à sa sœur, il n'en était pas question. Charlotte, même si elle s'en défendait, la jalousait depuis l'enfance : au fond d'elle-même, elle serait enchantée des *ennuis* d'Angela.

Après le repas, les hommes, Gilbert, Bruno, Marc et Gabriel, étaient repartis appelés à Paris par leurs occupations. Se refusant à demeurer dans une maison endeuillée à l'atmosphère pesante, Charlotte avait suivi son mari qui pourtant lui avait proposé de rester jusqu'au lendemain comme Inès et Angela : Inès ne voulait pas abandonner sa belle-sœur aussitôt après l'inhumation. Il lui semblait convenable et amical d'entourer un peu la pauvre Olivia, privée d'attentions par une mère plus indifférente et sèche que jamais.

Depuis la mort de Jacques, le cœur de Jeanne était devenu insensible à toute émotion... Elle était mutilée et ne voulait – ou ne pouvait – plus rien donner. Elle se confinait dans cet état dont elle était prisonnière, une neurasthénie qui la coupait du monde. Deschars n'en avait pas fait mystère auprès d'Inès lors de leur conversation le soir du bal. C'était d'autant plus absurde, avait ajouté le médecin ricanant presque, qu'elle ne connaissait pas le vrai Jacques. Elle regrettait éperdument un fils qui n'avait jamais existé tel qu'elle l'imaginait. A la fin, Jacques avait été un démon. Deschars lui, le savait. S'il avait pu parler...

Inès s'était dit qu'il avait abusé de la boisson. Revivant plus tard ces étranges propos, des réminiscences de cette époque avaient ressurgi, fragments de phrases, images rapidement entrevues : les quelques mois où elle avait côtoyé Jacques, n'avait-elle pas senti qu'il y avait du mystère dans le regard perçant et parfois désespéré de ses yeux verts ?

Si Sarranches était demeuré fortement marqué par l'empreinte de ce jeune homme étrange et séduisant, Jeanne ne l'évoquait jamais. Elle ne tolérait pas, même après tant d'années, la moindre allusion au sujet du disparu. Une seule fois elle s'était indignée, qu'on pût donner un bal en ce vingtième anniversaire de sa disparition.

Mais ce n'était pas le moment de songer à Jacques et au bal. Inès alla retrouver Olivia dans sa chambre.

Funérailles

Se sentant libre d'abandonner sa mère aux soins de sa tante, Laurence qui avait bon cœur et ne l'aurait jamais laissée seule un jour pareil, fut bien heureuse de pouvoir s'échapper : il lui fallait, par un besoin peut-être malsain, retourner dans la serre, revoir en plein jour ce lieu où elle avait découvert son père. Aussi fut-elle contrariée de rencontrer Olivier assis dans un coin de la cour, désœuvré et morose et qui se mit aussitôt à la suivre sans lui demander son avis.

— Ecoute, je voudrais être seule.
— Je sais que tu vas dans la serre...
— Eh bien, justement tu devrais comprendre que j'ai envie d'être tranquille.

Mais comment résister à cette petite main poisseuse qui se glissait dans la sienne et dont l'affectueuse pression réduisit Laurence à l'état de fontaine? Bientôt, l'émotion gagna son cousin d'abord parce que les larmes de Laurence étaient contagieuses et ensuite, parce qu'il se sentait patraque. Connaissant sa gourmandise, Noël lui avait servi une énorme portion de gâteau au chocolat, son dessert préféré. Avec le chablis capiteux, c'était le mal de cœur assuré. Mais il jugeait indécent de troubler le chagrin de Laurence par la révélation d'un état dont il se rendait compte qu'il n'avait rien de glorieux, surtout en ce moment.

N'y tenant plus, il s'éclipsa en hâte et se soulagea derrière une haie. Ses hoquets désespérés firent accourir Laurence :

— Tu t'es encore empiffré petit crétin! Allez viens près du tuyau que je te nettoie. Donne ton mouchoir.

Redevenu pour un temps un petit garçon, Olivier se laissa faire sans protester et sourit à Laurence, de ce sourire enjôleur qui lui gagnait tous les cœurs :

— Ça va mieux.
— J'espère bien mon gros bêta!

Elle-même se sentait bien : ces larmes qu'elle avait laissées couler sans contrainte — devant sa mère et en public, elle s'était retenue autant qu'il lui était possible car on lui avait toujours enseigné qu'on ne devait pas se donner en spectacle —

Sarranches

avaient détendu son corps crispé depuis la fatale découverte. Elle respira à pleins poumons l'air tiède embaumé par le chèvrefeuille agrippé le long du mur. Au loin, près de la loge située à l'entrée du parc, elle entendit des aboiements joyeux, quatre heures sonnaient au carillon de l'église : c'était de nouveau l'été.
Elle serra contre elle le petit garçon :
— Je t'aime bien tu sais...

LES ACCORDS DE MUNICH

L'été 38 n'avait pas ressemblé aux autres. L'insouciance qui prévalait autrefois durant cette période estivale avait fait place à une sourde anxiété. Et ce n'était pas la visite des souverains anglais, pourtant très attendue, qui avait modifié la morosité et l'inquiétude ambiantes.

La dernière guerre était encore trop présente à Gilbert Sénéchal, à son corps blessé – cette longue cicatrice blanchie avec le temps qu'il effleurait parfois de ses doigts – la *der de der*, avec tant d'horreurs et de souffrances endurées par ses compagnons. Les mutilés qui peuplaient les villages et les villes, – encore heureux que leur nom ne figurât pas sur les monuments aux morts – les gazés à jamais marqués. Leurs infirmités et toutes ces tombes dans le moindre des cimetières de campagne, ne rappelaient-elles pas sans cesse le cauchemar qui avait perduré pendant quatre années, cette fontaine de sang qui avait coulé, vidant la France de sa substance, la privant des meilleurs parmi ses enfants? Plus d'un million de morts... Comment Gilbert ne se serait-il pas senti horrifié à la perspective d'un conflit, à celle de replonger dans cette abomination?

Evidemment, son âge et sa qualité de père de trois enfants le dispenseraient de monter en première ligne. Il ne passerait plus des mois dans une tranchée humide et grouillante de rats,

Sarranches

encombrée par des cadavres qu'on tardait à évacuer tant il y en avait, il ne courberait plus le dos, rentrant la tête dans les épaules au sifflement des obus, il ne verrait plus tomber, l'un après l'autre, tous les hommes de sa compagnie, ces beaux garçons rieurs, jeunes, courageux, pleins d'allant et de santé, qui avaient été la fleur et l'espoir de la nation. Il ne chercherait plus à retenir ses larmes, n'en pouvant plus à force de dominer son émotion lorsqu'il assistait ses camarades agonisants, qui lui demandaient de faire parvenir un dernier message à la mère, à l'épouse aimée...

Le froid, la faim, la saleté et la fatigue, sa propre blessure et la séparation d'avec Inès, comptaient pour peu en regard de ces moments déchirants...

Tout allait donc recommencer : comment ne pas le craindre en effet, en entendant Hitler aboyer ses discours à la TSF et en voyant aux actualités ses armées brunes et noires, survoltées, qui défilaient dans un ordre impeccable ?

En apparence, rien n'avait changé à Sarranches. La saison de la chasse avait commencé et chaque vendredi soir à la tombée du jour, la cour d'honneur s'animait à l'arrivée des invités de Germain. Toutes les chambres étaient occupées et dans les cuisines on s'affairait pour rassasier ces grandes tablées où se retrouvaient ministres, princes étrangers, banquiers, industriels et femmes du monde, mis en appétit par la marche et un lever matinal...

Jeanne présidait à ces agapes avec un détachement si manifeste que Germain s'il l'avait osé, l'eût volontiers dispensée de paraître. Heureusement, Inès était là : sa présence chaleureuse et enjouée compensait ce que l'attitude de sa belle-mère avait de réfrigérant. Chassant elle-même, ainsi que deux ou trois autres dames, elle participait pleinement à ces activités tout à la fois mondaines et sportives.

Mais Germain et Gilbert, dans leurs apartés avec Mayer, autre habitué, Eric Deschars, et deux ou trois intimes ne cachaient pas leur inquiétude : l'avenir s'assombrissait...

D'ailleurs, comment ne pas s'inquiéter des événements en

Les accords de Munich

Tchécoslovaquie dont les frontières méridionales étaient dangereusement exposées depuis l'Anschluss. La tension était devenue telle que le Premier ministre britannique, Chamberlain, avait rencontré Hitler à Berchtesgaden le 15 septembre et capitulé en acceptant le rattachement au Reich des *territoires mixtes* sous la coupe du nazi Henlein.
Mais cette concession n'avait pas suffi. A Godesberg, le 23 septembre Hitler avait formulé de nouvelles exigences et envoyé un ultimatum qui expirait le 28. La tension était devenue telle que certains avaient été rappelés. De leur côté, les Anglais avaient mis la Home Fleet en état d'alerte.

Olivia était la plus éprouvée.
Si la guerre éclatait, ce serait ses fils qui seraient exposés au lieu de ses frères et de l'homme qu'elle aimait. Ce ne serait pas moins cruel et elle pensait que l'époque devait être maudite et démente, avec une Europe qui deux fois en vingt-cinq ans se trouvait à feu et à sang. Habituellement indifférente à l'actualité et parcourant à peine les journaux, elle s'était mise à les lire avec avidité. Et aussi à écouter la TSF... Elle essayait de comprendre ce qui se passait, d'évaluer les dangers qu'encouraient son pays, et donc ses fils.
Au lieu de s'atténuer avec le temps, le sentiment de solitude causé par la disparition de Paul se faisait plus lourd : Olivia était désemparée. Elle aurait aimé sa présence, calme, rassurante. A l'exception des derniers temps, où il n'était plus le même, il avait représenté la sécurité. Dès le début de leurs relations, elle s'était reposée sur lui, comme une enfant. Comme si le choc affreux de la mort d'Augustin l'avait empêchée de mûrir et justifiait cet abandon d'elle-même.
Veuve et devenue chef de famille, il était temps pour elle de se conduire en adulte au lieu de continuer à demeurer passive, confiant son destin aux mains de son père ou de son frère en attendant que ses fils fussent en âge de la prendre en charge.
Elle était consciente de l'effort considérable que cela constituerait de modifier ses habitudes, au lieu de laisser couler le temps comme s'il s'agissait d'une denrée qui serait indéfini-

Sarranches

ment à sa disposition. S'était-elle crue dispensée de vivre parce qu'Augustin n'était plus là ?

Peu portée à l'introspection, elle s'étonnait de ces réflexions nouvelles qui avaient surgi en elle au cours de l'été.

En cette fin de septembre, sur les instances de son beau-père, Bruno Lorrimond s'était joint aux chasseurs, sans plaisir excessif car il se savait piètre tireur.

C'était peut-être un de ses derniers week-ends à Sarranches, domaine un peu magique à ses yeux, auquel il s'était attaché. Si la situation internationale continuait à se détériorer, il allait être rappelé : il avait vingt-six ans et n'était pas chargé de famille. Ni même en passe de le devenir, Charlotte ne faisant preuve d'aucun enthousiasme à cette éventualité.

Et lui-même désormais...

Presque deux ans s'étaient écoulés depuis leur mariage et chaque jour accentuait l'évidence de leur échec conjugal. Il l'avait rencontrée dans le monde, très élégante et la trouvant charmante, il avait commencé à la courtiser. Puis la jeune fille l'avait présenté à ses parents. Ces derniers l'avaient séduit infiniment.

Orphelin de bonne heure, en quête d'une famille de remplacement, il avait trouvé auprès d'eux un accueil si chaleureux qu'il avait négligé d'approfondir certains traits de caractère de celle qui était très vite devenue sa fiancée, puis sa femme. Ne s'était-il pas dit, assez sottement, que la fille d'Inès et de Gilbert ne pouvait que leur ressembler ?

Cela valait pour Angela, mais ne pouvait en rien s'appliquer à sa sœur. Une fois mariée, elle avait dévoilé son insignifiance, la futilité de ses préoccupations et sa nature égoïste. Et Bruno était trop fin et intelligent, trop lucide aussi, pour espérer la moindre conversion dans le comportement de Charlotte.

Il en était arrivé au point qu'il n'envisageait plus de passer avec elle le reste de sa vie. Cette perspective était trop déprimante. Et dorénavant, il redoutait ce qu'il avait tant désiré : car la venue d'un enfant tisserait entre eux un lien supplémentaire qui rendrait beaucoup plus difficile un éventuel divorce.

Les accords de Munich

Il aurait aimé s'ouvrir à Inès de ses préoccupations, de ses doutes, de sa désillusion profonde : mais comment expliquer à une mère que sa fille était incapable de rendre un homme heureux, quel qu'il soit ? Qu'elle ne possédait aucune des qualités indispensables à l'harmonie d'un couple et qu'elle était totalement dépourvue de ce don pour le bonheur dont elle-même, Inès, regorgeait ?

C'était à l'évidence, impossible...

Pourtant, il avait surpris, à diverses reprises, le regard perplexe et préoccupé de sa belle-mère fixé sur lui. Jamais elle ne lui avait posé de questions. Avait-elle parlé à sa fille ? S'était-elle enquise des causes de la mine de Charlotte de plus en plus souvent renfrognée ?

Bruno ne le croyait pas. Inès ne se permettrait sûrement pas de s'immiscer dans leur vie de couple, à moins d'en avoir été instamment priée. Ce n'était pas son genre. Mais il se rendait bien compte qu'elle commençait à s'interroger à leur sujet.

Deux jours après l'enterrement de Paul, Inès avait trouvé Angela en larmes. Acculée, réduite au désespoir par Deschars qui refusait catégoriquement d'intervenir, ne sachant plus vers qui se tourner, elle avait fini par avouer la vérité à sa mère. Bien que se révélant plus compréhensive que ne l'avait pensé Angela, cette dernière n'avait pas caché son irritation et son embarras. Informée de l'identité du père et de l'ignorance dans laquelle il avait été tenu, Inès avait admis que la solution la plus simple consisterait à devenir sa femme s'il y consentait en faisant son deuil du prestigieux parti auquel elle pouvait prétendre. Et somme toute, issu d'une famille honorable bien que sans fortune, Arnaud Buffévent était épousable.

Angela s'y était opposée avec énergie, assurant que le jeune homme lui faisait maintenant horreur. Quoique surprise par ce revirement soudain, Inès avait acquiescé : un mariage forcé constituait un mauvais début dans la vie.

Ne restaient plus que deux possibilités : mettre discrètement l'enfant au monde et le confier à des mains étrangères ou avorter. Inès ne voulait surtout pas influencer le choix

Sarranches

d'Angela. A elle de prendre ses responsabilités. Elle désirait simplement qu'elle sache bien que ses parents l'aideraient, quelle que soit sa décision qui devait être prise avant deux jours.

— Et papa? s'enquit timidement Angela, tu vas lui dire?
— Tu ne t'imagines pas que je cacherai un événement de ce genre à ton père! A moins que tu ne préfères l'informer toi-même...
— Oh! non... gémit Angela.

Un peu anxieuse de sa réaction, le soir même Inès profita d'un moment où Gilbert était de bonne humeur pour lui annoncer que leur fille était enceinte. Il tomba des nues et d'abord incrédule, ne sut que répéter :
— C'est une blague... Angela, mon Angela! Ce n'est pas possible!

Plutôt que furieux, il se montra accablé par un coup du sort tellement imprévu. En reprenant ses esprits, il approuva en soupirant la conduite d'Inès : à Angela en effet de prendre sa décision. Lui-même penchait plutôt pour l'avortement.
— Voilà de belles vacances en perspective, gémit-il.

Serrés l'un contre l'autre, tentant de se réconforter mutuellement, Gilbert et Inès passèrent une nuit blanche.

Pas un instant, Angela n'avait souhaité garder l'enfant d'un homme qui désormais lui répugnait. Et puis, deux jours plus tard survint le miracle, alors qu'Inès avait déjà pris les rendez-vous nécessaires à la délivrance de sa fille. En découvrant quelques gouttes de sang sur son linge, Angela pleura de joie et de soulagement.

Au cours des vacances qui suivirent, passées à Ustaritz avec ses parents, son frère, sa tante Olivia et Laurence venues faire un séjour, elle rencontra Thierry Masson.

Tout au cours de l'été, Angela avait eu l'impression de revivre après ces jours et surtout ces nuits d'angoisse, qui l'avaient profondément marquée. Elle ne comprenait plus maintenant comment elle avait pu se laisser attirer par un Arnaud Buffévent au point de lui céder : elle avait dû être folle vraiment!

Les accords de Munich

Il lui avait écrit un mot de condoléances à l'occasion de la mort de son oncle, et lui exprimait en post-scriptum son souhait de la revoir. Elle lui avait répondu sur le bristol que la famille avait fait imprimer pour remercier des témoignages de sympathie reçus... Elle s'était contentée de signer.

Son deuil lui interdisant les sorties dans le monde, elle ne l'avait revu qu'une seule fois, à la sortie de la messe de Saint-Philippe-du-Roule. Comme ses parents l'accompagnaient, le jeune homme les avait simplement salués.

Gilbert et Inès avaient été parfaits, échangeant quelques banalités sans laisser paraître un seul instant qu'ils étaient au courant.

En le regardant s'éloigner, Inès s'était contenté de murmurer :

— Je crois que ce n'aurait pas été du tout une bonne idée.

A deux reprises, il l'avait appelée. Angela avait fait répondre par la femme de chambre qu'elle était sortie. Et elle était partie pour la côte basque où Olivia et Laurence étaient venues se joindre aux Sénéchal.

Convaincue que sa belle-sœur ne prendrait aucune initiative pour distraire Laurence, Inès l'avait inscrite d'office au club de tennis où tous se retrouvaient, même Olivier. En lui recommandant la discrétion vis-à-vis de sa mère, elle avait poussé la gentillesse jusqu'à offrir des leçons à sa nièce qui avait accepté, d'autant plus reconnaissante que le professeur était fort bel homme. Quant à Olivia, peu douée pour le sport, elle l'avait présentée dans un cercle de personnes mûres qui pratiquaient le gin-rummy, à la rigueur le croquet et dont les efforts intellectuels se limitaient à l'élaboration de nouveaux cocktails.

Les Garaud, vieilles relations des Sénéchal, occupaient une villa voisine. S'étant occupée des distractions de ses invitées, Inès pouvait se livrer sans remords en compagnie de Jean et d'Emilie aux joies du golf, de la natation et de la pêche si appréciées par Gilbert.

Leurs filles, Angela et Marie-Louise, avaient retrouvé leur bande d'amis connus depuis des années. Bien que plus jeune,

Sarranches

Laurence était admise à partager leurs activités. Les journées se passaient agréablement entre la plage, le club de tennis, la pâtisserie où on dégustait de gros éclairs au chocolat, les visites de villa à villa et quelques réceptions bon enfant en plein air auxquelles malgré leur deuil, Inès entraînait sa belle-sœur et sa nièce.

Ce fut au cours d'un de ces dîners qu'Angela fit la connaissance de Thierry Masson.

Deux tables avaient été dressées sur la pelouse et sous un arbre chargé de grosses mirabelles presque mûres, un buffet abondamment garni attendait une trentaine d'invités... Angela prit place avec Marie-Louise à la table des jeunes et se trouva voisine de Thierry Masson, un grand garçon sportif tout en muscles. La chemisette blanche à manches courtes mettait en relief sa peau halée et ses yeux gris lumineux. Angela eut tôt fait de le jauger, si différent d'Arnaud. Bien qu'il fût relativement jeune, vingt-quatre ou vingt-cinq ans, une force sereine émanait de sa personne, à l'opposé de l'assurance presque arrogante d'Arnaud ou de la suffisance fort peu justifiée des fils de la maison qui se vantaient avec moult détails de leur comportement héroïque lors d'une récente sortie en mer effectuée en pleine tempête.

Alors que, selon Angela, ils s'étaient simplement montrés imprudents en dépit du mauvais temps. Son père et celui de Marie-Louise s'étaient bien gardés de quitter le port ce jour-là.

Et le petit sourire railleur de Thierry au récit de ces prétendus exploits n'avait pas échappé à Angela.

A la table voisine, réservée aux adultes, malgré la gentillesse des maîtres de maison et l'excellent Irouléguy, l'atmosphère était moins gaie. Par un accord tacite, on s'était bien gardé d'éviter le « sujet » qui préoccupait les convives et concernait l'avenir. Et surtout celui de leurs enfants qui, par cette belle nuit d'été, chaude et étoilée, profitaient de leurs vacances et s'amusaient avec une insouciance bien de leur âge.

– Je n'ai que ces deux fils, soupira le maître de maison. S'ils disparaissaient, notre vie n'aurait plus de sens...

Gilbert regarda Angela, éclatante et particulièrement en

Les accords de Munich

beauté ce soir dans une robe vert d'eau toute simple qui soulignait la finesse de sa taille, *son* Angela sous les apparences d'une pureté retrouvée et il remercia le Ciel de ce qu'elle fût une fille.

Naturellement Jeanne ignorait tout des menaces qui avaient pesé sur sa petite-fille. Son indifférence la rendait imperméable aux autres et il fallait une tragédie, comme la mort de son gendre, pour qu'elle fît exception. Contrairement à son mari et à son fils, elle détestait la saison de la chasse. Chaque week-end des fournées d'invités qu'il fallait nourrir, abreuver – copieusement – et distraire envahissaient la maison, qu'elle ne prenait aucun plaisir à voir s'animer. Car Germain ne se limitait pas à ses seules relations et à ses contemporains : il invitait volontiers les amis de Gilbert et d'Inès et se réjouissait de la venue de son petit-fils par alliance, Bruno Lorrimond, qu'il avait pris en amitié en espérant qu'il contribuerait lui aussi au renouvellement des habitués.

Il préférait à tout la présence de quelques jolies femmes, de préférence intelligentes et qui, sans déroger aux bonnes manières, savaient rire même d'histoires lestes et faire honneur aux puissants cocktails concoctés par Noël.

Germain était conscient de son ascendant sur ces beautés sensibles à ses prévenances, à son humour, tout comme à son entrain et à son accueil fastueux.

Ce séducteur emmenait ses conquêtes dans un petit rendez-vous de chasse au milieu de la forêt, à quelques kilomètres seulement du château pour d'agréables fin d'après-midi. Le Dom Pérignon coulait à flots. S'il avait une conscience aiguë et parfois douloureuse du temps qui passe, des difficultés qui s'amoncelaient, il n'avait nullement l'intention de se laisser contaminer par Jeanne et tout lui était prétexte à profiter de ce que la vie lui proposait.

En cet automne 38, il avait voulu que la saison soit plus brillante encore que d'habitude. Il fallait effacer la regrettable impression causée par la disparition de Paul, exorciser une deuxième fois Sarranches.

Sarranches

Tout en percevant les premiers grondements du tonnerre, il vivait son dernier amour avec une contemporaine d'Inès. Cet amour, il le savait voué à une existence brève, et il voulait en savourer les moindres bribes en véritable jouisseur qu'il était. Pas question encore d'abdiquer.

Quand il surprenait dans un salon le regard de la belle Yolande cherchant le sien, quand, furtivement, sa main effleurait la sienne, c'était comme si un élixir de jeunesse coulait dans ses veines. Son ardeur à vivre était communicative, faisait oublier ses cheveux presque blancs, ses rides et les taches brunes qui tavelaient ses mains.

C'est de Mussolini que vint l'initiative d'une réunion entre Hitler, Chamberlain, Daladier et lui-même, le *club des charcutiers* comme on les appela. Les accords de Munich furent salués tant en France qu'en Angleterre par une explosion de joie : le pacifisme avait triomphé et à son retour, Daladier fut accueilli en héros.

En lisant dans *Le Populaire* du 1er octobre, – lecture qui ne lui était pas habituelle, mais il faisait alors acheter tous les journaux – ce qu'écrivait Léon Blum : « Pas un homme, pas une femme en France ne peut refuser à M. Chamberlain et à Edouard Daladier sa juste contribution de gratitude... on peut jouir de la beauté d'un soleil d'automne. » Gilbert Sénéchal poussa un soupir et demeura songeur.

S'il se réjouissait pour une part que la menace de guerre fût écartée il n'oubliait pas ce qu'il avait vu, lors d'un court voyage en Allemagne, l'année précédente, peu après la remilitarisation de la Rhénanie. Il avait été frappé par cette jeunesse des deux sexes qui chantait en défilant dans un ordre impeccable, embrigadée depuis 1935 sous la conduite de Baldur von Schirach.

L'industriel qu'il était avait été stupéfait et – il fallait bien l'avouer – émerveillé, par les gigantesques travaux de l'Organisation Todt qui avait couvert l'Allemagne d'autostrades.

Il se rappelait aussi ce que lui avaient discrètement confié divers hommes d'affaires à propos des lois raciales qui éliminaient les *impurs*. Si en public, presque tous chantaient les louanges d'Hitler qui avait redonné à leur pays sa place en Europe, reprenant les arguments de la propagande omniprésente de Goebbels, qui régentait la presse, le cinéma, la radio et l'édition, quelques autres, en particulier, étaient plus réservés et lui avaient fait part des vives craintes qu'ils concevaient quant à l'avenir de leur pays devant les ambitions de leur führer.

Depuis, il y avait eu l'Anschluss...

Et maintenant, Gilbert ne pensait pas qu'une fois les prétentions d'Hitler satisfaites, les Français et les Anglais ayant en fait cédé sur tout, le risque d'une guerre fût définitivement écarté.

Germain et le banquier Mayer, dont le frère, officier supérieur, avait visité avec une irritation déçue la ligne Maginot inachevée, partageaient cette manière de voir et s'interrogeaient sur les mesures à prendre en cas de conflit.

Ce conflit, ils le voyaient comme la répétition de celui de 14-18...

Laurence était retournée au collège Sainte-Hildegarde où elle entamait mathématiques élémentaires. Elle était parmi les plus jeunes de sa classe et l'une des plus brillantes. Elle travaillait avec d'autant plus d'acharnement qu'elle savait que désormais, son grand-père avait pris en charge ses études tout comme celles de ses frères.

Si Germain s'était quelque peu étonné de l'ambitieuse vocation de sa petite-fille pour la médecine, réaliste il ne s'y était pas opposé. Il l'avait même encouragée, ce qu'il n'aurait pas fait cinq ans auparavant. Laurence était de peu cadette de ses cousines, mais il pressentait qu'elle appartenait déjà à une autre génération de femmes dont l'avenir apparaissait plus incertain.

A l'exception de Clémence Hatier, sa meilleure amie et confidente, Laurence s'ouvrait peu à ses camarades de classe dont les seuls projets se limitaient au mariage et à la maternité, à un voyage en avion pour les plus aventureuses... Le jour où elle s'y était hasardée, ce fut pour s'entendre répondre :

— Cela servira à quoi de te donner tant de mal ? Jamais ton mari n'acceptera que sa femme travaille !

Elle n'épouserait pas un homme qui s'y opposerait, voilà tout.

Harold Davis lui avait écrit d'Oxford. Avec l'autorisation de sa mère, elle lui avait répondu et depuis, ils entretenaient une correspondance régulière qu'Olivia ne se souciait pas de lire. Laurence y puisait un grand réconfort : elle n'avait rencontré Harold qu'une seule fois mais dans des circonstances telles qu'il lui semblait qu'une véritable amitié était née entre eux. Et peut-être un peu plus...

Voyant peu ses frères, elle se sentait parfois solitaire : à la maison, sitôt le dîner achevé, Gabriel s'enfermait dans sa chambre, bûchant sans relâche, sortait avec ses copains, grands garçons maigres à lunettes, pas du tout le genre de Marc, souvent boutonneux, Gabriel excepté qui n'était que myope, qui disaient timidement bonjour.

Quant à Marc, il sortait de plus en plus et rentrait fort tard ou plutôt très tôt, malgré les remontrances de sa mère qui le suppliait de penser à ses études.

Devenu lointain et énigmatique, très sûr de lui, Marc avait beaucoup changé et jugeait Laurence sans complaisance, guère à son avantage. Il prenait ses distances avec sa famille, présence et témoignages d'affection réduits au minimum. Sa vie, dont il ne parlait jamais malgré les interrogations discrètes d'Olivia, se déroulait ailleurs et il était avare de confidences.

Ne sortant pas en raison de leur deuil, Laurence et sa mère se parlaient peu, n'ayant pas grand-chose à se dire, lors de ces soirées qu'elles passaient en tête-à-tête. Laurence s'était mise à lire avec assiduité. Indolente, Olivia ne surveillait pas plus ses lectures que sa correspondance, et Laurence pouvait emprunter à son gré dans la bibliothèque paternelle bien pourvue d'ouvrages d'histoire et de littérature classique sinon de romans contemporains. Quelques annotations, des pages cornées, démontraient que ces livres n'avaient pas eu seulement pour objet de garnir les rayons. Elle découvrit Balzac, Flaubert et surtout Alexandre Dumas qui l'enchanta.

Les accords de Munich

A l'exception de quelques romans d'Henry Bordeaux, de Paul Margueritte ou de Marcel Prévost, les curiosités maternelles se limitaient à *L'Illustration* ou au *Petit Parisien*.

Tout récemment, quelques journaux avaient fait leur apparition sur la table basse du salon, certains comme *L'Action française* et *Gringoire*, apportés par Gabriel : sous l'influence d'un camarade, Philippe de Maistre, grand admirateur de Charles Maurras, il commençait à s'intéresser à la politique.

Charlotte avait été bien aise que la saison de la chasse touche à sa fin. Ces week-ends à Sarranches où elle était contrainte de suivre Bruno – en effet, quel prétexte invoquer auprès de ses parents et de son grand-père pour rester à Paris, ce qu'elle aurait bien préféré ? – l'insupportaient. Ne chassant pas, elle demeurait privée de la présence des hommes une grande partie de la journée et lors des repas, se sentait exclue de leurs conversations. Elle-même, oisive dans un château presque désert, en la seule compagnie de Jeanne, parfois d'Olivia, et de quelques dames qui jouaient au bridge ou potinaient, n'avait rien à raconter de passionnant.

Elle aussi avait l'impression que Bruno s'éloignait d'elle. Alors qu'au début du mariage il recherchait toutes les occasions de tête-à-tête, désormais il s'arrangeait pour les réduire au minimum. Et le soir, prétextait la fatigue pour s'endormir aussitôt couché.

Ou pour feindre de s'endormir. Quant à leurs rapports sexuels, mieux valait n'en pas parler...

Charlotte se rendait compte que leur ménage battait de l'aile sans en comprendre la cause. Elle avait le sentiment de n'avoir rien à se reprocher : jamais elle n'avait trompé Bruno ni même été tentée de le faire. Elle s'était prêtée volontiers à ses désirs en s'efforçant de dissimuler qu'elle ne prenait pas vraiment plaisir à leurs ébats. Toujours élégante, elle essayait de lui faire honneur dans le monde. A la différence de certaines de ses amies qui terminaient les soirées un peu *pompettes* pour ne pas employer un autre mot, elle était d'une sobriété exemplaire.

Sarranches

Alors qu'est-ce qui n'allait pas?

Si au moins Bruno lui avait parlé, cela aurait eu pour effet de clarifier la situation. Il s'intéressait de moins en moins à elle, tout simplement. Par instants, elle se sentait devenir transparente à ses yeux. Lorsqu'il rentrait, il l'embrassait distraitement, par habitude, lui adressait à peine la parole, et se plongeait aussitôt dans ses dossiers ou la lecture des journaux. Pour l'en distraire, elle cherchait en vain un sujet de conversation susceptible de l'intéresser : elle n'en trouvait pas... Il est vrai que la relation de ses journées ponctuées de courses, de séances chez le coiffeur, de thés ou de bridges chez ses amies n'avait rien de palpitant.

Elle voyait de moins en moins son amie d'enfance Alicia Méraud, très prise par la préparation de son agrégation d'anglais. Et Alicia ne lui avait pas caché qu'elle préférait visiter des expositions, aller au cinéma ou au théâtre plutôt que de passer ses après-midi à cancaner autour d'une tasse de thé.

Depuis lors, elles étaient presque brouillées...

Un peu déconcertée, Charlotte en venait à penser que l'état de femme mariée ressemblait bien peu à ce qu'elle avait imaginé et que les agréments qu'elle en avait escomptés étaient bien minces...

Tandis que la France signait avec Ribbentrop un pacte de non-agression, symbole de cet esprit nouveau que prônait Georges Bonnet, ministre des Affaires étrangères, et qui devait renforcer l'entente franco-allemande, Olivia ressentait tristement l'approche de Noël, le premier depuis son veuvage... Cette année, elle ne recevrait pas comme à l'accoutumée, un immense flacon de l'Heure Bleue.

Mais son deuil ne la dispenserait pas de prendre part au grand dîner traditionnel qu'offraient ses parents le 24 décembre et qui réunissait toute la famille et quelques intimes, toujours les mêmes. Germain voulait que ce repas fût gai, malgré la présence réfrigérante de Jeanne. Après s'être enquis des souhaits de ses petits-enfants, il faisait tout pour les combler et les gâtaient sans mesure. Plusieurs jours à l'avance, il procédait avec Sébastien à l'établissement du menu, la seule contribution de Jeanne se bornait à dire : « Il n'a qu'à faire la même chose que l'année dernière, c'était très bien... »

C'était Noël au nom prédestiné qui allait choisir le sapin qu'on installait dans le grand salon et qui l'ornait de guirlandes lumineuses et de boules argentées avec la collaboration d'Inès et d'Angela, sans que Jeanne daignât même les regarder ou les encourager. Fatiguée ou consciente de sa maladresse, Olivia ne proposait jamais son aide.

Inès n'avait jamais tant vu sa belle-sœur qu'au cours de l'été précédent puisqu'elle l'avait hébergée pendant quinze jours durant lesquels elle avait pris la mesure de sa passivité. Elle payait son indolence par un excès de poids et une démarche un peu lourde qui la vieillissait... Il semblait que Gilbert ait accaparé toute la vitalité et l'énergie paternelles.

Qu'en aurait-il été de Jacques s'il avait atteint leur âge ?

Une fin d'après-midi où elles se trouvaient seules à la villa, Olivia avait confié à sa belle-sœur les inquiétudes que lui causait Marc. A dix-neuf ans, il devenait un étranger au sein de sa propre famille et elle se sentait désormais dépassée, incapable de contrôler ses allées et venues et surtout ses fréquentations qui, pensait-elle, avaient un effet désastreux sur ses études.

Inès s'était abstenue de lui dire que le service militaire et plus probablement hélas la guerre, auraient tôt fait de mettre bon ordre à ces dissipations. Elle aurait pu ajouter que Gilbert avait appris que son neveu avait une maîtresse fort lancée, dont il eût pu être le fils, et qui ne passait pas pour le modèle du bon genre.

A quoi cette révélation eût-elle servi? Il fallait bien, comme on dit, que jeunesse se passe.

Des préoccupations de l'état du ménage de sa fille aînée, elle ne dit mot. Inès faisait rarement des confidences.

Et ne colportait jamais les ragots.

La jeunesse retrouvée de son beau-père, son entrain, ne lui avaient pas échappé. Elle en avait vite deviné la cause : la femme élégante et discrète dont la vue illuminait le regard de Germain, lui avait aussitôt plu. De cela aussi, elle s'était abstenue de parler à sa belle-sœur qui n'avait rien remarqué...

Sarranches

Il y avait à peine plus d'un mois que Marc avait lu avec effarement dans *Gringoire* le récit de cette « nuit de Cristal » au cours de laquelle les hitlériens, avec la complicité des autorités du Reich, s'était livrés dans toute l'Allemagne à un vaste pogrom en riposte à l'assassinat par un jeune juif d'un conseiller de l'ambassade d'Allemagne à Paris, von Rath [1].

Aussi avait-il reçu comme un choc lorsque, au cours des vacances de Noël, il avait eu la révélation qu'Armelle de Rivière était juive.

Il l'avait appris par hasard par son nouvel ami Rémi Ballandier, connu lors du bal d'Angela où il avait accompagné sa sœur la belle Isabelle que Marc avait vaguement courtisée au début de la saison avant de rencontrer Armelle et de se consacrer à ses charmes. Les deux jeunes gens s'étaient liés et s'étaient découvert un penchant commun pour l'alcool et les plaisirs de la vie nocturne.

Mais M. Ballandier père, qui avait fait fortune dans les textiles à force de travail et de rigueur, entendait bien que son fils réussît les brillantes études que lui-même n'avait pu faire et lui succédât à la tête de l'affaire prospère qu'il avait créée. Rémi n'avait donc guère le temps d'*aller en boîte* et jusqu'à cette soirée de fin décembre, il n'avait pas eu l'occasion de rencontrer la maîtresse de son ami, bien que Marc lui en eût parlé depuis l'été avec mille détails.

Les présentations eurent lieu Chez Charlie's nouveau lieu à la mode où Armelle avait entraîné Marc et une joyeuse bande d'amis... Elle convia volontiers l'inconnu à sa table. Armelle était particulièrement en beauté ce soir-là, dans une ravissante robe de velours noir de Molyneux éclairée par un clip d'or et de rubis de chez Boucheron. Une somptueuse étole de zibeline faisait briller d'envie les yeux des autres femmes. Marc rayonnait, fier qu'on sût qu'il était l'amant de cette merveilleuse créature qu'il raccompagnerait tout à l'heure chez elle, au volant de la Delage qu'elle lui laissait conduire le soir lorsqu'elle ne prenait pas le chauffeur. La perspective des

---

[1]. 9/10 novembre 1938.

caresses qu'il prodiguerait à son corps doux et voluptueux suffisait à le mettre en émoi.

Les verres de champagne succédaient aux danses, l'excellent orchestre entretenait une fébrilité inhabituelle et inquiétante parmi ces noctambules privilégiés. Il semblait qu'en cette fin d'année 38, alors que la guerre n'avait jamais été aussi menaçante, tous cherchaient à s'étourdir avec d'autant plus d'avidité et de frénésie.

Ce fut dans les toilettes de Chez Charlie's où les jeunes gens s'étaient rendus et où Marc s'enquérait de l'impression produite par sa maîtresse sur son ami que tout en déboutonnant sa braguette, ce dernier lui lança avec un sourire où Marc crut deviner du mépris :

— Tu sais comment elle s'appelait, ton Armelle de Rivière, avant son mariage ? Armelle Blumenfeld...

De retour à Paris, Angela avait cherché à revoir Thierry Masson. Il lui inspirait un sentiment très différent de celui qu'elle avait éprouvé pour Arnaud Buffévent. D'ailleurs, en fait, elle doutait de lui plaire : était-il épris de quelqu'un d'autre ?

Toujours courtois, témoignant à chacune d'elles les mêmes attentions, il n'avait paru distinguer aucune des filles. A regret, il lui fallait convenir qu'il n'avait rien fait, en dépit de rencontres nombreuses, pour lui manifester, si peu que ce soit, de l'intérêt. Entretenait-il une liaison discrète avec une de ces jeunes femmes dont le mari était resté à Paris une partie des vacances ? Angela n'avait rien remarqué.

Plus probablement était-il intéressé ailleurs. Elle n'osait imaginer qu'il fût disponible.

Bien sûr, elle avait questionné Marie-Louise qui s'était montrée fort évasive : pas plus qu'Angela, elle ne connaissait Thierry. C'était la première fois qu'on le voyait. Peu bavard, à la différence des autres, on ne savait rien de lui, sinon qu'il avait fait Sciences Po et une licence d'histoire et travaillait désormais au Quai d'Orsay. Il espérait bientôt être nommé à l'étranger comme attaché d'ambassade.

Sarranches

Il était donc parisien. Angela avait consulté l'annuaire mais il y avait des colonnes de Masson. Le hasard seul pouvait les faire se rencontrer. Elle était bien résolue alors à lui demander son adresse, s'en voulant maintenant de la stupide timidité qui l'en avait dissuadée cet été...

En revanche, elle avait revu plusieurs fois Arnaud Buffévent. Avec une satisfaction dont la vanité n'était pas absente, elle eut la conviction qu'il était toujours attiré par elle qu'il laissait indifférente maintenant. Déterminé dorénavant à la conquérir malgré le peu de succès de ses avances qui le laissait perplexe, Arnaud ne comprenait visiblement rien au comportement d'Angela.

Il est vrai aussi qu'il ignorait tout des angoisses qui l'avaient tourmentée...

Et de sa rencontre avec Thierry Masson.

A Paris, Germain rendait de fréquentes visites à Yolande qui habitait un charmant appartement dans le VIIe. Bien qu'elle fût veuve depuis plusieurs années, elle lui avait vite fait comprendre qu'elle tenait à la discrétion de leur liaison. Elle avait de grands enfants qui vivaient encore chez elle et ne souhaitait pas qu'ils apprissent que leur mère fréquentait un homme marié.

Germain, comme beaucoup de ses contemporains à commencer par Mayer, ne tarda pas à louer une garçonnière pour de tranquilles rencontres avec Yolande à laquelle il s'attachait de plus en plus. Certains soirs, il pensait avec angoisse au jour fatal où elle serait lasse de son amant.

Même avec Florence Marley qu'il avait longtemps aimée et qui lui avait donné un fils, il n'avait jamais connu ce sentiment de plénitude qu'il éprouvait avec Yolande : quelle tristesse d'avoir dû attendre un âge pareil!

Malgré l'affection vive qu'il portait à certains de ses descendants et à sa belle fille, malgré sa réussite en affaires et Sarranches, son chef-d'œuvre, conçu et édifié de toutes pièces, qui en constituait le témoignage visible, il se demandait parfois s'il n'avait pas raté sa vie. A d'autres moments, il se félicitait du temps, même limité, dont il bénéficiait.

Les accords de Munich

Il n'avait pas renoncé pour autant à ses relations avec Florence. Bien que la délicieuse petite théâtreuse qui avait attisé ses sens une vingtaine d'années auparavant fût devenue une dame presque quinquagénaire aux formes épanouies... Mais Florence avait été assez habile pour ne manifester aucune amertume lorsque son amant s'était lassé de ses charmes. D'ailleurs elle-même... Il avait presque trente ans de plus qu'elle... Leur passion réciproque et réelle se mua en une affection profonde, fondée sur l'estime et la confiance.

Germain avait dit à Florence qu'il ne verrait aucun inconvénient à ce qu'elle refasse sa vie ou plutôt qu'elle la fasse : il n'en cesserait pour autant de s'occuper matériellement d'Alain. Mais Florence n'avait sans doute jamais rencontré le partenaire idéal.

Alain venait d'atteindre sa majorité. Grâce à Germain, ce garçon brillant réalisait son vœu, celui de devenir vétérinaire. Une fois passés ses examens, il comptait l'installer, peut-être dans les environs de Sarranches où bovins et ovins abondaient et aussi les chevaux et les chiens de chasse.

Pour Florence, outre un petit appartement, sur les grands boulevards dont elle appréciait l'animation, il avait acheté dans le quartier de l'Opéra une parfumerie. Non sans appréhension, il lui en avait confié la gérance. Cette femme ordonnée et courageuse, pleine d'initiative, dont l'élégance naturelle encore affinée grâce à Germain faisait merveille auprès de la clientèle fortunée et exigeante de ce quartier, s'était au surplus révélée remarquable femme d'affaires. A la surprise amusée de Germain, la parfumerie de Florence, baptisée Aux Senteurs de Paris, faisait des bénéfices et devint avec le temps un excellent investissement.

Deux fois par mois, Germain allait déjeuner chez Florence et voyait son fils. Il prenait grand plaisir à ces moments de détente et n'y manquait jamais. Lorsque Alain avait eu six ou sept ans, il avait fallu lui révéler son état d'enfant naturel. Mais, à la différence de nombre de ceux qui se trouvaient dans son cas, il avait un père qui le voyait régulièrement, s'intéressait à lui et au progrès de ses études et qui ne l'abandonnerait jamais. Et surtout, ce père l'aimait, Alain l'avait éprouvé avec force dès sa petite enfance. Il avait donc pris son parti sans aigreur et avec philosophie, regrettant seulement de n'avoir ni frère ni sœur.

Parfois Germain déplorait lui aussi que ses petits-fils et Alain ne pussent se voir. Il lui semblait qu'Alain et Gabriel se fussent très bien entendus.

Avec Marc, c'était moins sûr.

L'année 1939 s'avançait. A la fin de février, la France de M. Daladier avait reconnu *de jure* le gouvernement de Franco et le 15 mars, après une courte halte, les troupes allemandes s'étaient de nouveau mises en marche. Le pas meurtrier des soldats avait foulé le sol de Bohême tandis que les Slovaques se plaçaient sous le protectorat du Reich.

N'était-ce pas le glas qui sonnait la fin des illusions de ceux qui avaient cru au maintien de la paix après Munich ?

Gilbert, au contraire de beaucoup, pacifistes à tous crins, était certain de la guerre prochaine. Olivia, avec laquelle il avait retrouvé un peu de l'intimité de jadis, partageait ces angoisses. Se sentant très seule avec un fils absorbé par ses études et un autre qui lui échappait, une fille encore très jeune à laquelle on ne pouvait demander de partager les préoccupations de l'âge adulte, elle cherchait à s'appuyer de plus en plus sur son frère, seul soutien dont elle disposât.

Avec celui de son père, bien sûr. Mais, ces derniers temps, il ne se montrait guère disponible. Aussi Olivia avait toujours eu l'impression qu'elle l'ennuyait, qu'il avait été déçu par cette fille si terne et effacée. Ah ! si elle avait ressemblé à une Angela, il l'aurait aimée davantage. Mais pour briller, il eût fallu être délivrée du carcan que sa mère avait fait peser sur elle, dès son plus jeune âge.

Car la Jeanne d'aujourd'hui existait bien avant la mort de Jacques. Olivia se souvenait de cette fin d'après-midi d'avril où ses parents étaient partis précipitamment pour Sarranches, sans même les embrasser elle et ses frères, les laissant à Paris, à la garde de leurs institutrices et des domestiques. A l'exception

Les accords de Munich

d'un bref coup de téléphone de leur père, ils ne s'étaient pratiquement pas manifestés pendant plus d'une semaine. C'est à leur retour que tout avait changé, qu'une chape de tristesse était tombée sur l'hôtel de la rue du Bac et aussi sur le domaine de Sarranches rendant la vie quotidienne morne et lugubre. Comme si un sort jeté par une mauvaise fée en avait désormais condamné les habitants...

Et qu'avait disparu de leur horizon, pour ne jamais reparaître, leur tante Alberta qu'ils aimaient bien car elle était gaie, apportait un parfum d'exotisme auquel ils étaient sensibles et leur manifestait son affection en dépit de la modestie de ses cadeaux.

Bien sûr, à l'époque, aucun d'eux n'avait fait le rapprochement. A deux ou trois reprises, ils s'étaient timidement enquis de leur tante, demandant si elle était repartie en voyage dans un pays lointain comme du temps de son mariage : ils avaient vite compris qu'ils n'obtiendraient d'autre réponse que dilatoire.

Un temps, ils avaient subodoré qu'un remariage de leur tante, désapprouvé par leurs parents était cause de cet ostracisme.

Poussés par la curiosité et par l'attitude de leur mère qui se troublait dès qu'on prononçait le nom d'Alberta, les trois enfants et surtout Jacques qui était d'un naturel fouineur, n'avaient pas renoncé à connaître la vérité.

De tout temps ils avaient su que la source d'information la plus sûre se trouvait à l'office. A défaut de surprendre une conversation, il fallait faire parler le personnel. Jacques était le plus doué pour cette mission.

La vérité – une vérité en tout cas, celle qu'avaient perçue les domestiques – leur parvint par bribes et si les garçons peu à peu saisirent l'essentiel, Olivia était encore trop jeune pour comprendre que son père avait mortellement offensé sa mère au point que cette dernière lui refusait désormais sa couche : au retour de Sarranches, Germain déménagea discrètement de la chambre conjugale pour s'installer dans une pièce voisine de son bureau, à côté de laquelle on avait aménagé un cabinet de toilette.

Sarranches

Ces changements ne firent l'objet d'aucun commentaire. En revivant ces temps lointains, Olivia se disait qu'elle avait vécu dans un monde ou rien n'était jamais exprimé. Jeanne avait imposé cette règle et tous avaient été contraints de s'y conformer, Germain le premier. Jeanne, se voulant l'incarnation de la souffrance, n'aurait pas toléré qu'il en fût autrement. A aucun moment elle ne s'était souciée des répercussions sur les siens d'une telle prescription.

Fille soumise et asphyxiée par le manque d'amour, nouée par la peur de lui déplaire et d'attirer ses foudres, Olivia n'avait eu d'autre issue que celle de disparaître à ses yeux. Le mépris qu'elle avait cru lire parfois dans ce regard glacé, pourtant si rarement posé sur elle, l'avait convaincue de son insignifiance. Ce n'était qu'un début.

Survint la disparition de Jacques.

Un visage sans corps hantait ses rêves, peu à peu métamorphosé par une expression de haine qui lui semblait destinée. C'est en vain qu'elle essayait de se soustraire à ce regard, collée contre les murs jusqu'à se fondre avec eux, pour échapper à l'emprise de cette femme dont elle comprenait trop tard qu'elle était sa mère. Sa mère qui lui reprochait d'être en vie, elle, petite larve dédaignée alors que le prince de la demeure était mort.

Jamais dans la journée, aucun mot n'avait été dit, qui aurait contredit ces impressions de la nuit, l'aurait persuadée que seule une imagination malade était responsable de cette affreuse impression de culpabilité éprouvée au réveil et qui la traumatisait au point de la rendre incapable d'agir.

Sauf une fois.

Pendant des années, elle s'était abstenue de juger sa mère qui, non contente de l'anéantir, s'était montrée si cruelle et méprisante envers l'élu d'un choix jugé déplorable et décrété inadmissible, sans discussion possible. Pour ce pauvre Augustin Lenoir, dont les yeux bleus la regardaient avec adoration, lui permettant enfin d'exister, Olivia était la seule au monde. Les bras tendus vers elle de cet officier courageux qu'elle avait soigné avec amour, constituaient une source de douceur et de

Les accords de Munich

tendresse inconnues d'elle jusqu'alors... Augustin n'avait pas tardé à offrir à la jeune fille la voie d'évasion inespérée.
La malchance avait fait avorter cette unique tentative. N'en demeurait qu'une petite photo jaunie, mince silhouette en uniforme sur un fond de mur gris, semblable à ceux du cimetière qui l'enserraient désormais.
Et une sensation irrémédiable d'échec qui la rendait impuissante face à Marc.

Olivier avait vaguement espéré que le jour de son anniversaire serait marqué d'une façon spectaculaire par l'accomplissement de son souhait le plus cher, bien qu'il sût au fond de lui-même, que cela ne lui serait pas accordé.
Il venait d'avoir douze ans et se désolait de sa petite taille. La dernière fois que sa mère l'avait conduit chez Deschars qui le suivait depuis sa naissance, le médecin l'avait passé sous la toise et lui avait dit : « Il faut manger un peu plus de soupe mon garçon si tu veux grandir ! »
Pendant qu'il se rhabillait honteux derrière le paravent, il avait entendu le docteur répondre calmement aux questions inquiètes de sa mère : « Ne vous tracassez pas Inès. Il s'agit d'un petit retard de croissance dû à une insuffisance hypophysaire très courante à cet âge... ça va s'arranger d'ici un an ou deux. Faites-lui faire de l'exercice, donnez-lui beaucoup de viande rouge, du foie de veau et voici une petite ordonnance pour des vitamines B5. »
En sortant du cabinet, Inès elle-même avait rassuré son fils. Devant sa mine chagrine, elle lui avait proposé d'aller dans une pâtisserie pour manger un baba au rhum. Il avait accepté bien sûr sans cesser pour autant d'être triste. Deschars avait confirmé ce dont il se doutait déjà depuis un certain temps en comparant sa taille avec celle de ses camarades et en subissant parfois leurs moqueries : il était presque un nain. Dans le dictionnaire, il avait consulté un tableau indiquant les tailles suivant l'âge : à douze ans il aurait dû mesurer 1 mètre 45. Il lui manquait onze centimètres...
Il avait entendu dire que si on voulait grandir, il ne fallait

Sarranches

jamais dormir recroquevillé. Il s'efforçait donc le soir, en pensant à Laurent, son meilleur ami qui le dépassait d'une tête, d'étirer son corps le plus possible et se désolait chaque matin de se retrouver couché en chien de fusil, dans le lit recouvert de toile de Jouy, où Inès lui permettait encore avec réticence et en cachette de son père de garder Arthur, son ours en peluche.

Il était le plus petit de sa classe et bien qu'étant le plus jeune, cette affreuse réalité était encore plus évidente sur la photo annuelle réunissant tous les élèves.

Depuis la rentrée d'octobre, la crainte de ne pas grandir le hantait. En retrouvant ses camarades après les vacances, le cœur serré, il avait constaté que la plupart d'entre eux avaient gagné plusieurs centimètres, et que la différence de taille entre lui et Laurent s'était accentuée : il arrivait à peine à son épaule.

Sa mère devait être inquiète elle aussi. Sinon l'aurait-elle emmené consulter Deschars?

Heureusement, un événement s'était produit, permettant à Olivier d'envisager la vie sous un jour moins maussade. Désormais à la retraite, le vieux M. Lauret, auquel rien n'échappait de ce qui se passait dans la salle d'études, avait été remplacé par un nouveau surveillant, M. Chauchat, jeune homme de belle prestance, à l'allure sportive, dont la voix grave avait aussitôt séduit Olivier.

A sa vive surprise puis à son émerveillement, il eut conscience d'avoir réussi à attirer l'attention de M. Chauchat, qui était devenu la coqueluche du collège : à la différence des autres surveillants il punissait rarement et plaisantait volontiers avec les élèves à la fin de l'étude... Plusieurs fois, Olivier avait surpris son regard empreint de gentillesse bienveillante à son égard : il ne comprenait pas pourquoi. Puis, un jour au moment de la sortie, M. Chauchat lui avait parlé, l'interrogeant sur sa famille et ses études. Ces preuves d'intérêt avaient été un baume pour son cœur meurtri, lui faisant regagner sa propre estime. Et il lui semblait que cette main virile, posée avec douceur sur son épaule, lui transfusait un peu de la force de ce grand jeune homme qu'il admirait et commençait à aimer avec toute la violence et l'exclusivité propres aux enfants. Au bout de quelques semaines, mis en confiance, un soir de février, Olivier s'enhardit à parler à son nouvel ami du problème qui le tourmentait : la crainte de demeurer un nain.

Si animée un instant auparavant, la salle d'étude était désormais déserte et gagnée par la pénombre. Il faisait presque nuit. Pendant la sortie des élèves, M. Chauchat avait éteint les deux plafonniers et seule la petite lampe de son bureau était restée allumée. Du vestiaire au fond du couloir parvenait le joyeux tapage des garçons qui mettaient leurs manteaux, échangeaient des bourrades, procédaient à quelque dernier troc et s'en allaient le cartable sous le bras, pressés de quitter le collège et de retrouver la chaude atmosphère familiale.

Mais Olivier restait sur l'estrade, seul îlot de lumière dans la pièce sombre, insensible au temps qui passait, plongé dans une sorte de ravissement à l'idée d'intéresser cet adulte séduisant, dont le discret parfum de lavande lui rappelait celui de son père, et qui savait si bien l'écouter.

Bien loin de se moquer de ses angoisses, comme Olivier l'avait secrètement redouté, M. Chauchat faisait preuve d'une totale compréhension. Il lui parlait doucement, avec des inflexions de voix bien différentes de celles qu'il employait pour rappeler à l'ordre certains garnements qui se dissipaient pendant l'étude, lui représentait que ce qu'il prenait pour une disgrâce n'était qu'un état provisoire alors qu'il avait une peau de soie – M. Chauchat lui avait caressé la joue avec une tendresse qui avait bouleversé Olivier – une frimousse exquise qui lui conquerrait tous les cœurs et des yeux verts magnifiques.

Désormais installé sur les genoux de M. Chauchat, Olivier ne saisissait pas bien tout ce que lui disait le beau surveillant qui semblait s'exalter. Il sentait sa main lui caresser le dos, sous le pull-over de laine rouge, dans un mouvement lent et régulier, et il aurait aimé que ce moment de pur bonheur, jamais connu, n'eût pas de fin.

Un pas rapide résonna dans le couloir et dans la seconde, Olivier se retrouva debout sur l'estrade, les jambes un peu fla-

geolantes. La porte de verre dépoli s'entrouvrit laissant apparaître la figure revêche du surveillant général :
— Ah ! c'est vous Chauchat... je me demandais pourquoi il y avait encore de la lumière...
— Le petit Sénéchal me demandait une explication pour sa dissertation...
— Très bien, très bien, je vous laisse. Surtout, n'oubliez pas d'éteindre en partant.

L'actualité internationale occupait tous les esprits. La chute de Madrid puis le coup de force italien — ces Italiens qui avaient déjà osé, en novembre dernier, émettre des prétentions sur Nice, la Savoie, la Corse et la Tunisie — contre l'Albanie avaient relégué à la dernière place la réélection du président Lebrun.

Comme chaque matin, installée après sa toilette mais encore en tenue d'intérieur, dans son petit salon tendu de damas rose, adjacent à sa chambre, Jeanne Sénéchal avait parcouru les journaux que Françoise lui avait montés une heure auparavant avec le petit déjeuner.

Sa lecture achevée, en soupirant à la pensée de tous ces désastres dont elle pressentait la proche venue, elle se leva et le soleil printanier l'incita à sortir. L'anniversaire de Germain approchait et si peu qu'elle le désirât, il fallait qu'elle se fendît d'un cadeau.

Par l'interphone, elle commanda la voiture puis sonna Françoise afin qu'elle l'aidât à s'habiller puis fît la chambre en son absence. Comme d'habitude, elle mit un de ces tailleurs sombres, avec la rituelle blouse de soie légère, grise ou blanche à col montant et à manches longues. Après l'avoir interrogée sur son choix, Françoise lui apporta un chapeau de paille noire ornée d'un gros grain, son sac et ses gants, noirs eux aussi.

— Je serai de retour à l'heure du déjeuner, dit-elle.

Elle descendit l'escalier. La Delahaye attendait dans la cour et Taillefer le chauffeur après l'avoir respectueusement saluée l'aida à monter en voiture. Le concierge avait déjà ouvert la

Les accords de Munich

grille et s'inclina tandis qu'elle lui répondait d'un signe de la main.

— Où Madame souhaite-t-elle que je la conduise ? s'enquit Taillefer.

— Place Vendôme chez Chaumet.

C'était là, tout comme Germain, qu'elle se fournissait d'habitude : elle appréciait la discrétion de cette maison qui contrastait avec le luxe tapageur et la clientèle mêlée de certains joailliers. Non qu'elle eût à souffrir de la promiscuité : Monsieur Pierre la recevait toujours dans un petit salon à part où il faisait apporter par son premier vendeur un assortiment de bracelets, colliers, broches ou boutons de manchettes selon ses désirs du jour.

Et Monsieur Pierre avait l'amabilité de tenir la comptabilité exacte de ses achats ainsi que le nom du ou de la destinataire : ainsi était-elle assurée de ne pas choisir un bijou presque identique à celui qu'elle avait offert précédemment. Justement aujourd'hui, en désignant des boutons de manchettes en or et rubis, Monsieur Pierre lui fit remarquer que l'an passé déjà, elle avait choisi les rubis : ne désirait-elle pas cette fois-ci plutôt des émeraudes ou des diamants ? A moins que les saphirs...

Elle opta finalement pour les émeraudes bien qu'elle ait toujours été persuadée que cette pierre portait malheur : Germain ne lui avait-il pas offert une émeraude lorsqu'elle avait découvert sa liaison avec Florence Marley, peu de temps avant la mort de Jacques ?

En sortant, elle congédia Taillefer : elle regagnerait la rue du Bac à pied par ce beau temps en traversant les Tuileries, puis elle longerait les quais. Ce fut en parvenant à proximité du Pont-Royal que son regard fut attiré par une femme très élégante, vêtue d'un ensemble d'un beau rouge à la dernière mode, qui se promenait avec nonchalance sur le quai, attendant peut-être quelqu'un ou profitant simplement tout comme elle, de l'air printanier.

Cette silhouette qui s'approchait intriguait Jeanne malgré elle : d'ordinaire, elle ne prêtait pas attention aux passants. Pourquoi fallait-il qu'elle ralentisse sa marche pour dévisager

Sarranches

plus à son aise cette femme qui n'était plus toute jeune même si sa démarche avait conservé une souplesse un peu féline et si sa silhouette svelte devait encore attirer les hommes?
Jeanne s'étonnait de ces réflexions : que lui importait donc cette promeneuse inconnue? Peut-être consciente d'être observée, elle la dévisageait à son tour avec un regard... un regard aigu, comme elle en avait connu un dans le temps...
Arrivées à trois pas l'une de l'autre, elles se reconnurent presque en même temps :
– Alberta... murmura Jeanne interdite.
Elle se sentait accablée par cette rencontre inopinée qu'elle avait réussi à éviter depuis plus de vingt ans. Plus accablée encore par ce qu'elle lisait dans les yeux de sa sœur, une sorte de surprise consternée qui n'était pas due au fait de cette rencontre elle-même dans une ville qu'elles habitaient toutes deux, mais causée par l'aspect physique de Jeanne, si différent du sien.
– Jeanne, c'est bien toi, dit-elle de sa voix claire inchangée.
Elles restaient immobiles, face à face, hésitant sur l'attitude à adopter n'osant pas se serrer la main et encore moins s'embrasser... Si troublée qu'elle fût, Jeanne comprit qu'il lui appartenait de prendre l'initiative... Un banc se trouvait à proximité :
– Asseyons-nous un instant, proposa-t-elle.
D'ailleurs, sous le coup de l'émotion, elle sentait ses jambes flageoler et elle fut soulagée d'être assise. Il semblait qu'il en fût de même pour Alberta.
– Alors, que deviens-tu? soupira Jeanne. Tu as l'air resplendissante...
Elle avait conscience qu'Alberta, même si elle voulait se montrer aimable, ne pouvait lui retourner le compliment.
– J'ai tout de même soixante-deux ans, répondit-elle comme si Jeanne ne le savait pas. Mais parle-moi des enfants...
Jeanne se rendit compte qu'Alberta se souvenait d'eux, tels qu'elle les avait connus, dans la première décennie du siècle. Du temps où Jacques vivait encore. Elle sourit avec une légère amertume :

Les accords de Munich

— Ils ont beaucoup changé, dit-elle. Ils ont eux-mêmes des enfants...

— Mais oui : j'ai appris que l'année dernière vous aviez donné un grand bal pour les dix-huit ans de la fille de Gilbert... Voyons comment s'appelle-t-elle ? Ah ! oui, Angela... Elle a l'air ravissante...

En effet, quelques photos avaient paru dans *Vogue* de ce qui avait été l'événement mondain de la saison.

— Elle l'est effectivement, confirma Jeanne d'un ton contraint.

Elle avait repris ses esprits : elle ne craignait plus de défaillir et de se donner en spectacle, ce qui lui aurait fait horreur. Ses battements de cœur s'étaient calmés et l'affreuse sensation d'oppression qui l'avait presque fait chanceler s'évanouissait peu à peu, lui permettant de retrouver un rythme de respiration normal. Elle pouvait désormais dévisager Alberta, s'étonner de son teint coloré et même légèrement hâlé, discerner les fines rides qui enserraient les yeux et la bouche, celles plus profondes qui marquaient la racine du nez, entre les sourcils châtains soigneusement épilés, apercevoir le cerne un peu mauve qui soulignait et alourdissait les paupières. Pourtant, même de près, Alberta paraissait moins que son âge : était-ce à cause de la lueur qui dansait au fond de ses prunelles, de l'expression si vivante et mobile de sa physionomie ou de la couleur de ses cheveux, d'un joli châtain doré dont quelques mèches s'échappaient du petit feutre rouge, orné d'un gros grain à peine plus clair ? Jeanne ne savait que trop combien différent était le spectacle qu'elle-même offrait, cette grisaille de pénitence ; ne l'avait-elle pas contemplé tout à l'heure, en mettant son chapeau sur une chevelure presque blanche ? Elle devinait les réflexions d'Alberta, même si elle n'en laissait rien paraître, et ressentit des pincements de jalousie, échos de ceux d'autrefois, lorsqu'elles se préparaient pour un bal et qu'Alberta se moquait de la gaucherie et de l'allure empruntée de son aînée.

Elle ne savait rien de la vie d'Alberta depuis un certain jour d'avril, si longtemps auparavant...

Sarranches

Jeanne aurait souhaité se lever, s'en aller et surtout que cette rencontre n'ait jamais eu lieu...

Alberta suggéra soudain :

– Et si je t'emmenais manger des huîtres au café de la Paix ?

Déconcertée par cette incroyable proposition, Jeanne protesta faiblement qu'elle était attendue chez elle pour déjeuner, et se vit monter dans un taxi hélé avec autorité par Alberta et entraînée à vive allure sur les grands boulevards dont l'animation contrastait avec le calme provincial de son quartier.

Comme autrefois, la cadette avait pris les choses en main. Elle semblait être connue en ce lieu – Jeanne elle, n'avait pas l'habitude d'aller au restaurant, Germain l'y emmenait rarement et elle n'aurait jamais eu l'idée d'y inviter sa fille ou sa belle-fille – où, dès leur arrivée, un maître d'hôtel s'approcha, sourire aux lèvres :

– Une table pour deux ?

– Oui, la ronde là dans le coin.

Comme Alberta était toujours sûre d'elle, à l'aise où qu'elle se trouvât, capable de faire face à toutes les situations ! Cette aisance, perceptible dès l'adolescence, avait frappé Jeanne lors du retour de sa sœur après la faillite de son mariage : au lieu de se plaindre, d'attendre passivement la suite des événements, elle s'était organisée et avait organisé son existence, faisant fi des conventions et passant outre aux principes austères inculqués par les parents Calvet.

Cependant, après ce premier faux pas, demeuré relativement ignoré, comme le commandait l'intérêt des deux parties, Alberta avait été discrète et n'avait guère fait parler d'elle : aucune rumeur de scandale ne lui était parvenue. Son aînée savait juste qu'elle était très *lancée* dans un milieu cosmopolite bien différent de celui de leur enfance ou de celui que les Sénéchal fréquentaient et qu'elle ne s'était jamais remariée.

– Cela me fait vraiment plaisir de te revoir, dit-elle avec un naturel qui confondit Jeanne.

Jusqu'au moment où elle s'aperçut – était-ce à cause de ce verre de chablis qu'elle avait bu sans même s'en rendre compte

Les accords de Munich

— qu'elle aussi éprouvait une sorte de plaisir. Un peu ambigu et douloureux peut-être, mêlé d'une étrange et fugitive impression, celle de revivre le moment de leur séparation, que Jeanne avait jurée définitive. A l'époque où Jacques était un charmant garçonnet d'une douzaine d'années. L'instant approchait, où il lui faudrait répondre aux questions concernant la mort d'un neveu qu'elle avait aimé comme le fils qu'elle n'avait pas eu...

Et effectivement, alors que le maître d'hôtel venait de lui servir une sole meunière entourée de champignons et de remplir une nouvelle fois son verre, elle qui y trempait à peine les lèvres d'ordinaire, Alberta dit :

— J'ai été désolée pour Jacques... Et que tu ne me permettes pas de venir...

— Ce n'était pas possible, murmura Jeanne.

Comment expliquer à Alberta qu'il lui avait été déjà si difficile de ne pas s'effondrer — au point qu'elle avait hésité à se rendre à la cérémonie — qu'elle aurait été tout à fait incapable d'affronter de surcroît la présence de sa sœur, cette rivale détestée qui lui avait enlevé son mari? Jeanne n'avait pas eu auparavant l'occasion de suspecter la conduite de Germain... ou avait-il été prudent? Elle se l'était demandé par la suite...

— Comment est-il mort?

Allait-elle avouer la vérité à cette femme qui aurait pu être une étrangère mais à laquelle la rattachaient les liens du sang et tant de souvenirs partagés? Une vérité occultée, obstinément refoulée autour de laquelle sa vie, ou ce qui lui en tenait lieu, s'était construite? Allait-elle lui confier son étonnement douloureux en voyant Jacques s'éloigner d'elle les derniers temps, en comprenant que désormais, la présence de sa mère lui pesait? Comment décrire les changements d'abord subtils, presque indiscernables qui s'étaient opérés en lui, bien avant que la guerre en fît un infirme, son aveuglement et celui de Germain — s'il avait été plus lucide qu'elle, au moins, n'en avait-il rien laissé paraître — son incompréhension de ce qui se passait dans l'âme malade de Jacques et devait le torturer?

Et aussi le ravir... Cela, elle l'avait découvert un mois aupa-

Sarranches

ravant, absolument par hasard. Pour la première fois, à Sarranches, elle était entrée dans la chambre fermée à clef depuis la mort de son fils, et assise à son bureau, elle avait machinalement ouvert un tiroir. Dans ses papiers, elle avait trouvé des poèmes dont la sombre beauté rouge lui avait coupé le souffle, l'avait épouvantée et bouleversée, lui révélant une région ignorée d'elle-même, jamais atteinte auparavant. Et plus jamais après.

Des poèmes qu'elle avait été seule à lire, car elle les avait presque tous détruits aussitôt par le feu purificateur, si l'on exceptait le destinataire, auquel il était probable que Jacques les ait montrés.

Chaque ligne lui était encore présente à l'esprit : elle les savait par cœur.

Pouvait-elle parler des ravages qui s'étaient opérés dans son esprit bâillonné par les convenances, de la force dont il lui avait fallu faire preuve par la suite pour maîtriser son égarement à la lecture des dernières lignes, encore inscrites en lettres de feu dans sa mémoire :

Dans cette eau froide qui me servira de linceul
Et accueillera un corps détruit, voué à la dégradation
Indigne désormais des grandes fêtes de la vie
Qui en faisaient tout le prix
Je t'attendrai...
Peut-être en vain

Non, elle ne pouvait rien dévoiler de tout cela à Alberta. Ni sa stupeur rétrospective devant le comportement de son mari et de Deschars qui même en particulier avec elle, s'étaient tenus avec la dernière des énergies à la version si improbable de l'accident, destinée au monde et à l'Eglise.

Et son horreur mêlée de pitié, lorsqu'elle avait revu le visage décomposé du médecin, son corps secoué d'un tremblement irrépressible qui le faisait ressembler à un colonial victime de la malaria. Soudain, après tant d'années, dans une brutale révélation, elle avait compris qui était le destinataire des poèmes.

Les accords de Munich

Mais il fallait continuer à ne rien savoir et donc à se taire.
— Le pauvre Jacques a glissé dans l'étang, dit-elle finalement avec un soupir. Comme il n'avait plus qu'un bras, il n'a pas réussi à reprendre son équilibre...
Elle fut à peine surprise de ne pas repousser la main d'Alberta qui se posait avec douceur et compassion sur la sienne.
— Comme tu as dû souffrir...

Le souvenir de Thierry Masson commençait à s'estomper dans l'esprit d'Angela sans qu'un autre jeune homme l'ait remplacé dans ses pensées, lorsque le hasard les fit se rencontrer boulevard Saint-Germain, alors qu'elle sortait de son cours d'anglais. A l'effort qu'elle dut faire pour dissimuler la joie causée par cette rencontre, elle prit conscience de l'importance qu'elle lui accordait. Lui-même parut heureux de la voir, sans plus.
— C'est idiot de s'être perdus de vue, dit-il. Il faut dire que j'ai passé plusieurs mois à l'étranger.
— Où étiez-vous donc?
— A Londres. Si vous avez le temps de bavarder un instant que diriez-vous d'un café?
Angela savait que sa mère n'aurait pas été contente de la voir s'attabler en compagnie d'un garçon qu'elle connaissait à peine. Elle accepta cependant, bien résolue à lui demander son adresse. Il n'était plus question de le perdre pendant des mois, sans savoir si elle le reverrait un jour.
Elle le trouvait encore plus attirant qu'à Biarritz : son visage avait perdu son hâle et ses traits tirés trahissaient une fatigue sans doute due à un excès de travail. Ou à des excès tout courts? Elle savait si peu de chose à son propos... Mais son regard perçant, pétillant d'intelligence et d'enthousiasme, la volonté et la franchise que révélait son menton carré, son air rieur, toute sa personne enfin dont émanait la joie de vivre, la séduisaient à un tel point que tous les garçons qu'elle avait pu rencontrer auparavant lui apparaissaient soudain fades et quelconques : celui-là, elle en était sûre, était différent. Il était solaire.

Sarranches

Un peu mystérieux aussi : il parlait peu de lui, de ses occupations, ne cherchait pas à se mettre en valeur à la différence de tant d'autres, à commencer par Arnaud ! Parce qu'il était un peu plus mûr ?

Elle fut navrée de le quitter après une demi-heure mais elle savait désormais où le joindre et lui-même avait noté son numéro de téléphone. Il ne lui restait plus qu'à attendre un appel dont elle espérait qu'il ne tarderait pas trop...

Mais, si gentil et courtois qu'il se soit montré, elle doutait de l'intéresser. Elle savait qu'elle ne le rencontrerait pas dans les maisons qu'elle fréquentait. Il vivait comme un adulte : il gagnait sa vie et évoluait dans des milieux différents.

Comme c'était l'anniversaire de Florence, Germain avait décidé de l'emmener dîner au restaurant avec Alain. En ce début de mai, la saison des huîtres dont Florence raffolait était passée et elle proposa au père de son fils d'aller aux Halles au Pied de Cochon, manger quelque nourriture roborative. Elle savait que Germain lui, appréciait particulièrement cervelas, saucisse aux lentilles ou cassoulet, plats populaires trop peu élégants bien évidemment, pour être dignes d'être servis rue du Bac ou à Sarranches.

En considérant Alain, ce beau garçon, car Alain était vraiment superbe, grand, bien bâti, rayonnant de jeunesse, assis en face de lui et qui dévorait de bon cœur des tripes à la mode de Caen, Germain s'attristait à la pensée que cette fois aussi, un de ses fils partirait à la guerre en même temps que ses petits-fils. Bien sûr, pour Florence, cette perspective était bien plus rude : elle n'avait qu'Alain. Maintenant, Germain se repentait de lui avoir refusé le second enfant qu'elle désirait. Peut-être une fille qui aurait eu dans les dix-huit ans. Comme Angela... Au moins, Florence ne serait-elle pas restée seule si un malheur arrivait à Alain.

Lui-même atteignait soixante-treize ans, il ne serait pas éternel...

Mais c'était si compliqué d'avoir la responsabilité d'un second ménage... Pour chasser ces pensées mélancoliques, il

Les accords de Munich

sortit de sa poche un petit paquet, et se réjouit de la joie de Florence en découvrant l'écrin de velours rouge.
— Tu m'as encore gâtée, dit-elle avec un air heureux.
— Attends de voir, tu n'as pas encore ouvert. Cela ne te plaira peut-être pas...
— Cela m'étonnerait!
L'écrin de chez Chaumet laissa apparaître un gros cabochon de saphir serti dans un anneau d'or.
— C'est magnifique!
Elle le passa aussitôt à son annulaire : il lui allait à la perfection. Bien sûr, depuis longtemps Monsieur Pierre avait dans ses registres, à part de celles de la famille, la mesure du doigt de la maîtresse de M. Sénéchal en face de la lettre F.
Depuis quelque temps, une autre s'y était rajoutée, à la lettre Y.
Par-dessus la table elle saisit la main de Germain et la serra :
— Comme tu es gentil, dit-elle avec ce sourire délicieux qui l'avait conquis au premier regard.

En sortant de classe, Olivier s'arrêta en entendant les crieurs de journaux hurler des mots qu'il mit un certain temps à entendre mais qu'il ne parvint absolument pas à comprendre. Il se demandait avec une certaine perplexité la signification de ce grand titre qu'il apercevait à la une des journaux en pile devant les vendeurs : Signature du pacte d'Acier.
Il avait tendance à interpréter ce qu'il entendait dans un sens littéral. Mais là, il ne voyait vraiment pas comment un métal pouvait faire un pacte. Il ne lui restait en rentrant qu'à interroger son père qui heureusement, savait tout. Car Angela, elle, ne saurait pas. D'ailleurs, en ce moment, elle avait la tête ailleurs, c'était à peine si elle écoutait ce qu'on lui disait.
Assis dans la bergère de velours rouge du salon, une cigarette aux lèvres, les pages du *Temps* déployées sur ses genoux, l'air soucieux, Gilbert était absorbé par sa lecture. Il embrassa distraitement son fils sans mot dire. Cependant à la question d'Olivier, il répondit :
— Le pacte d'Acier? Cela signifie que l'Allemagne et l'Italie

Sarranches

ont fait une alliance militaire pour s'aider mutuellement à conquérir un plus grand espace vital pour leurs populations.
— Ils n'ont plus assez de place chez eux ?
— Ils en veulent davantage. En fait, cela veut dire qu'ils sont déterminés à la guerre.

La guerre... Chaque jour ou presque, Olivier entendait ses parents en parler. Et au collège, réunis en petits groupes dans la cour de récréation ou dans le hall d'entrée, les professeurs eux aussi s'inquiétaient. M. Chauchat avait dit à Olivier que si la guerre éclatait, il serait obligé de partir se battre : à son âge, célibataire, il serait parmi les premiers appelés.

L'idée d'être séparé de M. Chauchat attristait Olivier. Si les occasions de tête-à-tête étaient plus rares, il sentait que M. Chauchat l'aimait beaucoup, qu'il le préférait aux autres élèves et d'avoir été distingué, l'emplissait de fierté. Lui-même lui était attaché. Il redoutait d'être oublié si ce dernier partait pour la guerre — où se situerait-elle en fait ? — peut-être pour longtemps...

Alors que lui Olivier resterait à l'attendre... Bien sûr, son ami Laurent ne partirait pas. Mais ce n'était pas pareil... Il trouvait moins d'agrément à la fréquentation de Laurent, moins de plaisir à leurs jeux, depuis qu'il avait été élu comme interlocuteur privilégié par M. Chauchat. En sa compagnie, il avait l'impression d'accéder à un autre niveau, à un monde différent. Il se rendait compte que M. Chauchat ne le considérait pas comme un enfant. Il lui avait conté son enfance dans une grande ferme de la Beauce, vouée aux travaux de la terre et à l'élevage des animaux, des belles vaches normandes. Il avait parlé de la dureté de son père qui, bien qu'il en eût les moyens, refusait des études à un fils doué, préférant le garder pour l'employer à la ferme. Heureusement, après le certificat d'études, l'instituteur avait été parler à M. Chauchat père et avait fini par le convaincre de laisser son fils aller plus loin.

Il lui disait aussi combien la vie avait été difficile pendant ces années où levé avant le jour après une nuit trop courte pour terminer ses devoirs, il s'efforçait de franchir les échelons qui menaient au savoir tandis que son père continuait à lui faire la tête et à exiger de lui plusieurs heures de travail quotidien. Quand ayant obtenu une bourse, il avait enfin pu quitter la ferme et venir à Paris, ce fut le bonheur. Désormais cet emploi de surveillant lui permettait de vivre modestement tout en continuant ses études... La guerre, si elle survenait, remettrait en cause tous ces efforts pour accéder à une vie meilleure dans ce Paris qui offrait tant de ressources à qui savait s'en servir. Alors qu'à la campagne, aucun échange n'était possible...

Olivier avait posé beaucoup de questions à M. Chauchat au sujet de la ferme qui ne disposait ni de l'eau courante — on s'approvisionnait au puits situé au milieu de la cour où une mare accueillait les canards — ni de l'électricité. On s'éclairait à la chiche lumière des lampes à pétrole, en trop petit nombre car le père était pingre et la cuisine se faisait dans l'âtre assez vaste pour permettre de rôtir un mouton.

Olivier comparait ces conditions d'existence que M. Chauchat lui décrivait sans se plaindre de leur rigueur — bien au contraire, il se considérait comme un privilégié d'avoir pu réaliser ses ambitions — avec les siennes, dans un univers si protégé. Il essayait d'imaginer l'enfance du petit garçon qu'avait dû être M. Chauchat dans la paille et le fumier des étables, à travailler la terre, tandis que lui-même, Olivier, n'avait jamais connu que le confort douillet de l'appartement de Paris, de la maison de Biarritz ou le luxe de Sarranches où tout était conçu pour rendre la vie facile et agréable.

Des réflexions nées de ces conversations, il n'avait dit mot à quiconque. Et pas davantage de ses relations avec M. Chauchat. C'était son secret, leur secret...

Charlotte était maintenant persuadée de l'existence d'une autre femme dans la vie de son mari.

Depuis un certain temps déjà, il ne rentrait plus déjeuner chez lui, prétextant que le double trajet lui faisait perdre du temps et qu'il se contentait à midi d'un sandwich avalé à côté de son bureau. Plusieurs fois, Charlotte lui avait proposé de venir le rejoindre, mais il avait éludé : il ne savait pas à quelle heure exactement il pouvait se libérer, ajoutant que certains jours de presse, il se faisait même apporter un en-cas de la brasserie voisine.

Et voila que maintenant, une ou deux fois par semaine, il la prévenait le matin ou il lui téléphonait du bureau vers sept heures, lui disant de disposer de sa soirée et de ne pas l'attendre car son travail le retiendrait tard.

Désemparée, Charlotte se demandait quoi faire : elle sentait qu'il était vain de parler à Bruno. Celui-ci lui répondrait avec un peu d'impatience qu'elle se faisait des idées et que le travail était seul en cause. Mais était-il normal, après deux ans de mariage et à leur âge, de ne faire l'amour qu'une ou deux fois par mois ? Même si Bruno prétendait être affreusement fatigué après des journées accablantes ? Elle était persuadée qu'il n'en était pas de même en ce qui concernait ses parents, pourtant proches de la cinquantaine et mariés depuis près de vingt-cinq ans. Combien de fois avait-elle surpris entre eux de ces gestes tendres lorsqu'ils ne se croyaient pas observés, ces regards complices ? Jamais plus – depuis combien de temps exactement ? – Bruno ne lui marquait par une quelconque attention qu'il tenait à elle... Bien sûr, il n'avait jamais été très démonstratif : désormais, il se montrait franchement distant.

Elle notait aussi avec un étonnement désolé, qu'elle n'avait pas d'amie suffisamment intime pour aborder avec elle ce genre de sujets : elle avait beaucoup négligé Alicia – ou Alicia s'était éloignée – et de toute façon, célibataire elle ne devait guère avoir d'expérience. Du moins Charlotte le supposait-elle. Les autres jeunes femmes avec lesquelles elle sortait étaient de simples relations et elle ne se souciait pas de les informer des aléas de sa vie conjugale.

La solution la plus simple et la plus évidente aurait été de recourir à Inès : à diverses reprises, elle avait senti que sa mère elle aussi s'inquiétait à propos de leur ménage et tout en elle indiquait une disponibilité attentive et affectueuse envers sa fille qui aurait dû l'inciter à se confier. Cependant, Charlotte ne parvenait pas à s'y résoudre...

Au début du mois de juin, elle décida d'en avoir le cœur

net. Un soir où Bruno ne devait pas rentrer, elle alla se poster en face de son bureau dans une rue passante du côté de Montparnasse. Habillée de sombre de manière à passer inaperçue, elle portait un petit chapeau gris avec une voilette qui dissimulait ses traits alors que des souliers à talons plats modifiaient complètement sa démarche.

Elle était arrivée tôt, vers cinq heures et demie : en principe, les bureaux de la société où travaillait son mari fermaient à six heures. Effectivement, un flot d'employés surgit de la grande porte cochère. Certains s'attardèrent quelques instants à bavarder. Un peu plus tard, deux ou trois messieurs apparurent, l'air austère et important, avec une serviette lourdement chargée. Après avoir échangé quelques propos et s'être serré la main, ils montèrent dans des limousines noires conduites par leurs chauffeurs.

A sept heures passées et après une heure et plus de vaine attente, elle commençait à se décourager de faire les cent pas : peut-être une autre issue donnait-elle dans la rue parallèle que Bruno aurait empruntée ?

Elle décida de patienter encore un quart d'heure. Au moment où elle allait repartir elle aperçut enfin son mari accompagné de trois personnes, deux hommes et une jeune femme.

Ce qui la frappa d'abord fut son rire, un rire joyeux : depuis longtemps, elle ne l'avait plus entendu. Elle avait peine à reconnaître cet homme si gai, si différent de celui qu'elle côtoyait à la maison, taciturne, désabusé...

Tous quatre se dirigèrent vers le coin de la rue, tournèrent sur le boulevard Montparnasse et pénétrèrent dans une modeste brasserie de quartier. Avec un pincement au cœur, Charlotte comprit que son mari préférait à la sienne la compagnie de ses collègues de travail. Cette blessure d'amour-propre la laissa d'abord sans réaction. Puis après avoir hésité, elle entra dans le restaurant et s'installa à une table voisine de manière à pouvoir saisir au moins en partie leur conversation : plongé dans la lecture de la carte, son époux lui tournait le dos et ses commensaux ne la connaissaient pas. Aucun d'eux ne la remarqua.

Sarranches

Son attention se porta tout particulièrement sur la jeune femme d'une vingtaine d'années environ qui, mis à part de longs cheveux châtains, souples et brillants, et un frais minois, n'avait rien d'exceptionnel. Elle était vêtue d'un petit tailleur à carreaux bleus et blancs sous lequel elle portait une chemisette bleu marine d'un tissu un peu brillant sans doute en soie artificielle ; l'ensemble était seyant mais l'œil exercé de Charlotte repéra vite l'étoffe bon marché et la coupe médiocre. Elle devait être dactylo, secrétaire au mieux. Ces hommes, y compris son mari, semblaient ravis de sa compagnie. Ils commandèrent des omelettes au jambon ou au fromage et du vin rouge en pichet. Le serveur fit des plaisanteries sur une jeune dame qui avait la chance d'avoir trois messieurs pour elle toute seule. A la familiarité de ses propos, Charlotte comprit que Bruno et ses collègues avaient ici leurs habitudes.

La tablée s'animait, Bruno parlait de son travail, de certains de ses projets, et les autres l'écoutaient avec un visible intérêt, faisant de temps à autre remarques ou suggestions. Charlotte chercha à savoir qui de Bruno ou de l'un de ses collègues faisaient la cour à la jeune femme qu'ils appelaient Yolaine. Mais il lui semblait qu'ils étaient tout simplement heureux de se détendre et d'être ensemble après une journée de travail.

Voyant Bruno demander l'addition, – elle avait pris soin de régler la sienne par avance – elle se leva rapidement. En partant, elle dut s'avouer qu'elle n'avait rien remarqué de particulier, d'anormal, de compromettant...

Elle se posta à quelque distance et les observa sur le trottoir, où ils ne tardèrent pas à se séparer. Un des hommes et la dite Yolaine s'engouffrèrent dans le métro tandis que l'autre et Bruno partaient dans des directions différentes.

Charlotte n'avait rien à reprocher à son mari. Sinon sans doute, un impardonnable défaut : celui de s'ennuyer avec elle.

L'ÉTÉ 39

Les accords de Munich avaient fait long feu et l'avenir s'annonçait de plus en plus menaçant. Depuis le mois de mai, la tension montait entre les Allemands et les Polonais qui refusaient de céder Dantzig et d'admettre l'extra-territorialité des routes et de la voie ferrée traversant le corridor polonais. Mais par l'intermédiaire de son ministre des Affaires étrangères Lord Halifax, Chamberlain conscient d'avoir été floué par Hitler, venait de faire accorder par l'Angleterre une garantie inconditionnelle à la Pologne. La France, déjà liée à ce pays par un traité d'assistance signé en 1921, ne pouvait que s'aligner sur les Anglais.

L'éventualité d'une guerre devenait de plus en plus évidente.

Au début de juillet, Gilbert Sénéchal avait accompagné Inès, Angela et Olivier à Biarritz. Après quelques jours il était revenu à Paris auprès de son père qu'il ne voulait pas laisser seul pour s'occuper des affaires familiales dans la tourmente qui se préparait : ils dépendaient tous de leur prospérité d'autant plus que la charge pratiquement totale d'Olivia et de ses enfants se surajoutait aux dépenses considérables du train de vie de Sarranches et de la rue du Bac, sans compter celles, personnelles, de Germain comme Florence et son fils.

Depuis près de dix ans, Gilbert connaissait la maîtresse de

son père et Alain. Germain avait voulu s'assurer qu'en cas de malheur, il respecterait les dispositions prises, à l'insu de Jeanne naturellement. Au début, cette révélation l'avait mis mal à l'aise. Il savait bien que parmi les contemporains de son père, et même ceux de sa génération, les cas étaient nombreux d'enfants naturels. Mais il s'agissait là de son propre père, et la survenue tardive de ce demi-frère le déconcertait.

Finalement, il avait mis Inès dans la confidence. Peu embarrassée de conventions, cette dernière avait suggéré de faire leur connaissance, au grand soulagement de Gilbert. Car s'il ne se préoccupait guère de ce qu'impliquait cette liaison sur le plan matériel, il aurait mal supporté que son père soit grugé par une *gourgandine* pour employer le vocabulaire de Jeanne.

Sa rencontre avec Florence le rassura. Il finit même par la trouver sympathique. Inès et lui étaient devenus clients fidèles de sa parfumerie. Quant au jeune Alain, qui lui avait paru intelligent et travailleur, il l'avait pris en amitié et s'il n'avait pas eu la vocation de vétérinaire, il l'eût volontiers embauché dans les affaires familiales.

Néanmoins, au début de l'été, de plus en plus inquiet des événements, Gilbert avait conseillé à son père de diminuer un peu son train de vie, d'alléger certaines charges, et en accord avec Mayer, de modifier des placements et des participations qui se révéleraient hasardeux en cas de guerre. En particulier dans les pays d'Europe centrale – Germain s'était intéressé aux pétroles de Roumanie – dont on pourrait être coupés, si l'Allemagne les envahissait à l'instar de l'Autriche et la Tchécoslovaquie.

Germain faisait toute confiance à son fils dont il avait plus d'une fois apprécié le jugement et la prudence. Il lui donna carte blanche.

Parfois, Germain songeait à la retraite : il avait fêté ses soixante-treize ans. Mais l'abandon des affaires, l'excitation des coups de Bourse le faisaient toujours remettre cette décision. Il redoutait de devenir un vieux monsieur...

L'été 39

Laurence avait obtenu le baccalauréat avec mention bien. Fier de la réussite de sa petite-fille dont il faisait volontiers part à ses amis – ni Charlotte, ni Angela n'étaient bachelières – Germain avait laissé à sa discrétion le choix d'un cadeau, en spécifiant qu'il s'agirait d'un très beau cadeau. Il se doutait qu'Olivia ne serait pas en mesure de récompenser sa fille comme elle le méritait : il était prêt à accompagner cette dernière chez Chaumet pour lui offrir un bijou de valeur ou à lui acheter un manteau de fourrure. Mais c'était un voyage qui comblerait Laurence, de préférence en Angleterre pour y retrouver Harold Davis qu'elle avait tenu au courant de ses efforts et du succès qui les avait couronnés.

Un peu décontenancé par ce choix, mais soucieux de tenir parole, Germain en parla avec Olivia et Inès qui convinrent qu'en dépit de la situation internationale la proximité de l'Angleterre rendait néanmoins possible une escapade d'une dizaine de jours. Et Olivia trouva naturel que sa fille soit accueillie dans la famille de l'amie d'Inès, Helen Davis, qui avait une superbe propriété dans le Kent où Laurence pourrait monter à cheval et jouer au tennis.

C'est ainsi que vers la mi-juillet, Olivia et Gabriel – Marc était parti en vacances avec des *copains* – conduisirent au Bourget Laurence folle d'excitation à l'idée de prendre l'avion pour traverser la Manche.

– Tu enverras tout de suite un télégramme pour me rassurer, fit promettre Olivia en embrassant sa fille. Et donne de tes nouvelles régulièrement.

– Tu en as de la veine, ajouta Gabriel un peu envieux. Tu me raconteras l'avion.

Ni l'un ni l'autre n'avait encore pris l'avion. Malgré l'air triomphant de sa fille, Olivia elle, n'était pas tout à fait tranquille en la voyant s'éloigner d'un pas assuré, et gravir la passerelle de l'appareil.

– Ne t'inquiète pas, dit Gabriel en lui prenant le bras, le trajet est très court. Elle passera des vacances formidables et parlera couramment anglais à son retour!

Assise à côté d'un homme d'un certain âge, Laurence ne se

tenait plus de joie et d'orgueil : elle avait réussi son examen, elle prenait l'avion et elle allait découvrir l'Angleterre.
Et surtout, revoir Harold.
Le monde lui appartenait.
Elle savait que le jeune homme viendrait l'attendre à l'aéroport avec ses parents. Elle avait donc insisté pour étrenner son tailleur de toile de lin bleu ciel alors que sa mère aurait préféré la voir le garder pour une meilleure occasion. Elle avait essayé de lui représenter qu'il ne fallait pas mettre des vêtements neufs et de couleur claire lorsqu'on voyageait. Laurence n'avait rien voulu entendre, elle voulait impressionner ses hôtes.
Si elle était un peu anxieuse, ce n'était pas crainte du mal de l'air : mais elle n'avait pas vu Harold depuis un an, et malgré une correspondance assidue et affectueuse, elle doutait de ses sentiments. Au fond, elle le connaissait à peine. Elle avait beaucoup changé au cours de cette année : elle n'était plus la petite jeune fille insouciante qui, la nuit de son premier bal, avait découvert le cadavre de son père au cours d'une promenade sentimentale. Cette tragédie l'avait mûrie et elle avait réfléchi. En voyant vivre sa mère oisive, morose et dépendante, elle s'était dit que ce genre d'existence était à l'opposé de ce dont elle rêvait. Elle ne voulait pas se cantonner dans l'éducation des enfants. Elle s'était bien rendu compte que ses frères, pour des raisons différentes, se souciaient peu de tenir compagnie à leur mère après son veuvage : Marc était maintenant presque toujours absent et Gabriel, enfermé dans sa chambre, accaparé par ses études. Bientôt, ses frères partiraient au service militaire. Laurence elle-même aurait peu de temps à lui consacrer à la rentrée : il lui faudrait beaucoup travailler pour réaliser ses ambitions.
Mais elle était actuellement en vacances, entracte mérité. Par le hublot, elle apercevait la mer, mêlée d'écume mousseuse aux abords du rivage, avant de se jeter à l'assaut des falaises. L'avion survolait déjà la terre étrangère. La campagne anglaise lui parut très verte et dès la descente amorcée, elle distingua le long des routes des petites maisons en enfilade qui se

ressemblaient toutes, avec des jardinets bien entretenus délimités par des haies fleuries.

Après avoir passé la douane, elle se retrouva un peu anxieuse dans le hall de l'aéroport au milieu d'une foule agitée et bruyante. Mais déjà un grand jeune homme qu'elle mit quelques secondes à reconnaître, se précipitait au-devant d'elle. Elle se retint de l'embrasser. D'autant plus que Mrs Davis s'approchait, la noyant sous un flot des questions auxquelles Laurence s'efforçait de répondre tant bien que mal, malgré l'étonnement causé par l'extraordinaire capeline rose ardent que cette dernière arborait :

— Vous avez fait bon voyage? Vous n'avez pas eu mal au cœur? L'atterrissage n'a pas été trop brutal? Donnez-moi des nouvelles de votre tante Inès.

Par chance, Mrs Davis parlait français.

Dehors, une Rolls noire avec chauffeur les attendait.

— Filons vite à la campagne, s'écria Mrs Davis. Il fait une chaleur accablante à Londres, on y étouffe ces jours-ci. Mais nous reviendrons au cours de votre séjour, je vous le promets, pour vous montrer la Tour, St Paul et Buckingham et tout ce que vous souhaiterez.

Jeanne n'avait encore confié à personne qu'elle avait revu Alberta et, le premier instant de stupeur passé, non sans un certain plaisir ambigu.

Elle se demandait quelle conduite adopter, surtout vis-à-vis de Germain. Elle ne craignait certes pas qu'Alberta, à son âge, lui remît le grappin dessus. D'ailleurs, Jeanne connaissait l'existence de Yolande : Mme Mayer avait été assez bonne pour lui glisser à l'oreille que dînant chez Maxim's avec son mari elle y avait aperçu Germain en compagnie d'une charmante jeune femme. Jeune femme entrevue à Sarranches, lors des chasses et qu'elle décrivit complaisamment à son interlocutrice : Jeanne reconnut sans difficulté Yolande.

Mais les infidélités répétées de Germain la laissaient désormais indifférente. S'il voulait se ridiculiser avec une jeunesse, c'était son affaire; Alberta, c'était son problème à elle.

Sarranches

Elle avait revu deux ou trois fois sa sœur. Très formaliste, Jeanne avait voulu lui *rendre* son déjeuner. Pas rue du Bac, bien sûr. A l'extérieur et discrètement. A l'insu, somme toute, de sa famille. Elle savait qu'il était absurde de rencontrer Alberta en cachette. Mais cette perspective l'amusait plutôt. C'est à Gilbert qu'elle demanda l'adresse d'un restaurant tranquille où elle serait assurée de ne rencontrer personne. Gilbert fut ahuri par cette demande : c'était la première fois que sa mère invitait au restaurant... et il ne savait pas qui... Il finit par lui indiquer le Delmonico car chez Lasserre ou Lapérouse, il savait qu'elle risquait de tomber sur Germain qui les fréquentait volontiers, ajoutant qu'il était prudent de réserver.

Et elle se mit à parler d'autre chose.

Au moment de se préparer pour sortir, lui revint comme une blessure d'amour-propre, l'image de sa sœur si élégante et l'évidence que la jeunesse de son allure lui permettait de compter encore quelque temps — peu de temps tout de même, se disait Jeanne — parmi les femmes désirables. Et c'est en soupirant tristement qu'elle se regarda dans la glace qui lui renvoyait le portrait de sa mère, Mme Calvet, dont elle était devenue comme le double.

Accablée par ce constat hélas indiscutable, elle eut soudain envie d'égayer son habituelle grisaille vestimentaire, par exemple par une écharpe rouge, — Alberta n'osait-elle pas s'habiller entièrement de cette teinte vive ? — une fine mousseline aérienne qui s'enroulerait autour de son cou ridé. Elle appela Françoise :

— Apportez-moi une écharpe.
— Laquelle Madame veut-elle ? La blanche, la noire ? Ou la beige ?
— Une rouge, dit Jeanne.

Françoise la considéra d'un regard ou la stupeur le disputait à l'incompréhension :

— Mais Madame sait bien qu'elle n'a rien de couleur...

Après un bref séjour au cours duquel le téléphone ou la lecture des journaux avaient occupé ses journées avec la TSF,

L'été 39

Gilbert avait regagné Paris. Inès demeura seule dans la villa avec Angela et Olivier. Ses enfants avaient leurs occupations, leurs amis et Inès se trouva soudain un peu seule et désœuvrée, d'autant plus que Gilbert n'avait pas précisé la date de son retour, « en tout cas, pas avant une semaine » avait-il dit. Les Garaud n'étaient pas encore arrivés : d'ailleurs Emilie Garaud lui avait laissé entendre que cette année, ils ne viendraient peut-être pas ou très tard dans la saison, car elle devait rester chez ses parents dans la Sarthe, au chevet de sa mère souffrante.

Bien que Gilbert téléphonât tous les jours, Inès était mélancolique, vaguement angoissée, humeur qui ne lui était pas habituelle. Elle se disait que sans doute, la nervosité de Gilbert pendant le week-end était due à la situation politique.

Elle imaginait son mari seul dans le lit conjugal de leur appartement de Paris, à moitié fermé, comme chaque année à pareille époque – on avait roulé les tapis du salon avec de l'antimite, posé des housses sur les fauteuils et porté l'argenterie au coffre – prenant ses repas au restaurant, la cuisinière étant en congé. Ou de temps en temps avec Germain ou chez Olivia, seule elle aussi à Paris, les enfants étant partis, tous dans des directions différentes. Cette année, Inès n'avait pas eu le courage d'inviter sa belle-sœur dont la présence encombrante et passive n'avait rien de distrayant.

Et si Gilbert, livré à lui-même, dans cette capitale à la fois déserte et effervescente, rencontrait quelqu'un ? Inès n'ignorait pas qu'à quarante-cinq ans, et après plus de vingt ans de mariage, un homme arrivait à l'âge critique, se posait des questions, cherchait à se rassurer sur sa virilité, sur son aptitude à séduire, et vivait dans la crainte de laisser peut-être échapper les dernières tentations d'une jeunesse finissante.

Et puis, Gilbert n'était-il pas le fils de Germain, inguérissable séducteur ? Bien loin d'elle la pensée de comparer son ménage à celui de son beau-père : Gilbert et elle étaient heureux, elle doutait que Germain l'eût jamais été avec Jeanne, même au début de leur union en 1892. Encore fallait-il admettre qu'elle n'en savait rien : cette époque remontait au siècle dernier, quatre ans avant la naissance d'Inès.

Sarranches

Pourtant, dans un album feuilleté un jour de pluie à Sarranches, elle avait découvert une jeune femme qui, sans être belle, ne manquait pas de charme avec une jolie taille – comment imaginer que Jeanne avait été svelte? – et qui, tournée vers un homme à la chevelure fournie, à la fine moustache blonde surmontant des lèvres charnues et sensuelles, le regardait avec amour.

Postérieure au mariage, cette image devait précéder de peu la naissance de Jacques, survenue en 1893. Et la liaison avec Alberta avait commencé au moins dix ou douze ans plus tard : que s'était-il passé durant cette période?

Mais aujourd'hui, Inès se souciait peu du parcours d'une belle-mère qu'elle n'appréciait guère... Dehors il faisait beau : n'était-il pas prématuré sinon stupide, de s'inquiéter sans raison au sujet de Gilbert? La nuit précédant son départ, ne lui avait-il pas encore prouvé de la manière la plus convaincante son indéfectible attachement...?

Inès revêtit sa tenue de tennis, et partit pour le club. Un habitué des cours qu'elle connaissait vaguement, Roger Lemoine, cherchait une partenaire pour un double mixte. L'ayant vu jouer deux ou trois fois elle savait être d'un niveau à peu près équivalent et accepta volontiers de faire la quatrième. Bientôt, elle ne songea plus qu'à rattraper les balles et à placer ses services.

C'est avec une joie d'enfant qu'elle gagna de justesse la partie, d'autant plus que son partenaire l'invita à déjeuner sur la terrasse, avec leurs adversaires, Miguel Romero, un Espagnol d'une quarantaine d'années, et une Anglaise dont le soleil avait dangereusement fait virer à l'écarlate le teint fragile de blonde et le décolleté constellé de taches de rousseur.

Tous quatre apprécièrent l'ombre des grands parasols jaunes et l'Irouléguy glacé qui accompagnait un excellent melon de Cavaillon.

Avant même d'attaquer le plat principal, Roger Lemoine commanda une seconde bouteille bientôt suivie d'une troisième.

Les idées noires d'Inès s'étaient envolées, le repas se prolon-

L'été 39

gea agréablement et rendez-vous fut pris pour une revanche le lendemain.

Etendu sur le pont du yacht, Marc de Préville se dorait au soleil, conscient de la séduction que lui conférait un bronzage parfait. Et le regard langoureux et chargé de désir d'Armelle de Rivière fixé sur lui, en portait témoignage. Les autres passagères du *Moonlight*, Antoinette Sellier, une amie de sa cousine Angela, et Célia Darmont, toutes deux ravissantes, lui avaient discrètement fait comprendre qu'elles le trouvaient à leur goût.

Dans cette atmosphère de vacances, où le temps était comme aboli, Marc aurait volontiers courtisé Célia dont la silhouette et les manières aguichantes l'émoustillaient. La présence vigilante d'Armelle et sa jalousie bien connue ne lui en donnaient pas la possibilité. Marc était sous surveillance et l'exiguïté du *Moonlight* et la promiscuité qu'elle entraînait interdisaient les apartés ailleurs que dans les cabines.

Un équipage de quatre marins était au service des passagers qui outre Marc et les trois jeunes femmes comportait deux hommes d'affaires quinquagénaires amis d'Armelle. Marc se disait qu'il était insolite de passer des vacances avec des contemporains de son père ou de son oncle Gilbert comme Georges Merville. Il était suffisamment intelligent et futé pour penser que ces deux compagnons, point sots, plutôt sympathiques et bons vivants, n'auraient sans doute pas été reçus à Sarranches... Non qu'ils fussent franchement vulgaires, mais leurs manières pouvaient détonner, surtout après avoir ingurgité quelques cocktails dont le capitaine assurait lui-même la préparation.

Par Armelle, Marc avait pénétré dans un milieu où la tenue était plus relâchée. Peu soucieux des règles strictes auxquelles sa famille attachait tant d'importance. En écoutant les deux hommes, Marc avait subodoré qu'en affaires, ils devaient se montrer moins rigoureux que son grand-père ou son oncle Gilbert...

Son père lui, avait été maladroit...

Sarranches

Bien qu'il ait pris goût à cette vie luxueuse dans le sillage de sa maîtresse, qui au début l'avait grisé, il commençait à être rebuté par cet étalage d'argent, par ce laisser-aller si peu conforme à la tenue des siens. Il y avait certes, les fredaines de son grand-père et les largesses dont il gratifiait ses conquêtes, mais les convenances étaient toujours respectées. Plus d'une fois, durant la croisière, Marc aurait souhaité qu'il en fût de même : un peu plus de bienséance, d'élégance dans le maintien de ses compagnons ne lui eussent pas déplu.

Mais il n'en était pas encore à s'interroger sur les liens exacts d'Armelle avec les passagers masculins, ni sur l'origine de tant d'argent dépensé et dont il profitait sans scrupules.

Pourtant, après une dizaine de jours, le désenchantement l'emportait et cet excès même d'agréments divers toujours recommencés engendrait monotonie et saturation. Armelle n'était plus tout à fait celle qu'il avait connue presque un an auparavant et qui avait fasciné le jeune homme de dix-neuf ans tellement novice alors...

Certains aspects de sa personnalité qu'il n'avait pas perçus, stupéfait et aveuglé par la passion et la fierté de posséder une créature aussi éblouissante, aussi pulpeuse, lui apparaissaient au contact des quinquagénaires qu'elle connaissait apparemment de longue date.

Etait-ce lui qui avait changé? Il y avait presque un an qu'il était immergé dans une société qu'il estimait désormais *frelatée*, dont il discernait les failles : il avait mûri, et moins naïf, il était moins disposé à tout accepter.

A l'escale de Santorin, frappé par la beauté et l'étrangeté du lieu, par cette noirceur inquiétante du volcan, du sable et de l'eau, il avait voulu acheter des cartes postales pour sa mère et sa sœur.

— Voila un gentil garçon qui n'oublie pas sa maman! s'était moquée Armelle.

Il n'avait guère apprécié, avait pris sur lui et n'avait plus dit mot jusqu'au retour à bord.

L'été 39

Tandis que Marc se livrait à ces réflexions, son frère, pour se reposer d'une année laborieuse qui l'avait épuisé, avait décidé de parcourir une partie de la France à bicyclette en compagnie de trois camarades. Il avait besoin de grand air et de dépenses physiques après ces mois rivé à sa table de travail, confiné dans les salles d'études ou dans sa chambre, sans presque s'accorder de distraction. Une bonne âme lui avait fait remarqué et il s'était aperçu avec horreur que c'était vrai, qu'il avait tendance à se voûter : à vingt ans!

Jusqu'à un passé très proche, on avait pu les confondre, Marc et lui, en vrais jumeaux qu'ils étaient. Ce n'était plus possible aujourd'hui. Bien qu'ils fussent de la même taille, Marc paraissait plus grand, plus fort, mieux découplé. En société, il se comportait en adulte. Son frère avait l'air emprunté avec une dégaine de potache. Lorsque par hasard il sortait, Gabriel restait généralement dans son coin bavardant avec deux ou trois copains, délaissant les filles qui lui rendaient la pareille : elles n'avaient d'yeux que pour Marc.

En bref, Marc était la séduction même. Ce n'était pas le cas de Gabriel avec sa peau grasse et ses cheveux ternes.

Aussi, lorsque son ami Philippe de Maistre lui avait proposé de se joindre à lui et à deux autres garçons pour cette expédition qui les conduirait jusqu'à la frontière espagnole, avait-il accepté avec enthousiasme sans bien mesurer à quoi il s'engageait... Il n'avait aucun projet, ne souhaitant ni rester à Paris avec sa mère, ni partir pour Sarranches chez ses grands-parents où d'ailleurs Jeanne était seule, la plupart du temps. Pour lui ces vacances avaient au moins l'avantage d'être économiques car les autres emportaient tente et matériel indispensable. Gabriel avait honnêtement avoué qu'il ne savait rien faire mais ne demandait pas mieux que d'apprendre.

Prévenue de son intention, Olivia s'inquiéta et en parla à Gilbert qui trouva l'idée excellente et invita toute l'équipe à faire halte dans sa villa de Biarritz au terme du parcours, puisqu'ils avaient choisi d'emprunter une partie de l'itinéraire des pèlerins de Saint-Jacques-de-Compostelle.

Les premiers jours, vite courbatu par manque d'entraînement Gabriel avait trouvé les journées épuisantes. Et lorsqu'à l'étape, il fallait encore monter la tente, allumer le feu et préparer le repas, il se disait qu'il n'était guère fait pour ce genre d'exercice. Au fil des jours cependant, il s'était aguerri, il sentait son corps qui commençait à se muscler, à s'affiner et à s'endurcir. Il respirait mieux. Visage et bras hâlés par le grand air, il irradiait la santé.

Un soir, alors qu'ils se trouvaient déjà au sud de la Loire, les quatre garçons bavardaient, accroupis autour d'un feu de bois allumé en bordure du pré où un fermier leur avait permis de camper, assez gentil pour leur offrir deux bouteilles de vin de ses vignes, un chinon gouleyant à souhait et du fromage frais de ses chèvres. On en vint à parler des filles et Philippe de Maistre qui avait un peu trop bu, se vanta d'avoir eu une aventure avec la petite Ida Carelli : désespérée d'avoir été plaquée par Arnaud Buffévent, elle était quasiment tombée dans ses bras.

— Mais, conclut-il, au bout de trois mois à peine, elle a commencé à parler mariage et vous pensez bien que je me suis tiré. Pourtant, je la regrette : elle était mignonne et je serais bien resté encore un peu avec elle.

— Tu as bien raison, dit Jérôme Divers, il ne faut pas se laisser mettre le grappin dessus. Elles ne pensent toutes qu'à se marier : nous, nous avons bien le temps !

— Sans parler du service militaire, ajouta Gabriel.

— Un garçon ne devrait pas se marier avant vingt-sept ou vingt-huit ans, dit sentencieusement Philippe de Maistre. En attendant, il faut s'organiser : moi, je refuse de payer des filles ! Même si j'avais de l'argent ! Et je ne veux pas perdre de temps non plus !

— Il n'en est pas question ! s'exclamèrent les autres.

Tout en les écoutant, non sans une pointe de mélancolie, Gabriel pensa qu'il manquait cruellement d'expérience : c'est à peine s'il avait embrassé et serré une fille d'un peu près deux ou trois fois. Accaparé par ses études, il n'avait pas eu le temps de s'intéresser à elles. Parfois, à la vue d'une séduisante créature, une éphémère bouffée de désir l'envahissait et le tenaillait un moment. Mais, sans avoir à prendre beaucoup sur lui, il remettait à plus tard les tentatives de séduction. Il avait la certitude que s'il dilapidait ses forces, il ne pourrait atteindre le but qu'il s'était fixé. Et puis, ces derniers mois, il s'était senti si fatigué : le soir, la tête à peine posée sur l'oreiller, il dormait d'une traite jusqu'à ce que la sonnerie de l'impitoyable réveil l'arrachât au sommeil.

Lorsqu'il comparait sa vie à celle de son frère et à partir des rares confidences de Marc, il craignait de manquer de tempérament. Etait-il tout à fait normal ? Une fois, Marc lui avait montré une photo d'Armelle, sur les planches à Deauville coiffée d'une grande capeline de soie rose qu'elle retenait d'une main à cause du vent, vêtue d'un pyjama de plage de Molyneux. La jeune femme souriait, aguichante et épanouie. Gabriel troublé, s'était dit que tout son corps était comme un appel vibrant à l'étreinte...

– Elle est superbe, fut son seul commentaire.
Il avait ajouté :
– Tu as bien de la chance...
Mais, il ne le pensait pas vraiment : il eût été épouvanté d'être dans les rets de ce genre de femme fatale qu'il considérait comme une ogresse.

Avant son départ, Angela avait revu Thierry Masson : il l'avait invitée à prendre le thé un samedi chez Rumpelmeyer. Il se montrait toujours très aimable, amical, un peu cérémonieux toutefois. Leurs rapports n'avaient pas progressé depuis leur première rencontre comme si pour un motif indéterminé il y avait entre eux un obstacle infranchissable.

Elle ne voulait pas avoir l'air de se jeter à la tête de Thierry : avec ce type d'homme, c'était à éviter... Et, de toute façon, pareil comportement n'était pas dans son caractère : elle se serait méprisée. Elle demeurait donc aussi distante à son égard qu'il l'était lui-même vis-à-vis d'elle. Deux ou trois fois, il était venu dîner chez les Sénéchal, avec d'autres amis et Inès l'avait trouvé charmant.

Jamais non plus, elle ne l'aurait laissé échapper. Elle le voulait absolument, certaine qu'ils étaient destinés l'un à l'autre. Pourtant, depuis un an pas une parole, pas un regard, pas un un geste de Thierry ne pouvait être interprété comme un signe encourageant. En revanche, en sa présence du moins, il n'avait témoigné aucun intérêt particulier à une autre jeune fille.

Qu'en conclure ? Angela était perplexe et elle se morfondait en attendant sa venue, prévue pour le début d'août, à peu près au moment où arriveraient Gabriel et ses amis. Sa mère lui laissait une entière liberté, certaine que l'expérience l'avait rendue prudente.

Chaque matin, à l'heure du petit déjeuner, son père et sa mère se téléphonaient longuement. Inès raccrochait, soucieuse. Ce qui ne l'empêchait pas, une heure plus tard, d'accueillir avec entrain ces nouveaux amis, les Lemoine et Miguel Romero, venus la chercher pour jouer au tennis ou faire une excursion. Angela se joignait parfois à eux, ou bien, en compagnie d'Olivier, allait retrouver ses propres amis sur la plage. Marie-Louise Garaud lui manquait : elle lui avait écrit de la Sarthe qu'à moins d'un miracle, elle ne viendrait pas. Sa grand-mère était au plus mal – depuis déjà trois semaines, faisait-elle remarquer avec un agacement évident – et sa mère ne voulait pas la quitter. Angela comprit que le *miracle* en question signifiait en fait un décès rapide... Marie-Louise rongeait son frein au fond de cette campagne où il n'y avait rien à faire et personne à voir en raison des circonstances. Elle regrettait ses vacances sur la côte basque. Angela jugea d'abord que son amie manquait un peu de cœur. Puis elle se dit que si Jeanne mourait, elle n'en éprouverait pas elle-même un grand chagrin.

Ce qui ne valait pas pour Germain...

Un soir, laissant Olivier à la garde de la femme de chambre, Inès et Angela passèrent la soirée chez les Lemoine où Miguel Romero était également invité.

La mère et la fille étaient très élégantes et leur allure sportive contrastait avec celle de la maîtresse de maison, petite femme mince, d'apparence fragile, toujours enveloppée dans

L'été 39

des châles, même au plus fort de l'été : la blonde Béatrice Lemoine redoutait les courants d'air, prétendait que nulle part il ne faisait assez chaud. Son mari lui répondait en souriant qu'elle n'avait qu'à faire de la gymnastique. Mais l'indolente Béatrice préférait passer ses journées sur une chaise longue à lire des magazines ou à téléphoner à ses amies, abandonnant son mari à ses activités épuisantes qui lui faisaient horreur.

On n'attendait plus qu'un convive pour passer à table.
– Voyons, qui manque ? s'enquit Roger Lemoine qui avait déjà bu trois verres de champagne et mourait de faim.
– C'est Thierry, dit Béatrice. Vous savez bien qu'il arrive en voiture de Paris.

En entendant ce prénom, Angela sentit son cœur battre. Elle tenta de se dominer : il existait des centaines de Thierry. Elle trouva le courage de demander :
– De quel Thierry s'agit-il ?
– Oh ! Thierry Masson, un très gentil garçon, je suis ravie qu'il vienne. Il est si rarement libre...

A voix basse, Béatrice dit à Angela :
– Il a un fil à la patte vous comprenez et...
Le bruit d'une voiture qui stoppait l'interrompit.
– Ah ! voilà enfin le retardataire, s'exclama Béatrice. Henri, donnez vite du champagne à M. Masson et dites à la cuisine qu'on serve dans cinq minutes.

Fox Hall datait de la fin du XVIIIe siècle : cette superbe gentilhommière, située sur les bords de la Tamise, un peu au nord d'Oxford avait été achetée une vingtaine d'années auparavant par les Davis. A l'évidence, la mère d'Harold, une Américaine de Boston, disposait d'une fortune considérable. Elle avait aussi du goût et avait su rendre confortable cette belle demeure sans en altérer le caractère.

En faisant faire à son invitée le tour du propriétaire, Harold ne lui avait pas caché que les tableaux *de famille* qui ornaient le grand escalier de pierre représentaient de parfaits étrangers. En revanche, ils étaient signés des plus grands noms de la peinture anglaise : Gainsborough, sir Peter Lely, Hogarth ou

Sarranches

Constable. Certains avaient été rachetés au précédent possesseur du château, d'autres acquis lors de ventes aux enchères.

Laurence qui, mis à part Versailles et Fontainebleau, ne connaissait de château que Sarranches, avait été impressionnée par ces murs épais, par les fenêtres à guillotine, par les boiseries de la magnifique bibliothèque et les immenses couloirs qui devaient être glacés l'hiver, où l'on eût pu sans surprise rencontrer un fantôme à côté d'une de ces armures qui gardaient le palier du premier étage.

Mr Davis faisait de courtes apparitions : ses obligations le retenaient à Londres la plupart du temps. Mrs Davis semblait très occupée elle aussi : pendant la journée, Harold et Laurence étaient livrés à eux-mêmes ce qui leur convenait parfaitement. Le matin, ils partaient à cheval dans la campagne et rentraient affamés pour le déjeuner qui n'était pas toujours du goût de Laurence en dépit d'un personnel nombreux et stylé. Elle déplorait cette manie typiquement britannique de faire bouillir la viande et d'assaisonner tous les plats avec de la sauce à la menthe.

L'après-midi, des voisins venaient jouer au tennis ou au croquet ou l'on se rendait chez eux. Par beau temps, on canotait ou on se baignait dans une eau dont Laurence sortait absolument transie. Un excellent thé la réchauffait, accompagné de ces merveilleux petits sandwichs au concombre dont les Anglais ont le secret...

Souhaitant améliorer son anglais, elle s'astreignait chaque matin à apprendre une dizaine de mots. Ajoutés à ceux qu'elle glanait au cours des journées – Harold, dont certains amis ne parlaient pas français, lui lisait et lui traduisait les grands titres du *Times*, – autant de prétextes à enrichir son vocabulaire. Elle se promettait, de retour à Paris, de correspondre avec ses nouveaux amis et de lire quotidiennement des textes en anglais.

Y avait-il dans cette détermination une arrière-pensée même inavouée, la perspective de régner un jour lointain sur Fox Hall ? Une tendre amitié et une estime réciproque la liaient à Harold, ainsi qu'une complicité presque immédiate née de goûts et de préoccupations communs.

L'été 39

Mais Laurence savait qu'à dix-sept ans, des années d'études l'attendaient si elle voulait réaliser son ambition de devenir médecin. Lorsque au moment du départ, Harold lui demanda :
— Me ferez-vous le plaisir de revenir à Fox Hall l'année prochaine ?
Elle répondit avec un sincère enthousiasme :
— Avec joie. J'ai passé ici les meilleures vacances de ma vie !

MOBILISATION

Durant ce mois d'août 39, alors que les délégations française et anglaise temporisaient à Moscou et ne se décidaient pas à prendre position sur la question du passage des troupes soviétiques à travers la Pologne et la Roumanie, Ribbentrop lui ne perdait pas de temps en vaines palabres : il concluait en toute hâte avec les Soviétiques un pacte de non-agression valable pour dix ans. En interdisant aux signataires de se joindre à un groupe de puissances hostiles, ce dernier mettait fin aux négociations tripartites.

En apprenant la signature du pacte germano-soviétique, Gilbert fut d'abord abasourdi, puis effondré : cette fois-ci, la guerre était inévitable.

Son premier réflexe fut d'appeler Inès : il avait besoin d'avoir sa femme auprès de lui. Il lui enjoignit de fermer la maison comme si elle ne devait pas y revenir pour un temps et de regagner Paris au plus vite avec Angela et Olivier. Surtout, il ne voulait pas courir le risque d'être coupé des siens.

En d'autres temps, en les retrouvant, il se serait avisé de subtils changements dans le comportement de sa femme et de sa fille. Mais, en cette fin d'été 39, il était bien trop préoccupé par les événements pour prêter attention à l'expression parfois songeuse d'Inès, à l'air morose d'Angela, lorsqu'elle n'affectait pas l'enjouement en narrant ses vacances.

Sarranches

Malgré la tendresse particulière qu'il vouait à son cadet, ce fut à peine s'il entendit ses cris de joie. Dès le retour, il s'était précipité à la porte de la salle de bain : c'est là qu'Inès mesurait la taille de ses enfants à intervalles réguliers, la date suivant l'initiale. Olivier clama dans toute la maison qu'il avait grandi de trois centimètres depuis le mois de juin.

En d'autres temps, jamais Angela ne se serait moquée de son frère, en commentant qu'au même âge, Charlotte et elle-même dépassaient sensiblement sa taille actuelle. Elle s'en voulut de cette méchanceté gratuite qui rendit très malheureux le pauvre Olivier. Il lui donna l'impression de se recroqueviller sur place, son expression un instant auparavant si réjouie se transforma en une petite grimace misérable. En voyant une larme perler à ses paupières, Angela honteuse se serait battue.

Mais Angela n'était plus elle-même depuis les révélations de Béatrice Lemoine qui lui avait rapporté que depuis plusieurs années, Thierry Masson entretenait une liaison avec une femme mariée plus âgée que lui, dont on chuchotait qu'elle était l'épouse d'un haut fonctionnaire du Quai d'Orsay. Laquelle n'avait nullement l'intention de sacrifier un mari riche et une situation brillante pour épouser un jeune homme en début de carrière.

— Que voulez-vous, avait conclu Béatrice Lemoine en haussant les épaules, Thierry en est coiffé et il ne veut rien entendre. Roger lui a dit et répété qu'il perdait son temps avec ce genre de femme : un jour, elle se lassera et le larguera brutalement... Enfin, à son âge, ce n'est pas très grave. Sinon pour son avancement...

— Son avancement ? avait interrogé Angela d'une voix à peine audible.

— Vous savez, au Quai, ils aiment bien que les gens soient en situation régulière, enfin mariés. Un célibataire ne peut pas prétendre à un poste de premier plan et on apprécie peu les liaisons. Cela se comprend : par exemple un ambassadeur a besoin d'une épouse représentative qui le seconde comme une véritable auxiliaire...

Mobilisation

Béatrice n'avait pas précisé le nom de la maîtresse de Thierry Masson. Peut-être ne le connaissait-elle pas. De toute façon, peu importait. En toute innocence, – était-ce en toute innocence ? – Béatrice avait remué le fer dans la plaie en ajoutant :

– Il ferait bien mieux de s'intéresser à une jeune fille comme vous...

Angela parvint à se contrôler. Revenue dans sa chambre, elle s'effondra : jamais Thierry ne l'aimerait. Désormais, la vie n'avait plus de sens.

Mais elle ne manquait ni de courage, ni de dignité. Après une nuit sans sommeil, elle prit sa décision. Le lendemain de cette affreuse soirée qui avait sonné le glas de toutes ses espérances, un dimanche, Thierry l'appela, sans doute pour lui proposer une sortie. Comme pour Arnaud Buffévent à une autre époque, Angela fit répondre par la femme de chambre qu'elle avait déjà quitté la maison et n'avait pas précisé l'heure de son retour.

Le jeune homme regagnait Paris le lundi. Elle n'aurait donc plus d'occasion de le revoir...

Il était préférable de couper net.

Inès se livrait avec une sorte de fureur aux tâches domestiques indispensables à la remise en état de la maison après une absence pourtant plus brève que d'habitude. Malgré les réticences de son mari qui jugeait la chose peut-être prématurée en raison des circonstances, elle avait demandé à Germain de lui prêter Noël quelques heures pour l'accompagner à la banque afin d'y chercher l'argenterie : les Sénéchal n'avaient que des femmes à leur service et la ménagère pesait plus de quinze kilos, sans compter les plats et autres objets divers que Gilbert jugeait utile de déposer au coffre lors des migrations estivales.

Mais Inès n'était pas dupe de toute l'agitation qu'elle se donnait pour s'empêcher de penser.

Un sentiment d'intense félicité l'envahissait au souvenir de son aventure avec Miguel Romero et elle s'alarmait parfois

Sarranches

d'éprouver si peu de remords. Pour la première fois de sa vie, elle avait trompé un mari qu'elle aimait tendrement et elle demeurait encore incrédule en se remémorant la facilité et la rapidité avec lesquelles elle s'était laissé embrasser par un homme qu'elle connaissait depuis deux jours et avait consenti à le suivre au sortir d'un dîner. Elle était encore plus stupéfaite de l'extraordinaire plaisir que lui avait procuré cet écart.

Il lui semblait que ces brefs et fougueux rapports avec son amant espagnol – ils n'avaient duré que trois semaines – lui avaient apporté une plénitude physique grisante. De la savoir éphémère avait sans doute intensifié leur relation. La violence de ces étreintes laissait Inès pantelante, comme submergée par une volupté qui envahissait chaque parcelle d'elle-même tandis qu'il la possédait : elle n'était plus que son corps, un corps comblé. La raisonnable Inès ne se reconnaissait plus dans cette femme à peine prudente à force d'impatience et qui courait aux rendez-vous, avide de jouir de chaque minute passée dans les bras de Miguel, jamais rassasiée de ses baisers, du contact délicieux de sa peau chaude et colorée de latin, des mots qu'il lui chuchotait tantôt en français, tantôt dans sa langue, au plus fort de cette incroyable fête des sens.

Qui aurait pu imaginer parmi leur proches, en voyant Miguel baiser courtoisement la main d'Inès au terme d'une soirée, que quelques instants plus tard, ils se retrouvaient dans une chambre bien close et presque sans prononcer une parole, s'arrachaient mutuellement leurs vêtements avec frénésie, les jetant n'importe où, tant ils étaient pressés de se trouver nus l'un contre l'autre ?

Du moins il fallait espérer que personne ne le soupçonnait...

Gilbert avait toujours été un amant des plus satisfaisants. Avec Miguel cependant, Inès avait l'impression d'avoir eu la révélation d'une sexualité insoupçonnée jusqu'alors, d'une fusion à laquelle peut-être peu de couples atteignaient. D'avoir connu ces félicités paradisiaques avait élargi ses horizons et lui rendait désormais compréhensibles des conduites jadis jugées aberrantes.

Mobilisation

Et pourtant, pas un instant durant ces jours de démence, elle n'avait songé à quitter Gilbert ni souhaité, de retour à Paris, poursuivre ses relations avec Miguel. Cette parenthèse sauvage dans leurs existences devait demeurer exceptionnelle. Volonté partagée par Miguel qui avait lui aussi une famille. Inès se félicitait de ce que Miguel habitât Madrid. La distance éloignerait la tentation. Autrement...

Le 1ᵉʳ septembre à l'aube, les Allemands envahirent la Pologne et le gouvernement décréta la mobilisation générale.

Ce ne fut que le 3 septembre à onze heures que l'Empire britannique déclara la guerre. L'Empire français attendit dix-sept heures pour l'imiter.

Olivia vit partir avec accablement ses deux fils en se demandant si elle les reverrait vivants et intacts. Le souvenir d'Augustin et de Jacques la hantait. Et cette fois les nouvelles armes rendraient les combats plus meurtriers.

Bien que Gabriel lui tînt rarement compagnie et Marc moins encore, Olivia ressentit une telle impression de solitude et d'abandon que si Laurence n'avait pas été là, elle se serait complètement laissée aller : à quoi bon se lever, s'habiller, se nourrir ? En l'espace d'un peu plus d'un an, elle avait perdu son mari et ses fils s'en allaient. Son univers si protégé avait volé en éclats avec une rapidité confondante, la laissant démunie, incapable de réagir.

Bien que fort jeune encore, Laurence comprit qu'elle devait prendre la situation en main et empêcher sa mère de devenir dépressive. En dépit des circonstances, elle ne pouvait s'empêcher d'être agacée en comparant son comportement avec l'incroyable vitalité dont faisait preuve sa tante. D'après leur seule apparence physique, qui aurait cru qu'elles étaient contemporaines ? Surtout en ce moment où Inès semblait briller d'un éclat particulier qui n'avait pas échappé à Laurence tandis qu'Olivia devenait une femme sans âge qui, si elle n'y prenait garde, serait bientôt une vieille dame.

Laurence se disait qu'elle ferait tout au monde pour ressembler à Inès à l'approche de la cinquantaine. Elle avait le temps d'y penser !

Sarranches

Elle s'attristait du départ de ses frères, sans être tout à fait consciente bien sûr, des dangers qu'ils encouraient : contrairement à Olivia, elle n'avait pas l'expérience d'une guerre. Gabriel surtout lui manquerait. Quant à Marc, il avait tellement changé depuis un an qu'il était presque devenu un étranger. En tout cas, lorsque par hasard ils se voyaient, elle le sentait si absent, si éloigné des préoccupations de sa famille, qu'elle n'avait rien à lui dire et Dieu sait qu'elle avait la langue bien pendue...

Ce n'est pas à lui qu'elle aurait parlé d'Harold et de son étrange mère, aussi généreuse que capricieuse et dont les toilettes extravagantes avaient laissé Laurence interdite, habituée qu'elle était à une certaine sobriété dans sa famille, tant par leurs couleurs anglaises que par leur somptuosité américaine. De la liberté qui leur avait été laissée et donc de la confiance qui leur avait été témoignée, et du séjour délicieux et excitant en Angleterre : elle y avait découvert une autre civilisation, un art de vivre différent de celui qu'elle connaissait et cela lui avait beaucoup plu. Gabriel avait eu droit à un récit partiel de ses vacances et à une description de Fox Hall, mais seule sa meilleure amie avait reçu ses confidences. Clémence Hatier n'avait pas caché qu'elle l'enviait :

— Tu as bien de la chance! Jamais ma mère ne m'aurait permis de voyager seule et de séjourner dans une famille qu'elle ne connaissait pas. Surtout s'il y avait eu un garçon de mon âge...

Elle ajouta avec rancœur :

— Ma mère me surveille sans cesse, elle ouvre mon courrier, contrôle mes lectures. Elle insiste pour que je lui fasse des confidences... Cela m'exaspère, du coup, je ne lui dis jamais rien. J'ai l'impression qu'elle n'a pas confiance en moi, qu'elle me croit capable du pire. C'est terrible d'être épiée, questionnée sans relâche, soupçonnée... Je n'ai qu'une hâte, c'est d'échapper à ma mère et de quitter la maison.

— Et ton père?

— Oh, il est tellement occupé, il voyage beaucoup, je ne le vois pas souvent. De toute façon, quand je lui demande quelque chose, il me répond de m'adresser à ma mère...

Mobilisation

– Tu ne peux pas lui dire que tu es malheureuse ?
– C'est difficile, murmura Clémence.
– Au moins, elle te témoigne de l'intérêt...

De temps en temps, pas trop souvent tout de même, Laurence aurait aimé que sa mère se préoccupât un peu d'elle, lui posât quelques questions à propos de ses études, partageât ses appréhensions à la veille des examens, se réjouît avec elle de ses succès, fît preuve de curiosité en ce qui concernait ses projets d'avenir.

Mais cette quasi-indifférence à laquelle elle était désormais accoutumée, était mille fois préférable à l'inquisition et au manque de liberté dont souffrait Clémence...

De plus, elle avait Harold : ce dernier lui avait fait ses adieux par téléphone avant de partir rejoindre son affectation dans la RAF, lui promettant de lui écrire. Il lui avait aussi dit qu'à l'annonce de la déclaration de la guerre, beaucoup de Londoniens avaient quitté la capitale pour la campagne, de crainte d'un raid aérien.

Bien qu'inquiète à son sujet, elle imaginait que les Anglais, sur leur île, couraient moins de risques que les Français qui avaient une frontière commune avec l'Allemagne.

En évoquant la scène de désespoir à laquelle Armelle de Rivière s'était livrée au moment de son départ, Marc était à la fois flatté de susciter un tel attachement et soulagé d'échapper pour quelque temps à l'emprise d'une femme dont il commençait à se lasser.

Certes, la promiscuité des vacances, une cohabitation continue de trois semaines et des exigences sans cesse renouvelées que sa jeunesse pouvait encore satisfaire sans difficultés, lui avaient permis de découvrir certains aspects de la jeune femme qui l'avaient laissé rêveur. Il ne s'étonnait plus de l'éloignement d'un mari plus âgé, absorbé par son travail, qui avait renoncé, sans doute épuisé par les appétits de son épouse. En fait, Armelle ne s'intéressait guère qu'au sexe, à la toilette, aux bijoux et aux sorties. Jamais Marc ne l'avait vue lire. Sa conversation se limitait aux potins – il avait été choqué par ses

Sarranches

propos malveillants – alors que dans l'intimité, les déclarations enflammées dont il était l'objet se voulaient des appréciations superlatives sur ses performances physiques dont la répétition insistante se révélait lassante à la longue.

Bref, malgré l'emprise qu'elle exerçait toujours sur lui, il s'ennuyait en sa compagnie. A la fin de la croisière, il s'était bien juré de ne pas renouveler cette expérience. Il continuerait à la voir mais jamais plus que le temps d'un week-end.

Chaque tour de roue de ce train qui l'emmenait vers un camp d'entraînement proche de Bourges, l'éloignait d'elle et d'un mode de vie bien agréable comparé à la situation présente : pour l'instant, il était condamné au contact d'une banquette de troisième classe, après s'être nourri de pain rassis et d'un pâté de provenance incertaine arrosé de bière tiède.

Pas une fois, il n'avait pensé à Olivia et à Laurence venues l'accompagner à la gare. Sinon pour se féliciter que leur présence annoncée ait empêché Armelle de venir. Pas davantage qu'à son frère, parti le matin même vers une autre destination. Sa famille ne comptait guère pour lui.

La plupart de ses camarades dormaient déjà, dans la pénombre du compartiment qu'éclairait seule une veilleuse bleue. Accoutumé à des horaires tardifs, l'estomac un peu creux, Marc n'avait pas sommeil. Sans plaisir, il se mit à envisager l'avenir incertain qui l'attendait, cette vie pénible qui serait la sienne jusqu'à ce que son pays ait gagné la guerre. Le plus rapidement possible, espérait-il.

Il n'imaginait pas qu'il pût en être autrement et que la France pût être battue. Il ne pensait pas non plus au danger auquel il ne tarderait pas sans doute à être confronté, non qu'il fût courageux, mais parce que cette notion demeurait abstraite pour lui. Il ignorait comment il réagirait.

L'état présent de son esprit était celui d'un ennui profond dans la compagnie de ces garçons ronfleurs et mal lavés, dont certains exhalaient une odeur aigre de transpiration.

Son frère était arrivé à destination dans une petite bourgade du centre de la France où lui et ses compagnons allaient être

Mobilisation

soumis à un entraînement intensif au maniement des armes et cette perspective épouvantait cet intellectuel encore si peu aguerri malgré ses dernières vacances.

Gabriel se savait très maladroit de ses mains, de son corps et s'il avait acquis quelque endurance à la marche à pied, mince atout pour un soldat, il redoutait de n'être pas à la hauteur.

La présence dans son régiment de Philippe de Maistre était pour lui le seul élément réconfortant. Grâce à lui, il ne se sentait pas complètement isolé au milieu de ses camarades, dont les visages colorés tranchaient avec les mines palotes des Parisiens... Il s'agissait pour la plupart de ruraux qui pour certains, prenaient le train pour la première fois. De constater qu'eux aussi, se sentaient un peu perdus, lui redonna confiance en lui. S'ils se retrouvaient tous à la même enseigne, il possédait tout de même une supériorité sur eux : il avait fait des études tandis que dans l'ensemble, ses compagnons de chambrée n'avaient guère dépassé le niveau du certificat. Et quelques-uns d'entre eux qui devaient éprouver de sérieuses difficultés à rédiger une lettre, se préoccupaient déjà de l'obligation où ils allaient se trouver pour la première fois, d'envoyer des nouvelles à leur famille. Ou, plus délicat encore, de correspondre avec une fiancée laissée au village.

Gabriel n'avait pas ce problème : aucune jeune fille à part sa sœur, ne se soucierait de son absence...

Au cours de l'été, il avait pris conscience d'avoir jusqu'à présent tout sacrifié à des études qui le passionnaient et où il excellait. Mais il n'avait jamais pris le temps de vivre, de nouer des rapports et de regarder autour de lui. Son goût pour la lecture avait accaparé le peu de temps qu'il pouvait consacrer à ses loisirs et ses distractions préférées avaient consisté en longues discussions avec Philippe de Maistre et deux ou trois autres amis, tous très cultivés... Gabriel n'était jamais si heureux que lorsqu'il avait acquis de nouvelles connaissances qui lui permettaient de se mettre en avant et d'épater ceux qu'ils reconnaissait pour ses pairs. Quelquefois, il se disait qu'il entrait un peu de vanité dans cet étalage de savoir : il aimait être admiré et se sentir supérieur aux autres. Ou tentait-il de

Sarranches

compenser grâce à une culture exceptionnelle par rapport aux garçons de son âge, un physique banal et surtout, les nombreux succès féminins dont se targuait Marc?

A la surprise manifestée par ceux qui, les voyant ensemble, apprenaient qu'ils étaient jumeaux, Gabriel mesurait leur incrédulité. Et l'attention, surtout celle des femmes, se portait aussitôt vers Marc, le laissant dans l'ombre. Dernièrement, il avait conçu une certaine jalousie à l'égard d'un frère qui, s'il n'avait guère connu de succès dans ses études, menait semblait-il dans le monde ou du moins, dans un certain monde, une vie tellement plus brillante et surtout divertissante que la sienne.

Dans un sens il ne lui déplaisait pas que Marc fût réduit à la condition générale : à chacun, on raserait la tête et on imposerait le port de godillots et d'un uniforme peu seyant et mal coupé. Marc habitué aux chemises de soie, aux mocassins en chevreau sur mesure, aux soupers fins dans les meilleurs restaurants, devrait se contenter de draps rêches et du rata des cantines militaires.

Cela fit sourire Gabriel qui s'endormait, pour sa première nuit de chambrée, dans la proximité bruyante de deux douzaines d'autres troufions. Dans son sac, il avait glissé un exemplaire de *Paludes* acheté juste avant le départ. Quand pourrait-il de nouveau s'adonner en paix aux délices de la lecture!

Au programme, un réveil matinal au son du clairon, suivi d'exercices divers dont la perspective l'épuisait d'avance.

Jeanne avait passé le mois d'août à Sarranches, privée de la plupart de ses commensaux habituels. Les Mayer n'avaient passé qu'un week-end et d'autres amis s'étaient décommandés en raison des événements.

Germain passait au moins trois jours par semaine à Paris et Gilbert avait fait quelques brèves apparitions. Il avait accompagné Olivia qui avait séjourné une dizaine de jours auprès de sa mère – mais comment s'attendre à ce que la pauvre Olivia procurât la moindre distraction? – et il était venu la rechercher. Eric Deschars venait dîner deux ou trois fois par semaine. C'était tout.

Mobilisation

Il n'y avait guère eu de réceptions dans le voisinage et pas plus de visites pour le thé. Jeanne s'était beaucoup ennuyée.

Elle avait reçu quelques cartes postales de ses petits-enfants, une ou deux lettres très polies d'Inès et aussi un courrier bref d'Alberta qui l'informait qu'en revenant de Bretagne, elle ferait volontiers étape à Sarranches si Jeanne consentait à l'inviter...

Elle demeura stupéfaite et révoltée par la désinvolture et l'audace incroyables de sa sœur : s'imaginait-elle vraiment qu'à la suite du hasard qui les avait fait se rencontrer, de deux ou trois déjeuners en commun et de quelques courses faites ensemble, elle allait reprendre sa place au sein de la famille comme si de rien n'était ? Comme si elle n'avait pas trahi Jeanne de la façon la plus ignominieuse et la plus perverse, en acceptant de surcroît de l'argent de la part de Germain ?

Pourtant, ces retrouvailles secrètes ne lui avaient pas été désagréables. Après tout, n'avait-elle pas le droit, si tel était son bon plaisir, de se réconcilier avec sa sœur après tant d'années ?

Elle sentait qu'Alberta souhaitait ce rapprochement. Mais il lui revenait à elle, si gravement offensée, de décider s'il aurait lieu après ces sortes d'*entretiens préliminaires*.

Depuis le début de l'été, elle s'interrogeait. Parfois elle avait rêvé de découvrir Alberta dans la bergère de velours rouge près de la cheminée, comme elle l'avait vue si souvent au début de son mariage plutôt que de se trouver seule en face des fauteuils vides dans le salon désert. L'ennui de ce long été quasi solitaire était-il cause de cette tentation ou bien souhaitait-elle réellement se réconcilier ?

Elle relut plusieurs fois sa lettre, assez brève et qui précisait l'adresse à laquelle on pouvait la joindre.

Mais après tant d'années, il fallait éviter une décision hâtive qui plongerait la famille dans la stupéfaction. Elle décida d'attendre un jour ou deux. De toute manière, elle ne devait pas avoir l'air de se presser d'accepter cette surprenante propo-

Sarranches

sition d'Alberta. La nuit lui porterait conseil. Du moins l'espérait-elle. Le mot de sa sœur l'avait perturbée au point qu'elle en avait oublié de lire le journal et d'écouter les informations en cette période pourtant si critique.
Ce fut Germain qui l'appela de Paris pour lui apprendre l'invasion de la Pologne.

LA DRÔLE DE GUERRE

En dépit de sa résolution, Angela n'y put tenir : lorsque Thierry Masson l'appela pour lui faire ses adieux avant de gagner le front, sans prévenir personne, elle se précipita dans le petit café proche de son bureau où il lui avait donné rendez-vous. Il partait le lendemain et n'avait que peu de temps à lui consacrer. Dans le taxi, elle se berçait d'illusions, envisageant une rupture entre Thierry et sa maîtresse.

Ou mieux encore, si la brouille était de son fait?

Qu'il ait tellement insisté pour la rencontrer, car Angela avait tout de même eu le courage de commencer par refuser, n'aurait-il donc aucune signification? S'il n'éprouvait aucun intérêt pour elle, pourquoi prendre la peine de l'appeler en un moment où nombre d'occupations plus urgentes et importantes devaient le requérir?

Elle s'étonnait elle-même de cette souffrance absurde, qui la taraudait, la ravageait, en étant cause d'un réveil avant l'aube. Elle commençait la journée fatiguée. Le matin, elle se retrouvait hagarde, les traits tirés. Autrefois si éclatante, elle avait l'impression de n'être plus que l'ombre d'elle-même, par la faute d'un homme qu'elle n'avait pas vu plus d'une douzaine de fois et qui ne lui avait jamais témoigné qu'une vague amitié. Elle ne lui en voulait pas, c'eût été déraisonnable et injustifié, mais elle n'avait plus de goût à rien et elle n'arrivait plus à fixer son attention. Elle participait à peine aux conversations, et oubliait tout ce qu'on lui disait. En lisant, elle s'apercevait qu'elle n'avançait pas, relisant plusieurs fois le même paragraphe. Les jours se succédaient, interminables, monotones, voués à une délectation morose, ponctués par les mauvaises nouvelles, dont Gilbert et Inès l'entretenaient pendant les repas et auxquelles elle faisait semblant de s'intéresser. Elle n'avait vraiment rien à faire : en ce mois de septembre habituellement passé à Biarritz, aucune vie mondaine ne la distrayait. Tous les jeunes qu'elle connaissait avaient rejoint leur affectation ou étaient en partance, comme Thierry. Il n'était pas question de fêtes. Angela voyait ses amies, Marie-Louise qui avait perdu sa grand-mère ainsi qu'Isabelle et leurs frères trop jeunes pour être appelés. Mais en l'absence de leurs cavaliers habituels, ces réunions manquaient de charme.

C'est le cœur battant qu'elle pénétra dans le modeste bistro où Thierry l'attendait, s'efforçant de ne pas laisser paraître son trouble. Elle fut dès l'abord frappée par son air tendu et la fatigue qui se lisait sur son visage.

– Merci d'avoir pris la peine de venir jusqu'ici Angela!

Elle sourit et sur un ton badin, comme s'il s'agissait d'une chose qui allait de soi, elle répliqua :

– Je n'allais tout de même pas vous laisser partir sans vous dire adieu!

– Vous savez, j'avais vraiment envie de vous revoir. J'ai été navré de vous manquer à Biarritz où je n'ai fait qu'un saut...

– Vous avez dû avoir beaucoup de travail.

Tandis qu'il passait la commande, elle remarqua ses mains nerveuses en allumant une cigarette; il avait vraiment l'air épuisé. Il s'aperçut qu'elle le dévisageait :

– Je dois avoir une tête impossible : je n'ai guère dormi ces jours derniers...

A cause du travail ou de cette femme avec laquelle il devait faire l'amour jusqu'au petit matin? Avec un peu de bon sens, Angela se serait dit que sa rivale étant mariée, il était peu vraisemblable qu'elle pût découcher nuit après nuit ou accueillir un amant sous le toit conjugal...

La drôle de guerre

— Je reste souvent au bureau jusqu'à onze heures du soir et le matin, j'y suis avant huit heures.

Elle avait l'impression qu'à travers ces banalités, il voulait lui dire quelque chose... Sur la banquette voisine, un jeune couple se faisait des adieux touchants. Assis côte à côte, ils s'embrassaient, échangeaient des mots tendres et se regardaient éperdus, seuls au monde. Une bouffée d'envie la traversa au spectacle de cette adolescente à peine sortie de l'enfance, dont le physique n'offrait rien de remarquable si ce n'étaient de beaux cheveux blonds qui coulaient sur ses épaules, et néanmoins, suscitait une telle passion chez son compagnon.

Un jour, Thierry aurait-il pour elle le même regard ? En dépit de tout ce qu'elle savait, elle se reprit à espérer. Pour les évoquer plus tard, lorsqu'elle serait seule, elle savourait ces instants de tête-à-tête. Même s'ils n'avaient rien de grisants, dans ce désor sans charme, bruyant et encombré, avec un garçon au tablier sale et à l'air affairé qui circulait en heurtant les tables.

En la quittant, Thierry dit :

— Vous ne m'oublierez pas complètement, Angela ? Me permettez-vous de vous écrire et me donnerez-vous quelquefois de vos nouvelles ?

Il avait posé sa main sur la sienne et ce contact la fit frémir. Elle réussit à répondre en souriant d'un air naturel, comme s'il s'agissait là du souhait d'un camarade en route pour le front :

— Mais bien sûr...

Elle ne put s'empêcher d'ajouter :

— Vous savez que j'ai beaucoup d'amitié pour vous...

Germain Sénéchal avait suivi les conseils judicieux de son fils et vendu à temps un certain nombre de participations à risques. Il s'en félicitait à la vue des événements et plus encore à la perspective de ceux qui se profilaient. Il allait avoir soixante-quatorze ans et, bien que cela lui fût parfaitement désagréable, il pensait de plus en plus à son âge. Pour ses affaires, il s'en remettait à Gilbert. S'il n'était pas génial c'était un gestionnaire avisé : peut-être n'augmenterait-il pas le patrimoine dans les mêmes proportions que son père avait réussi à le faire car les temps avaient changé, les opportunités n'étaient plus les mêmes. En tout cas, il ne laisserait pas péricliter le capital familial amassé patiemment, ne le dilapiderait pas. Gilbert avait toujours montré beaucoup de discernement dans les investissements qu'il préconisait et plusieurs fois, il lui était arrivé d'avoir la main très heureuse. Non sans cynisme, Germain se félicitait d'être maintenant débarrassé du problème qu'avait représenté le pauvre Paul.

Pas de celui que lui posait sa propre succession...

Depuis deux ou trois ans il se préoccupait de la relève. Bien sûr, Gilbert était encore jeune, en pleine possession de ses moyens et pour longtemps. Son fils avait commencé à travailler auprès de lui vers l'âge de vingt-cinq ans, après une licence de droit avec une spécialisation dans le droit des affaires et trois ans passés à s'initier au fonctionnement de la banque et du marché des changes sous la férule de Mayer qui s'était montré un merveilleux professeur.

Très attentif à ses petits-enfants, plus sans doute qu'il ne l'avait été à l'égard de ses propres enfants, conversant avec eux, les questionnant et surtout prenant le temps de les écouter, il en avait conclu qu'il fallait écarter Marc : Germain savait la vie qu'il menait et estimait qu'il ne ferait jamais rien de bon.

Il en allait autrement de Gabriel, intelligent et travailleur. Hélas, la seule intelligence ne suffisait pas, si elle ne se doublait de certaines qualités de caractère dont Gabriel semblait dépourvu. Introverti, peu communicatif, il n'était pas diplomate et surtout manquait de l'autorité nécessaire pour s'imposer dans un monde impitoyable, pour dominer des collaborateurs aux aguets et se faire respecter d'eux.

Quant au troisième homme de la famille, le sympathique petit Olivier, à peine adolescent, il était trop jeune encore pour savoir comment il tournerait. C'était sur lui que Germain avait concentré ses espoirs : il pensait que le fils de Gilbert, élevé par une mère telle qu'Inès, – tellement plus virile qu'Olivia – deviendrait digne de perpétuer la lignée.

La drôle de guerre

Germain regrettait parfois que Laurence ne fût pas un garçon : c'était avec elle qu'il se sentait le plus d'affinités. Il admirait la fermeté de caractère d'une fille si jeune, son opiniâtreté et son ascendant sur son entourage. Obstinée, elle obtenait ce qu'elle voulait à force de volonté. Elle avait l'esprit clair et de la suite dans les idées.

Même s'il était fou d'Angela, de sa beauté et du charme qui émanait de toute sa personne, il savait qu'elle n'avait pas l'envergure d'une femme d'affaires, au contraire d'Inès, si elle l'avait souhaité. D'ailleurs, Angela n'avait jamais envisagé de travailler. Comme la quasi-majorité de ses contemporaines – Laurence constituerait une exception – elle n'était pas destinée à faire carrière. Elle se marierait et mettrait des enfants au monde. Saurait-elle, à l'instar de sa mère si rayonnante, faire régner l'harmonie autour d'elle? L'avenir le dirait...

Dans cet inventaire familial, il avait oublié Charlotte.

Il se souvenait encore de sa joie lorsque Inès lui avait annoncé triomphalement – à lui en particulier avant d'en faire part à Jeanne – qu'elle était enceinte. Le bonheur éprouvé lors de la naissance de son premier petit-enfant avait été anéanti par le suicide de Jacques. La simultanéité de ces événements était-elle la cause de l'affection limitée que lui inspirait Charlotte? Si oui, c'était injuste. Ou n'était-ce pas plutôt parce que, dès la naissance d'Angela, Charlotte s'était révélée une petite fille boudeuse et capricieuse, préfigurant la jeune femme insatisfaite et superficielle qui allait rebuter son mari?

Germain s'en désolait car il s'était pris d'amitié pour ce petit-fils par alliance. Bruno Lorrimond lui paraissait un garçon estimable : il aurait mérité une épouse susceptible d'apprécier ses qualités et de le rendre heureux. Tel n'était pas le cas. L'enthousiasme de Bruno au début de son mariage, sa gaieté, son dynamisme, s'étaient évanouis. Par sa nature mesquine, étriquée, jalouse, égotiste, incapable de générosité envers les autres, Charlotte avait réussi en peu de temps à détruire son ménage et à bannir de son foyer toute joie de vivre.

Peut-être, s'il n'était pas trop tard, la séparation l'amènerait-elle à de salutaires réflexions? Mais Germain doutait qu'elle pût s'amender. Ayant fait une école d'officiers, Bruno était parti comme sous-lieutenant dans le génie. Sans doute n'était-il pas fâché de prendre ses distances : Charlotte n'avait même pas été capable de lui donner un enfant.

Qu'en était-il d'Alain, qui eût pu être son petit-fils? Quel était son état d'esprit à la pensée du demi-siècle, exactement cinquante-deux ans, qui le séparait de son père? Certes, à la suite d'un mariage tardif ou d'un remariage, d'autres avaient eu un enfant sur le tard. Mais la situation d'Alain était particulière : il n'avait d'autre famille que Florence et lui.

Présentement, il était parti dans les services vétérinaires, pour s'occuper de ces innombrables chevaux que l'armée avait réquisitionnés. Germain lui-même n'avait pu en garder que deux : le sien et celui que montait Angela.

Aux actualités, lorsqu'il voyait apparaître les tanks, ces mastodontes écrasant tout sur leur passage, et qu'il se représentait le flanc délicat et luisant des pauvres chevaux ivres de peur, lorsqu'ils iraient à leur rencontre, il soupirait de tristesse : quel gâchis!

Florence devait se sentir bien seule et mélancolique : il allait lui rendre visite, essayer de la distraire. Il avait aussi l'impression que Yolande se faisait plus rare... Pas un instant, il ne songea à réconforter sa propre fille, Olivia, pourtant privée de ses deux fils et veuve de fraîche date...

En moins d'un mois, la Pologne avait été submergée par les armées germano-soviétiques : Varsovie était tombée le 28 septembre. Les Polonais étaient abandonnés à leur sort et consommé le quatrième partage de leur pays entre l'Allemagne et l'URSS. Gamelin, commandant en chef des forces terrestres, en avait été renforcé dans sa décision de ne lancer qu'*une drôle d'offensive* en Sarre sous forme d'une guerre d'escarmouches entre Rhin et Moselle.

Paul Reynaud augmenta les impôts, lança des emprunts et peut-être afin de s'en persuader lui-même, répétait : « Nous vaincrons parce que nous sommes les plus forts. » Le Parti

La drôle de guerre

communiste qui défendait le partage de la Pologne, dénonçait avec virulence la guerre *impérialiste* et exigeait la cessation immédiate des hostilités. Il fut dissous. Ses dirigeants plongèrent dans la clandestinité tandis que Thorez désertait.

Fin novembre, la Finlande à son tour fut attaquée par les Soviétiques.

Daladier devenait de plus en plus vulnérable et ne gouvernait plus qu'à coups de décrets.

On s'apprêtait à fêter tant bien que mal ce premier Noël de guerre et à aborder l'année de tous les désastres... en espérant que les absents auraient des permissions.

Seul Gabriel bénéficia de quelques jours et passa dans sa famille la fin de l'année. Même pour un si bref séjour, il était heureux de se soustraire à la promiscuité de la chambrée, de retrouver sa jolie chambre bien rangée et propre avec ses livres et ses cahiers de notes. Au cours des derniers mois d'attente et d'ennui qui semblaient devoir se prolonger, il avait souffert de gaspiller son temps. Il avait juste appris à conduire un camion, à tirer, hélas avec une certaine imprécision à cause de sa myopie et fait de longues marches avec son lourd paquetage... Mais à l'instar de ses camarades, il avait compris qu'il fallait passer inaperçu, en faire le moins possible en essayant de quitter le quartier vers trois heures pour ne rentrer qu'à minuit. La discipline s'était d'ailleurs beaucoup relâchée et le moral dégradé. Gabriel, méthodique et ordonné, s'étonnait toujours de l'anarchie ambiante.

Pour lutter contre le désœuvrement, on avait fait participer l'armée aux travaux des champs – en novembre, il avait ramassé des betteraves – on avait distribué des ballons de football et ces matchs plus ou moins obligatoires assommaient Gabriel. On avait même fait venir Maurice Chevalier qui avait connu un très grand succès en interprétant *Ma Pomme, La Madelon* et d'autres chansons du même genre. N'ayant jamais été au music-hall, il avait été consterné par la débilité des paroles que ses camarades écoutaient avec un ravissement manifeste.

Sarranches

Si peu attiré qu'il fût, il participa à plusieurs beuveries avec Philippe de Maistre qui lui, n'y répugnait pas. Il savait maintenant ce qu'était la *gueule de bois*. Il n'en avait pas tiré de satisfaction particulière.

Quel plaisir de se retrouver rue du Bac dans la salle à manger donnant sur un petit jardin, à une table bien mise, avec couverts en argent et verres en cristal au lieu de la gamelle et du quart cabossé! Un délicieux canard rôti aux olives arrosé d'un gruau-larose amoureusement décanté par Noël remplaçaient avantageusement la tambouille et la piquette de la cantine!

Jusqu'à présent, il n'avait pas réalisé combien il était privilégié. Avant l'armée, il n'avait connu que ce luxe, jugeant parfaitement naturel que Joseph ganté de blanc passât les plats, que Noël emplît son verre, que tout fût harmonieux...

— Alors, raconte-nous, dit Germain en se tournant vers son petit-fils.

— Il ne se passe rien. On attend, dit Gabriel. Que je suis content d'être chez vous!

— Mon cher enfant, nous aussi nous sommes heureux de te voir! J'espère que la prochaine fois, ton frère et ton cousin seront parmi nous. Tu as l'air en excellente santé. Ne trouvez-vous pas Jeanne?

— J'ai l'impression qu'il a grandi...

En fait, au cours de ces quatre derniers mois, l'exercice physique, même s'il y répugnait, et la vie au grand air l'avaient développé. Dans la glace, il souriait à son image. Séduire paraissait désormais possible. Il avait courtisé Catherine, la fille des fermiers chez lesquels il avait arraché les betteraves. Mais cette dernière ne lui avait accordé d'autres privautés que de chastes embrassades. Il avait regretté de n'avoir pas osé aller plus loin. Cependant, ce prélude l'avait mis en appétit et il comptait profiter de cette petite halte parisienne pour obtenir de plus substantielles satisfactions. Philippe, plus dégourdi que lui dans ce domaine, lui avait parlé de certaines maisons dont il lui avait même donné l'adresse...

Ce n'était pas pour le prix mais des ébats tarifés et minutés le refroidissaient un peu.

La drôle de guerre

— On choisit une femme au bar, et avoir avoir pris un verre on *monte* avec elle, avait dit Philippe. C'est tout simple. Naturellement, tu payes d'avance, ainsi, tu n'as plus à y penser. Quand on a très peu de temps devant soi, c'est l'idéal.

Le tempérament inquiet de Gabriel ne lui représentait pas les choses d'une manière aussi évidente Et si aucune jeune femme ne lui plaisait? Si tout désir l'abandonnait? Lui faudrait-il monter et s'exécuter? S'il avait une panne, se moquerait-on de lui?

Non, le recours à une prostituée ne lui apparaissait pas comme une solution adéquate dans son cas : il lui fallait un peu d'intimité, de tendresse, quelques échanges... Il avait aimé avec Catherine, les bavardages, leurs promenades du soir main dans la main, lorsqu'il ne faisait pas trop froid, les longues stations dans la paille du grenier où ils avaient découvert une belle chatte noire avec ses petits encore aveugles...

— Il ne faut pas les toucher, avait dit Catherine. Sans quoi, en ne reconnaissant pas son odeur, la mère risque de les abandonner.

La chatte noire ayant cédé aux avances d'un gros matou tigré, les chatons arboraient des pelages aux couleurs variées et la semaine suivante, Gabriel prit dans sa main une petite boule noir et blanc et ce contact lui fut si délicieux que quelque chose dut en paraître sur son visage. Catherine qui ne manquait pas de finesse lui dit en souriant :

— Si tu le veux, il est à toi...

— J'aurais bien aimé, soupira Gabriel. Mais à l'armée...

A l'idée d'être privé de ce chaton, dont il se mettait à avoir envie d'une manière parfaitement déraisonnable, Gabriel éprouva un subit sentiment de frustration, de désolation d'être condamné — pour combien de temps encore? — à cette existence morne, inintéressante, privée de liberté, qu'il menait depuis le mois de septembre, à la compagnie de camarades médiocres et de chefs qu'il ne jugeait guère plus dignes d'intérêt, face à un ennemi qui avait fini par devenir abstrait dans son esprit...

Sarranches

Seule dans son appartement, Charlotte se morfondait. Bruno lui écrivait une fois par semaine des lettres brèves dans lesquelles il trouvait moyen de ne rien lui dire, sinon que la nourriture était infecte et qu'il avait froid... Elle-même ne savait que lui raconter. Elle ne faisait rien, sinon jouer aux cartes avec ses amies lors de thés qui s'éternisaient, elle allait de temps en temps au cinéma, faisait des courses. Une ou deux fois par semaine, elle déjeunait chez ses parents où elle retrouvait Angela et Olivier.

En arrivant chez eux en mars 40, elle apprit la démission de Daladier. Mais ne lisant pas les journaux et ne prenant pas la peine de se tenir au courant de la situation, elle ne savait quasiment rien de lui.

Sa mère s'étonnait discrètement de cette indifférence et essayait de la faire au moins participer aux événements de leur vie familiale. Mais en réalité, Charlotte se sentait solitaire, exclue par son mariage de sa famille et incapable d'en fonder une. Lors des visites à ses parents, elle avait l'impression que sa présence leur pesait, bien qu'elle s'évertuât à feindre un intérêt qu'elle n'éprouvait pas, pour leurs faits et gestes.

Jamais très proche d'Angela, maintenant elles étaient devenues complètement étrangères l'une à l'autre. N'ignorait-elle pas tout des préoccupations de sa sœur, de ses espoirs, de ses chagrins si elle en avait? Après avoir demandé des nouvelles de son beau-frère et avoir posé quelques questions de pure politesse, Angela se taisait. Peut-être souffrait-elle de l'absence d'un jeune homme qu'elle aimait? Elle avait dix-neuf ans passés, à cet âge, Charlotte allait se marier... Mais Angela ne lui avait jamais fait de confidences.

Quant à Olivier, entré en quatrième à Janson-de-Sailly, il était demeuré pour elle un enfant. Elle ne l'avait pas vu se transformer, grandir et grâce à ces dix centimètres supplémentaires prendre de l'assurance. Elle se préoccupait si peu de lui que lorsqu'on vit apparaître un gâteau avec treize bougies, elle fut confuse d'avoir oublié son anniversaire alors qu'Inès avait pris soin de le lui rappeler en l'invitant.

Pendant qu'Olivier déballait joyeusement ses paquets et

La drôle de guerre

découvrait la montre que lui offrait son père, le stylo choisi par Inès et des livres de Jules Verne donnés par Angela, Charlotte eut honte. Ses parents ne firent aucune réflexion mais leur réprobation et leur étonnement ne faisaient aucun doute.

Penaude, Charlotte s'écria :

— Mon Dieu, je suis désolée, j'ai oublié ton cadeau à la maison! Je te le déposerai demain sans faute!

Bien naturellement, Olivier s'enquit :

— Qu'est-ce que c'est?

Volant au secours de sa fille aînée Inès répondit :

— Ce sera une surprise mon chéri!

En sortant de chez ses parents, Charlotte se mit aussitôt en quête d'un cadeau. Elle n'avait pas la moindre idée de ce qui pouvait faire plaisir à Olivier. Après avoir hésité plus d'une heure, allant d'un magasin à l'autre, elle finit par acheter un coûteux réveille-matin pour le voyage. Elle ne tarda pas à trouver ce choix absurde : Olivier avait déjà reçu une montre et à son âge et dans les circonstances actuelles, il aurait peu d'occasions de voyager...

Chez elle, une lettre de Bruno l'attendait. Elle prit le temps de retirer son manteau et de s'installer au salon avant de l'ouvrir. Son mari annonçait son arrivée pour la fin de la semaine sans aucun commentaire. Pourtant, depuis le mois de septembre, il n'avait bénéficié que d'une courte permission au cours de laquelle il ne lui avait fait qu'une seule fois l'amour et avec un manque d'empressement si manifeste qu'elle n'avait éprouvé aucun plaisir. A vrai dire, elle était si peu sensuelle qu'elle s'était même demandé, au début de son mariage, si elle était frigide ou si la majorité des femmes étaient comme elle. Elle n'osait pas en parler à sa mère dont elle devinait l'ardent tempérament. Peut-être Bruno était-il maladroit et s'y prenait-il mal... Il eût fallu avoir une expérience avec un autre homme pour comparer...

Et elle n'avait aucune amie assez intime — Alicia Méraud qu'elle voyait d'ailleurs peu désormais n'était pas mariée — pour aborder ce genre de sujets et s'assurer que les transports décrits dans certains romans appartenaient au domaine de la réalité.

Sarranches

Lors de sa permission, Marc consacra peu de temps à sa mère et encore moins à sa sœur. Privé de femmes depuis trop longtemps, malgré quelques brèves aventures avec une serveuse de café éblouie par son allure et une ou deux rencontres plus ou moins satisfaisantes, il courut chez Armelle de Rivière qui avec les bras lui ouvrit son lit, bien qu'il ait rarement pris la peine de lui donner de ses nouvelles. Après deux jours et deux nuits presque entièrement consacrés au sexe – Armelle se déchaîna – et à l'absorption de nombreuses bouteilles de champagne, il se sentit repu et las. Il ne lui demanda même pas si elle l'avait remplacé, ce qui, la connaissant, était probable : hors de l'attrait physique, elle lui était devenue indifférente. Ses déclarations d'amour le laissèrent froid et il la trouva vieillie ou plutôt, car elle n'avait pas quarante ans, usée.

Le deuxième soir ils sortirent, et il la trouva trop maquillée, un peu voyante dans sa robe au décolleté vertigineux. Il n'en accepta pas moins de bonne grâce le souper de caviar, de blinis et de vodka qu'elle lui offrit dans un restaurant russe réputé au son des balalaïkas. Ces nourritures raffinées dans un cadre élégant plurent au troupier en permission qui remarqua qu'Armelle ne laissait pas indifférents leurs voisins de table.

Il consacra une seule soirée à sa famille et se rendit rue du Bac avec sa mère et Laurence. Gabriel lui avait écrit que lors de son passage leur grand-père avait été très généreux. Marc s'attendait donc à recevoir lui aussi, une enveloppe. A sa vive déception, il n'en fut rien.

L'autre soir, chez Nina, occupé à s'empiffrer sous les yeux amoureux d'Armelle, un peu éméché, il n'avait pas remarqué la présence de Mayer qui, indigné de la conduite du petit-fils de son ami, s'était fait un devoir d'avertir Germain de sa rencontre au cabaret : il connaissait M. de Rivière et son infortune conjugale n'était un secret pour personne.

Mécontent, Germain s'abstint de faire à Marc le même cadeau qu'à son frère. Comme Jeanne lui en demandait la raison, il se contenta de répondre :

– Il sort avec une poule et en plus, il se fait entretenir.

La drôle de guerre

Jeanne serra les lèvres et dit d'un air pincé :
— Cette pauvre Olivia n'a vraiment pas su l'élever...
— Il avait aussi un père, rétorqua Germain.
— Oh! celui-là...

Germain s'abstint de lui répondre que lorsque Paul de Préville avait demandé la main d'Olivia qui, malgré son peu d'enthousiasme, avait consenti au mariage, elle n'avait été que trop contente de caser sa fille, ayant craint qu'elle lui restât sur les bras.

Pour avoir la paix, il ne se risqua pas à l'interroger au sujet d'Alberta... Avec une stupeur incrédule, il avait appris que Jeanne revoyait sa sœur : on les avait même aperçues déjeunant au restaurant, apparemment ravies de se trouver ensemble. Après les drames passés, il se garderait bien de rallumer la querelle qui avait brisé son ménage.

Tout de même, il jugeait cette conduite bien énigmatique...

Depuis l'été, Inès était sans nouvelles de Miguel Romero et n'avait pas cherché à en avoir.

Le passage des semaines, puis des mois, lui avait permis de retrouver un peu de calme et d'équilibre après cette période de folie qu'elle ne s'expliquait pas plus qu'elle ne la regrettait... Inès, qui se connaissait bien, et s'était toujours évertuée à se conduire convenablement en toute circonstance s'étonnait parfois de cette absence de remords : pas un instant, elle n'avait eu la tentation d'avouer à Gilbert cet épisode destiné à demeurer ignoré et unique dans son existence. D'ailleurs, elle estimait que tout adulte devait être capable d'assumer ses actes sans recourir à la confession.

Certaine que la distance la mettait à l'abri d'une rencontre fortuite – Miguel Romero vivait et travaillait en Espagne et la France étant en guerre, il ne serait pas question d'aller à Biarritz pour un certain temps, – elle n'était en rien préparée à retrouver celui dont le souvenir allait peu à peu s'estomper.

A la fin du mois d'avril dans le salon d'Emilie Garaud qui avait réuni quelques amis, le choc qu'elle ressentit en le revoyant sans en avoir été prévenue fut d'une telle violence

Sarranches

qu'il la laissa un instant tremblante : elle comprit qu'elle ne l'avait pas oublié. Elle n'en laissa rien paraître, s'efforçant de dissimuler son trouble et de se tenir à distance de lui, de cette séduction flamboyante que sa présence irradiait. Le hasard fit qu'ils se trouvèrent placés côte à côte au cours du repas... En dépliant leurs serviettes, leurs mains s'effleurèrent sous la table et ce seul contact empourpra Inès. Elle eut l'impression que le feu lui montait au visage, dévoilant aux yeux des convives et surtout à ceux de Gilbert qui heureusement bavardait avec Béatrice, ce qu'elle éprouvait : un désir si éperdu, si évident qu'il en devenait douloureux de ne pouvoir être satisfait sur l'instant.

– Inès... murmura seulement Miguel.

Elle comprit son trouble et qu'ils se retrouveraient à la première occasion. Par chance, elle n'eut guère à participer à la conversation : les hommes parlaient tous en même temps, commentant l'invasion de la Norvège et du Danemark par les armées allemandes... A l'arrivée du second plat, un gigot aux flageolets, Inès s'était dominée et se félicitait d'avoir mis sa robe en shantung turquoise sur le conseil de Gilbert : plutôt estivale, cette couleur lui donnait bonne mine et soulignait sa jolie peau. Au moment de quitter la maison, le regard de son mari disait assez qu'il avait envie d'elle et qu'ils feraient l'amour une fois rentrés.

Dans le courant de la soirée, Miguel s'arrangea pour lui dire qu'il était descendu à l'hôtel Meurice où il demeurerait jusqu'à la fin de la semaine. Il ne l'appellerait pas : ce serait à elle de prendre l'initiative.

Comme si sa décision n'était pas prise... Mais elle appréciait qu'il lui laissât cette latitude.

La perspective de ce qui se passerait le lendemain avec Miguel ne l'empêcha en rien, au contraire peut-être, d'éprouver un vif plaisir dans le vaste lit conjugal, lorsque les mains de Gilbert commencèrent à caresser ses seins, puis son ventre, l'amenant très rapidement au comble de l'excitation. Puis elle sentit son corps familier s'abattre sur le sien, sa chaleur dure la pénétrer jusqu'à la jouissance terminale.

La drôle de guerre

Le lendemain, dès le départ de Gilbert, elle appela l'hôtel Meurice :
— Viens, dit Miguel. Je t'attends : je suis fou d'impatience. Toi aussi j'espère ?
Elle rit doucement :
— Comme si tu ne le savais pas.

Dans la rue, en sortant de chez son ami Laurent avec lequel il avait passé l'après-midi du jeudi à construire une maquette de bateau, Olivier rencontra M. Chauchat.
Il avait fière allure dans son uniforme d'aviateur. Son visage coloré n'offrait plus grande ressemblance avec celui du petit surveillant sous-alimenté, aux vêtements fatigués, des études des moyens dans le collège Saint-Pierre où Olivier avait passé plusieurs années, avant d'entrer à Janson-de-Sailly.
— Comme tu as grandi ! s'exclama-t-il.
Olivier sourit d'aise et témoigna la sincère admiration que lui inspirait l'apparence glorieuse de son ami :
— Votre uniforme est magnifique !
Olivier comprit alors que M. Chauchat n'était pas seul : un garçon d'une quinzaine d'années qui se tenait en retrait, s'approcha lentement. D'abord hésitant Olivier reconnut un condisciple qui à Saint-Pierre, se trouvait deux classes au-dessus de la sienne :
— Tu te souviens d'Alain ? et toi d'Olivier ?
Ils se serrèrent la main.
— Je suis à Janson maintenant, dit Olivier. En quatrième.
— Moi toujours à Saint-Pierre. En seconde.
— Et moi, je suis en permission !
Le regard de M. Chauchat allait de l'un à l'autre, comme s'il les jaugeait. Ou les comparait, pensa Olivier un peu mal à l'aise. Pourquoi Alain se trouvait-il en compagnie de M. Chauchat ? S'étaient-ils aussi rencontrés par hasard ? Il ne semblait pas car le militaire consulta sa montre et dit :
— Il faut que nous te quittions ; nous allons au cinéma et la prochaine séance commence dans un quart d'heure. J'ai été heureux de te revoir.

Sarranches

Olivier repartit dans la direction opposée et au bout de quelques mètres, il se retourna : il vit que M. Chauchat avait passé son bras autour des épaules d'Alain. Tous deux riaient. Olivier eut l'impression fugitive et désagréable qu'ils étaient en train de se moquer de lui.

Le bref passage de Marc à Paris avait attristé Olivia au point qu'elle n'en dormait plus. Au cours de ses nuits blanches elle se demandait pourquoi son fils avait tellement changé, pour devenir cet étranger sûr de lui et capable de se montrer arrogant dès qu'elle se permettait la plus timide remarque.

Sans trop de ménagements, Germain lui révéla les fréquentations de Marc et son intimité avec Armelle de Rivière : elle fut consternée. A divers signes elle avait deviné l'existence d'une femme dans la vie de Marc. Qu'elle fût *de mauvaise vie*, c'est-à-dire, comme le précisa son père au cas où elle n'aurait pas compris, une femme qui, bien que mariée, était entretenue par d'autres qu'elle se plaisait à ruiner plus ou moins au profit de Marc, la plongea dans le désarroi. Elle ne savait que répéter :

— Que faut-il faire mon Dieu! Ah! si seulement Paul n'était pas mort!

— Ce serait du pareil au même, ma pauvre Olivia! Cet enfant a une mauvaise nature foncière.

— L'armée va peut-être l'amender, voulut-elle espérer. Il est si jeune encore...

— Je crains que tu ne te fasses des illusions, dit Germain... Quelles mesures comptes-tu prendre?

— Des mesures? Moi...

Désemparée, elle se sentait impuissante à influer sur le comportement de Marc... Pour la première fois, lui vint alors la tentation de se rebiffer contre ce père qui l'accablait après lui avoir manifesté si peu d'intérêt et donné si peu d'affection : parce que dès son plus jeune âge, elle ne faisait pas honneur à son orgueil paternel. Elle se remémorait ce jour – elle devait avoir quatre ou cinq ans, guère davantage, – où elle avait lu dans son regard impitoyable qu'il la trouvait *moche* et

donc indigne d'être aimée de lui. Sachant qu'elle n'avait rien à attendre de sa mère et que Jacques seul comptait, elle semblait vouée à la solitude et à l'abandon. Jusqu'au moment où, pour un moment si bref, elle avait connu Augustin.
— Et vous, que comptez-vous faire? demanda-t-elle d'un ton d'une énergie inhabituelle.
— Ce n'est pas mon fils.
— Non, mais c'est votre petit-fils, bien qu'il ne porte pas votre nom et il est orphelin... N'est-ce pas une double raison pour que vous vous en occupiez. Vous ne trouvez pas?
— Nous verrons cela quand la guerre sera finie, maugréa Germain. Pour l'instant, il est casé... Tu m'excuseras, mais j'ai à faire.
Et tournant le dos à sa fille, il la laissa seule dans le petit salon où ils avaient pris le café et gagna ses appartements... Noël qui venait reprendre le plateau, la trouva le visage collé contre la fenêtre. Elle pleurait. Il se retira discrètement, feignant de n'avoir rien vu.

Angela flottait entre deux eaux, sans parvenir à gagner le rivage verdoyant qui lui semblait tout proche... Elle était pourtant bonne nageuse mais aujourd'hui pour quelque obscure raison, son corps refusait tout service comme paralysé.
Le courant l'entraînait peu à peu lorsqu'une silhouette apparut : quelqu'un arrivait qui allait la voir, détacher la barque retenue par une corde au saule pleureur et venir à son secours. Elle voulut crier mais ne put émettre aucun son. Elle reconnut Thierry. Un Thierry à la mine sombre, manifestement inconscient du drame qui se déroulait sous ses yeux.
A moins que ce drame ne le laissât indifférent.
La nuit tombait, plongeant Thierry dans une ombre floue qui s'évanouit. Bientôt la rive fut déserte. Les eaux aspiraient Angela, de plus en plus faible, incapable de lutter, vouée à une mort certaine jusqu'au moment où elle sentit que bras et jambes retrouvaient leur mobilité. En quelques brasses vigoureuses, elle réussit à s'arracher à cette eau noire et désormais visqueuse et à atteindre le sable. Elle reconnut un paysage

familier qui n'était autre que la plage de Biarritz, et même le maître nageur avec sa tignasse hirsute et son torse poilu qui faisait la chasse aux imprudents qui s'aventuraient trop loin.

Fut-ce un coup de sifflet strident qui la réveilla ? Elle prit conscience de sa gorge sèche, des draps chiffonnés enroulés autour d'elle, de l'oreiller tombé à terre. Comme si le lit avait été le théâtre d'un combat.

Encore ahurie, elle se leva et ouvrit les volets pour laisser entrer le soleil. Les miasmes de la nuit se dissipèrent, sans pour autant dissiper l'angoisse : pourvu qu'il ne soit rien arrivé à Thierry...

Ils n'avaient pu se rencontrer lorsqu'il était venu en permission le mois précédent : la lettre où il la prévenait de son arrivée avait mis plus d'une semaine à lui parvenir et elle ne l'avait trouvée qu'à son retour de Sarranches où elle avait été le temps de Pâques avec sa mère, Charlotte, plus morose et renfermée que jamais, Olivier et son ami Laurent qu'on lui avait permis d'inviter. Les promenades matinales avec son grand-père dans la fraîcheur ensoleillée d'avril, sur les deux seuls chevaux laissés par le service de réquisition furent le seul agrément de ce séjour.

En fin d'après-midi, Jeanne contraignait sa famille à l'accompagner à l'église de Sarranches où chaque soir, on récitait le rosaire et les litanies à la Vierge afin de conjurer le sort qui menaçait le pays. Beaucoup de villageois y assistaient, surtout des femmes et des enfants, et quelques hommes n'hésitaient pas à interrompre leur travail pour participer à ces prières.

Depuis l'automne, Thierry lui écrivait régulièrement, deux ou trois fois par mois. Ses lettres, qu'Angela ouvrait le cœur battant, souvent pleines d'humour pour décrire les aléas de la vie militaire quotidienne, étaient d'une correction parfaite... et désespérante : la destinatrice aurait pu les montrer à sa mère si cette dernière le lui avait demandé... Angela répondait sur le même ton.

Et depuis trois semaines aujourd'hui elle n'avait reçu aucun courrier...

La drôle de guerre

Elle se passa de l'eau sur le visage et se donna un coup de peigne. Au moment de mettre l'élégante robe de chambre de soie rouge que son père lui avait offerte pour Noël et d'aller prendre son petit déjeuner, elle perçut une agitation inhabituelle dans la maison à cette heure matinale. Du poste de radio du salon, branché à la puissance maximum, parvenait un discours, proféré par une voix qui maîtrisait mal son émotion. Angela trouva ses parents entourant le poste, debout, comme s'ils allaient mieux entendre :

Gilbert se redressa très pâle.

— L'offensive allemande a commencé... La Belgique, les Pays-Bas et le Luxembourg sont envahis...

LA DÉBÂCLE

Laurence jugeait inutile de réconforter sa mère : depuis l'invasion allemande et le début des combats, elle s'attendait à apprendre la mort de ses deux fils. Ou, dans le meilleur des cas, qu'ils avaient été victimes de graves blessures. Comment oublier la vision de Jacques sur son lit d'hôpital, l'expression douloureuse et désespérée de son visage, un visage qui n'appartenait plus à son frère, après l'amputation de son bras droit au-dessus du coude. Olivia essayait en vain, elle le sentait, de transmettre à sa fille cette image pathétique. Elle se torturait à la pensée qu'une telle épreuve pût frapper Marc ou Gabriel...

Malgré la gentillesse et la bonne volonté dont elle faisait preuve, Laurence à son âge ne pouvait se mettre au diapason. Elle n'avait pas l'expérience d'une guerre et des souffrances qu'elle entraînait, tant de destins à jamais brisés... Elle l'apprendrait bien assez tôt, se disait Olivia.

Elle pensait aussi à Augustin blessé, remis sur pied grâce à ses bons soins et, elle n'en doutait pas, grâce à l'amour qu'elle lui avait donné. Le dernier souvenir qu'elle conservait de lui, un peu estompé par les années, était celui d'un homme en uniforme de sous-lieutenant, décoré de la croix de guerre avec palmes, debout sur un quai de gare et qui la serrait avec ardeur dans ses bras en lui disant : « Dès mon retour, nous nous

Sarranches

marierons, mon amour : tu es majeure, nous nous passerons du consentement de tes parents s'ils nous le refusent. » Elle sentait encore le frôlement de sa moustache sur sa joue...

Peu de temps après, Augustin était revenu dans un cercueil...

Comment imaginer que cette guerre serait différente, – elle ne pouvait être encore que plus meurtrière avec toutes ces nouvelles armes mises au point par la fureur destructrice des hommes – et que ses fils seraient miraculeusement épargnés ?

Sa famille ne lui apportait aucun réconfort... Gilbert, d'ordinaire attentif et affectueux, était si occupé qu'il en devenait invisible. Et d'Inès, elle ne pouvait rien attendre : un monde les séparait... Même si Olivia devait reconnaître que sa belle-sœur avait toujours fait preuve de bonté à son endroit. Etait-ce sa faute si elle y voyait parfois de la condescendance ?

Et depuis la dernière discussion qui l'avait opposée à son père à propos de Marc, elle se rendait le moins possible rue du Bac, préférant rester calfeutrée chez elle, écoutant les nouvelles cinq fois par jour, cherchant à détecter la vérité au travers des communiqués qui se voulaient apaisants, essayant de localiser les combats auxquels participaient ses fils, emportés dans cette affreuse mêlée, peut-être déjà massacrés.

Certains jours, elle se berçait d'illusions, ajoutant foi aux voix lénifiantes, qui assuraient contre toute évidence que, dotée de la meilleure armée du monde, la France allait résister, et nos troupes contre-attaquer victorieusement...

Et pourtant, le front s'étendait déjà sur 400 kilomètres de la Moselle au Zuiderzee, on se battait sur la Meuse, l'armée hollandaise avait déposé les armes et les blindés allemands avaient pénétré à l'intérieur « du dispositif des forces françaises établies au nord de Sedan ».

Paul Reynaud accusait l'incompétence du général Corap et de la IXe armée qu'il commandait dont les divisions avaient été dissoutes et les éléments versés dans d'autres corps.

Germain avait vieilli presque subitement. Epargné longtemps par les atteintes de l'âge – dont les effets se répercutaient sur l'audition, la démarche et l'humeur − et injustement, pensait souvent Jeanne avec quelque dépit −, il accusait maintenant ses soixante-quatorze ans. Jeanne savait que les événements n'étaient pas la seule cause de ce *décrépissement* ainsi qu'elle se plaisait à l'appeler lorsqu'elle se sentait acrimonieuse à l'endroit de son mari.

En cherchant de l'argent dans le secrétaire de Germain pour régler le livre de comptes du chef, elle avait trouvé une enveloppe à son adresse et ouverte. Après une brève hésitation, elle en avait pris connaissance : il s'agissait d'une lettre de rupture de celle qui était sans doute la dernière maîtresse de Germain. Le simple Y de la signature fut transparent pour Jeanne. Sans ambages, Yolande avisait Germain de la fin de leurs relations, l'assurait de son amitié mais lui demandait de ne pas chercher à la revoir.

Cette lettre, source de la morosité de son destinataire, eût dû enchanter Jeanne : il n'en fut rien. Il y avait longtemps que les frasques de son époux la laissaient indifférente... Du moins en était-elle persuadée.

Mais, du fait de la guerre, elle eut une révélation qui la bouleversa.

Un dimanche après-midi où elle répondait elle-même au téléphone, l'appel d'une femme qui demandait à parler à M. Sénéchal, l'intrigua. Elle avait l'air hors d'elle, en proie à une si vive émotion, qu'on avait peine à la comprendre. Se faisant passer pour la femme de chambre, Jeanne répondit qu'il était sorti et proposa de transmettre un message. La voix bouleversée de son interlocutrice haleta :

− S'il vous plaît dites-lui qu'Alain a été blessé... grièvement blessé...

− Alain qui ? s'enquit Jeanne étonnée.

− Oh ! il comprendra ! Dites-lui dès son retour, je vous en prie ! C'est terriblement important !

− Je n'y manquerai pas, assura-t-elle. De la part de qui ?

On avait déjà raccroché.

Jeanne demeura songeuse : cette voix inconnue, sans être vraiment vulgaire n'était pas celle d'une femme du monde, elle en était certaine. Mais qui pouvait être cet Alain dont le sort intéressait tant Germain? Grièvement blessé, il devait donc s'agir d'un jeune homme en âge de se battre...

Lui revint en mémoire l'époque — qui se situait dans les derniers mois de la guerre de 14-18 — qui avait précédé de peu la mort de Jacques, où les absences de Germain étaient de plus en plus fréquentes. Jeanne avait appris par la rumeur qu'il avait une liaison avec une petite actrice des boulevards qui s'appelait... Elle avait dû jouer deux ou trois fois, de tout petits rôles, ce qui avait suffi à retenir l'attention de Germain à défaut de celle du public. C'est alors aussi que Germain lui avait offert cette magnifique émeraude presque jamais portée qui aurait ravi la femme la plus gâtée. Elle retrouva le nom de la dame en question : Florence Marley.

Cet Alain était peut-être son fils... Etait-il possible qu'il fût aussi... celui de Germain? Les dates concordaient...

A son retour, elle lui ferait part du message. Elle eût trouvé indigne de ne pas transmettre cet appel au secours. Mais deux possibilités s'offraient à elle : déposer sur son bureau un mot, qu'elle ferait écrire par Françoise. Germain ignorerait alors qu'elle avait reçu la communication ce qui éviterait toute explication. Ou bien si elle voulait savoir, elle parlerait elle-même à Germain le contraignant à tout lui dire sur cet Alain.

Elle choisit cette solution. Avant le dîner, elle dit simplement à Germain :

— Une dame qui n'a pas voulu donner son nom a appelé pour vous annoncer qu'un certain Alain était blessé.

— Alain? Mon Dieu...

Jeanne lut de la détresse dans son regard. Une détresse identique à celle qui l'avait marqué lors de la mort de Jacques. Elle s'étonna du sentiment de pitié qui l'envahissait à la vue de tant de chagrin sur ce vieux visage défait : pour Germain, manifestement en proie à une vive émotion, pour elle qui avait tant souffert ou pour cette femme affolée qui craignait de perdre elle aussi son fils dans une autre guerre?

— Eh bien! téléphonez pour avoir des nouvelles, dit-elle. Qu'est-ce que vous attendez?

La débâcle

Lors d'une réception – modeste étant donné les circonstances – qu'offraient les Mayer pour leur anniversaire de mariage et à laquelle étaient conviés les membres de la famille Sénéchal et quelques rares amis du couple, Charlotte avait rencontré Célia Darmont. S'ennuyant toutes deux dans cette assemblée de gens âgés, elles avaient sympathisé et après quelques verres de champagne, Célia avait proposé à Charlotte de l'accompagner pour un petit dîner impromptu chez des amis.

N'ayant aucun projet, Charlotte accepta d'enthousiasme et s'était bientôt retrouvée dans un luxueux appartement de Neuilly où l'atmosphère était bien différente de celle du genre compassé, toujours de mise chez les Mayer.

Il était évident que le maître de maison, quinquagénaire jovial, était l'amant de Célia. Malgré les talents de son tailleur, une bedaine apparaissait sous le veston. Il accueillit chaleureusement la nouvelle amie de Célia et lui présenta diverses personnes dont Georges Merville, qui d'emblée lui fit la cour.

Bruno ne lui faisait plus de compliments depuis si longtemps : serait-elle sortie en chemise de nuit, qu'il ne s'en serait même pas aperçu. Tandis que ce Georges, bel homme au regard de prédateur, la détaillait avec complaisance et lui faisait rapidement comprendre qu'il la jugeait désirable. La sensation délicieuse de plaire et quelques verres suffirent à griser Charlotte. Elle ne se rendit pas compte du milieu dans lequel Célia l'avait entraînée : celui de son amie Armelle de Rivière, en compagnie de laquelle elle avait participé à une croisière dans les îles grecques l'année précédente, celle-là même qui entretenait des *rapports coupables* avec son cousin Marc de Préville. Charlotte avait entendu son grand-père en parler à ses parents, lors d'un déjeuner rue du Bac.

Autrefois bien entendu, Germain se serait bien gardé de tels propos devant Charlotte. Ayant accédé à la dignité de femme mariée, elle n'était plus tenue à l'écart, comme c'était encore le cas pour Angela et Laurence, supposées innocentes, lorsqu'on abordait des sujets scabreux.

Malgré l'euphorie qu'elle éprouvait, assise sur un grand

Sarranches

canapé à fleurs assez près de Georges Merville pour qu'il eût déjà passé un bras autour de son épaule, Charlotte était encore assez lucide pour s'étonner du climat particulier de cette petite assemblée d'une douzaine de personnes, qui semblait tout ignorer de la guerre.

Chez les Mayer, les invités réunis examinaient une grande carte du nord de la France, de la Belgique et du Luxembourg et certains, respectueusement écoutés par les épouses, avaient donné leur avis sur la position des diverses armées en présence figurées par de petits drapeaux plantés sur une épingle. On ne parlait guère que des hostilités. Et Germain, Mayer, Deschars, les anciens combattants de 14, revivant leur guerre, assuraient que les Ardennes constitueraient un obstacle insurmontable aux panzers de von Rundstedt, et comparaient les manœuvres ordonnées par Gamelin à celles de Pétain, de Joffre, de Mangin ou de Galliéni.

A quoi tenait donc cette atmosphère si éloignée de celle qui régnait dans le salon sombre et désuet des Mayer? A la couleur beige rosé de l'appartement, à la décoration moderne? A un éclairage savant qui, tout en mettant en valeur les tableaux dont le choix révélait le goût éclectique du maître de maison, – Van Dongen, Jacques-Emile Blanche, Klee – ménageait des zones d'intimité propices aux confidences? Ici, on conversait gaiement tandis qu'un maître d'hôtel passait de délicieux canapés au saumon et au caviar... Deux invités d'une trentaine d'années auraient été d'âge à combattre. L'un d'eux portait des lunettes : peut-être sa mauvaise vue l'avait-elle fait réformer? Myope, Gabriel était bien parti... Quant au second, dont les cheveux blonds platine coiffés en arrière soulignaient un teint déjà bronzé en ce mois de mai, sa santé paraissait florissante...

Célia évoluait parmi les invités dans une robe de Molyneux bleu nuit mise en valeur par un collier de saphirs et de brillants et jouait le rôle de maîtresse de maison, avec une aisance qui impliquait une longue pratique. Par quel hasard s'était-elle trouvée chez les Mayer?

Ce n'est qu'en fin de soirée que le nom d'Armelle de Rivière fut prononcé. Aussitôt, Charlotte tendit l'oreille :

La débâcle

— Elle est toujours folle de son Marc? demanda quelqu'un.
— Vous savez bien qu'elle aime la chair fraîche. Ça la change de son ordinaire, répondit en riant le maître de maison qui, lui aussi, avait participé à la croisière. Mais elle devrait se méfier : à trop brûler la chandelle, elle commence à être tapée.
— De toute façon, je crains que ces temps-ci, elle n'ait plus guère de jeunots à mettre dans son lit. Enfin, le petit Préville en aura bien profité, conclut le binoclard : il doit avoir la vie moins agréable à l'armée!

Charlotte se félicita que leurs patronymes différents interdisent tout rapprochement entre elle et son cousin germain.

Il lui apparut qu'elle ne connaissait pas le Marc dont on parlait, gigolo de bonne famille, dont le père s'était suicidé et qui se laissait entretenir par une femme plus âgée : depuis son mariage, elle ne l'avait vu qu'à l'occasion des réunions de famille et plus du tout depuis son départ à l'armée.

Autrefois, lors des vacances à Sarranches, ils avaient été assez proches, même complices. Un été, (elle devait avoir seize ans et lui quinze mais il avait déjà l'air d'un jeune homme) elle s'était même crue amoureuse de lui : ils s'étaient embrassés au clair de lune... L'été d'après, elle s'était amourachée d'un professeur de tennis et lui ne pensait plus à elle. N'empêche qu'elle s'était toujours mieux entendue avec lui qu'avec ce raseur de Gabriel, qui n'émergeait de ses livres que pour se prendre au sérieux.

— Vous verrez, disait-il avec un aplomb incroyable, un jour je serai célèbre.

Ce destin lui paraissait évident sans qu'il en livrât la recette et tous se moquaient de lui, Charlotte la première.

Maintenant Marc avait échappé à l'emprise de la famille pour vivre comme il l'entendait... Même s'il se *conduisait mal* pendant quelque temps, il ne ferait que jeter sa gourme comme on disait. De la part des garçons, un tel comportement, même si on le déplorait, était tacitement admis. Il en allait autrement pour les filles qui devaient toujours éviter de faire parler d'elles. Sinon, on les critiquait sans pitié.

Charlotte se dit qu'en cas d'aventure avec Georges Merville, elle devrait être très prudente. On la jugerait d'autant plus sévèrement que son mari était au front... Elle hésitait à sauter le pas...

Lors de sa dernière permission, elle avait été frappée par sa froideur... Une sorte de distance s'était instaurée entre eux. En arrivant – elle était allée le chercher à la gare – il l'avait embrassée machinalement, l'avait prise un instant dans ses bras... A leurs côtés, d'autres permissionnaires se précipitaient vers les femmes venues les attendre, les enlaçant avec tendresse et certains pleuraient de bonheur...

Dans le taxi qui les ramenait chez eux, il n'avait parlé que du bain chaud qu'il allait prendre sans manifester le moindre intérêt pour les faits et gestes qui avaient ponctué la vie de son épouse depuis la dernière permission. Elle-même, à vrai dire, n'était guère curieuse de sa vie quotidienne à l'armée. En tête-à-tête, ils n'avaient pas trouvé grand-chose à se dire. Heureusement, elle avait eu l'idée de mettre au frais une bouteille de champagne qu'installé dans son fauteuil et habillé en civil, Bruno parut boire avec satisfaction.

Au dîner chez ses beaux-parents, auquel assistaient naturellement Angela et Olivier, il s'était montré plus bavard, répondant volontiers aux nombreuses questions de son jeune beau-frère sur les tanks et les chars d'assaut.

Au retour, il s'était endormi comme une masse. Charlotte qui avait revêtu une nouvelle chemise de nuit de satin noir ornée de dentelles, en fut pour ses frais. Vexée du peu d'attention qu'il lui accordait, elle s'était assoupie en remâchant un dépit qu'elle se garda bien d'exprimer.

Désormais, il lui fallait voir la réalité : à vingt-deux ans, après moins de trois ans de mariage, pour quelque obscure raison qu'elle ne s'expliquait pas, car elle ne se sentait coupable jusqu'à présent d'aucune action répréhensible, elle était totalement délaissée.

Aussi, lorsque après l'avoir raccompagnée, Georges Merville lui baisa la main avec ferveur et manifesta le souhait de la revoir, elle fut d'accord pour un rendez-vous le surlendemain. Au moins passerait-elle une bonne soirée : il lui parlerait d'autre chose que de la guerre.

La débâcle

Gabriel et plusieurs de ses camarades s'apprêtaient à partir en permission lorsque le 10 mai, ils furent surpris par l'attaque conjointe des Stukas et des blindés. Gabriel eut l'impression fâcheuse que d'une certaine manière, leurs chefs l'étaient aussi.

Appartenant à une division d'infanterie, Gabriel se trouvait du côté de la Meuse : le 12 mai, les ponts avaient tous été détruits pour stopper l'avance allemande à l'exception de celui de Mézières, qui permettait la retraite des unités de cavalerie. Les marches succédaient aux marches, généralement la nuit, pour échapper aux bombardements. Chargés par leur matériel, les soldats se traînaient : les camions, que Gabriel avait pourtant appris à conduire, étaient réservés à l'avant-garde.

Tout en avançant, tantôt sur les routes, tantôt sur des chemins, les épaules sciées par le sac, le fusil, le bidon ballottant, pendu à la ceinture, Gabriel était conscient de l'incurie, du manque d'organisation qui prévalaient dans cette armée : bien que leurs supérieurs n'en disent rien, il devinait que le commandement avait perdu le contrôle de la situation, et que la déroute ne tarderait pas.

Ses camarades étaient eux aussi démoralisés : ils avaient l'impression de s'être à peine battus, contre des forces beaucoup plus considérables et dénonçaient le manque total de coordination.

Et les attaques incessantes de la Luftwaffe qui les faisaient se précipiter dans le premier fossé venu, la vue de ces bombes à ailettes accrochées sous les ailes des Stukas, qui dégringolaient avec un sifflement qui perçait les oreilles, leur fracas terrifiant lorsqu'elles éclataient, parfois si près qu'ils sentaient le souffle de la déflagration, celui des mitrailleuses qui leur répondaient, ajoutaient à leur désarroi.

Tapi aux côtés de Philippe de Maistre dans un abri de fortune, tandis que des avions en feu tournoyaient dans le ciel, le noircissant d'une épaisse fumée qui ne tardait pas à se mêler à celle qui montait du sol, Gabriel évaluait à une chance sur cent de revenir vivant de ces combats. Ils avaient transformé en vision d'enfer la verdoyante campagne française, si paisible

Sarranches

encore quelques jours auparavant, déchiquetant les arbres en fleurs, exhalant la puanteur des cadavres de vaches, de veaux et de moutons qui se décomposaient à la chaleur de mai parmi le bourdonnement des mouches.

Il préférait ne pas penser aux autres cadavres...

Dépassés par cette tourmente, conscients d'être abandonnés, certains hommes pleuraient : Gabriel les aurait volontiers imité. Seul l'orgueil le retenait.

Pour combien de temps?

Pendant ce temps, des cohortes de Belges ployant sous les valises et les paquets, déferlaient sur le nord de la France, à pied, en bicyclette, en charrette ou en auto pour les plus chanceux, semant la panique dans les villages à cause de leurs récits : à Tirlemont, les avions avaient bombardé sans relâche les convois civils qui se trouvaient dans la gare, puis mitraillé les voyageurs qui tentaient de sortir des trains, les Allemands brûlant tout sur leur passage comme les sauvages qu'ils étaient. Les bombes incendiaires transformaient les victimes en torches vivantes, les bombardements sur Maubeuge, sur Cambrai, alors qu'administrations désertées et fils téléphoniques coupés ajoutaient à la confusion générale. Marc qui se trouvait du côté de Saint-Omer, en proie aux attaques des blindés de Guderian qui venaient de Sedan, avait entendu dire par son colonel, que Weygand remplaçait Gamelin limogé, et que Pétain venait d'être nommé vice-président du Conseil.

Ces nominations allaient-elles influer sur la situation dramatique de l'armée du Nord, toutes communications coupées, sauf par Dunkerque et Ostende, privée du soutien des Belges qui avaient capitulé, encerclée par d'innombrables divisions allemandes, alors même que deux divisions britanniques avaient été retirées brusquement de la région d'Arras?

Marc se battait sans relâche depuis des jours. Exténué par la retraite, il essayait de survivre sous les bombardements allemands dans une ville en flammes dont le port ravagé avait été, autrefois, Dunkerque. Les Anglais commençaient à évacuer leurs troupes dans une mêlée où Marc et ses compatriotes n'étaient pas toujours les bienvenus. Bien résolu à échapper au piège qui se refermait inexorablement, il voulait à tout prix éviter d'être fait prisonnier. Avec l'un de ses camarades, il réussit à se hisser sur une barcasse de pêche qui ne lui inspirait guère confiance pour traverser la Manche, dont le seul atout était de l'éloigner de ce lieu maudit où les morts et les blessés gisaient, abandonnés.

Au cours d'une navigation incertaine et dangereuse, ils croisèrent plusieurs bateaux qui avaient sombré, et en virent d'autres, cibles de l'aviation, prendre feu avant de s'abîmer dans les flots. Les hommes se jetaient à l'eau en hurlant et essayaient de monter sur d'autres embarcations déjà surchargées. Ceux qui avaient eu la bonne fortune d'y trouver une place, les repoussaient sans ménagement. Ce spectacle d'apocalypse, ces bras qui se tendaient en vain vers le salut, bouleversèrent Marc : il n'aurait jamais imaginé pareil désastre, la brutalité et la sauvagerie qui en découlaient. Quand il en parla à son camarade, ce dernier, cynique, haussa les épaules :

– Que veux-tu, c'est eux ou nous. Tu vois bien que nous flottons à peine et qu'il suffirait d'une vague un peu forte pour nous faire tous couler.

C'était exact. Tandis que les rivages de son pays s'évanouissaient, noyés dans la fumée des explosions, il se dit qu'il y avait plus malheureux que lui : vivant, sans la moindre blessure, il allait se retrouver libre en Angleterre.

L'avenir l'angoissait, et surtout l'accueil des Anglais après les scènes auxquelles il avait assisté. Mais il parlait leur langue convenablement, il pourrait toujours servir d'interprète. D'un naturel optimiste, Marc pensait qu'il s'en tirerait quoi qu'il arrive.

En débarquant, les Français dont la plupart avait réussi à conserver leurs armes individuelles furent reçus avec plus de chaleur et dans un moins grand désordre que Marc ne le redoutait, par les volontaires de la Défense civile qui leur distribuèrent des vivres. Puis, ils furent dirigés vers des casernes ou des camps d'hébergement.

Dès la nuit suivante, Marc reconnut le fracas désormais

familier des bombardements. Des appareils de la Luftwaffe lâchèrent des bombes explosives et incendiaires sur le Norfolk, le Yorkshire et sur les aérodromes de la RAF... La DCA riposta avec une vigueur qui symbolisait la détermination britannique à échapper au sort de leur malheureux voisin...

En apprenant que le gouvernement quittait Paris et que l'Italie entrait en guerre aux côtés de l'Allemagne, Gilbert et Inès furent accablés. On savait l'ennemi aux portes de Paris : fallait-il fuir la capitale et participer à cet exode qui la vidait en se mêlant au flot de réfugiés qui traversaient la France du nord au sud? Pour aller où? Et puis comment... où trouver suffisamment d'essence pour l'Hispano-Suiza qui consommait au moins vingt litres aux cent kilomètres... Et les trains ne roulaient plus; d'ailleurs, ceux qui marchaient encore étaient souvent bombardés : il était pratiquement impossible de circuler...

Toujours hésitant, Gilbert se refusait à abandonner ses parents. Encore fallait-il que ces derniers consentissent à partir pour partager le refuge de la villa de Biarritz, il serait encore plus difficile de trouver de l'essence pour une seconde voiture... Charlotte, Olivia et Laurence ne pouvaient rester seules, privées du soutien des hommes de la famille...

Une réunion se tint rue du Bac au cours de laquelle ses membres restants se concertèrent. Germain se déclara fermement contre l'abandon de Sarranches au pillage et il n'était pas question à son âge et à celui de Jeanne, de partir à l'aventure sur des routes encombrées, mitraillées par la Luftwaffe, en emportant l'argenterie et les tableaux – lesquels d'ailleurs? Quitte à mourir, ils mourraient chez eux. Quant aux enfants, ils feraient ce que bon leur semblerait.

Pour une fois, Jeanne était en parfait accord avec son mari bien qu'elle se doutât que le sort de Florence Marley et de cet Alain avait pu inspirer cette détermination.

A propos de l'appel de téléphone, Germain avait admis que si sa liaison était bel et bien terminée, il n'avait pas cessé de voir Florence Marley, ajoutant qu'Alain était son fils, un fils

La débâcle

dont il était fier et qu'il pourvoyait à ses besoins et en partie, à ceux de sa mère. Jeanne ne manifestant aucune aigreur, et même une certaine curiosité, il lui apprit que le jeune homme avait reçu un éclat d'obus dans la hanche et qu'il demeurerait sans doute handicapé.

— Comme Jacques... ajouta Jeanne d'un air songeur. Au fond, pour vous, Alain a remplacé Jacques...

— Oh! non! s'exclama Germain, quelle idée! Alain est à peine plus âgé que Marc et Gabriel!

— Marc...

— Je vais peut-être vous choquer, mais je regrette qu'Alain ne soit pas notre petit-fils...

— Que fait-il?

— Il terminait ses études de vétérinaire à Maisons-Alfort. Dans deux ans, il aurait pu commencer à exercer...

La famille Sénéchal campa donc sur ses positions et demeura stoïquement dans une ville quasi déserte, pendant que deux millions de Parisiens s'enfuyaient pour passer la Loire qui leur paraissait constituer une frontière sûre avec l'ennemi. Plus sûre en tout cas, que la ligne Maginot...

— Les Boches franchiront la Loire comme ils ont franchi la Somme et la Meuse, dit Germain qui n'avait plus d'illusions.

Les événements allaient hélas lui donner raison.

Le 17 juin, le maréchal Pétain qui avait succédé à Paul Reynaud, demanda l'armistice.

Par la voix de Churchill, l'Angleterre annonça qu'elle poursuivait le combat.

Olivia se désespérait d'être sans nouvelles des jumeaux, perdus dans la tourmente qui emportait la France... La dernière carte de Gabriel avait été postée le 6 mai : il annonçait sa venue en permission pour la semaine suivante. Marc, correspondant peu assidu, n'avait pas donné signe de vie depuis fin avril. En pensant à Bruno qui n'avait pas écrit depuis son dernier passage et dont elle ignorait le sort, Charlotte commençait à se sentir mal à l'aise à l'idée d'avoir si facilement cédé à Georges Merville : lors de leur seconde rencontre. Grisée par des attentions dont elle avait perdu l'habitude. Et aussi par les deux cocktails précédant un dîner dans un restaurant très élégant, lui-même arrosé d'un capiteux bourgogne, Charlotte avait accepté de prendre un dernier verre chez Georges. Elle n'était pas encore décidée à sauter le pas même si elle le trouvait séduisant et charmeur. Cet homme à femmes accompli avait eu l'habileté de ne pas presser sa future conquête et d'accompagner d'un peu de romantisme, fût-il de pacotille, ce qui, pour lui, n'était après tout qu'une coucherie de plus. Cet artifice éculé suffit à persuader Charlotte que Georges éprouvait pour elle un peu plus qu'un désir éphémère : elle conçut l'espoir qu'il ne s'agirait pas d'une simple passade, d'une vulgaire aventure.

Dans le lit de Georges, elle avait connu un certain plaisir. Celui d'avoir été courtisée et d'avoir un amant ? Ou une réelle jouissance physique, du moins telle qu'elle s'en faisait l'idée ? Etait-elle d'ailleurs capable d'éprouver les sensations exaltantes suggérées ou complaisamment décrites dans les romans dont elle faisait son ordinaire, comme ceux de Maurice Dekobra et de Marcel Prévost ? Certainement pas ! A en croire ces écrivains, les héroïnes perdaient quasiment conscience dans les bras des hommes qui les possédaient tant leurs sensations étaient intenses.

Sa sœur Angela elle, s'inquiétait pour Thierry Masson : elle n'avait reçu aucun courrier depuis six semaines. S'il lui arrivait malheur, s'il était blessé, fait prisonnier, personne ne l'en informerait. Leur seule relation commune était Béatrice Lemoine, chez laquelle ils s'étaient rencontrés, deux ans auparavant.

Angela s'était décidée à l'appeler, et même à diverses reprises : mais personne n'avait répondu. Dieu seul savait où se trouvaient les Lemoine à l'heure qu'il était : errant sur les routes, partis pour l'Espagne où une de leurs filles était mariée, réfugiés chez des amis...

Laurence se désolait pour ses examens : elle avait travaillé d'arrache-pied depuis le mois d'octobre. Elle avait l'impression d'être fin prête pour se présenter. Mais dans le désordre actuel, les dates prévues seraient reportées...

L'OCCUPATION

La signature d'un armistice humiliant en 24 articles, assorti de clauses économiques très dures, mettait la France hors d'état de poursuivre le combat.

Dès le 25 juin, une ligne de démarcation coupait le pays en deux. Elle partait de Saint-Jean-Pied-de-Port, passait par Mont-de-Marsan, Angoulême, l'est de Tours, puis Vierzon, Moulins, Paray-le-Monial, Chalon et Dôle. L'Alsace et la Lorraine se voyaient purement annexées.

En juillet, l'ordre nouveau était instauré. Se sabordant, le Parlement avait accepté à l'instigation de Pierre Laval, de voter le principe de la révision constitutionnelle. Les défaillances d'une classe politique qui, effrayée par le souvenir de 1936 et décidée à prendre sa revanche, s'était ralliée avec un empressement suspect, avaient permis la création de l'Etat français, installé à Vichy, à la tête duquel se trouvait un vieillard ambitieux, qui s'était couvert de gloire autrefois, le maréchal Pétain.

La IIIe République présidée par l'anglophile Albert Lebrun était morte.

A l'entrée des Allemands dans Paris, Olivier avait été d'abord ahuri puis terrifié de voir ses parents éclater en sanglots, imités par Angela. Le spectacle d'adultes incapables de maîtriser leur désespoir devait le marquer à jamais. Une évidence s'imposa à lui : le monde protégé dans lequel il avait vécu jusqu'à présent, venait de s'écrouler. Désormais, l'ennemi, cet ennemi qui avait été le plus fort et avait vaincu les Français, s'était installé au cœur de la ville et du pays. Il y ferait régner la terreur.

Ces hommes en uniformes verts ou noirs, jeunes pour la plupart, souvent beaux, l'air sportif qui faisaient claquer leurs bottes avec arrogance sur l'asphalte des Champs-Elysées lors de défilés quotidiens au son d'une musique étrange, semblaient issus d'un autre univers.

Son père lui avait dit :

— Tu ne regardes pas les Allemands, tu ne leur parles pas, tu fais comme s'ils n'existaient pas.

Il avait ajouté avec une sorte de haine dans le ton qu'Olivier ne lui connaissait pas :

— Ils ne seront pas là toujours, quoi qu'ils prétendent...

Et puis, la vie avait repris : Paris avait retrouvé partiellement ses habitants, mais d'autres se heurtaient à l'impossibilité de circuler : voies ferrées inutilisables, gares détruites, ponts effondrés... De toute façon, priorité était donnée aux convois allemands. L'essence était introuvable. Un couvre-feu était instauré de dix heures à cinq heures du matin. Des étendards rouges à croix gammée flottaient dans toute la capitale.

Paris n'était plus Paris.

Fin août, Olivia désormais vêtue de sombre, pleurant chaque soir avant de s'endormir, persuadée qu'elle était de ne jamais revoir ses fils, reçut enfin des nouvelles de Gabriel : blessé superficiellement, fait prisonnier, il était détenu dans un camp en Prusse-Orientale. De le savoir en compagnie d'un ami puisque Philippe de Maistre partageait une captivité dont Olivia pensait qu'elle serait brève, l'avait réconfortée. Elle espérait bien le revoir à la fin de l'année. D'ici là elle s'emploierait à adoucir sa détention par l'envoi de colis substantiels autant qu'elle le pourrait : mais depuis l'instauration du rationnement le 17 septembre, il devenait difficile de se procurer certaines denrées. Heureusement, grâce aux fermes de Sarranches, on ne manquait pas encore de produits frais.

Un jour, le téléphone sonna chez les Préville, en l'absence d'Olivia. A Laurence qui avait décroché, une voix inconnue annonça que Marc était en bonne santé et se trouvait en Angleterre.

— Quand revient-il? s'enquit Laurence.
— Pas pour l'instant. Y a-t-il un message à lui transmettre?
— Dites-lui que tout le monde va bien et que nous nous sommes beaucoup inquiétés à son sujet. Qu'il donne vite de ses nouvelles...
— Cela ne sera peut-être pas possible dans l'immédiat. Mais ne vous tourmentez pas.

L'interlocuteur qui semblait pressé raccrocha laissant Laurence rassurée mais perplexe : que faisait son frère en Angleterre? Elle avait entendu son oncle Gilbert parler d'un certain général de Gaulle autour duquel s'étaient réunis quelques Français : Marc était-il du nombre?

En apprenant que son autre fils était lui aussi vivant, Olivia téléphona aussitôt la bonne nouvelle aux Sénéchal qui se réjouirent avec elle.

— Tu aurais pu demander où il était, dit-elle dans la soirée à Laurence. A Londres sous les bombardements ou ailleurs?

Lors des informations, les speakers s'étendaient avec complaisance sur l'étendue des dégâts que les Heinkel 111 causaient à l'Angleterre et particulièrement à Londres où les bombes éventraient les immeubles, détruisaient une partie des docks, obligeant la population à vivre dans des caves ou à passer la nuit dans le métro.

Laurence haussa les épaules :
— Il n'a pas précisé.
— C'était un ami de Marc?
— Comment veux-tu que je sache? il n'a pas dit son nom. Ecoute, le principal, c'est qu'il soit en vie, non?

Laurence se demandait quel était le sort de son ami Harold Davis : pilote dans la RAF il devait se battre en première ligne. Lors des bombardements sur l'Allemagne, fin août, qui avaient semé la panique à Berlin, puisque Goering avait assuré que c'était impossible, combien d'avions avaient alors été abattus? Harold avait-il participé au raid qui avait atteint les usines Siemens? Qu'étaient devenus Fox Hall et Mrs Davis qui l'avait reçue avec tant de gentillesse à une époque qui paraissait désormais si lointaine et qui pourtant, ne remontait qu'à l'année précédente?

Finalement, la session de l'année préparatoire aux études de médecine avait été repoussée au mois de septembre et Laurence avait été reçue avec mention bien... Tout à la pensée du sort de ses fils, Olivia n'avait guère réagi à ce brillant résultat. Sans le manifester, Laurence fut dépitée de si peu compter aux yeux de sa mère : parce qu'elle préférait ses fils ou parce que les succès d'une fille n'avaient pas d'importance?

Germain lui témoigna de façon tangible sa satisfaction en précisant :

— Je te donne l'équivalent du prix du beau voyage que je t'aurais offert en temps ordinaire. Je sais que tu es raisonnable et que tu feras bon usage de cet argent que tu mérites bien. D'autant plus que, contrairement à tes cousines, tu n'auras pas de bal pour tes dix-huit ans... Mais je t'offrirai à Noël un beau bijou pour compenser.

Ce qui mit un peu de baume dans le cœur de Laurence alors qu'elle entamait sa première année de médecine. Elle ne se souciait pas d'être privée d'une grande et fastueuse réception comme celle qui avait été offerte pour Angela deux ans auparavant. Il lui importait davantage de se trouver sur les bancs de la faculté de médecine, de jouir d'une liberté presque totale et d'organiser à sa guise son emploi du temps. Elle trouvait aussi très exaltant de côtoyer ces camarades des deux sexes, de milieux et de mentalités divers, précieuse source d'enrichissement.

Clémence Hatier elle, avait arrêté ses études et elles se voyaient moins. D'ailleurs, au seuil de longues années de vie étudiante, Laurence aurait désormais peu de loisirs.

L'Occupation

Au moment de l'invasion, dans un moment d'égarement dû à l'affolement général, Alberta Calvet – elle avait repris son nom de jeune fille – s'était laissé persuader par un couple ami de les accompagner jusqu'à la frontière espagnole, d'où ils comptaient gagner Lisbonne et peut-être s'embarquer pour l'Amérique.

L'expédition avait vite tourné au cauchemar. Dormant sur la banquette arrière de la voiture de ses amis ou dans des abris inconfortables, elle trouvait à grand-peine à se nourrir et, comble de malheur, se fit voler tous ses bijoux. Aux environs de Bordeaux, n'en pouvant plus elle s'était séparée de ses amis. Eux, poursuivaient leur voyage : israélites, ils avaient de bonnes raisons de mettre la plus grande distance possible entre eux et ceux qui oppressaient leurs coreligionnaires en Allemagne et dans tous les pays conquis.

Alberta s'en voulait maintenant de cette décision irréfléchie, prise sous le coup de l'émotion à l'idée de voir Paris envahi par une armée ennemie... Ces quelques jours d'exode, où elle avait été le témoin de scènes incroyables et d'un désordre indescriptible dans un pays prétendument civilisé, lui avaient paru interminables. Elle reprenait ses esprits. Désormais, cette fuite car c'en était une, loin du refuge que constituait son confortable appartement parisien pour se rendre au-delà des mers, dans un pays inconnu dont elle pratiquait la langue de façon très incertaine et où elle ne possédait aucune relation susceptible de l'aider à son arrivée, et aucun moyen de subsister, lui apparaissait comme une aberration.

Réfugiée dans un Bordeaux surpeuplé – ne disait-on pas qu'il devait s'y trouver en ce moment près de 800 000 personnes! – où se trouvait le gouvernement et où ne cessaient d'affluer les réfugiés de toute provenance, dans l'impossibilité de trouver un gîte, même à prix d'or, Alberta avait dû se résigner à solliciter une cousine perdue de vue depuis des années : de mauvais gré, cette dernière lui avait offert une parcimonieuse hospitalité, dissimulant mal son impatience de voir déguerpir sa pensionnaire forcée, s'enquérant chaque jour de ses projets, pendant que Paul Reynaud se heurtait à Pétain et à

Sarranches

Weygand au sujet de l'armistice. Dès sa signature, terrifiée à l'idée d'être bloquée dans cette ville, en proie à l'hostilité de plus en plus marquée de sa parente, femme sèche et égoïste qui n'estimait pas que la guerre fût un motif suffisant pour déranger le cours de ses habitudes, Alberta décida de regagner la capitale.

Si s'éloigner de Paris avait été une entreprise difficile et périlleuse, hasardeuse, y revenir s'avéra encore plus ardu. Alberta mit une semaine pour y parvenir, grâce à son acharnement à monter dans des trains qui à la dernière minute ne partaient pas, prenaient une autre direction ; ou stoppaient de longues heures en rase campagne. On ne pouvait que supputer les raisons de ces arrêts prolongés et inquiétants au cours desquels les voyageurs partageaient leurs angoisses, leurs aigreurs, quelquefois un morceau de saucisson ou une lampée de vin et se livraient aux pires suppositions.

Sans compter la perte de son coffret à bijoux, ce voyage lui coûta, et bien plus que le prix d'un séjour dans la plus luxueuse suite de l'Hôtel de Paris à Monte-Carlo où elle avait pour habitude de séjourner au mois de septembre. Pour tout couronner, elle perdit – ou on lui vola – le restant de ses bagages à l'exception d'une petite trousse de toilette et de son sac à main. Parvenue à Paris, démunie, épuisée, elle était bien résolue à n'en plus bouger quoi qu'il advînt.

En écoutant le récit des mésaventures de sa sœur, même agrémenté d'un certain humour, Jeanne se félicita d'être restée rue du Bac. Elle estima aussi que les circonstances justifiaient désormais d'y accueillir officiellement Alberta et de ne plus la voir en cachette. C'est ainsi qu'un jour de juillet, bien qu'il ait été prévenu par Noël qui s'était permis de dire avec un sourire énigmatique : « Je crois que Monsieur aura une surprise en entrant au salon... » Germain découvrit sa belle-sœur qu'il n'avait pas revue depuis près de trente ans, assise dans la bergère de velours bleu et buvant du porto.

– J'ai demandé à Alberta de déjeuner avec nous, dit simplement Jeanne, comme s'il s'agissait de la chose la plus normale du monde.

L'Occupation

Germain ne sut que répondre :
— Vous avez bien fait... je crois que je prendrai volontiers un peu de porto moi aussi...

En ce début d'octobre qui avait vu la nomination d'Otto Abetz comme ambassadeur à Paris, on était toujours sans nouvelles de Bruno Lorrimond. Gilbert avait effectué des démarches auprès de la Croix-Rouge et de divers organismes, des recherches dans les hôpitaux — au cours de la Première Guerre, il avait connu des blessés à la tête devenus amnésiques — et dans tous les endroits où son gendre était susceptible de se trouver.

En tête-à-tête avec Inès, il s'étonnait du peu d'inquiétude, à la limite de l'indifférence, manifesté par leur fille concernant le sort de son mari : cette attitude lui paraissait inexplicable et presque indécente, même si les liens du ménage s'étaient distendus.

— Je me demande ce qu'elle fait le soir, dit Inès songeuse. Elle n'est presque jamais à la maison quand je téléphone.
— Pourquoi ne lui poses-tu pas la question ?
Inès sourit :
— Et toi-même ?
— C'est plus facile à une mère de parler à sa fille, lui répondit Gilbert.
— Elle est adulte, je ne veux pas avoir l'air d'interférer dans sa vie. Charlotte est si ombrageuse...
— Peut-être Angela sait-elle quelque chose ?
— Cela m'étonnerait...

Questionnée, Angela assura que sa sœur ne l'avait gratifiée d'aucune confidence. Elle lui avait seulement dit avoir rencontré de nouveaux amis plus distrayants que ceux qu'elle fréquentait auparavant et sortir souvent en leur compagnie.

Gilbert qui aimait tendrement son gendre, s'indigna :
— Songer à se distraire en ce moment, alors qu'on ne sait même pas ce qu'est devenu Bruno !

Angela hésita avant de murmurer :
— J'ai l'impression qu'elle ne l'aime plus beaucoup...

– Qu'est-ce qui te fait dire ça ?
– Je ne sais pas, c'est juste une impression...
Inès dut s'avouer que cette impression, elle la partageait depuis un certain temps...
Et puis un matin, amaigri et boitant, le regard changé, Bruno reparut. Fait prisonnier, il avait réussi à s'échapper un mois plus tard, lors du transport en Allemagne et s'était cassé la jambe au cours de sa fuite. Un forgeron et sa femme l'avaient recueilli et soigné. Immobilisé, il était demeuré caché chez eux un certain temps dans un petit hameau de l'Aisne, trop à l'écart des grandes routes pour intéresser les Allemands. Puis il avait dû attendre pour trouver un moyen de transport et regagner la capitale.
Ce qu'il ne dit pas, c'est qu'au cours de ces semaines de repos forcé, il avait fraternisé avec ses hôtes. Ces gens de cœur, qui ne possédaient pas grand-chose, l'avaient traité avec une gentillesse et une générosité qui l'avaient extraordinairement touché. Dans leur modeste demeure vivait aussi Marie, une sœur cadette, institutrice à la petite école du village voisin. Veuve deux ans à peine après le mariage, cette jeune femme élevait seule son fils Adrien, âgé de cinq ans. Au fil des jours, une intimité s'était créée entre Bruno et cette famille : il s'était senti bien chez eux, plus à son aise qu'il ne l'avait jamais été dans son foyer. Au cours de ces mois d'août et de septembre passés à la campagne, à mesure que ses forces et l'usage de sa jambe lui revenaient, il s'était intéressé au travail de son hôte et avait fait de longues promenades en compagnie de Marie. Il apprenait à apprécier la finesse, la simplicité, le courage et la dignité dont elle avait fait preuve après son veuvage. Eloigné d'un travail qui l'absorbait, il avait mesuré tout à loisir le vide de l'esprit de Charlotte et la sécheresse de son cœur, en même temps que la frivolité de l'existence qu'elle lui faisait mener, et le peu d'intérêt des relations qu'elle lui imposait lui était apparu ; un sentiment de révolte s'empara de lui contre un mode de vie qu'il reniait et qui ne le rendait pas heureux.
En quittant les Barnier et Marie, promettant de revenir les voir dès qu'il le pourrait, Bruno avait conscience des méta-

morphoses qui s'étaient opéreés en lui. Il était bien décidé à divorcer le plus rapidement possible. Il prendrait tous les torts à sa charge : quelle *faute* reprocher à Charlotte, sinon celle d'être ce qu'elle était?

L'accueil chaleureux de ses beaux-parents, la joie et le soulagement qu'ils manifestèrent de le voir sain et sauf, sans ébranler sa décision, lui firent admettre qu'il ne pouvait pas la précipiter comme il l'aurait souhaité. Il avait conscience de la peine et de la déception qu'Inès et Gilbert éprouveraient : ne l'avaient-ils pas traité comme le grand fils qu'ils n'avaient pas, lui témoignant une réelle affection remplaçant un peu celle de ses parents qu'il avait perdus si jeune?

Assis à leur table en cette soirée de retour – pour le fêter, Gilbert était descendu chercher du château la lagune à la cave qu'il débouchait religieusement – Bruno se sentait en famille, entouré des siens. La seule étrangère se trouvait être sa femme...

En entendant rire Angela, en voyant son visage animé dont l'expression s'était insensiblement modifiée depuis leur dernière rencontre, il se disait qu'il aurait pu être heureux avec elle, bien qu'il n'en fût pas épris.

A diverses reprises au cours du repas, la pensée de Marie le traversa : il ne l'imaginait pas dans ce cadre avec sa robe de cotonnade ou le tablier qu'elle portait par-dessus lorsqu'elle aidait sa sœur aux soins du ménage.

Mais avec une autre robe...

Olivia n'avait pas été moins surprise que son père par la subite, inexplicable – et inexpliquée – réapparition d'Alberta au sein de la famille.

Elle avait conservé la vague image d'une jeune femme pétulante, toujours élégante et de bonne humeur, volontiers ironique et qui avait connu l'Asie et des déboires conjugaux! Sur lesquels on ne s'était d'ailleurs pas étendu à l'époque, du moins en la présence de sa jeune nièce.

Lui revinrent des bribes de conversation surprises à la cuisine, un jour qu'enfant, elle y avait été admise par exception,

Sarranches

car un cuisinier qui n'était pas encore Sébastien, confectionnait des beignets aux pommes. Etait-ce Irma qui avait déploré :
— Pauvre Madame Alberta, elle n'a pas eu de chance ! Elle a eu bien des malheurs dans ce pays de sauvages...
Une autre voix féminine avait remarqué :
— Elle n'aurait pas dû l'épouser : ce n'était pas quelqu'un de bien. Moi, je l'ai vu tout de suite...
— Evidemment, ce n'était pas quelqu'un comme Monsieur...
Il lui semblait qu'elle avait une douzaine d'années lorsque le *drame* s'était produit et qu'Alberta avait cessé d'être reçue rue du Bac ou à Sarranches.
La première fois en cette fin d'octobre où elle revit sa tante, debout devant la cheminée, tendant ses mains, aux ongles laqués de rouge vif, vers le feu allumé dans la bibliothèque, en compagnie de sa mère lourdement assise sur un fauteuil, un plaid sur les genoux, Olivia se dit qu'il aurait été difficile à un étranger de croire qu'il s'agissait de sœurs. Et encore plus, que deux années seulement les séparaient.
— Comme je suis heureuse de te voir, Olivia !
La voix était la même, chaleureuse, peut-être un peu plus rauque, parce qu'Alberta avait beaucoup fumé. En embrassant sa tante, Olivia reconnut aussi le parfum qui émanait discrètement de ses vêtements, parfum que la petite fille n'avait pas oublié, respiré avec délices autrefois, il y a si longtemps, lorsque Alberta la prenait sur ses genoux pour lui raconter des histoires :
— Shalimar...
— Je lui suis restée fidèle, tu vois !
Jeanne ne s'était jamais parfumée et Olivia n'avait pas le souvenir qu'elle l'ait prise sur ses genoux. Mais peut-être sa mémoire la trahissait-elle...
— Comme vous êtes mince, ne put s'empêcher de remarquer Olivia.
« Et élégante aussi, avait-elle envie d'ajouter... Comme j'aimerais vous ressembler, avoir cette allure juvénile, au lieu de ressembler à ma mère. »

L'Occupation

Pendant le repas, qu'Alberta contribua à animer, Olivia se mit à imaginer une enfance et une adolescence où elle aurait été sa fille et non pas celle de Jeanne. Avec un peu de mélancolie, elle se dit que même à son âge, la soixantaine passée, Alberta possédait un charme et un allant qui avaient toujours manqué à sa sœur et dont elle, Olivia était également dépourvue.

Elles quittèrent ensemble l'hôtel de la rue de Bac. Dans une impulsion subite, Olivia se tourna vers Alberta et lui demanda :

— Accepteriez-vous de venir chez moi ce soir ? Nous dînerons tôt à cause du couvre-feu.

— Rien ne pourrait me faire plus de plaisir ma chérie, dit Alberta. Et je meurs d'impatience de connaître ta fille, en attendant de rencontrer mes petits-neveux !

Olivia soupira :

— Dieu seul sait quand ils reviendront...

Angela pensait toujours à Thierry Masson, mais d'une façon différente. Comme si le jeune homme en se trouvant au loin, avait perdu un peu de sa réalité tout en demeurant au centre de ses préoccupations... Elle s'en voulait parfois d'être incapable de restituer ses traits, les inflexions de sa voix...

Elle n'avait eu aucune nouvelle de lui depuis des mois. Et la seule personne susceptible d'en avoir était absente.

Apprenant que Béatrice Lemoine s'était décidée à regagner Paris, après s'être réfugiée quelque temps chez des parents en province, elle lui rendit aussitôt visite. Privée de vie mondaine au fin fond du Quercy, dans la gentilhommière de l'oncle qui l'avait hébergée, Béatrice s'était beaucoup ennuyée. Elle accueillit Angela avec chaleur, heureuse de pouvoir s'épancher dans une oreille complaisante. Au bout d'une demi-heure, la jeune fille jugea le moment venu d'aborder le sujet qui inspirait sa visite. Béatrice aussi ignorait le sort de Thierry. Le seul renseignement qu'elle pût donner à Angela était bien vague : elle croyait avoir entendu dire qu'il avait été fait prisonnier. Hélas, elle ne se souvenait plus de qui elle tenait cette infor-

mation... qui d'ailleurs était peut-être inexacte. En ces temps troublés, on racontait tellement de choses sur les uns et les autres...
— Pourquoi vous intéresse-t-il tant, si je puis me permettre cette question ?
Angela rougit :
— Je l'avais trouvé sympathique...
— Il l'est et plus que ça, confirma Béatrice. C'est un garçon de grande valeur.
Regardant Angela avec une ironie non dénuée de bienveillance, elle ajouta :
— Et il se peut que désormais il soit à votre portée...
— Comment cela ? s'étonna Angela.
— En raison de son absence prolongée, il est possible et même probable qu'une certaine personne ait jeté son dévolu sur un autre... C'est du moins ce qu'on m'a laissé entendre...
« Ce qui ne signifierait pas, se dit Angela qui ne voulait pas se faire d'illusions, que lui ne l'aimerait plus. »
— Ecoutez, si j'apprends quelque chose à son propos, je vous en ferai part aussitôt.
— Merci, dit Angela avec effusion, vous êtes vraiment gentille !
Béatrice sourit :
— Vous ne seriez pas mal assortis...
Après cette visite, Angela se sentit un peu rassérénée, même si l'information était à prendre au conditionnel. Que la maîtresse de Thierry l'ait abandonné, pouvait ne se révéler que provisoire. Qui sait si à son retour, cette femme séduisante et expérimentée, incapable sans doute de se passer d'hommages masculins, ne reprendrait pas son emprise sur lui si elle le désirait vraiment ? Angela serait-elle de taille à lutter ?
Elle était jeune — d'après les rumeurs, sa rivale était plus proche de quarante ans que de trente — et sans en tirer la moindre vanité, elle avait conscience d'être une des très jolies filles de sa génération. Cela suffisait-il ? Peut-être pour attirer un homme. Mais pour le retenir aussi longtemps que l'avait fait cette *rivale* et de façon si absolue, elle bénéficiait sûrement

d'autres atouts. Son charme ne devait pas se limiter au seul aspect physique...

Angela avait toujours estimé que sa mère était d'une exceptionnelle séduction. A défaut d'une grande beauté, elle possédait un rayonnement, une joie de vivre, qui attiraient aussi bien les hommes que les femmes. Angela voyait combien son père demeurait sensible à tant de charme alors que deux ans à peine les séparaient de leurs noces d'argent.

Inès savait rendre la vie légère à ceux qui l'entouraient, créant une atmosphère de bien-être avec un naturel dont elle avait le secret et qui lui valait tous les suffrages.

Cette femme, sa rivale dont elle ignorait l'identité, était-elle aussi douée de ce talent rare, l'art de vivre?

Pendant qu'Hitler recevait Laval dans son wagon-salon de Montoire et que le *Journal officiel* publiait le statut des juifs, Gabriel s'installait dans une captivité dont il ne pensait pas qu'elle excéderait quelques mois. D'ailleurs, c'est ce que leur avaient affirmé les Allemands en les faisant prisonniers.

En même temps que l'humiliation d'être battu, il avait alors ressenti comme un soulagement que la guerre fût finie, même si les Français l'avaient perdue : il n'en pouvait plus d'épuisement. Comme il avait fallu marcher pendant des jours sans se déchausser, ses pieds en sang le faisaient souffrir de façon intolérable. Et il avait éprouvé une telle angoisse en voyant jour après jour, puis heure après heure, les rangs de ses camarades s'éclaircir... Et que dire du spectacle des blessés qui agonisaient à quelques pas de lui en gémissant et en se tordant de douleur, sans qu'il pût même leur donner à boire... Il ne lui fallait songer qu'à sa propre survie, à se protéger d'un danger qui provenait de toutes les directions à la fois, des tanks toujours plus nombreux, qui avançaient comme des animaux féroces et invincibles, du feu assourdissant des canons et de ces obus qui dégringolaient sans discontinuer, dans un fracas de fin du monde, creusant des cratères où des batteries entières s'engloutissaient.

Et cette fumée qui le prenait à la gorge, lui remplissait les narines, lui piquait les yeux, l'asphyxiant presque... Il revivait certaines conversations de son père et de son oncle Gilbert à Sarranches, si souvent reprises au cours de son enfance, concernant l'invention diabolique de l'ennemi, ces gaz chimiques lâchés lors de la grande offensive sur le front de l'Ouest à Ypres en 1915. Ces fameux gaz moutarde qui attaquaient les poumons, brûlaient les yeux et lorsqu'on avait la chance d'y échapper, causaient des dommages irréversibles... Dans cette mêlée, il avait depuis longtemps égaré le masque à gaz dont l'armée l'avait obligeamment pourvu en même temps que de ces affreux godillots qui faisaient de la marche un martyre...

Presque chaque jour, au début de leur captivité, en se promenant autour des baraquements du camp, il évoquait avec Philippe ces moments terribles qu'ils avaient vécus, conscients après coup d'un désordre qui leur avait été fatal, se souvenait aussi de certains ordres absurdes reçus de leurs supérieurs, les contrordres qui les annulaient, la mauvaise qualité et l'insuffisance patente d'une partie de leur équipement, l'intendance qui ne suivait pas. Leur conclusion était toujours la même en pensant à tous les camarades qu'ils avaient perdus :

— Nous avons eu de la chance de nous en être tirés...

Mais avec les semaines qui passaient, le froid cinglant qui commençait à mordre dès la fin d'octobre, le manque de nourriture et de vêtements chauds, l'ennui qui les gagnait, ce soulagement fit place à l'inquiétude : allaient-ils vraiment passer tout l'hiver dans ce lieu inhospitalier, en proie à la faim et aux rigueurs du climat ? Il y avait plus malheureux qu'eux deux car ni femme, ni enfants ne les attendaient au logis.

Parfois, des bruits circulaient sur une libération prochaine, qui se révélaient faux. En fait, peu de nouvelles leur parvenaient.

Mais ils avaient su que les Allemands avaient défilé sur les Champs-Elysées...

Gabriel avait eu la gorge serrée...

Alain Marley se remettait lentement de ses blessures. Il avait eu la cuisse fracassée par un éclat d'obus et c'était miracle qu'on ait pu lui conserver sa jambe.

L'Occupation

Germain était venu le voir presque tous les jours. Il trouvait souvent Florence à son chevet : elle avait confié sa parfumerie à la garde d'une amie tout le temps qu'Alain avait été à l'hôpital. D'ailleurs, les affaires ne marchaient guère : qui avait le cœur en ce moment à acheter du parfum et des babioles de luxe ? Sinon l'occupant, désireux de rapporter à une fiancée ou à une épouse un produit typiquement français.

Malgré une rééducation longue et pénible, Alain se déplaçait encore avec peine : il se fatiguait vite et le médecin estimait qu'il garderait cette claudication qui rendrait l'usage d'une canne indispensable. Germain se désolait au spectacle de ce beau garçon, autrefois enthousiaste, plein de santé et de vie, devenu infirme et découragé. La jambe d'Alain le faisait inévitablement penser au bras de Jacques et aux malheurs qui avaient suivi, conséquence de cette infirmité. Florence lui avait dit qu'Alain demeurait pendant des heures immobile, prostré, sans parler, à regarder par la fenêtre d'un air absent. A l'arrivée de son père généralement porteur d'un cadeau, le jeune homme le remerciait d'un sourire triste et s'efforçait de s'intéresser à la conversation. Mais le cœur n'y était pas.

Florence se désespérait de l'état auquel la guerre avait réduit son fils unique, en qui elle avait placé toutes ses espérances... Précocement vieillie par le chagrin et les angoisses alors qu'elle n'avait pas encore cinquante ans, habitée d'une grande lassitude, elle-même avait perdu son entrain.

La morosité de la mère et du fils gagnait Germain dont les soucis se multipliaient : sa rupture avec Yolande le laissait inconsolé et il savait qu'elle marquait le point final à son dernier amour. Le sort de ses petits-fils le préoccupait plus qu'il ne voulait le montrer à Olivia. Il s'acheminait vers la mort et il ne voulait pas disparaître avant que Gilbert ait un successeur digne de ce nom. Et Olivier n'avait pas quatorze ans...

Au moins, celui-ci serait-il épargné...

Il espérait quand même que lui serait accordée une dernière joie avant de disparaître : celle de voir son pays libéré de l'oppressante présence vert-de-gris.

Sarranches

A Vichy, non content de révoquer Pierre Laval, le maréchal Pétain l'avait fait arrêter. Pierre-Etienne Flandin avait été nommé ministre des Affaires étrangères. Toutes ces nouvelles et d'autres, Gilbert les avait lues dans ces nouveaux journaux qui paraissaient, dont certains dans la clandestinité... S'il avait jeté au panier aussitôt les *Nouveaux Temps* dirigés par Jean Luchaire, il avait pu se procurer *Libération Nord* et *Résistance*. Avec soulagement, il avait constaté que, contrairement au Maréchal et à ses thuriféraires qui se lançaient dans la politique de collaboration, quelques Français ne s'estimaient pas définitivement battus malgré l'ampleur de la défaite...

Gilbert, que hérissait la voix chevrotante du vieillard à la radio, commençait à s'interroger : puisque son âge et sa blessure de l'autre guerre ne lui avaient pas permis de combattre, par quel moyen pourrait-il aider son pays ? Pour lutter, il faut être armé et il ne disposait que de ses fusils de chasse. Lorsqu'on avait demandé à la population de déposer les armes à feu dans les gendarmeries ou les commissariats, il s'était bien gardé d'obtempérer : il n'avait remis qu'une vieille carabine et pas dupe le gendarme, cousin de Mlle Lissonot, lui avait fait un clin d'œil en signant le reçu. Désormais, même les gardes-chasse, les gardes champêtres, les veilleurs de nuit et les encaisseurs se voyaient privés de leurs armes.

Avec l'accord de Germain et à l'instigation de Noël, il avait dissimulé la douzaine de fusils qui se trouvaient à Sarranches, les siens et ceux de son père, ceux du pauvre Paul qu'on gardait pour Marc et Gabriel et quelques autres qu'on prêtait à certains invités. Le tout, soigneusement huilé et emballé dans une toile épaisse, caché à l'entrée des caves, où l'on entreposait le bois destiné aux cheminées du château. Gilbert ne croyait pas qu'on fouillerait Sarranches, mais Noël avait dit :

— Pendant les guerres, on ne sait jamais ce qui peut se passer... Si un jour, il arrive qu'on en ait besoin...

Pour trouver les armes, il fallait remuer deux stères de bois...

Le secret qu'ils partageaient désormais avait lié les deux hommes, créant une complicité nouvelle. Sans avoir eu besoin de l'exprimer par des mots, ils savaient qu'ils n'appartenaient pas à la race des résignés, si impuissants qu'ils soient alors...

Cette opération avait eu lieu à la fin de l'année, au moment où la famille s'était réunie à Sarranches, non sans peine car on ne circulait plus en voiture. Heureusement Deschars à qui son métier donnait droit à une allocation d'essence était venu chercher Germain, Jeanne et Alberta rue du Bac. Les autres avaient pris le train jusqu'à Rambouillet et avaient effectué la fin du trajet dans la camionnette de l'épicier.

En voyant tous les siens réunis autour de la table en ce premier Noël de l'Occupation, Germain se dit que si en apparence, rien n'avait changé, Joseph et Noël servaient comme de coutume en gants blancs, passaient le plat d'argent avec la dinde traditionnelle qui provenait d'une des fermes accompagnée de pommard, tout était différent. Le seul homme jeune de l'assistance était Bruno : il avait repris sans enhousiasme son travail dans la société d'import-export qui l'employait avant la guerre. Et cette affaire se voyait désormais contrainte d'expédier la quasi-totalité de ses marchandises à destination de l'Allemagne. Les places vides de Gabriel et de Marc, même si on savait cet état provisoire et qu'on était désormais rassuré sur leur sort, rappelaient cruellement l'état de guerre, pour un temps indéterminé.

Avant longtemps on ne dînerait pas dans la salle à manger à la mauvaise saison : quoique utilisée avec parcimonie, la réserve de fuel s'épuisait et il ne serait plus question de chauffer la totalité des pièces. On se replierait dans le petit salon et pour prendre les repas Noël dresserait une table de fortune dans le bureau où avait été installé un grand poêle à bois : ce combustible ne manquerait pas mais il faudrait aussi l'économiser.

Comme tout dorénavant.

Illuminé lors des fêtes, Sarranches semblait autrefois un grand vaisseau dans la nuit. Toutes ses ouvertures camouflées, il n'était plus qu'une masse sombre dans l'obscurité qui ne laissait transparaître nulle lueur.

Sarranches

De l'autre côté de la Manche, en cette soirée de Noël, Marc se sentait mélancolique et solitaire, même si, grâce à sa bonne connaissance de l'anglais il s'était fait des camarades. Il avait même trouvé une maison amie où il était toujours le bienvenu, celle-là même qui avait accueilli sa sœur au cours de l'été 39.

Ce ne fut que plusieurs semaines après son arrivée qu'il avait songé à contacter les Davis. D'abord, parce qu'il était indécis sur ce qu'il convenait de faire. Parti en Angleterre sans autre idée que celle d'échapper à la capture, il avait hésité à y demeurer surtout après l'attaque de Mers el-Kébir [1]. La destruction de nos plus beaux navires, le *Dunkerque*, le *Bretagne*, le *Provence* l'avait révolté, comme tous ses compatriotes, conduisant la plupart d'entre eux à obtempérer lorsque les autorités de Vichy avaient donné l'ordre aux militaires français présents en Angleterre de rejoindre les camps qui leur étaient affectés. En apprenant le nombre de morts, près de 1300, et en voyant aux actualités la coque éventrée du cuirassé *Bretagne* Marc fut sur le point de les imiter. Puis, sans bien savoir pourquoi, il était demeuré sur ce sol étranger, même si désormais aux yeux de l'Etat français, il était devenu un déserteur privé de sa nationalité.

Au début, il servait de chauffeur, d'aide de camp et d'interprète au colonel Servan qui trouvait qu'il *présentait* bien. Ce dernier avait réuni une cinquantaine d'hommes au camp de Glen Park où il les entraînait pour le jour où la France pourrait reprendre les hostilités. Marc était nourri et logé, s'ennuyait et touchait une solde infime.

Puis, le colonel lui proposa de suivre un stage pour devenir pilote de chasse. Marc accepta d'enthousiasme. Ce fut à cette occasion qu'il retrouva Harold Davis.

Son chef lui ayant octroyé deux jours de liberté, il s'apprêtait ce soir, à se rendre chez la mère d'Harold qui avait eu la gentillesse de l'inviter à partager le repas familial. Il aurait voulu apporter un cadeau à Mrs Davis, comme il aurait été convenable... Arriver les mains vides un soir de Noël risquait

---

1. 3 juillet 1940.

de faire très mauvaise impression. Hélas, il ne lui restait que dix livres. Encore en devait-il cinq à un camarade... Il se demanda s'il pourrait emprunter de l'argent à ses hôtes que sa famille rembourserait après la guerre : il avait compris que les Davis étaient très fortunés. L'octroi de quelques livres de temps en temps au neveu d'une de leurs amies ne devrait guère leur poser de problèmes... Dommage qu'Armelle et son argent facile ne se trouvassent pas à proximité...

De temps en temps, pas très souvent à vrai dire, il pensait à elle : il se rappelait avoir été très amoureux d'elle sans trop savoir pourquoi. En fait, lorsqu'il évoquait le temps de leur liaison, ce n'était pas tant leurs étreintes qu'il regrettait, même si pour lors il était contraint à une chasteté qui commençait à lui peser, qu'une vie facile et large : grâce à elle, il avait fréquenté les meilleurs restaurants et les boîtes à la mode, pu s'habiller chez les grands tailleurs. Alors qu'ici, il devait se contenter de la cantine, de plus en plus médiocre à cause du rationnement, avec pour tout passe-temps une bière au pub avec des copains...

La soirée chez les Davis constituait une agréable diversion : il était assuré d'un bon repas. Il espérait beaucoup rencontrer une jeune femme qui pourrait devenir sa maîtresse : les Anglaises ne manquaient pas de charme et les Français jouissaient auprès d'elles d'un prestige indéniable. Plusieurs de ses camarades avaient déjà trouvé chaussure à leur pied.

Mais il ne se contenterait pas d'une serveuse de mess ou d'une petite manucure, si jolies fussent-elles : il lui fallait une femme riche, prête à dépenser beaucoup d'argent avec lui et pour lui. Tel était dans l'immédiat son principal objectif.

A la même époque, Gabriel avait d'autres préoccupations. L'espoir d'être libéré à la fin de l'année s'était évanoui : il éprouvait la fâcheuse impression que son état de prisonnier se prolongerait encore des mois, des années peut-être...

Comme tous, il attendait l'arrivée du courrier avec impatience : sa mère et sa sœur lui écrivaient aussi souvent qu'elles en avaient le droit. Il préférait les lettres de Laurence, très vivantes dans la description d'une vie quotidienne de plus en plus difficile dans la capitale pour se nourrir, se chauffer, s'habiller, se transporter, alors qu'Olivia ne savait que se plaindre, regretter le passé et s'inquiéter pour son prisonnier.

Il remarqua au fil des lettres que Laurence qui faisait le tour de la famille, ne parlait jamais de Marc. A une exception quelques mois auparavant, pour préciser qu'il était en vie. Et Gabriel n'obtenait aucune réponse aux questions qu'il posait à son sujet : était-il, lui aussi, prisonnier ou avait-il eu la chance de passer à travers le filet et avait-il repris au milieu des siens une existence confortable et sans histoires? Ce serait trop injuste, trop immérité...

Marc s'était adonné au plaisir sous toutes ses formes tandis que Gabriel menait une vie laborieuse, et se privait de distractions pour assurer le succès de ses études.

Jaloux de son frère, il avait toujours envié son aisance, cette manière qu'il avait d'habiter son corps, sa confiance en lui.

En fait, ce fut la puberté qui les différencia... Marc avait grandi, s'était élancé, alors que la croissance de son frère était plus lente. De goûts sédentaires, gourmand, ne pratiquant aucun exercice, – il avait le sport en horreur – Gabriel s'était étoffé avec les années : il n'était plus question qu'ils échangeassent leurs vêtements. La vie du camp avait eu tôt fait d'aplatir le ventre de Gabriel qui perdit ses bonnes joues. Il avait pu resserrer de deux crans sa ceinture. C'était toujours ça...

Mais qu'était donc devenu Marc?

Au cours des fastidieuses soirées – la nuit tombait à quatre heures – il lisait un peu, bavardait, écoutait pour la dixième fois la même histoire, prenait grand soin de son linge de plus en plus élimé... Il se couchait souvent le ventre creux et dans l'obscurité de la chambrée, tout en luttant de son mieux contre le froid, il rêvait à sa chambre parisienne, au merveilleux confort de Sarranches.

A ses compagnons attentifs, il décrivait des menus comportant huit plats, l'omelette norvégienne du chef Sébastien et surtout son soufflé au homard. Malgré les informations four-

L'Occupation

nies par Laurence, comment croire que toutes ces merveilles culinaires dont il rêvait, dont il avait encore le goût sur la langue, n'existaient plus... Mais les privations, parfois tempérées grâce aux colis familiaux, l'éprouvaient moins que cette impression de temps perdu dans un désert intellectuel.

L'ANNÉE NOIRE

La lutte contre le froid et la faim était devenue une préoccupation dominante. Les files d'attente s'allongeaient devant des magasins d'alimentation presque vides, clientèle déjà résignée à se contenter de ce qu'on lui proposait, prête à tous les sacrifices et surtout à une patience inlassable pour ne pas repartir les mains vides.

Les réserves constituées par les plus prévoyants avaient rapidement fondu et le coût de la vie avait augmenté de façon terrifiante. On ne trouvait presque plus rien en vente libre.

Heureusement pour les Sénéchal, il y avait Sarranches.

Pour l'instant on ne manquait pas de volailles, d'œufs, de lait et de beurre. Puisque la chasse était interdite, à la place des fameux pâtés de faisan, de marcassin ou de lièvre, le chef Sébastien confectionnait des terrines de canard ou de lapin qui, de l'avis général, n'avaient rien à leur envier.

Bien que l'abattage de la viande fût sévèrement réglementé et nombreux les inspecteurs du ravitaillement, on pouvait toujours s'arranger pour tuer de temps à autre – la nuit bien sûr – un veau ou un cochon dont on étouffait les cris.

En plus des expéditions aux siens, Germain faisait déposer chaque semaine un panier bien garni chez Florence. Profitant elle aussi de cette manne, Alberta se félicitait d'une réconciliation dont Jeanne ne lui avait jamais révélé le motif. Un soir tout de même, où elle était en veine de confidences, Jeanne lui avait laissé entendre qu'une découverte faite longtemps après certains événements, avait modifié quelque peu sa conception de l'existence. Elle avait ajouté d'un air rêveur : « Ces événements étaient sans rapport avec toi. »

Alberta n'avait pas osé la questionner. Mais elle avait interrogé Germain : quelles pouvaient bien être cette *découverte*, les personnes ou les événements concernés ?

Son beau-frère ne savait rien. Il reconnaissait toutefois qu'à un certain moment, sans qu'il en connût la raison, le comportement de Jeanne avait commencé à se modifier. Elle était devenue moins raide, comme si le corset qui la maintenait depuis tant d'années dans une attitude rigide et immuable s'était subitement desserré, la laissant plus libre de ses émotions et de ses sentiments, lui faisant accorder moins d'importance à des conventions et à des préjugés qui jusqu'alors avaient semblé régler sa vie.

Sans être devenue gaie, ce qu'elle n'avait jamais été, elle n'était plus le rabat-joie dont la seule présence paralysait et glaçait l'atmosphère. Son regard se faisait moins inquisiteur.

Germain, ravi de retrouver sa belle-sœur, même s'il lui devait quelques-unes des heures les plus désagréables et les plus pénibles de son existence, et de reprendre leurs bavardages lui avait fait part de la réaction de Jeanne en apprenant l'existence de Florence et d'Alain et aussi comment elle l'avait incité à prendre des nouvelles de ce dernier lorsqu'il avait été blessé.

A plusieurs reprises et à l'étonnement de Germain elle s'était enquise de la santé du jeune homme avec une sorte d'aménité.

Et puis, Jeanne avait maigri : si on ne mourait pas de faim à Sarranches et rue du Bac, les repas étaient beaucoup moins copieux et les desserts plus rares. Il n'y avait plus de gâteaux pour le thé et les bonbonnières étaient vides.

La ration de pain avait diminué. Depuis le mois d'avril, elle n'était plus que de 275 grammes.

Et aussi, montée sur cales, la Delahaye demeurait dans le

garage. Pour les petites distances, Jeanne se déplaçait désormais à pied. Pour les grandes expéditions, on empruntait un vélo-taxi.

Ces kilos en moins avaient rajeuni Jeanne. Elle avait renoncé à porter exclusivement du noir, du gris, du marron... Un jour, elle avait arboré un tailleur bordeaux de Lucien Lelong. Alberta l'avait félicitée. Germain n'avait rien dit, se contentant d'échanger avec Inès un regard de stupeur.

A l'évidence elle avait moins l'air d'une vieille dame que quelques années auparavant... En tout cas, en la voyant auprès de sa sœur, on ne donnait plus à Alberta dix ans de moins.

Après le retour de Bruno qui avait souhaité faire chambre à part, Charlotte avait poursuivi ses rencontres avec Georges Merville. Elle en vint à trouver superflu d'être si discrète tant son mari était indifférent à son égard. Quand elle lui annonça un jour qu'elle passerait le week-end à la campagne chez une amie il n'avait fait aucune objection, sans même s'informer du nom de l'amie qui la recevait ni du moment de son retour.

Plus que de Georges, c'était de son genre de vie qu'elle était éprise. Elle savait qu'il faisait des *affaires* qui lui rapportaient apparemment beaucoup d'argent car il menait grand train et multipliait les cadeaux que Bruno ne remarquait même pas. Quelques indices lui firent soupçonner que son amant se compromettait avec les Allemands. Ce soupçon devint certitude lorsqu'il se mit à fréquenter un certain Hans Geller...

Fort aimable, ce Hambourgeois de belle allure s'exprimait avec aisance — comme il le précisa volontiers, sa grand-mère maternelle était française — et naturellement, lorsqu'il sortait avec eux, avait la courtoisie d'être en civil. Mais Charlotte n'en savait pas moins qu'il s'agissait du colonel Hans Geller.

Quand Georges le lui avait présenté, Charlotte avait connu une gêne indicible en imaginant les pensées de ses parents s'ils la voyaient en train de serrer la main d'un occupant... Elle avait failli prétexter un malaise pour ne pas sortir, ne pas être vue au restaurant en pareille compagnie : comment Georges osait-il la lui imposer sans même l'avoir consultée ?

Sarranches

Et puis, après plusieurs verres de champagne, le moment de prendre cette décision avait passé, et elle avait laissé Hans l'aider à mettre son manteau. Pire encore, au lieu de s'en aller – il en était encore temps – elle était montée dans la Mercedes garée en bas de chez Georges, un chauffeur en uniforme lui ouvrant respectueusement la porte...

En arrivant au restaurant, elle faillit se trouver mal. Elle avait l'impression que tout le monde la dévisageait, que quelqu'un allait se lever pour injurier cette Française qui dînait à la table d'un Allemand, dans un établissement réputé où les restrictions n'existaient pas...

– Eh bien! qu'est-ce que tu attends pour t'asseoir? Tu as l'air dans la lune ce soir, dit Georges qui lui, s'était déjà attablé.

Demeuré debout, Hans attendait pour prendre place qu'elle fût assise.

– Excusez-moi, dit-elle.

Sa confusion, sa gêne, les remords qu'elle éprouvait à se trouver là dans cette compagnie, lui coupèrent l'appétit.

– Vous ne vous sentez pas bien? questionna Hans avec affabilité. Voulez-vous un peu de vin?

– Oui, versez-moi un peu de vin, dit Charlotte en tendant son verre... Cela va passer.

Tandis qu'elle ressassait les reproches véhéments qu'elle ferait à Georges lorsqu'ils se trouveraient seuls, elle comprit que les deux hommes se connaissaient depuis un certain temps et que Georges avait besoin de l'aval d'Hans pour certaines affaires dans lesquelles il était déjà très engagé.

Aux premiers mots qu'elle prononça Hans parti, elle se rendit compte que si elle mettait Georges en demeure de choisir entre elle et la poursuite d'une fréquentation lucrative de l'ennemi, il la laisserait tomber sans hésiter un instant. Son amour-propre en prit un sérieux coup...

Elle savait bien que ses relations avec Georges n'auraient qu'un temps, mais elle s'amusait avec lui et son genre de vie correspondait parfaitement à ses ambitions.

Tandis qu'avec ce pauvre Bruno...

L'année noire

Lui-même allait s'absenter quelques jours sans préciser sa destination. La semaine suivante il retournait voir les Barnier et surtout Marie.

Au cours des mois qui avaient suivi son retour, il avait beaucoup pensé à elle. Il s'étonnait de n'avoir pas oublié cette jeune femme, plus charmante que jolie, qu'il n'avait pas touchée et même de rêver parfois à elle. Il s'en voulait de cette lâcheté qui le faisait demeurer avec Charlotte qu'il n'aimait plus, dont il avait compris qu'elle le trompait, sans en souffrir pour autant. Ce qui faciliterait la séparation, le moment venu.

Bien sûr, la période troublée qu'ils vivaient et dont on ignorait la durée, incitait à différer ce genre de décisions. Et surtout, il y avait Gilbert et Inès : la réelle affection que leur gendre leur portait le retenait de leur révéler brutalement la vérité. Se doutaient-ils de la vie que menait leur fille ?

Un soir alors qu'il rentrait du bureau un peu plus tôt qu'à l'habitude, en arrivant devant chez lui, Bruno avait aperçu sa femme sortant d'un vélo-taxi et il eut le temps de voir l'homme qui l'accompagnait. Ils étaient demeurés un moment sur le trottoir et bien qu'ils ne se fussent livrés à aucune effusion, il fut persuadé qu'il s'agissait de l'amant de Charlotte. Plutôt bel homme, se dit-il, mais dans le genre un peu *m'as-tu vu*. Même si les circonstances l'obligeaient à emprunter ce modeste moyen de transport, on le devinait habitué au luxe : avant guerre, il devait conduire une grosse cylindrée. Appartenait-il au monde souterrain du marché noir, pratiquant ces trafics divers et juteux dont les représentants – Bruno avait eu l'occasion d'en rencontrer – commençaient à parader sans vergogne, souvent avec la bénédiction de l'occupant ?

Tout en se trouvant lâche, Bruno ne fit aucune réflexion à Charlotte, aucune allusion à Inès.

Il avait décidé de revoir Marie. Cette fois-ci, il ne se présenterait pas comme un homme aux abois, un blessé en fuite, en situation plus ou moins irrégulière, dépouillé de tous les attributs qui composaient son personnage parisien, mais bien comme celui qu'il était redevenu socialement : un homme d'affaires plein d'avenir, cadre dans une grosse société d'import-export. Il n'avait jamais parlé aux Barnier et à Marie de sa situation de bourgeois parisien, petit-fils par alliance d'un des hommes comptant parmi les plus riches de la capitale...

Et au surplus, marié.

Au début de son séjour forcé chez les Barnier, cela lui avait paru sans importance. Croyant alors les quitter très vite il leur manifesterait sa reconnaissance par un cadeau de prix (il avait même pensé à un poste de TSF). Et puis, à mesure qu'il s'attachait à Marie il se disait que si elle apprenait qu'il n'était pas libre, leurs rapports perdraient de cette spontanéité qu'il appréciait tant.

Mais s'il divorçait de Charlotte et si Marie acceptait de l'épouser, cette dernière saurait-elle s'adapter à son milieu et surtout, y serait-elle heureuse ?

Chez les Davis, au début de l'année, Marc de Préville avait été présenté à une jeune femme, Lady Margaret Sherwood, qui travaillait dans les services auxiliaires de l'armée, témoignant d'un enthousiasme à servir sa patrie qui avait laissé Marc songeur. A la suite des bombardements qui déferlaient sur Londres, laissant à peine aux habitants le temps de récupérer entre deux alertes qui les voyaient se ruer dans les abris, cette jolie fille, au corps svelte et musclé, à la chevelure blonde épandue sur ses épaules et son équipe allaient au secours des blessés dans les décombres, leur donnaient les premiers soins lorsque c'était possible et les convoyaient dans les hôpitaux.

Se renseignant au sujet de Margaret, il apprit par Harold qu'à vingt-trois ans, elle était orpheline : ses parents avaient été tués lors du premier bombardement sur Londres, ensevelis dans les ruines de leur maison. Peut-être fallait-il y voir la cause de cet acharnement à essayer d'épargner aux gens un sort identique.

Marc n'avait pas tardé à tomber sous le charme de celle qui était tout l'opposé d'Armelle de Rivière avec ses toilettes voyantes et son maquillage outrancier, des bijoux en surabondance, cherchant toujours à *allumer*. Comme elle semblait vulgaire, dépourvue de classe, en regard de cette jeune femme au visage lumineux — ses yeux étaient d'un extraordinaire gris bleuté qui avait l'éclat de l'acier et indiquait une redoutable volonté — dépourvue d'afféterie, de la moindre prétention! La simplicité de sa mise n'avait rien à voir avec les restrictions vestimentaires : lorsqu'elle n'était pas en uniforme, ses vestes en tweed évoquaient des randonnées en forêt avec des chiens qui gambadaient joyeusement. Son redoutable humour enchantait Marc. Mrs Davis y demeurait parfaitement insensible : qu'elle en fût dépourvue à ce point et prît tout au premier degré s'expliquait peut-être par son origine américaine.

Mais elle était une hôtesse si hospitalière et généreuse qu'on pouvait lui pardonner cette carence... Mise au courant de ses difficultés matérielles, — Marc s'était confié à Harold — elle lui avait aussitôt proposé, comme il l'avait espéré sans trop y croire, de lui consentir un prêt qui serait remboursé par sa famille à la fin des hostilités.

La vie de Marc avait changé : basé à proximité de Londres — il faisait son apprentissage de pilote de chasse dans la RAF aux côtés d'Harold — il avait loué une chambre dans une pension de famille modeste mais située à Kensington, où il passait ses permissions, et fait l'achat de vêtements civils convenables. Il pourrait désormais inviter une femme à dîner. Son anglais déjà honnête à son arrivée avait beaucoup progressé et il se sentait à l'aise dans ce pays d'accueil. Sa famille ne lui manquait guère, et il en avait trouvé une de substitution. Malgré la guerre, les restrictions et le black-out, la vie était beaucoup plus agréable et animée chez les Davis que chez la pauvre Olivia qui ne savait guère que se plaindre. L'excentricité et le dynamisme d'une maîtresse de maison peu conventionnelle, pimentait le quotidien. Comme il comprenait Laurence d'avoir tant apprécié Fox Hall...!

Mais Marc était tombé amoureux de Margaret. Il avait commencé à lui faire une cour discrète mais après deux ou trois sorties leurs relations stagnaient... Elle l'intimidait, si différente des jeunes femmes délurées qu'il avait rencontrées dans le sillage d'Armelle, les Antoinette, les Célia avec lesquelles on faisait vite affaire ; différente aussi des jeunes Françaises, trop souvent superficielles et tellement sous la coupe de leur mère : elle lui semblait plus mûre, plus autonome, sachant parfaitement ce qu'elle voulait. Etait-ce le fait d'être orpheline, et à vingt-trois ans, en possession d'une fortune dont Marc avait appris qu'elle était considérable, qui lui donnait cette assurance, cet équilibre, ce caractère égal si éloigné par exemple de la conduite capricieuse de sa cousine Charlotte, son exacte contemporaine ?

Marc se désolait de n'avoir aucune prise sur Margaret qui se souciait peu de lui, contrairement à certaines de ses compatriotes qui n'avaient pas résisté à sa superbe prestance dans son bel uniforme d'aviateur.

Conscient de son physique avantageux, il enrageait de cette indifférence, d'autant qu'il était persuadé que Margaret n'avait pas d'amant. Sans doute, le jugeait-elle trop jeune. Parfois, il se trouvait prêt à tout pour la conquérir, espérant en des succès au combat pour enfin parvenir à l'intéresser... D'autres soirs, après plusieurs gins, il se trouvait ridicule de tout axer sur cette femme et prenait la résolution de tirer un trait. Mais c'était plus facile à dire qu'à faire... Il ne pouvait s'empêcher d'attendre avec impatience les occasions, trop rares à son gré, de la revoir.

Par Deschars que sa profession amenait à voir beaucoup de monde, Gilbert fut contacté par un petit groupe de résistants. Depuis plusieurs mois il cherchait à se rendre utile à son pays de plus en plus éprouvé par l'occupation. Admirateur du Pétain de la Grande Guerre, l'entrevue de Montoire [1] l'avait humilié. Et l'entourage du Maréchal à commencer par Laval, lui semblait déshonorant même si par la suite, ce dernier avait été brutalement écarté [2] au profit de l'amiral Darlan, l'artisan du renouveau de la flotte française.

1. 24 octobre 1940.
2. 13 décembre 1940.

L'année noire

Gilbert était bien placé pour connaître l'ampleur des ponctions que les Allemands opéraient sur la production française tant agricole qu'industrielle : une grande part des denrées disponibles partaient pour l'Allemagne. Aussi n'y avait-il plus rien en France pour manger, se chauffer et s'habiller. Pour alimenter son colossal effort de guerre, le vainqueur ne laissait au vaincu que la portion congrue. Les Protocoles de Paris [1], exigeaient de verser à l'occupant un tribut journalier de trois cents millions de francs. Et maintenant, à la suite de la rupture du pacte germano-soviétique [2], et de l'invasion de la Russie par la Wehrmacht, la pression économique allait encore s'aggraver.

Avant de prendre sa décision, Gilbert en avait parlé avec Inès : il aurait trouvé malhonnête de lui cacher son engagement et trop compliqué de lui mentir. Il ne fut pas surpris lorsqu'elle se proposa pour l'aider à taper des rapports, porter des messages, relever des boîtes aux lettres ou faire le guet.

— Tu sais que même cela sera dangereux, dit Gilbert. Nous devons aussi penser à nos enfants.

— Je ne les oublie pas, sois-en sûr. Comme toi je l'espère, je serai prudente.

— Nous devons prendre tout de suite de nouvelles habitudes. Ne jamais rien laisser traîner qui puisse nous compromettre...

— J'ai toujours été plus ordonnée que toi, répliqua Inès en souriant.

Gilbert l'embrassa tendrement, conscient de sa chance : jamais Inès ne le décevait...

Gabriel était confronté à un grave dilemme : quelques-uns de ses camarades projetaient de s'évader et lui proposaient de se joindre à eux. Le risque était évident car les fugitifs repris étaient enfermés dans des camps de représailles au régime infiniment plus sévère que celui qui régnait dans le leur. Plutôt

---

1. 28 mai 1941.
2. 22 juin 1941.

Sarranches

timoré Gabriel s'imaginait mal dans le rôle glorieux d'un évadé : il n'aurait jamais le courage de sauter le pas...

Durant le rude hiver, il n'était pas question de se lancer dans un pays inconnu et hostile. Philippe estimait qu'avec le printemps et de nouvelles dispositions l'opération devenait envisageable.

Pour remplacer les paysans allemands partis se battre sur le front russe, un certain nombre de prisonniers français parmi les plus jeunes et les plus robustes avaient été requis pour travailler en usine ou dans les fermes et c'était le cas de Gabriel l'intellectuel, qui semblait inévitablement condamné aux travaux des champs, tant en France qu'en Allemagne. Etrange destin dont l'absurde ne lui échappait pas : il pataugeait dans le purin et Catherine était loin!

Gabriel et ses compagnons avaient observé qu'après deux semaines, la surveillance s'était passablement relâchée. Les quatre candidats à l'évasion avaient insisté auprès de Gabriel qui parlait l'allemand sur la nécessité de se faire bien voir de leurs gardiens et de faire l'aimable, particulièrement avec un dénommé Fritz, l'adjudant chargé d'accompagner leur petit commando de travail chaque matin du camp jusqu'à la ferme, distante de trois kilomètres. Le soir, on faisait le trajet inverse sous la garde du même Fritz que ses allers et retours contraignaient à douze kilomètres de marche quotidiens.

Fritz, qui ressemblait à un grand enfant pas très intelligent, fut mis en confiance par ses conversations avec Gabriel auquel il ne cacha pas son désir d'aller retrouver Helga sa petite amie, à Swarzberg, un petit hameau à mi-chemin de la ferme.

Philippe de Maistre perçut aussitôt l'aubaine.

— Il faut que nous obtenions qu'il s'arrête à Swarzberg et qu'il nous laisse continuer seuls jusqu'à la ferme. Et le soir, à l'heure habituelle, nous le rejoindrions là. Ainsi disposerait-il matin et soir d'un bon moment avec sa pouffiasse. Après quelques jours de ce manège, sa méfiance assoupie, surtout qu'il n'a pas l'air bien malin, nous pourrions filer. Cela nous laisserait plusieurs heures pour disparaître...

— Et alors ? objecta Gabriel. Nous serons aussitôt repérés...

Tu imagines, cinq hommes déambulant dans la campagne au lieu d'être au front...

— C'est un problème effectivement, reconnut Philippe toujours prêt à échafauder des plans. Il faut que je réfléchisse et surtout que je me procure une carte des environs, même élémentaire.

— Et tu crois que les Boches vont t'en faire cadeau ?

Philippe considéra Gabriel avec un peu de mépris :

— Non, je pense que je vais la voler...

En sortant du cinéma avec Marie-Louise, où elles avaient été voir *Remorques* avec Jean Gabin et Michèle Morgan, Angela crut à une hallucination : il lui avait semblé reconnaître Thierry Masson, sur les Champs-Elysées. En courant, elle entraîna Marie-Louise à sa suite :

— Mais enfin qu'est-ce qu'il y a ?

— Regarde, n'est-ce pas Thierry ?

— Quel Thierry ? demanda Marie-Louise ahurie.

— Thierry Masson voyons !

— Tu lui cours après dans la rue à présent !

— Cela fait des siècles que je ne l'ai pas vu...

C'était bien Thierry, l'air fatigué et soucieux. Angela eut l'impression fugitive qu'il n'était pas particulièrement heureux de cette rencontre. Mais très vite, il se reprit et sourit :

— Quelle bonne surprise de vous voir toutes les deux !

— Qu'étiez-vous donc devenu ? s'enquit Angela.

En présence de Marie-Louise, elle n'osa pas lui dire qu'elle l'avait cru mort, que cette éventualité l'avait obsédée...

— Rien de spécial, dit-il. Si nous allions prendre quelque chose ?

— Bien volontiers, dit Angela.

— Moi, je dois rentrer, je vous laisse, dit Marie-Louise avec un tact dont Angela lui sut un gré infini.

Le soleil brillait sur les Champs-Elysées. Les Allemands flânaient avec un manifeste plaisir et beaucoup étaient attablés dans les différents établissements qui avaient sorti tables et chaises sur le trottoir.

— Allons à l'intérieur, proposa Thierry, nous serons plus tranquilles.

Ils s'installèrent côte à côte, dans un coin isolé. Cette rencontre inopinée avait réveillé chez Angela des sentiments qui, si l'absence ne les avait pas éteints, étaient du moins assoupis. Elle cacha la joie et le trouble provoqués par ces retrouvailles. Maintenant qu'ils étaient seuls, elle ne put s'empêcher de lui dire avec un léger accent de reproche :

— Je vous ai cru mort... Cela fait si longtemps que nous ne nous sommes vus et je n'ai pas eu de vos nouvelles depuis...

— Mai 40, dit Thierry, je sais. Cela fait plus d'un an...

Il se tourna vers elle et la dévisagea :

— Vous n'avez pas changé Angela. Vous êtes toujours aussi belle, telle que vous étiez dans mes souvenirs.

Il avait donc pensé parfois à elle...

— Alors, interrogea-t-elle, que vous est-il arrivé pendant tout ce temps?

Cette question, pourtant bien naturelle, sembla le gêner.

— Je n'étais pas à Paris, dit-il finalement. Sans quoi, je vous aurais téléphoné.

Tant de réserve et d'imprécision l'intrigua. Il lui cachait quelque chose. Les hypothèses les plus folles se succédèrent dans son esprit : avait-il renoué avec sa maîtresse, ou bien rencontré une autre femme? Son annulaire gauche était toujours vierge d'alliance. Au moins, n'était-il pas marié.

— Maintenant, vous vivez à Paris?

— Rarement... C'est un hasard extraordinaire que nous nous soyons rencontrés...

Il parlait comme s'il pensait que ce hasard ne devait jamais se reproduire. Un malaise planait. Voulant à tout prix l'éviter, Angela dit :

— Vous n'êtes pas obligé de me raconter quoi que ce soit. Sachez seulement que je suis heureuse de vous revoir... en vie, intact et en liberté.

Sur la banquette, il lui prit la main et la serra :

— Vous ne pouvez pas savoir à quel point je suis moi aussi heureux de vous retrouver...

L'année noire

Mais alors, pourquoi n'avoir pas téléphoné? Son numéro n'avait pas changé... Ou écrit. La pensée la traversa soudain que peut-être ces derniers temps, il n'avait pas été en France. Peut-être était-il de ceux qui continuaient à se battre en Angleterre, comme sans doute son cousin Marc, en Afrique du Nord ou quelque part dans l'Empire français. N'avait-on pas appris récemment grâce à la BBC que malgré le brouillage on écoutait presque chaque soir, que les troupes anglaises et les Forces françaises libres étaient entrées en Syrie à l'instigation du général de Gaulle où de très violentes batailles avaient eu lieu contre les soldats du général Dentz? Puis que Damas avait été prise par les Britanniques et les Français libres [1]...

Si Thierry était l'un de ces combattants, comment avait-il pu regagner Paris et par quel moyen?

Toutes ces questions, Angela brûlait de les poser. Au lieu de cela, elle demanda :

— Quand repartez-vous?
— Après-demain...
— Déjà!

Il hésita avant de proposer :

— Si vous voulez, nous pourrions dîner ensemble demain.
— Oh, oui! dit Angela, venez à la maison.
— Je préférerais que nous nous retrouvions au petit café où nous nous sommes vus la dernière fois.

Elle comprit qu'il ne voulait pas rencontrer ses parents par crainte des questions qu'ils lui poseraient.

— Comme vous voudrez, dit-elle.

Dans la rue, en rentrant de classe, Olivier assista à une scène qui le laissa tremblant. Préoccupé par le résultat de son prébac passé la semaine précédente et dont on aurait le lendemain le résultat, inquiet de la faiblesse de son devoir en mathématiques, il vit soudain à quelques mètres de lui, une voiture s'arrêter dans un grincement de freins brutal. De la traction avant noire jaillirent trois hommes en manteau de cuir, coiffés de feutres mous. Un quatrième resta au volant,

---

1. 21 juin 1941.

laissant le moteur tourner, ce qui parut un gaspillage inimaginable au jeune garçon qui s'entendait répéter sur tous les tons, tant en classe qu'à la maison qu'il fallait tout économiser.

Olivier s'arrêta et se dissimula sous une porte cochère. Son instinct l'avertissait d'un danger, sans qu'il pût en déterminer la nature. Il n'avait entraperçu qu'un seul visage et ce visage respirait le mal, sans aucun doute possible.

Au bout de cinq minutes, le sinistre trio réapparut entraînant avec lui un petit homme maigre, aux cheveux noirs, à l'air misérable, à la figure tuméfiée. Il marchait difficilement menottes aux mains.

– Allez monte et plus vite que ça, hurlèrent-ils en poussant sans ménagement le prisonnier dans la voiture.

Les portières claquèrent et un instant plus tard, la chaussée vide, Olivier put croire qu'il avait rêvé cette scène dont la rapidité et la violence l'avaient épouvanté.

Il attendit que le dîner terminé, la famille se retrouve au salon pour boire la décoction d'orge qui tenait lieu de café, pour raconter à ses parents la scène dont il avait été le témoin et en demander la signification.

Gilbert soupira :

– Ce que tu as vu est une arrestation effectuée par la Gestapo. Un résistant ou un juif...

– Mais ces hommes n'étaient pas en uniforme et parlaient français ! s'écria Olivier.

– Alors, il s'agissait d'auxiliaires français de la Gestapo, précisa Gilbert. La pire race qui soit et la plus méprisable, car la plupart du temps, ces traîtres font cela pour de l'argent...

Olivier avait revécu le drame au cours de cauchemars, et devenu anxieux, il se retournait pour voir s'il n'était pas suivi par un homme en manteau de cuir. Quelques jours plus tard en se rendant au collège avec Laurent – tous deux avaient été reçus à leur examen et entreraient en seconde au mois d'octobre – il voulut éviter la rue de l'enlèvement comme s'il courait un danger en l'empruntant.

– C'est plus court par là, fit observer Laurent.

– Je sais mais...

L'année noire

Il raconta à son ami l'événement dont il avait été le témoin et fut stupéfait qu'il n'en fût pas tout comme lui, indigné.

— Ce devait être un terroriste qu'ils ont arrêté, conclut Laurent. Il paraît qu'il y en a de plus en plus; ou un juif : mes parents disent que c'est à cause d'eux et des communistes qu'on a perdu la guerre...

Depuis leurs retrouvailles, la tante et la nièce se voyaient assez souvent. Olivia avait été heureuse de disposer d'une oreille complaisante — et nouvelle — auprès de laquelle s'épancher.

Alberta avait compati au récit de cette vie plate, médiocre et désolante, marquée par la perte d'un amour inaccompli, car Augustin, malgré leur désir partagé, avait toujours respecté celle dont il voulait faire sa femme.

— Quand j'ai appris sa mort, je l'ai regretté, dit Olivia. J'aurais aimé, au moins une fois...

— Et avec Paul?

— Ce n'était pas pareil, je n'étais pas amoureuse de lui. Je l'ai épousé pour avoir la paix, pour m'éloigner de ma mère. Tu ne peux pas imaginer...

— J'imagine très bien au contraire, dit Alberta en hochant la tête. Je devine combien elle a dû se montrer impitoyable à l'égard d'Augustin, essayer de le diminuer à tes yeux...

— C'est tout à fait ça, convint Olivia. Elle me disait aussi que s'il me courait après, c'était à cause de mon argent... Comme si aucun homme ne pouvait m'aimer pour moi, que j'étais trop moche pour ça... Toute mon enfance et mon adolescence, elle n'a cessé de me déprécier, de me persuader que j'étais une minable...

— J'en connaissais une autre aussi destructrice...

— Et qui donc?

— Ta grand-mère Calvet...

— Je l'ai à peine connue... Elle est morte quand j'avais douze ans et comme elle habitait Lyon, je ne la voyais pas souvent.

— Jeanne n'a fait que reproduire le comportement de notre

mère : elle lui ressemble tellement... je pense qu'elle aussi a beaucoup souffert.

— Et toi? demanda Olivia.

— Nous n'avions pas le même caractère, ta mère et moi... j'ai toujours été une rebelle... mais au fond, si je comprends bien, Paul ne t'a pas rendue malheureuse?

— Oh! non! s'exclama Olivia. Il était même très gentil, très doux... Je le regrette, c'est triste d'être veuve à mon âge. D'autant plus que je sais bien que je ne referai pas ma vie...

— Et pourquoi donc? Après tout, tu n'as que quarante-six ans, dit Alberta sans grande conviction.

Elle, à soixante ans passés, savourait encore, sinon les voluptés de la passion, du moins des amitiés très tendres. Mais c'était une question de tempérament, et aussi une certaine disposition native pour le bonheur.

— Regarde-moi, dit simplement Olivia. Qui voudrait d'une femme comme moi?

Alberta se dit en effet qu'aucun de ses amis et elle n'en manquait pas, ne s'intéresserait à une femme au visage lugubre malgré de beaux yeux bleus, aux chairs avachies, aux cheveux grisonnants et ternes, affublée plus qu'habillée de vêtements peu seyants...

— Tu pourrais t'arranger un peu, suggéra Alberta, en commençant par te tenir droite.

Voûtée comme elle l'était, elle faisait dix ans de plus que son âge. Son allure était celle d'une personne qui partait vaincue avant d'avoir rien entrepris. Et puis — et Alberta savait que c'était beaucoup demander même si cela ne coûtait rien — elle devrait modifier sa démarche qui dans la rue ou dans un salon était celle d'une vieille dame... Dans le voisinage d'Inès le contraste entre les deux belles-sœurs était encore plus saisissant.

Et son visage sombre était celui d'une femme qui n'attend plus rien de la vie. Mais comment faire comprendre à Olivia, sans la blesser profondément que son seul aspect décourageait les meilleures intentions? Alberta se revoyait au même âge, dans les années 20, après la disparition souhaitée de M. Calvet dont elle avait hérité une fortune, qui lui avait permis de vivre à sa guise, sans avoir recours à la générosité des uns ou des autres ou à des expédients auxquels sa nature répugnait.

A l'époque elle entretenait une liaison passionnée avec Dimitri, un Russe exilé rencontré au casino de Deauville où il dilapidait ses derniers biens, ce à quoi Alberta s'empressa de mettre bon ordre. Elle se souvenait de son corps mince et souple – ce corps qu'elle avait choyé et entretenu à l'époque où elle ignorait les rhumatismes et où ses os ne faisaient pas entendre de sinistres craquements qui signalaient les changements de temps – qui se lovait dans les superbes robes de Paquin. Dimitri s'empressait de les lui retirer dès qu'ils rentraient au petit matin, d'une folle soirée arrosée de champagne et de vodka, où les orchestres se déchaînaient, au cours de ces nuits de griserie qui flambaient pour que chacun oublie, en brûlant la chandelle par les deux bouts, les horreurs d'une guerre qui avait duré quatre interminables années... Qui ne souffrait pas d'une blessure secrète, d'une perte irréparable ou tout simplement d'un manque de courage pour affronter désormais la vie ?

Elle se souvenait surtout de son allure conquérante : à cette époque, le monde leur appartenait, à elle et aux femmes de son espèce, comme la belle Marie-Pierre et Elisa qui était si drôle, ses compagnes de plaisir... Maintenant, Marie-Pierre était morte et Elisa qui s'était rangée, allait marier sa fille à Saint-Philippe-du-Roule...

Alberta soupira : ce monde appartenait à un passé brillant où les jours défilaient à une allure frénétique – peut-être un peu clinquant aussi, mais qui pétillait encore dans sa mémoire et lui rappelait qu'elle avait vécu intensément. Il demeurerait inaccessible à Olivia. L'eût-elle connu d'ailleurs qu'elle serait demeurée à l'écart. Elle manquait de vitalité et c'était irrémédiable.

– Tu devrais commencer par te faire couper les cheveux convenablement, suggéra-t-elle.

Par cette belle soirée de juin, Inès se hâtait. Elle ne voulait pas faire attendre Gilbert et ses enfants pour le dîner. Elle s'était attardée plus qu'elle n'aurait dû à jouer au gin-rummy chez Emilie Garaud et maintenant, cherchait en vain un vélo-taxi. Il faisait beau, elle se résigna à marcher.

Dans la rue presque déserte, une voiture la doubla et s'arrêta à une centaine de mètres devant elle. Un chauffeur en uniforme bondit pour ouvrir la portière à un officier allemand. Ce dernier sonna à la porte d'un bel immeuble tout en restant dans la rue. Elle évoqua la scène contée par Olivier. Mais s'il s'agissait d'une traction noire identique à celle décrite par son fils, les deux passagers ne portaient pas les insignes de la Gestapo et ne s'apprêtaient pas à procéder à une arrestation.

Presque aussitôt, un couple parut. L'homme se précipita pour saluer avec chaleur le colonel de la Wehrmacht. Choquée par ces retrouvailles de deux amis qui se rencontraient avec une visible satisfaction mutuelle, dont l'un n'aurait jamais dû serrer la main de l'autre dans les circonstances actuelles, Inès allait s'éloigner lorsque pétrifiée, la gorge nouée, elle reconnut la femme : c'était Charlotte.

Sa propre fille souriait à cet Allemand, avec lequel elle semblait en excellents termes, à cet ennemi qui la saluait. Ah! non, il ne s'agissait pas d'une arrestation!

Au spectacle de Charlotte – très élégante : il était manifeste que le trio sortait dîner en ville – s'engouffrant en riant dans la voiture dont le chauffeur lui tenait la portière ouverte, Inès crut se trouver mal. Elle dut s'appuyer contre le mur, la respiration coupée, submergée par la honte. La voiture démarra et peu après elle héla un vélo-taxi qui la ramena chez elle.

— Te voilà enfin, dit Gilbert qui l'attendait au salon avec Angela et Olivier. Nous commencions à nous inquiéter.

— Gilbert...

— Qu'y a-t-il? Tu es toute pâle... Viens t'asseoir.

Gilbert prit le bras de sa femme et la conduisit à un fauteuil où elle se laissa tomber lourdement.

— Mais... tu trembles... Angela sers vite un cognac à ta mère.

— J'ai vu quelque chose d'horrible, murmura Inès, tandis qu'Angela s'empressait... je ne peux pas te le dire maintenant. Pas devant les enfants...

— Je comprends... Angela et Olivier, vous voulez bien nous laisser seuls un instant. Nous vous appellerons pour passer à table.

Angela se retira avec son frère, intriguée et même inquiète : jamais elle n'avait vu sa mère dans pareil état.

— Charlotte... dit Inès.

— Il lui est arrivé quelque chose ? interrogea Gilbert.

— Mieux vaudrait... Si tu savais...

En racontant la scène, elle eut l'impression d'avoir fait un mauvais rêve : pourtant elle aurait pu décrire avec précision le tailleur à carreaux blanc et gris de sa fille, et surtout la blouse de soie framboise... Cet air d'animation sur son visage, elle ne le lui avait plus vu depuis longtemps, il l'avait abandonné peu après son mariage : visiblement Charlotte s'amusait et s'apprêtait à passer une excellente soirée en compagnie de celui qui devait être son amant et de cet Allemand.

Accablé, Gilbert se refusait à accepter :

— Es-tu vraiment sûre que c'était elle ? Tu n'étais pas tout près...

— Comme si je n'étais pas capable de reconnaître ma propre fille !

Et elle ajouta :

— Et elle portait la blouse que je lui avais offerte pour son dernier anniversaire, il y a deux mois...

— Une blouse peut ressembler à une autre, dit Gilbert sans grande conviction. Et Bruno ? Crois-tu qu'il soit au courant ?

— Comment ne se douterait-il pas qu'elle a un amant ? Quant à savoir qu'elle sort avec des Allemands...

— Il va falloir le lui dire, soupira Gilbert, ce serait trop dangereux autrement...

Inès interrogea son mari du regard :

— Il est des nôtres désormais...

Il baissa la tête tandis qu'Inès pleurait :

— Quelle honte d'être obligés de lui apprendre...

Le comportement de ses parents, la veille, avait alarmé Angela même si elle n'en avait rien laissé voir. Depuis quelque temps, son père recevait de mystérieux appels qui l'amenaient à sortir précipitamment ou au contraire à se décommander pour demeurer près du téléphone. Plusieurs fois, Angela avait été réveillée par un bref coup de sonnette, juste avant le couvre-feu... Le lendemain, les cendriers débordants en disaient long sur les conciliabules nocturnes avec des visiteurs inconnus.

Elle avait compris que ses parents − car jamais son père n'agirait sans en référer à son épouse − se livraient à des activités dont ils souhaitaient les tenir à l'écart, son frère et elle. A quatorze ans, Olivier était encore un enfant qui ne s'était aperçu de rien, Charlotte devenue étrangère au noyau familial, ne faisait que de rares apparitions, lors d'un déjeuner ou d'un dîner. Angela, respectueuse de la discrétion souhaitée par ses parents s'abstenait de poser des questions.

Par association d'idées, la gêne de Thierry, si avare de détails, et sa contrariété de tomber par hasard sur les jeunes filles devenaient transparentes. Manifestement au café, il craignait d'être *vu*... Peut-être ce soir, lui en dirait-il plus... Si c'était possible, elle l'aiderait volontiers : elle aussi souhaitait de toutes ses forces le départ des Allemands.

Depuis le début de la guerre, elle avait mûri. La semaine dernière, elle avait fêté ses vingt et un ans lors d'un dîner auquel avaient participé Bruno, Charlotte, Olivia, Laurence et les Garaud, repas modeste pour cause de restrictions, mais tout de même agrémenté de poulets de Sarranches. Marie-Louise avait reparlé du bal, donné trois ans auparavant et Inès avait sorti l'album de photos, souvenirs déjà lointains d'une fête d'un autre temps.

− Tu étais superbe! s'exclama Emilie Garaud. Vraiment la reine du bal... Quelle soirée magnifique! Nous n'en verrons plus de pareilles...

Il y avait aussi une photo de Charlotte en grand apparat. A son vif dépit, personne ne fit de commentaires.

En se revoyant dans la robe de Lanvin qu'elle n'avait guère eu l'occasion de reporter depuis, puisque la mort de son oncle Paul avait empêché toute sortie pendant six mois et qu'ensuite la guerre avait mis fin aux bals, Angela se reconnaissait à peine en cette petite jeune fille ignorante et irréfléchie, – cette dinde, se disait-elle sans indulgence – qui après avoir couché sottement avec un Arnaud Buffévent, vivait dans la terreur des conséquences de ce moment d'égarement... Tout cela, parce qu'elle s'était imaginée amoureuse de ce bellâtre sans intérêt, devenu coqueluche de leur petite bande à cause de ses talents de danseur.

N'en aurait-elle pas moins voulu à Arnaud si celui-ci lui avait donné du plaisir ? Ou du moins, s'y était efforcé... Bien que sans expérience, elle s'était rendu compte qu'il n'avait pensé qu'à son propre plaisir.

Depuis, Thierry était le seul pour lequel elle avait éprouvé une réelle et presque immédiate attirance physique. Après trois ans, et bien qu'elle le sût épris d'une autre, elle rêvait toujours à lui.

Que se passerait-il ce soir ? Etait-elle folle d'espérer en cette rencontre qui n'aurait pas de lendemain puisqu'il partait ? Le connaissant, et étant donné les circonstances, il apparaissait bien improbable qu'il voulût s'engager même s'il tenait à elle, ce qui n'était pas prouvé... Mais s'il venait à disparaître dans la tourmente sans qu'il se fût rien passé entre eux, son destin serait une réplique de celui de sa tante Olivia qui avait consumé sa vie en stériles regrets. De cela, elle ne voulait à aucun prix...

Pour ce premier dîner en tête-à-tête, elle mit une simple robe chemisier en toile beige, vieille de deux ans ou plus, comme presque tout ce qu'elle possédait maintenant. Et, puisque Thierry ne voulait pas qu'on fût au courant de sa présence à Paris, elle mentit à Inès qui lui demandait chez qui elle dînait.

— Ne rentre pas trop tard et sois bien prudente. Si personne ne te raccompagne, commande un vélo-taxi pour rentrer. Je ne veux pas te savoir seule dans les rues...

Gabriel avait l'impression que sa santé se détériorait. Il dormait mal, des brûlures d'estomac le taraudaient parfois ; il n'en finissait pas d'être fatigué.

Sarranches

Le projet d'évasion avait fait long feu : subitement − ses supérieurs l'avaient peut-être jugé trop familier avec les prisonniers ou avaient-ils été avertis de ses relations coupables avec Helga −, Fritz avait été remplacé par un soldat plus âgé, de caractère maussade et peu liant, qui ne transigeait pas avec la discipline. Les avances de Gabriel restaient sans écho.

Philippe remâchait sa déception, déplorant cette occasion manquée qui ne se représenterait pas de sitôt, alors que Gabriel devait s'avouer en secret son soulagement. Il gardait pour lui cette réaction dont il n'était pas fier. Mais les derniers jours avant la date fixée, lorsque Fritz avait pris l'habitude de les laisser terminer seuls le trajet, la panique s'était emparée de lui à la perspective d'une longue fuite vouée à l'échec à travers un pays ennemi, au cours de laquelle lui et ses camarades seraient poursuivis impitoyablement.

Parfois, dans l'état de semi-conscience qui précède le sommeil, des images le faisaient sursauter : une meute de chiens, des molosses noirs qui n'étaient pas sans évoquer *Le Chien des Baskerville*, la gueule ouverte, pleine d'une bave déjà sanglante, lancés à toute allure, traquaient leurs proies, lui en l'occurrence, se jetaient sur cette victime toute désignée puisqu'il était incapable de résistance, le renversaient avant de le déchirer de leurs crocs redoutables. L'abandonnant, Philippe réussissait toujours à se mettre hors d'atteinte et à disparaître. Avec un sourire triomphant où se devinait un peu d'ironie envers la pusillanimité et la maladresse de son camarade qui s'était laissé prendre au piège.

Mais Philippe serait-il capable de l'abandonner ainsi ? La réponse était oui, bien qu'il n'ait rien de précis à lui reprocher. En l'état présent de son esprit, Gabriel n'avait plus qu'une confiance mitigée en son ami. Ou son angoisse le portait-il à suspecter tout le monde ?

Dans le train qui le rapprochait de sa destination, Bruno se demandait non sans un peu d'inquiétude si Marie n'avait pas fait de rencontre : dix mois s'étaient écoulés depuis qu'il l'avait quittée.

L'année noire

Se considérant encore comme l'époux de Charlotte, il ne lui avait à aucun moment laissé entrevoir l'intérêt qu'il lui portait, simplement l'agrément qu'il prenait à sa compagnie. En partant il s'était contenté de lui dire combien elle lui manquerait. A quoi elle avait répondu : « Mais de retour en ville, vous aurez tôt fait d'oublier la pauvre campagnarde que je suis... »

Il lui avait écrit deux ou trois fois des lettres gentilles, un peu banales : à la vérité, il ne savait quoi lui raconter. Il ne pouvait lui parler ni de sa famille, ni de ses activités. Il aurait simplement pu lui décrire le profond ennui et la solitude qui étaient son lot depuis son retour. Alors que leurs conversations, là-bas, se déroulaient tout naturellement, souvent dehors. Les sujets se succédaient. S'ils se taisaient un moment, cela n'avait aucune importance.

Marie lui avait répondu brièvement, donnant des nouvelles de son fils qui apprenait à lire, des Barnier et de la ferme : sa sœur Thérèse avait ajouté un élevage de lapins aux ressources communes et Alfa la chienne avait eu trois petits dont on avait gardé le plus robuste et donné les autres.

Le coup de matraque provoqué par les révélations de son beau-père s'atténuait à mesure qu'il se rapprochait de Marie... Bruno s'était abstenu de juger le comportement de Charlotte et une nouvelle fois il n'avait pas eu le courage de lui faire part de sa décision irrévocable de divorcer. Mais il s'était juré de lui parler dès son retour. Il quitterait le domicile conjugal, puisque Gilbert en était propriétaire et s'installerait dans un logis modeste : avec son seul salaire, il était hors de question de continuer le train que lui permettait la fortune de ses beaux-parents et la générosité de Germain qui avait toujours beaucoup gâté sa famille. Il renoncerait au luxe que représentait la présence de deux domestiques et de la belle Delage, offerte par les Sénéchal peu avant la guerre : de toute façon, pour l'instant, elle se trouvait sur cales dans un garage et y demeurerait probablement le temps de la guerre.

Il regretterait Sarranches, ce lieu un peu magique, comme hors du temps, l'hospitalité fastueuse de Germain. Cette

Sarranches

famille qu'il avait faite sienne lui manquerait. Mais il garderait de bonnes relations avec Gilbert, Inès, Angela dont le regard lui avait appris qu'elle avait depuis longtemps deviné la mésentente de son ménage. Bruno s'était aussi pris d'affection pour Olivier, ce jeune beau-frère qui manifestait bruyamment sa joie lors de ses visites et qui lui demandait conseil pour les modèles réduits qu'il construisait.

Il n'était plus tout à fait celui qu'avait connu Marie. S'il n'était pas encore un homme libre il était bien résolu à le redevenir. Et s'il lui proposait de partager sa vie, il s'agirait d'une vie simple. D'autant plus que s'y ajouterait la charge de son enfant et espérait-il, des leurs par la suite.

Elle n'aurait pas à faire de comparaison... Et d'ailleurs, ses inquiétudes étaient d'une autre nature : si Marie, institutrice rurale, acceptait de l'épouser, comment s'adapterait-elle à un mode de vie totalement nouveau pour elle, à l'anonymat de la grande ville, si différent du quotidien à la campagne?

Bruno lui-même, savait-il seulement comment il organiserait sa vie? Quoi qu'il en soit il en bannirait les échanges artificiels, les soirées perdues en compagnie d'invités plus ou moins bornés en dépit de leur apparence. Il voulait aussi aimer et être aimé. Il avait espéré naïvement retrouver avec Charlotte la stabilité du couple de ses beaux-parents : cette harmonie avait vivement influencé son attirance pour Charlotte, l'amour qu'il lui avait porté, ou cru lui porter.

Et dernière chose et non la moindre, il souhaitait des enfants afin de leur donner cette tendresse qui lui avait manqué. Cette carence avait fait de lui un homme anxieux, insatisfait, souvent indécis, qui manquait d'assurance et s'aveuglait facilement, sur lui-même et sur les autres, au caractère un peu morose, renfermé, dépourvu d'enthousiasme, dont la personnalité ne s'était pas épanouie comme elle l'aurait dû. La venue de ces enfants serait comme une revanche sur le destin. Charlotte s'était refusée à combler son désir de paternité, remettant toujours à plus tard, et il s'en félicitait aujourd'hui!

Les Allemands faisaient la police dans la gare, ordonnaient d'ouvrir tous les bagages qui leur paraissaient suspects. On

L'année noire

s'agitait autour du kiosque à journaux. Les gros titres de *Paris-Soir* annonçaient que l'Allemagne avait envahi l'Union soviétique [1]. Cette stupéfiante nouvelle qui le laissa un moment incrédule réussit à modifier le cours de ses pensées.

Il monta dans un car bondé de voyageurs et de colis. Le véhicule à gazogène s'ébranla avec peine et sa lenteur exaspéra Bruno, si près du but : une quinzaine de kilomètres le séparait de Marie dont il avait peine à retrouver les traits. Il ne possédait aucune photo — quelle raison aurait-il eu d'en demander ? — qui lui eût permis de raviver ses souvenirs...

— Comme tu es élégante ! s'exclama Gilbert en accueillant sa sœur venue déjeuner.

Il cachait mal sa surprise à la vue de celle qu'il avait peine à reconnaître : :

— On dirait que tu as changé...

De son côté, Inès l'accueillit en lui disant :

— Tu as rajeuni : tu as une nouvelle coupe de cheveux... Cela te va très bien...

Effectivement, elle avait abandonné le petit chignon triste et maigrichon d'une couleur indéterminée pour une coiffure aux cheveux plus courts qui masquait en partie un front bombé et, faisant paraître son nez moins long, modifiait de manière étonnante le visage d'Olivia. Une teinte châtain clair aux reflets lumineux complétait la transformation et aussi un léger maquillage : le nez d'Olivia ne brillait plus. Sa peau avait perdu cet aspect terne et un peu desséché qui la caractérisait auparavant et les rougeurs diffuses qui la parsemaient avaient disparu, estompées par un discret fond de teint, conseillé par Alberta. Olivia l'utilisait pour la première fois de son existence.

Cette transformation spectaculaire n'était pas réalisée sans résistance. Alberta avait été contrainte de faire violence à la nature timorée de sa nièce. Le coiffeur et l'esthéticienne lui avaient appris ce qui pour la plupart des femmes va de soi : se mettre en valeur.

1. 22 juin 1941.

Sarranches

Alberta lui avait encore suggéré d'abandonner ses jupes grises ou beigeasses de pensionnaire pour des teintes plus seyantes comme bordeaux ou prune, ou du noir, toujours éclairé par une tache de couleur. Bien sûr, en ce moment, avec les points textile en nombre si insuffisant, il n'était pas facile de se procurer de nouveaux vêtements sinon à des prix qu'Olivia ne pouvait pas se permettre. Mais grâce à l'ingéniosité d'Alberta, longtemps réduite à l'économie à l'époque des vaches maigres lors de son retour d'Asie, elle apprit à tirer un nouveau parti de sa garde-robe. Olivia en venait à se regarder dans la glace sans déplaisir. Certains jours d'euphorie, elle se trouvait bien. Ce qui, aussi loin qu'elle remontât dans ses souvenirs, n'avait jamais été le cas.

Le regard des autres avait changé et favorisait chez elle une aisance inconnue.

Elle s'était si longtemps complue – avec une sorte de délectation morose – dans sa tristesse, après s'être vautrée un temps dans une souffrance aiguë que seul le passage des années avait apaisée. Cet état l'avait dispensée de prendre part à sa propre vie.

Ses longues conversations avec Alberta dont les sentiments pour elle étaient sincères, la lucidité dépourvue de malveillance dont elle faisait preuve, avaient fini par l'éclairer sur elle-même et sur ses manques. Elle avait compris que cette transformation physique superficielle devait se doubler d'un changement plus profond et certes beaucoup plus difficile à réaliser. Aurait-elle assez de ténacité pour y parvenir ?

Deux ou trois fois par mois, Jeanne se rendait chez Alberta pour prendre le thé ou ce qui alors en tenait lieu, décoction évoquant plus le foin que l'Earl Grey, au délicieux arôme de bergamote qui avait sa préférence. De même que le breuvage, confectionné à partir des glands ramassés dans le parc de Sarranches et grillés avant d'être moulus, ne rappelait que de très loin le café qu'il était censé remplacer.

Jeanne s'étonnait parfois de se sentir si à son aise dans le salon de sa sœur, installée dans un confortable fauteuil de cuir fauve dont les accoudoirs étaient patinés par le frottement des bras qui s'y étaient posées au fil des années. Alberta qui venait d'emplir sa tasse, lui faisait face, dans une bergère que Jeanne qui n'était guère observatrice, remarqua pour la première fois :

— Elle était dans l'appartement de Lyon, n'est-ce pas?

— Mais oui. Dans le petit salon de notre mère... Tu l'aurais voulue?

— Oh! non! répondit Jeanne avec une vivacité qui étonna Alberta.

— Comme tu m'avais fait savoir par ton notaire que tu ne désirais garder aucun meuble de la succession, j'en ai choisi quelques-uns. Très peu d'ailleurs. Ce secrétaire aussi, près de la porte...

— C'était là que notre mère faisait ses comptes... ses interminables comptes.

— Naturellement, tu as reçu la compensation du prix estimé de ces meubles, précisa Alberta.

Jeanne fit un geste de la main :

— Ce n'est pas la question...

— Que veux-tu dire?

— Je me demandais comment tu pouvais supporter la présence constante de ces... témoins de notre vie à Lyon.

Alberta considéra sa sœur d'un air songeur :

— Je crois que je comprends ta réaction... Eh bien, je pourrais te répondre que la vue de ce fauteuil, de cette commode et de ce secrétaire me rappelle chaque jour que j'ai gagné, que j'ai réussi à sortir de cet univers asphyxiant... alors que j'ai craint un moment de ne pas y parvenir... et plus tard, après mon divorce, d'y retomber par manque d'argent. Savais-tu que notre mère, à mon retour d'Asie, m'avait proposé avec insistance de revenir vivre auprès d'elle?

— Je l'ignorais...

— Je n'ai pas besoin de te dire combien elle s'est montrée dure, impitoyable, persuadée comme toujours, d'être la seule à avoir raison...

— Tu la détestais?

— Oui, parce qu'elle voulait me conformer à son mode de

vie, cette vie étriquée, d'une hypocrite moralité, dominée par les convenances, dont tout bonheur était exclu. Tu comprends donc que j'aurais préféré faire le trottoir plutôt que de retourner m'enterrer à Lyon ?

— Tu l'as fait en quelque sorte, dit sèchement Jeanne.

— Oui, Germain m'a aidée, je ne le nie pas. Quelques autres aussi... Un temps, j'ai été ce qu'on appelle *une femme entretenue*.

Après un silence, Alberta interrogea :

— Tu m'en veux toujours ?

— Peut-être, dit Jeanne, je crois que je suis assez rancunière, mais cela n'a plus d'importance.

— Alors, pourquoi as-tu accepté, ce dont je suis très heureuse, de renouer avec moi ?

Jeanne haussa les épaules :

— Je ne pourrais avancer aucun motif raisonnable... Moi, vois-tu je n'ai pas réussi. Malgré les apparences, d'une certaine manière je suis restée là-bas...

— Tu l'as bien voulu... Tu as eu beaucoup plus d'opportunités que moi pour... être heureuse.

— Tu veux dire que je n'ai pas su en profiter ?

— Ou pas pu... Tu ne t'es jamais révoltée contre l'ordre. Notre mère t'en avait rendue incapable... Tu es quand même bien tombée avec Germain : malgré ses défauts, c'est un homme de valeur, intéressant, avec lequel on ne s'ennuie jamais. Tu as eu trois beaux enfants, même si tu as eu le malheur d'en perdre un...

— Toi tu n'en as jamais voulu...

— Je n'en souhaitais pas vraiment, je le reconnais. Et j'ai été soulagée lorsque j'ai perdu celui que j'attendais. Je savais déjà que je ne resterais pas avec Hubert : il était trop médiocre. Avec un autre, il en aurait peut-être été différemment. Il m'a fallu du courage pour partir. Car je savais que notre mère me ferait payer cher cette tentative avortée de me libérer d'elle... Toi-même, ne t'es guère montrée accueillante à l'époque...

— C'est vrai, reconnut Jeanne. Je crois que j'étais jalouse de toi...

L'année noire

— Pourtant, nos situations n'étaient pas comparables : tu étais installée dans la vie, tu avais tout et moi rien. J'étais la petite sœur misérable dont notre mère rêvait de faire son esclave, honteuse et repentante...

— Au lieu de quoi tu avais une allure fendante, tu étais une femme libre qui cherchait à éclipser les autres... Tu t'imposais... Quand tu arrivais quelque part, il n'y en avait plus que pour toi...

— J'affectais une aplomb et un entrain que j'étais loin de posséder. Mais j'avais vite compris que ce n'était pas en pleurnichant et en me posant en victime que je réussirais à retourner la situation en ma faveur. Il est toujours absurde et inutile de se plaindre : cela n'intéresse personne.

— Alors que moi, je me suis posée en femme trompée, puis en mère éplorée... jusqu'à ce que je m'aperçoive...

— Je sais que tu as fait une découverte : veux-tu m'en parler ? demanda doucement Alberta.

Jeanne soupira :

— Ce n'est pas agréable... Mais, tu es probablement la seule à laquelle je puisse le raconter. Il s'agit de... Jacques.

S'était-elle réconciliée avec Alberta pour partager ce secret ? Car elle était bien résolue à ne jamais révéler à Germain le contenu des papiers de leur fils...

PEARL HARBOR

Gilbert s'inquiétait du climat de violence croissante qui s'était instauré depuis l'été et dont les signes se multipliaient. Après l'assassinat par des membres de la Cagoule, de l'ancien ministre de l'Intérieur Marx Dormoy [1] à Montélimar où il avait été placé en résidence surveillée par Vichy, suivi en plein été, par celui de l'aspirant Moser [2], abattu dans le métro, un attentat [3] commis par un dénommé Collette à Versailles contre Laval et Déat avait échoué. Un nouvel attentat [4] à Paris contre les troupes d'occupation avaient entraîné de terribles représailles : douze otages avaient été fusillés.

– Cela ne fait que commencer, avait pensé Gilbert.

La suite devait hélas lui donner raison : fin octobre, 98 otages furent exécutés, dont 27 à Châteaubriant [5].

Pendant ce temps, la guerre faisait rage sur le front de l'Est, et devant l'avance foudroyante de l'armé allemande les villes tombaient l'une après l'autre : Smolensk, Kiev, Odessa, Koursk. En ce mois de novembre glacial, la bataille de Moscou commençait. Gilbert se demandait si on pouvait miser sur

1. 26 juillet 1941.
2. 21 août 1941.
3. 27 août 1941.
4. 16 septembre 1941.
5. 22 octobre 1941.

Sarranches

la Russie dont le considérable retard en armement et en matériel sur l'Allemagne était bien connu et espérer que ses neiges et ses glaces si hostiles aux armées de Napoléon, vaincraient à leur tour les blindés de Guderian et les chars de von Rundstedt.

En France, ce troisième hiver de guerre s'annonçait plus rude encore que le précédent. On se calfeutrait pour ne pas laisser échapper le peu de chaleur procuré par les poêles à sciure, les quelques cheminées pour lesquelles on avait pu trouver des bûches et les radiateurs électriques dont l'usage était rendu aléatoire en raison des nombreuses coupures de courant. S'y ajoutaient la faim et des difficultés de tous ordres.

A Sarranches où Germain et Jeanne n'allaient plus guère pendant les mois d'hiver on avait condamné les vastes pièces du bas. Pour la première fois, Germain s'alarmant de la diminution des réserves de bois, se voyait contraint à l'économiser. Au second étage Gilbert et Inès avaient aménagé trois pièces, plus basses de plafond et donc plus faciles à chauffer et s'y cantonnaient lors de leurs séjours. Le plus souvent, ils n'emmenaient pas leurs enfants.

Le petit pavillon situé au cœur du bois des Mattes où Germain avait pour habitude avant guerre de conduire ses conquêtes pour ses fameux cinq à sept servait désormais d'abri temporaire à certains membres du réseau qui y accédaient en bicyclette par un sentier relié à un chemin communal. Un poste émetteur y était dissimulé qui permettait à Simon Lissonot d'envoyer des messages avec les informations susceptibles d'intéresser Londres.

Malheureusement, le bois des Mattes était moins désert qu'autrefois : en quatre ou cinq endroits, on fabriquait du charbon de bois, indispensable à la petite camionnette à gazogène du domaine. Bien que pour la plupart, les hommes employés à cette besogne fussent des gens du cru bien connus de Deschars pour les avoir soignés, eux ou leur famille, il fallait être prudent et ne pas multiplier les allées et venues... Mais Inès pouvait tout à loisir se promener, ramasser des châtaignes ou cueillir des champignons, même bavarder à l'occasion et apporter un petit coup de gnôle, toujours le bienvenu : prétexte à se rendre au pavillon si quelque motif urgent le requérait et à sonder discrètement ces hommes, pour savoir si quelques-uns d'entre eux seraient disposés à rejoindre le réseau.

Pour Gilbert et Inès, il était normal d'aider leur pays, mais cette contribution était devenue primordiale depuis qu'ils avaient appris la compromission de leur fille aînée avec des Allemands. Il fallait compenser, en assumant des risques, cette odieuse fréquentation. Ils se demandaient s'ils devaient lui parler en lui faisant comprendre qu'elle se déshonorait en même temps que toute sa famille. Inès s'y résolut et avec précaution : Charlotte s'indigna, nia effrontément, répétant qu'à son âge, elle était libre de voir qui bon lui semblait. Une Charlotte inconnue se dressa devant les yeux d'Inès dessillés :

— Et Bruno ? s'enquit-elle.
— De toute façon, nous divorçons.
— Après moins de quatre ans de mariage !
— Nous n'étions pas faits l'un pour l'autre, voilà tout.

Après cette conversation, Charlotte cessa de venir déjeuner chez ses parents, comme elle en avait l'habitude deux ou trois fois par mois. Et la plupart du temps, lorsque Inès l'appelait au téléphone, elle ne répondait pas.

Après le départ de sa sœur, trouvant sa mère en larmes, Angela l'avait questionnée. Inès finit par lui avouer la vérité : après tout, sa fille cadette était désormais adulte, elle avait le droit de savoir. Mieux valait qu'Angela apprît la conduite de Charlotte par sa mère plutôt que par surprise, au hasard d'une conversation : Inès était persuadée que ses beaux-parents ne tarderaient pas à *savoir*.

Angela fut atterrée :
— J'avais entendu dire qu'elle trompait Bruno avec un certain Georges Merville, qui trempe plus ou moins dans le marché noir. De là à ce que son prochain amant soit allemand...
— Angela, je t'en supplie !
— C'est bien ce qui risque d'arriver, poursuivit Angela non sans amertume.

Sarranches

Et si Thierry se détournait d'elle en apprenant la conduite ou plutôt l'inconduite de Charlotte?

Depuis leur unique soirée qui remontait à plusieurs mois, Angela vivait dans un monde à part où la triste réalité quotidienne se noyait dans la perspective d'un avenir radieux. Chaque soir, avant de s'endormir, elle revivait ces instants trop courts, cet extraordinaire bonheur quand pour la première fois, il l'avait prise dans ses bras. En quittant le café proche de Saint-Philippe-du-Roule, où ils s'étaient retrouvés, Thierry l'avait emmenée chez lui où un modeste repas avait été préparé :

— Claire, ma sœur, ne rentrera pas avant minuit, dit-il en souriant.

— Vous vivez avec elle?

— Elle est venue habiter chez moi en mon absence pour qu'on ne réquisitionne pas mon appartement. Je vous sers un verre de vin?

— Volontiers.

Il lui versa du brâne-cantenac 1933 qu'elle huma avec délices :

— Je crains que ce ne soit le seul élément convenable de ce dîner. J'aurais préféré pouvoir vous offrir autre chose.

— Quelle importance, dit Angela.

Il lui prit la main :

— Vous avez raison... je bénis ce hasard qui nous a fait nous rencontrer.

— Vous ne m'auriez pas téléphoné?

— Non, dit Thierry. J'estimais que je n'avais pas le droit de vous faire courir un danger...

— Et maintenant?

— A Dieu vat... j'ai fait tout ce que j'avais à faire et j'avais trop envie de cette soirée à nous avant de partir.

— Nous aurions pu en passer d'autres... avant la guerre.

— Ce n'était pas possible alors...

— Je sais, dit-elle pensivement.

— Je n'étais pas libre : j'aurais été malhonnête... Il fallait d'abord que... je règle une situation. Vous comprenez Angela?

Pearl Harbor

— Oui. Et maintenant?

Pour toute réponse il l'attira vers lui et l'embrassa avec une passion mêlée de tendresse, qui l'exalta. Abandonnant là le dîner à peine commencé, ils s'installèrent sur le divan pour être plus à l'aise.

— S'il n'y avait pas la guerre, je courrais demain matin chez tes parents pour demander ta main.

— Je considère que tu me l'as demandée à moi. Ai-je tort?

— Non. Je t'aime. Mais je ne veux pas que tu te sentes engagée envers moi. Je repars demain, je ne reviendrai pas avant des mois, peut-être des années. Il nous sera impossible de correspondre...

Il ajouta :

— Il se peut aussi que je ne revienne pas...

— Je t'attendrai.

Mais tandis que Thierry l'étreignait, Angela se disait qu'elle ne voulait pas subir le destin d'Olivia, une génération plus tôt. Si le malheur voulait que Thierry disparaisse, elle voulait lui avoir appartenu, au moins une fois.

— Tu penses bien que j'en meurs d'envie mon amour... Et si je te fais un enfant?

— Je cours le risque... je le garderai...

C'est ainsi qu'étant devenue la maîtresse de Thierry, elle se considérait aussi comme sa fiancée. Le hasard ou quelque puissance occulte les avait protégés : trois semaines plus tard, Angela sut qu'elle n'avait aucun motif de s'inquiéter.

Elle ne s'était confiée à personne. A Marie-Louise Garaud, pourtant sa meilleure amie, à laquelle elle racontait tout, qui lui demandait d'un air inquisiteur si elle avait revu Thierry, elle avait répondu par la négative. Depuis l'enfance, Angela était habituée à la discrétion : chez les Sénéchal, on ne *disait* pas les choses, ou du moins, aussi peu que possible. Mais au sein d'une famille, tout ou presque, finit par se savoir. Certains événements venaient au jour, longtemps après qu'ils se fussent produits. Le temps écoulé en désamorçait la charge et en réduisait l'importance.

Néanmoins, si Angela se doutait qu'on commençait à jaser

à propos de Charlotte qui s'affichait désormais sans vergogne avec Georges Merville, elle espérait que le fait qu'elle sortît en compagnie de l'ennemi fût occulté...

Comme la plupart de ses compagnons, Gabriel avait beaucoup maigri, et se sentait surtout affaibli. Depuis la fin de l'été, il toussait. Le médecin du camp qui l'avait ausculté plusieurs fois d'un air distrait et en cinq minutes, ne lui avait rien trouvé de particulier, sinon une légère fièvre en fin de journée, mais Gabriel était de plus en plus fatigué. Certains matins, il avait peine à se lever et il se traînait. Les poussées de fièvre se multipliaient, ses membres devenaient douloureux et un jour où il cracha le sang, Philippe le conduisit d'office à l'infirmerie. Cette fois, le major fit un examen sérieux et découvrit qu'il était atteint de tuberculose. Il ne fallait pas qu'il contamine ses camarades et surtout les surveillants du camp : dès qu'il fut en meilleur état, les Allemands décidèrent de s'en débarrasser.

Au début de décembre 41, il fit partie d'un convoi de rapatriés sanitaires. Bien que préparées, Olivia et Laurence venues l'attendre à la gare de l'Est, eurent un choc en reconnaissant Gabriel en cet être souffreteux, rabougri, avec son petit paquetage misérable, ombre fragile qui toussait à fendre l'âme :

— Ne m'embrassez pas, recommanda-t-il avec lassitude. Je suis contagieux.

Et aussitôt, comme pour confirmer ses paroles, une quinte le secoua qu'il étouffa dans un mouchoir...

— Nous allons vite te remettre d'aplomb, promit Olivia.

Toute à la joie qu'un de ses fils lui soit rendu, elle se refusait à s'inquiéter. Elle se consacrerait à lui, pour le soigner et le guérir.

Tout en affichant le même optimisme de commande, Laurence, en deuxième année de médecine, doutait fort que le rétablissement fût aussi facile et si rapide. Elle estimait que la maladie était déjà dans une phase critique, à voir ses yeux brillants de fièvre et ses pommettes colorées d'une vilaine couleur rouge et justifiait l'envoi immédiat dans un sanatorium. Ce qui n'était pas simple, en ces temps troublés. Mais Germain les aiderait.

En retrouvant sa chambre telle qu'il l'avait laissée, – Olivia avait pris soin de l'aérer avant son arrivée – ses livres alignés sur les étagères, le bureau de tant d'heures studieuses et souvent exaltantes, Gabriel vécut un moment d'intense et vrai bonheur. Adieu la promiscuité, les ronflements, raclements de gorge et bruits divers émis par ses camarades de chambrée, cette atmosphère à la fois glacée et confinée, fini les réveils en sursaut pour l'appel! Il en oubliait presque la raison qui lui valait ce retour prématuré au foyer. Alors que les autres demeureraient encore là-bas pour un temps indéterminé sans doute chiffrable en années. En années perdues... Lui pourrait de nouveau aller au cinéma et au théâtre, courir les librairies, acheter des livres, s'y plonger, se livrer à ces interminables joutes intellectuelles qui l'excitaient tant et qui lui avaient si souvent manqué au camp, où en fin de soirée, même avec des hommes intelligents et cultivés car il s'en trouvait un certain nombre parmi ses compagnons d'infortune, on en revenait toujours aux mêmes sujets de conversation : des festins que l'on ferait une fois rentré au pays, des filles qu'on s'enverrait, des fiestas qui se prolongeraient des nuits entières, bref, de la belle vie qu'on mènerait une fois libre...

Certes, mais cette pensée ne venait qu'en second, il était heureux de revoir les siens, surtout Laurence : il avait quitté une adolescente, presque encore une enfant, et il retrouvait une étudiante qui bientôt fêterait ses dix-neuf ans, plutôt séduisante avec son regard pétillant et sa silhouette svelte de sportive à la taille fine et aux hanches étroites à l'opposé du bassin enveloppé de sa mère, dont l'ardeur au travail lui rappelait la sienne naguère. Avant la guerre... Tandis qu'elle lui tendait en souriant un verre de champagne, il s'aperçut qu'il n'avait pas encore *regardé* sa mère. Il avait projeté l'image qu'il avait gardée d'elle. En se livrant à un examen plus attentif, il la trouva changée sans préciser en quoi. Bien sûr, elle avait perdu un peu de cet embonpoint qui l'avait envahie déjà bien avant la mort de son mari, mais ce n'était pas tout... Il remit à plus tard d'approfondir la question car il venait de prendre conscience d'une absence, celle de Marc.

Les derniers temps, sa présence avait été si épisodique aux repas familiaux, qu'en passant dans la salle à manger dont les fenêtres, tout comme celles du salon avaient été soigneusement calfeutrées, tant à cause de la défense passive que de la température extérieure qui, en ce soir de son retour, avoisinait zéro, il n'avait pas prêté attention aux trois places à table. Laurence lui apprit qu'à Londres, leur frère était allé rejoindre ce général de Gaulle dont on parlait de plus en plus. Quelques semaines auparavant, lors d'un bref appel, un inconnu leur avait appris que Marc allait bien et était pilote de chasse dans la RAF, nouveau sujet d'inquiétude pour Olivia.

Le vieux sentiment de jalousie de Gabriel envers son frère refit surface : moins bête que lui, moins passif sans doute – Gabriel s'était contenté de suivre le mouvement et d'obéir aux ordres des officiers sans chercher à prendre d'initiative – Marc avait réussi à éviter l'encerclement de l'armée française en déroute... La guerre finie, il reviendrait – Gabriel pensait : *se poserait* – en héros alors qu'en guise de faits d'armes il n'aurait connu que la captivité, ce qui n'avait rien de reluisant. De plus, il aurait vécu dans un pays non occupé et n'aurait souffert d'aucune privation, supposait Gabriel mal informé.

Le premier soir, dans son lit, après un dîner de fête où il dévora la pintade de Sarranches, laissant les os aussi nets que l'auraient fait autrefois les chiens de Germain, il retrouva avec plaisir l'usage d'une lampe de chevet, la lecture, commodément calé sur ses oreillers, dans le confort de l'appartement, et il pleura de fatigue et de joie... Le champagne aidant, il s'imagina que la vie allait reprendre au point où il l'avait abandonnée, ce jour de septembre 39. Il en oublia, la gêne que lui occasionnait une toux persistante, un état qui lui interdisait toute activité normale, le rendez-vous du lendemain avec Deschars, les soins et les précautions auxquels il lui faudrait s'astreindre. Dans le petit monde clos de sa chambre, il en oublia même que partout, la guerre continuait : il était chez lui.

Inès et Gilbert n'avaient soufflé mot de la liaison et des fréquentations de leur fille aînée. Ils n'avaient pas davantage fait mention rue du Bac, de la prochaine rupture du ménage Lorrimond... Bruno fut donc convié avec Charlotte au dîner que Germain et Jeanne offraient pour fêter le retour de leur petit-fils.

Il s'y rendit seul, après quelques hésitations, sa femme ayant prétexté une grippe. En ces temps de restrictions on ne résistait pas à la perspective d'un bon repas. Il aurait aussi plaisir à voir, sans doute l'une des dernières fois, tous ceux auxquels il s'était attaché et qui seraient bientôt son ex-belle-famille. Inès l'avait supplié de ne pas faire allusion à ses dissensions avec Charlotte et à leur séparation.

En voyant l'état dans lequel dix-huit mois de camp avaient réduit Gabriel autrefois plutôt *enveloppé*, son visage vieilli et marqué par la maladie, il se félicita d'y avoir échappé, même au prix d'une jambe cassée qui le faisait encore souffrir épisodiquement. Comme il avait eu raison de suivre son instinct et de s'évader à la première occasion malgré les assurances des uns et des autres que la captivité ne serait qu'une formalité n'excédant pas quelques mois!

Juste avant l'été, il avait retrouvé Marie qui l'avait accueilli avec une joie évidente. Il avait apporté des cadeaux, pour elle un parfum de prix dont elle n'aurait guère l'usage, et pour les Barnier extasiés, un magnum d'armagnac, couché dans sa cassette de bois et transporté à grand-peine dans sa valise.

Il voulait avouer aussitôt à Marie combien il avait pensé à elle depuis leur séparation. Mais, lors de leur premier tête-à-tête, il demeura dans une expectative prudente : il n'oubliait pas que légalement, il était encore marié même s'il avait commencé les démarches nécessaires concernant son divorce. Le premier stade serait sa séparation légale d'avec Charlotte, qui serait accomplie très prochainement. Mais l'avocat ne lui avait pas caché que son obtention pourrait être longue, même si les deux parties s'accordaient pour qu'elle eût lieu le plus rapidement possible et aux torts réciproques.

Sarranches

Pour l'instant, il ne pouvait donc rien offrir à cette jeune femme dont le regard limpide et confiant lui disait qu'il ne lui était pas indifférent. Mais soudain, il lui apparut tout à fait prématuré de précipiter l'évolution de leurs rapports, de se déclarer sur-le-champ comme il en avait eu l'intention, de vouloir fixer l'avenir d'une manière définitive. Néanmoins, au cours de la conversation, il l'informa de l'existence de Charlotte, de sa situation actuelle, des efforts qu'il effectuait pour y remédier ; il parla du petit appartement trouvé à proximité de son bureau, dans lequel on procédait aux derniers travaux avant une installation prévue au cours de l'été.

Bien qu'elle se montrât fort réservée dans ses réactions, Bruno devina sa déception : elle n'avait pas envisagé qu'il pût être marié. Il ne portait pas d'alliance. Il perçut un net éloignement de la part de Marie, même s'il ne se manifesta par rien de concret.

— Vous avez des enfants ? demanda-t-elle.
— Non. Heureusement.
— Vous n'en vouliez pas ?

Il regarda le petit Adrien qui courait dans l'herbe en jouant avec le chien auquel il lançait une balle, et répondit :

— Ce serait mon vœu le plus cher...

Marie semblait le croire... Tous deux étaient gênés. Amicale et presque chaleureuse, elle se cantonna dans une sorte de réserve et Bruno s'aperçut qu'il n'avait plus rien à lui dire. Il essaya de la faire parler d'elle, de son métier d'institutrice, des enfants auxquels elle apprenait à lire et les rudiments de l'écriture et du calcul. Il n'y avait pas grand-chose à en dire. Les journées se succédaient identiques. A son tour, il parla de sa vie à Paris, de ses occupations, sans paraître l'intéresser. Ces vies si dissemblables ne pouvaient se rejoindre.

Les heures passaient, l'exaltation qui l'avait accompagné tout au long du voyage et les premiers moments après son arrivée, diminua, puis retomba, comme un soufflé manqué pour faire place au désarroi : il avait tant espéré dans ces retrouvailles avec Marie, rêvant à la vie nouvelle qu'il mènerait à ses côtés, peut-être de manière trop abstraite... Il ne pouvait pas prétendre que celle-ci l'ait déçu de quelque manière ou qu'elle ait changé : il la retrouvait exactement semblable à elle-même, une femme solide et gaie, responsable et travailleuse – et pas un parasite comme Charlotte ! – une mère parfaite qui serait certainement une épouse aimante et fidèle à son mari. Une campagnarde, certes, avec son tablier à carreaux, les gros sabots de bois qu'elle enfilait pour patauger dans le purin de la cour, nourrir la volaille, ramasser les œufs et courser le poulet caquetant de frayeur que les Barnier sacrifiaient en l'honneur de leur hôte. Mais séduisante avec son visage aux traits délicats, à la peau dorée par le soleil et cet air de bonne santé, cette vitalité qui irradiaient de son corps ferme, habitué aux durs travaux... Il garderait le souvenir de ces instants, de cette soirée conviviale et animée autour de la table avec le feu qui pétillait dans l'âtre, même au mois de juin car on y faisait la cuisine. Le chat noir aux yeux de péridot était venu ronronner sur ses genoux et les pétrir de ses pattes avec une volupté un peu douloureuse. Curieusement, il gardait surtout la sensation de la petite main chaude et poisseuse d'Adrien glissée dans la sienne, pendant une promenade, le long de la rivière...

Dans le petit salon de la rue du Bac où toute la famille s'était entassée, Noël passait le plateau d'argent chargé de verres et d'un carafon de cognac. Germain avait assuré tout à l'heure à Deschars naturellement présent, avec un sourire satisfait que, même si la guerre durait encore deux ans, on ne manquerait pas de ce breuvage.

Ce déjeuner était doublement un repas de fête, puisqu'en plus du retour d'un petit-fils on se réjouissait de l'entrée en guerre des Etats-Unis à la suite de l'attaque japonaise sur la rade de Pearl Harbor [1], base avancée de la Navy dans le Pacifique.

Laurence observait son cousin Bruno. Avant guerre – à peine deux ans auparavant – les hommes auraient gagné le fumoir, afin de ne pas déranger les dames qui elles, se voyaient proposer une liqueur douce et écœurante, avec la fumée de

1. 7 décembre 1941.

leurs cigares et épargner à leurs oreilles sensibles leurs histoires lestes. Mais cette époque était révolue et on ne trouvait plus de cigares.

On n'avait pas épilogué sur l'absence de Charlotte... A la rentrée, Laurence avait appris par Angela que Bruno avait quitté le domicile conjugal. Ses grands-parents étaient-ils au courant ? En tout cas, ils faisaient semblant de ne rien savoir.

Laurence alla s'asseoir à côté de lui et demanda tout de go :

— Où habites-tu maintenant ?

— Rue de Rennes, pas loin de Saint-Germain-des-Prés. Si cela t'amuse, viens prendre un verre un jour, tu verras l'appartement. Oh ! ce n'est pas grand, rien à voir avec celui où j'habitais avant. Tu me donneras des idées pour le décorer... Pour le moment, il n'y a rien sur les murs...

Naturellement, les quelques tableaux qu'ils possédaient, dont la plupart avaient été offerts par Germain, chineur impénitent, étaient restés là-bas... Ainsi que tous les cadeaux de mariage : vaisselle, verreries, vases, cendriers en argent et d'innombrables pinces à asperges... En fait, lorsqu'il rentrait le soir, l'appartement lui donnait une étrange impression de vide...

— Volontiers.

Laurence n'aimait guère sa cousine qui lui avait toujours témoigné une condescendance dédaigneuse, du haut des cinq ans qui les séparaient. Très tôt, Charlotte avait été une jeune fille élégante, maniérée – *chichiteuse*, pensait Laurence – lancée, qui sortait dans le monde, était courtisée, puis très vite une femme mariée alors que sa cousine n'était encore qu'un garçon manqué dont l'univers se bornait à la classe, à la maison, aux vacances et aux randonnées à cheval à Sarranches... Jamais, elles n'avaient eu une vraie conversation, des fous rires, comme avec Angela lorsqu'elles faisaient enrager Sébastien en allant chiper dans la cuisine les tartelettes aux fraises ou les choux à la crème qu'il préparait pour le thé des amies de Jeanne...

Elle Laurence, n'aurait pas songé à snober Olivier sous le prétexte qu'il était son cadet de quatre ans... Olivier avait tant grandi qu'il était presque de sa taille...

Oui, Charlotte avait un côté pimbêche... Mais quel dommage de ne plus voir Bruno à cause de son divorce... Elle irait lui rendre visite. Dès la semaine prochaine.

Germain salua d'un soupir le départ du dernier invité : après ce repas trop copieux et surtout trop arrosé dont il avait perdu l'habitude, il n'avait qu'une hâte : faire la sieste.

Deschars lui avait souvent recommandé de se modérer et surtout, de limiter sa consommation d'alcool. Pourtant, il n'avait pas l'impression de boire plus qu'auparavant. Il mangeait moins assurément et surtout, il ne faisait presque plus d'exercice physique : il n'y avait plus de chasses.

Après l'abandon de Yolande, il avait connu une immense détresse, telle qu'il n'en avait jamais connue après une rupture. Habituellement, c'était lui qui rompait et dans le cas contraire, les remplaçantes ne manquaient pas. Il s'était laissé aller : à quoi bon rester mince, garder une allure jeune si aucun regard ne vous y encourageait ? Et celui de Florence, qui, inquiet, reflétait toujours la même affection inébranlable, n'avait plus le pouvoir de lui donner envie de se reprendre.

Par temps humide, des douleurs apparaissaient, parcouraient ses membres de leurs vrilles, les rendant maladroits et inaptes à toute activité un peu suivie et assombrissaient son moral. Deschars lui ordonnait des cachets pour calmer la douleur, d'un effet limité et passager.

Il se résignait mal aux maux de l'âge, à cette vie ralentie, – il avait l'impression que le sang circulait moins vite dans ses veines – désormais sans but. Gilbert lui avait succédé, et c'était bien ainsi. Alain avait recouvré partiellement la santé, et commencé d'exercer son métier dans les environs de Sarranches. Ses fils lui faisaient honneur. Il admettait que son lit demeurerait solitaire, pourtant, avant de mourir, il aurait souhaité, dans un domaine ou dans un autre, retrouver un peu de cette excitation, de cette effervescence, qui l'avaient accompagné depuis sa jeunesse et l'avaient abandonné au moment de la rupture avec Yolande. Comme si sa vie s'était soudain nouée, recroquevillée...

Sarranches

Goering avait assuré Hitler qu'il pouvait anéantir l'aviation britannique en quinze jours. La bataille d'Angleterre avait été meurtrière. Pour lutter contre les raids des Messerschmitt, des Heinkel et des Dornier 217 de la Luftwaffe et protéger leur pays que l'Allemagne avait projeté d'envahir, des centaines de pilotes de Spitfire et d'Hurricane de la RAF étaient morts au combat ou avaient été gravement blessés. Au plus fort de la bataille, jusqu'à cent vingt pilotes par semaine disparaissaient et les effectifs étaient devenus insuffisants.

Aussi au printemps de 1941 les Anglais avaient-ils donné leur accord à la constitution d'une force française aérienne libre dont ils assuraient l'instruction. Marc avait aussitôt posé sa candidature : ayant été reconnu apte physiquement, il fut retenu. Il servirait dans une unité anglaise, mais en uniforme français sous le commandement du général Valin. Depuis l'automne, il faisait partie du groupe de chasse autonome Ile-de-France. Marc était fier de piloter un Spitfire.

Après les bombardements répétés sur Londres en avril, il avait participé le mois suivant à un raid massif de représailles de la RAF [1] sur le continent et s'était distingué tout comme son ami Harold.

Il y avait un an et demi que Marc se trouvait en Angleterre et pour la deuxième fois, il se préparait à passer Noël loin des siens et de son pays. Une certaine mélancolie l'envahissait à la pensée que sans doute, il en irait encore de même l'année suivante, même si désormais, les Américains étaient entrés en guerre. Le conflit était devenu mondial. On se battait de l'Atlantique au Pacifique et chaque jour, des milliers de gens mouraient, soldats au combat, civils enfouis sous les décombres ou affamés, ou les plus malheureux, ceux qui croupissaient au fond des geôles allemandes ou japonaises. Marc pensait à la mort, bien sûr... Jusqu'à présent, il avait eu beaucoup de chance, il n'avait même pas été blessé. Mais lorsqu'en rentrant de mission, aux premières lueurs de l'aube, il se précipitait vers le grand tableau noir de la salle de filtrage du Figh-

---

1. 31 mai 1941.

ter Command où en face du nom des pilotes, s'inscrivaient les sorties et, à mesure du retour des équipages ou des nouvelles qu'on recevait par radio, les mots redoutés de « crashing » ou « missing »; ou en constatant, lors d'une soirée pour accueillir de nouvelles recrues, que la moitié de ses camarades de l'école d'entraînement avaient été abattus au-dessus de l'Allemagne ou de la Manche, il se disait que la chance ne lui sourirait pas indéfiniment.

Il vivait constamment avec le danger. Chaque fois qu'il quittait la base, quelquefois réveillé par une sirène brutale qui faisait se ruer les pilotes dans leur cockpit, parce qu'un raid allemand était signalé, repéré par les radars, les stations de détection électromagnétiques ou les postes de guet installés le long de la côte, et qu'il fallait l'intercepter, il essayait d'afficher une assurance qu'il était loin de posséder. Avec une angoisse qui lui nouait la gorge, il se demandait s'il reverrait le terrain d'atterrissage et le hangar familiers, Bobby, un vieil homme rondouillard et chaleureux qui officiait au bar de la base, et considérait les aviateurs un peu comme ses enfants, s'il prendrait place de nouveau au milieu de ses camarades à la table du mess, bref, s'il rentrerait. Parfois, lorsqu'il survolait les projecteurs ennemis qui fouillait le ciel à leur recherche, en entendant la DCA qui déclenchait ses tirs de barrage, ou qu'il guettait les fusées traçantes vertes qui lui désigneraient la cible à atteindre, il avait la sensation aiguë de vivre en sursis. Les moments passés à terre, surtout les brèves permissions à Londres n'en revêtaient que plus de prix et il était résolu à jouir de chaque minute de celles-ci.

Hélas, la personne avec laquelle il aurait tant aimé partager ces moments de détente, sans l'éviter, ignorait la plupart de ses timides avances. Si elle l'avait félicité pour ses succès au combat, – il avait déjà abattu plusieurs chasseurs allemands – si elle acceptait parfois de l'accompagner au restaurant ou de se laisser offrir un verre, – rarement en tête-à-tête – et s'amusait de ses plaisanteries, elle se retranchait dans une réserve toute britannique qui le désespérait.

Il n'était pas chaste pour autant. Invité chez un de ses

camarades pilotes, il avait fait la connaissance de sa sœur Jennifer, archiviste dans les services de l'armée... Blonde avec une peau de pêche et un regard malicieux, elle avait vite succombé au charme du Français. Agréable avec son corps ravissant, très douée pour faire l'amour, Jennifer était intelligente et drôle et il ne s'ennuyait pas avec elle, comme avec Armelle au terme de leur liaison. L'aventure ne le comblait pas vraiment. Il pensait toujours à l'inaccessible Margaret...

Chez les Davis, si accueillants aux Français, il avait fait la connaissance d'un jeune homme de quelques années son aîné, très discret sur ses activités. Marc en avait déduit qu'il travaillait pour le deuxième bureau et n'avait pas insisté. Assez beau et sympathique, il disparaissait de temps en temps. Il disait qu'on l'envoyait en mission, sans préciser davantage : en France peut-être?

Lors d'une permission, alors qu'il se retrouvait à la table des Davis en compagnie de ce jeune homme, Marc constata avec dépit et désespoir que Lady Margaret prêtait la plus grande attention à ses propos. Jamais pour lui, ses yeux verts n'avaient brillé d'un tel éclat que pour écouter ce Thierry Masson auquel il fallait reconnaître beaucoup de verve et une connaissance de la situation que Marc ne possédait pas. Mr Davis lui-même, pourtant très renseigné car il avait fait partie du cabinet Chamberlain au moment des accords de Munich, – ce pauvre Chamberlain qui était mort un mois à peine après avoir donné sa démission [1] –, et avait gardé pas mal d'accointances dans le milieu politique, lui posait nombre de questions et l'écoutait, très intéressé par ses analyses de la situation à Vichy dans l'entourage du vieux Maréchal sur lequel il paraissait bien informé.

Lorsque Marc apprit par Harold que Margaret avait été dîner et danser en compagnie de Thierry et de quelques autres jeunes gens, une grande morosité s'empara de lui. Jamais, il ne l'avait tenue dans ses bras... Ce soir-là, il se montra odieux avec la pauvre Jennifer qui se demanda quelle mouche l'avait piqué... Comme son amant regagnait sa base le lendemain, et

---

1. 3 octobre 1940.

reprendrait ses raids sur le continent, elle mit sagement sa mauvaise humeur sur le compte de l'anxiété : elle-même ne vivait pas chaque fois qu'elle le savait en mission.

Si Charlotte avait été aussi désagréable avec sa mère au sujet de ses fréquentations, c'est que sa mauvaise conscience ne la laissait guère en paix. Elle avait franchi un pas de plus sur la pente du déshonneur : elle aurait bien voulu revenir en arrière, mais ce n'était plus possible. Comme de ses autres compromissions, Georges était aussi responsable de la dernière. Du moins, Charlotte l'accusait-elle de sa faiblesse.

Un soir où son amant devait passer la prendre pour l'emmener dîner dans un de ces restaurants de marché noir, naturellement fréquentés par l'armée d'occupation et les collaborateurs, il était accompagné d'Hans pour prendre un verre avant de sortir.

Charlotte avait blêmi : sortir avec l'occupant, le retrouver chez d'autres, était déjà condamnable. Mais l'accueillir chez soi c'était l'ignominie. Heureusement, il était venu en civil : Charlotte imaginait, en passant le lendemain devant la loge de la concierge, le regard méprisant que lui aurait jeté cette femme si elle avait su, elle dont le fils, décoré de la croix de guerre, avait été si grièvement blessé lors de la bataille des Ardennes qu'on avait dû l'amputer d'une jambe...

Mais que penserait sa domestique qui venait d'apporter une bouteille de ce champagne dont Georges l'approvisionnait avec largesse ? La conversation se déroulait en français bien sûr. Hans le parlait avec aisance, mais son accent germanique était nettement perceptible. D'un geste vif, Charlotte avait congédié la soubrette surprise, précisant qu'elle servirait elle-même ses invités.

Elle devait signifier à Georges qu'elle ne voulait plus voir Hans chez elle : ce serait trop grave s'il arrivait en grand uniforme...

Charlotte se sentait prise dans un engrenage de plus en plus serré. Bien sûr, elle aurait pu rompre avec Georges et renoncer à cette vie de luxe qui lui plaisait tant : toilettes de chez Lanvin ou Balenciaga, restaurants dispendieux, soirées au théâtre – ils avaient été applaudir Sacha Guitry à la Madeleine, – au cinéma où ils avaient assisté au Marivaux à la sortie du *Paradis perdu* d'Abel Gance, avant l'entrée en scène de ce Hans qui n'était d'ailleurs pas antipathique. Au contraire. Certains jours elle se disait que si tous les Allemands lui ressemblaient, il devrait y avoir moyen de s'entendre avec eux. Mais elle n'avait pas le courage d'abandonner tous les avantages que lui procurait sa liaison avec un homme qui s'enrichissait en servant d'intermédiaire : puisqu'elle était compromise, alors, autant en profiter...

Et les Allemands, comme le lui répétait Georges inlassablement, n'étaient-ils pas tout-puissants ?

Mais elle s'éveillait parfois en sursaut au milieu de la nuit à la perspective de ce qui l'attendait dans quelques jours : si elle avait pu éviter d'assister au dîner donné pour Gabriel, dont un des poumons nécessiterait un traitement par pneumothorax et auquel elle n'avait même pas téléphoné pour prendre de ses nouvelles, elle ne pourrait couper à celui de Noël. Mais à part ses parents et sa sœur, qui serait au courant ? Plus que tout, elle redoutait le regard acéré de Germain, son mépris glacial s'il savait... Il était capable de la mettre à la porte et de lui intimer de ne plus se présenter devant lui...

Elle était certaine qu'il était capable de cela...

EL-ALAMEIN, 1942

Germain et Jeanne, bientôt rejoints par Alberta, s'installèrent à Sarranches pour y passer une partie de l'été, marqué par les premières arrestations des juifs. Tous étaient désormais contraints d'arborer l'étoile jaune [1] pour laquelle on avait l'impudeur de prélever un point textile. Cette mesure faisait suite à d'autres qui avaient sensiblement restreint la capacité des juifs dans bien des domaines.

Mayer n'était qu'à moitié juif, puisque sa mère était catholique. Mais Germain s'inquiétait. Cet ami, farouchement patriote et républicain, ancien combattant de la guerre de 14 au cours de laquelle il avait été blessé, capitaine dans l'armée française, et officier de la Légion d'honneur, titulaire de la médaille militaire demeurait persuadé que le maréchal Pétain protégerait les juifs français qui s'étaient battus pour leur pays. Il s'estimait intouchable et tardait à se mettre personnellement à l'abri. Quelques mois auparavant, il avait quand même fait passer sa femme et son dernier fils en zone libre. Germain l'avait vainement supplié d'aller les rejoindre.

D'ailleurs, la situation devenait invivable depuis que l'accès de tous les lieux publics était interdit aux juifs, y compris les cabines téléphoniques...

1. 29 mai 1942.

Sarranches

Son passage en zone libre où se trouvaient déjà près de 200 000 de ses coreligionnaires, était fixé à la semaine suivante lorsque eut lieu la rafle du Vél d'Hiv[1]. Mayer fut conduit à Drancy où malgré toutes les démarches et interventions de Germain et de Gilbert, ils perdirent sa trace deux mois plus tard.

Depuis plus de vingt ans, Mayer travaillait avec les Sénéchal qui le considéraient tel Deschars, comme un membre de leur famille. Intelligent et fin, toujours prêt à rendre service, il était devenu un ami privilégié de Germain qui appréciait sa rectitude morale et son jugement. Accablé par la nouvelle, Germain eut du mal à retenir ses larmes lorsqu'il dut admettre qu'il ne le reverrait sans doute pas. Il prit sur lui pour annoncer le drame à son épouse – il pensait à sa veuve – réfugiée dans le Midi. Il aurait voulu l'informer avec le maximum de ménagements et lui donner un nom où elle pourrait s'adresser si elle manquait d'argent. Mais les cartes interzones ne lui permettaient que d'écrire : oui, en face du mot imprimé « décédé ».

De temps en temps, il refaisait tristement la promenade rituelle autour de l'étang, qui lui était coutumière avec Mayer après les déjeuners arrosés de Sarranches. De ne plus entendre le pas de son ami auprès de lui, son rire lorsqu'ils se racontaient quelque histoire leste, surtout d'imaginer le sort de cet homme dont la présence chaleureuse et les conseils avisés lui manquaient tellement et lui manqueraient jusqu'à son dernier jour, le laissait inconsolable.

Bien que ces péripéties n'aient aucun rapport, cette disparition s'ajoutant à la rupture avec Yolande, à l'infirmité d'Alain et la vie dissolue de sa petite-fille, le persuadait chaque jour un peu plus, que pour lui, la vie était terminée.

Au téléphone, la voix de Thierry bouleversa Angela.
– Peux-tu venir me rejoindre ? Tout de suite ? Au même endroit que la dernière fois ?
– J'arrive.

1. 16 juillet 1942.

El-Alamein, 1942

— Je t'aime.

Il raccrocha... Angela se précipita au petit café, consciente du danger qu'il encourait. Cela faisait si longtemps qu'elle ne l'avait vu, près de quinze mois : une éternité!

Par cette journée d'octobre ensoleillée, les Allemands étaient nombreux sur les Champs-Elysées. Certains, accompagnés de ces affreuses *souris grises* si fières de se pavaner dans la capitale conquise, d'autres par des Françaises qui n'hésitaient pas à s'exhiber à leurs côtés, inconscientes ou insouciantes des regards méprisants que leur tenue suscitait de la majorité des passants.

Un jour, Angela croiserait peut-être sa sœur au bras d'un officier de la Wehrmacht. Cette éventualité la rendait malade. Elle ne devait penser qu'à Thierry, aux brefs instants volés qu'ils passeraient ensemble. Un jour ou l'autre hélas, il saurait... Il lui venait des désirs affreux, sanglants : elle aurait voulu que sa sœur fût morte, que son cœur s'arrêtât brusquement, qu'elle passât sous une voiture... Mais en traversant les rues presque vides de circulation, elle admettait avec regret combien cette dernière hypothèse était improbable. Et depuis l'enfance, Charlotte avait joui d'une excellente santé qui ne laissait en rien présager une disparition prématurée.

Elle allait passer devant Thierry sans le reconnaître, lorsqu'il se leva. C'était un autre Thierry, presque sale et mal habillé. En place du jeune homme soigné, se tenait un homme mal rasé, au col de chemise douteux, vêtu d'un imperméable taché qui laissait entrevoir un pantalon tire-bouchonné. Thierry sourit :

— Tu dois trouver que je ne suis pas présentable? Cela se voit que je n'ai pas passé la nuit dans un lit?

— Plutôt! Je suis si heureuse de te revoir...

Elle s'assit à ses côtés sur la banquette de moleskine crevée par endroits et aussitôt sentit ses lèvres chaudes qui se posaient sur les siennes, son bras qui lui entourait les épaules et ressentit un bonheur inexprimable dans ce petit café de si peu d'apparence que les Allemands ne daignaient guère le fréquenter. Mais très vite, elle sentit la nervosité et l'anxiété de Thierry.

— Quelque chose ne va pas ? interrogea-t-elle. Comment puis-je t'aider ?

— Je ne peux pas retourner chez moi. Malgré la présence de ma sœur, l'appartement a été réquisitionné ainsi que tout l'immeuble d'ailleurs pour installer des bureaux pour je ne sais quelle organisation et Claire a dû déguerpir illico.

— Mais on n'a pas le droit... s'indigna Angela.

— Ils ont tous les droits, tu le sais bien.

— Viens chez moi. Tu pourras au moins te laver, te reposer et te nourrir.

— Tes parents ?

— Ils seront d'accord. Tu les connais...

— Tu crois vraiment ?

— J'en suis sûre. Nous avons une chambre d'ami : elle sert souvent... à des gens comme toi ! Tu sais, tu peux avoir toute confiance en eux : ils sont du même côté...

C'est ainsi qu'en rentrant, Gilbert et Inès trouvèrent dans leur salon un Thierry Masson propre et rasé, en train de savourer le porto qu'Angela lui avait offert.

— Thierry ! Quel bon vent vous amène ?

— Eh bien, pas précisément un bon vent.

— Vous déjeunez avec nous, dit Inès.

Au cours d'une longue conversation, sans trop donner de précisions, Thierry confia à ses hôtes, qu'il était venu rendre visite à un certain nombre d'agents mis en place par les services français de Londres, pour connaître leurs besoins en postes émetteurs, en matériel de sabotage, en armes et en argent et préparer les prochains parachutages. Dès le départ, tout s'était mal passé. Une tempête au-dessus de la Manche et sur les côtes françaises avaient empêché le Lysander de se poser et Thierry avait été largué à quelque distance de l'endroit prévu pour l'atterrissage. Il ne dit pas qu'il avait refusé l'offre du pilote de faire demi-tour : il savait que la mission qu'on lui avait confiée ne souffrait aucun délai... Sous une pluie battante et dans une obscurité presque totale, il ignorait le lieu exact où il se trouvait. De surcroît, c'était son premier saut et il n'était guère préparé à en venir à cette extré-

El-Alamein, 1942

mité. En réalité, il avait eu la chance de bien se recevoir au sol, et de ne même pas se fouler une cheville, ce qui aurait constitué une catastrophe dans les circonstances présentes. Il avait roulé sur une prairie détrempée et déserte où paissaient quelques vaches à moitié somnolentes qui avaient considéré cette arrivée par le ciel avec une stupeur heureusement muette. A la hâte il avait dissimulé son parachute dans une haie, ne disposant d'aucun outil pour creuser et l'enterrer comme c'était la règle... Ensuite, incapable de s'orienter, il ne retrouva pas ceux qui devaient l'attendre, pas loin peut-être. De toute façon, la consigne pour le comité d'accueil était de se disperser si l'avion avait plus d'une demi-heure de retard.

Il erra une partie de la nuit et à l'aube, épuisé et trempé, il atteignit une petite route et aperçut enfin un poteau qui lui indiquait sa position. A huit kilomètres d'un petit village, Gazan à proximité de C... il se rendit compte qu'il avait tourné. Parvenu aux premières maisons, il trouva un café qui ouvrait où il commanda un Viandox pour lutter contre l'humidité qui imprégnait ses vêtements.

— On dirait que vous avez passé la nuit dehors, remarqua le cafetier. C'est pourtant pas un temps pour ça...

Il devenait curieux, quitta la salle, peut-être pour téléphoner. A son retour, Thierry avait disparu, laissant l'argent de sa consommation sur la table.

Un peu plus loin, il vola une bicyclette et roula jusqu'à une gare distante d'une vingtaine de kilomètres et abandonna le vélo trois rues avant d'y parvenir. Dans les toilettes, il tenta de remettre un peu d'ordre dans ses vêtements et de se débarrasser de la boue qui maculait son pantalon. Il prit un billet de troisième classe pour le prochain train de Paris. Il avait été consterné en apprenant par la concierge la réquisition de son immeuble : son rendez-vous était fixé au surlendemain. Et il n'était pas question d'aller à l'hôtel...

— Vous pouvez rester ici en attendant, dit Gilbert. Venez dans ma chambre. Je vais vous passer une chemise et un costume, nous avons à peu près la même taille.

Restée seule avec sa mère, Angela les yeux brillants s'exclama :

— Tu ne trouves pas qu'il est formidable ?

— Si, dit Inès en souriant. Il est plutôt débrouillard en tout cas ! Je crois aussi que tu es formidablement amoureuse de lui. Est-ce que je me trompe ?

— Non, admit Angela. Il y a très longtemps que je l'aime. Nous avons l'intention de nous marier lorsque ce sera possible.

— Celui-là est un garçon bien, approuva Inès. Pas comme l'autre...

— Oh ! Arnaud...

Elle l'avait évacué de son univers, peu soucieuse d'avoir de ses nouvelles... Il lui semblait parfois que cet épisode fâcheux n'avait jamais eu lieu.

— Papa est épatant aussi, reprit Angela. Et toi... j'ai de la chance d'avoir des parents comme vous.

— C'est seulement maintenant que tu t'en aperçois ? dit Inès en riant.

A son fils qui rentrait de classe, elle expliqua qu'il y avait un invité qu'il ne connaissait pas. Mais en le voyant revêtu d'un complet de son père, Olivier dont la mémoire était à la mesure de ses dons d'observation, s'exclama :

— Mais... je vous ai vu à Biarritz au club de tennis avec les Lemoine. Vous jouiez drôlement bien !

— Merci de ces compliments spontanés, dit Thierry en souriant à cet adolescent aux yeux malins dont la physionomie rappelait celle de son père. Je ne suis pas sûr d'être aussi fort que tu le crois !

— Vous étiez dans les chars comme mon beau-frère ?

— Ecoute Olivier, n'ennuie pas notre invité avec tes questions.

— Je te raconterai un jour, promit Thierry.

Gilbert qui savait désormais qu'il avait fait la guerre dans une arme beaucoup moins conventionnelle, s'empressa de parler d'autre chose.

Le repas terminé, il s'enferma dans son bureau pour un long tête-à-tête avec Thierry.

El-Alamein, 1942

En quittant la Faculté, Laurence laissa ses camarades. Il faisait déjà nuit en cette soirée de novembre et surchargée de travail, elle aurait mieux fait de rentrer directement pour préparer son interrogation d'anatomie.

Mais elle avait promis à son cousin de passer et elle ne voulait pas lui faire faux bond. Elle aurait pu lui téléphoner bien sûr et remettre sa visite à un autre jour. Surtout elle avait très envie de le voir et n'avait pas le courage de renoncer à ces quelques instants de détente qu'ils s'accordaient une ou deux fois par semaine en fin de journée après la Faculté et le bureau.

Ils avaient pris l'habitude de se rencontrer plus souvent. Au début, Laurence le voyait par gentillesse, le devinant très solitaire et désemparé; mais aussi par curiosité, se demandant comment se débrouillait un célibataire avec le seul concours d'une femme de ménage deux fois par semaine. Elle avait constaté qu'il s'en tirait très bien, certainement beaucoup mieux que Gabriel dans les mêmes conditions...

Très vite, elle avait pris plaisir à se rendre chez lui et une sorte d'intimité s'était créée entre eux malgré les dix ans qui les séparaient. Bruno lui avait parlé très simplement de ses déboires conjugaux, de ses déceptions et de ses illusions : il lui avait même parlé de Marie et des espoirs un moment caressés avant de comprendre qu'il s'engageait dans une impasse. Attentive et intéressée, Laurence trouvait que Charlotte était bien sotte d'avoir abandonné un mari pareil, intelligent, honnête et travailleur, spirituel et plutôt beau garçon, pour un vulgaire trafiquant de marché noir. Ne voulant néanmoins pas accabler sa cousine malgré le peu d'estime qu'elle lui inspirait, elle n'avait pas fait de commentaires.

Puis, ils avaient pris l'habitude d'aller au cinéma – ils avaient vu entre autres *La Fille du puisatier* de Pagnol, *Histoire de rire* de Marcel L'Herbier, *Madame Sans-Gêne* avec Arletty. Ils dînaient ensuite dans un petit restaurant où on leur servait un médiocre repas en échange de quelques tickets. Parfois, ils faisaient bombance avec un poulet rôti ou une omelette au lard préparés par Bruno, car s'il avait suspendu les envois à

Sarranches

Charlotte, Germain continuait à faire envoyer à Bruno des *colis familiaux* de Sarranches. Parfois le dimanche par beau temps, si Laurence n'avait pas trop de travail, ils partaient se promener à bicyclette du côté de Saint-Germain ou de Meudon, en emportant un pique-nique.

Bruno lui plaisait de plus en plus. L'attirance était réciproque. Au cinéma, la semaine précédente, dès les Actualités, Bruno lui avait pris la main. Lorsqu'un peu plus tard, il avait passé son bras autour de ses épaules et l'avait embrassée, elle y avait pris grand plaisir... Ce baiser d'adulte, ardent et passionné ne ressemblait guère à ceux, un peu enfantins, que lui prodiguaient, avant la guerre, le charmant Harold.

A la sortie, Bruno lui avait dit un peu gêné :
— Je n'aurais pas dû ! Tu es si jeune...

D'un air moqueur, Laurence lui rétorqua :
— Je te rappelle qu'à mon âge, Charlotte était assez grande pour être ta femme... Mais moi, je n'ai ni l'intention ni l'envie de me caser avant plusieurs années : je voudrais d'abord terminer mes études et réussir au moins l'externat.

— Peut-être devrions-nous espacer nos rencontres, murmura Bruno.

— Il n'y a aucune raison.

— Tu sais ce qui risque d'arriver...

— Tu en as envie ?

— Oui...

— Je crois que moi aussi.

C'est ainsi que sans états d'âme superflus, elle était devenue la maîtresse de son cousin : elle l'aimait tendrement sans être certaine d'éprouver pour lui une véritable passion. Cependant, elle se disait que si elle se mariait, ce dont elle n'était pas certaine, ce serait très tard et elle n'avait pas l'intention de demeurer vierge jusqu'à vingt-cinq ans. Par conséquent, des rapports avec Bruno, garçon intelligent avec lequel elle pouvait parler de ce qui l'intéressait et partager des goûts communs, lui convenaient tout à fait. Il lui plaisait et ils ne s'ennuyaient jamais ensemble.

En arrivant chez lui, Laurence se jeta dans ses bras puis courut vers le poêle :

El-Alamein, 1942

— Je suis gelée!
— Tu connais la nouvelle?
— Quoi?
— Montgomery a vaincu Rommel à El-Alamein!
— C'est formidable!
— J'ai pensé qu'il fallait fêter ça!
— Et comment!

Blottis sur le canapé, sous une couverture, car dehors il gelait et la faible chaleur diffusée par le poêle à sciure tiédissait à peine la pièce, ils burent tout en s'embrassant, la bouteille de champagne mise de côté pour une grande occasion :

— A nous deux et à la victoire!
— Tu crois que ce sera pour l'année prochaine?
— Qui sait?

Lorsqu'ils furent réchauffés par l'alcool, Bruno entraîna Laurence dans sa chambre où ils firent l'amour sous un gros édredon de satin rouge.

— C'était encore mieux que la première fois, dit Laurence.

Sa tête reposait sur l'épaule de son amant et un merveilleux bien-être l'envahissait.

— Ça sera de mieux en mieux, tu verras!

Malgré cette euphorie, il éprouvait un vague remords d'avoir séduit la jeune cousine de celle qui était encore légalement son épouse.

— Personne ne doit savoir... dit-il.
— Ce n'est pas moi qui irai le raconter!

Autrefois, elle se serait confiée à Clémence Hatier, son amie de toujours : elle lui avait conté tous les détails de ses *amours* avec Harold. Mais elle s'était éloignée de Clémence qui avait arrêté ses études et qui avait gardé un côté un peu enfantin. Leurs centres d'intérêt divergeaient trop désormais. Constamment surveillée par une mère autoritaire et méfiante, la pauvre Clémence jouissait de bien peu de liberté pour sortir et rencontrer ses amis. Souvent morose, éteinte, ou alors exaltée par la lecture de romans à l'eau de rose elle perdait son temps en vains fantasmes, pleurait sur son sort et enviait son amie... Clémence qui rêvait du *Grand Amour*, décrit dans les livres de Delly ou de Max du Veuzit qu'elle dévorait, ne comprendrait rien au bonheur de Laurence et serait choquée par un comportement incompréhensible à ses yeux. Les dernières fois où elles s'étaient vues, Laurence avait trouvé le temps long en sa compagnie.

De toute façon, élevée comme elle l'avait été, Laurence n'éprouvait aucun besoin de se confier. Elle ne l'avait jamais fait, elle n'allait pas commencer maintenant.

Pendant que Laurence s'attardait chez son amant au point qu'elle finit par téléphoner à Olivia pour la prévenir qu'elle ne rentrerait pas, prétextant un dîner avec des camarades de faculté, cette dernière s'inquiétait à son sujet.

Aussi travailleuse que Gabriel, Laurence faisait d'excellentes études et peu à peu avait disposé d'une liberté totale alors qu'elle n'avait pas encore vingt ans.

En se remémorant les innombrables interdits édictés par Jeanne qui pesaient sur elle lors de son adolescence, les trésors d'ingéniosité dont il lui avait fallu faire preuve pour retrouver Augustin lors de ses trop rares permissions, Olivia soupirait : maintenant, Laurence n'en ferait qu'à sa tête.

Et puis, comment l'empêcher de sortir avec ses camarades, qu'elle-même ne connaissait pas, n'avait même jamais entrevus, ce qui aurait été impensable autrefois. Cette évolution laissait Olivia songeuse, tandis qu'elle dînait seule au coin du feu, sa grosse veste de laine passée sur un pull-over de Paul. Trop paresseuse pour trier et ranger ses affaires après sa mort, elle n'avait heureusement rien jeté : Gabriel était bien aise de finir les vêtements de son père dont les complets et les chemises avaient été coupés à Saville Row du temps de l'opulence. Sans parler des grosses chaussettes de laine qu'il portait dans ses bottes, lors des battues à Sarranches et qui faisaient le bonheur de toute la famille.

Olivia tisonna le feu, rajouta une bûche et s'installa dans un fauteuil, ne sachant trop que faire : elle aurait dû écrire à Gabriel auquel elle s'imposait d'envoyer une lettre hebdomadaire sans trop savoir de quoi l'entretenir la plupart du

El-Alamein, 1942

temps. Bien soigné il allait mieux et reviendrait bientôt à Paris. Il avait emporté une valise de livres au sanatorium afin de pouvoir suivre une partie du programme de sa licence de lettres : il espérait pouvoir se présenter en juin pour son troisième certificat...

Même lui rentré, elle serait aussi seule : elle devait se faire à l'idée que ses enfants avaient leur vie à laquelle elle n'était pas mêlée.

Quant à Marc, le reverrait-elle jamais ? Lors de chacun des raids de la RAF sur le continent, elle ne pouvait s'empêcher de craindre que son avion fût abattu par la redoutable DCA...

Certains jours, elle se disait que Marc était peut-être déjà mort et qu'elle n'en savait rien. D'ailleurs, il pouvait aussi bien être tué dans un de ces terribles bombardements sur l'Angleterre. Elle avait le choix entre l'imaginer dans un avion en feu ou prisonnier sous les décombres. Pour se réconforter, elle se disait que son instinct de mère l'aurait averti s'il était arrivé quelque chose à Marc. Elle n'en était pas persuadée. Pour Augustin, elle n'avait pas senti ce déchirement total et irrémédiable : trois semaines plus tard seulement, elle avait appris sa mort par un de ses camarades auquel il avait demandé de la prévenir en cas de malheur...

Grâce à l'entremise de Germain, un *ausweis* avait été accordé à Gabriel afin qu'il pût se rendre dans les Alpes pour s'y soigner. Un confrère de Deschars, le Dr Rigal, dirigeait un sanatorium à L..., situé à 1 500 mètres et acceptait d'y accueillir le malade. Décidé à guérir au plus vite, Gabriel se prêta de bonne grâce à cette cure de repos prolongé en respirant l'air pur de cette petite station entourée de pins. Très vite, il avait subi un pneumothorax et après quelques semaines de lit, la fièvre avait diminué. Pour le Dr Rigal, satisfait de son patient, la maladie était enrayée.

Allongé sous une couverture en compagnie de ses semblables sur la vaste terrasse orientée plein sud, il profitait des bienfaits conjugués de l'air et du soleil, et tout en contemplant les sapins, Gabriel avait tout loisir pour réfléchir.

Sarranches

Durant ses quelques semaines parisiennes, il avait été consterné en se promenant dans cette ville qu'il ne reconnaissait plus. A chaque carrefour, se dressaient des écriteaux en allemand destinés à faciliter l'orientation des occupants, ou, apposés devant un grand nombre de bâtiments, annonçaient l'usage exclusif de ceux-ci à leur profit.

Omniprésents les nazis paradaient, faisant claquer avec arrogance le talon de leurs bottes sur le bitume, déshonoraient les Champs-Elysées où ils défilaient quotidiennement en chantant. Restaurants, cafés, théâtres et cinémas, ils envahissaient tout. Partout, on entendait leurs voix gutturales, leurs rires. Partout, il fallait leur céder le passage... Ce spectacle désolant, tout nouveau pour le prisonnier libéré l'avait d'autant plus accablé qu'il avait senti que les autres en souffraient moins que lui : l'apparente résignation des Parisiens l'avait choqué. Il avait été soulagé de se trouver en zone libre où tout contact avec l'occupant lui était épargné. Il avait essayé d'expliquer cette sensation à son compagnon de chambre, un homme de trente ans qui avait lui aussi combattu. Ce dernier venait de Marseille et ne connaissait la France occupée que par les Actualités cinématographiques : la notion d'occupation lui demeurait abstraite.

Comme elle le serait pour Marc à son retour. Il pensait souvent à son frère, surtout au début de son séjour à L... et redoublait d'animosité à son égard. Des souvenirs d'enfance refaisaient surface alimentant la rancœur fraternelle. Pour lui, Marc était le préféré, jouissait d'avantages qui lui étaient refusés – encore qu'il eût été bien en peine de préciser lesquels – bref, il avait toujours eu l'impression d'être par rapport à lui, comme un cadet, bien qu'ils fussent jumeaux. Marc en était-il responsable? La situation était d'autant plus étrange que lui-même, Gabriel, avait fait les meilleures études. Il n'y comprenait rien...

S'il comparait leurs destins, il ne niait pas que Marc encourait des dangers mais il se plaisait à les minimiser. Il n'avait pas apprécié les récits enthousiastes de Laurence lorsqu'elle avait parlé du peu qu'elle savait de sa vie de pilote de chasse.

El-Alamein, 1942

L'ancien prisonnier de guerre, (qui n'avait même jamais sérieusement tenté de s'évader) maintenant tuberculeux, inspirait la pitié, ce qui n'était pas reluisant !

Ne connaissant pas Londres, n'ayant qu'une idée très approximative de la situation et de l'atmosphère qui y régnait, et n'ayant pas eu l'occasion de fréquenter d'Anglais, Gabriel imaginait qu'entre deux raids, son frère menait une vie facile, excitante et pleine d'agréments. Sa double condition d'aviateur et d'étranger, devait faciliter les aventures avec les jeunes filles ou les jeunes femmes, puisqu'il semblait les préférer.

Condamné au repos forcé, Gabriel gisait dans la moiteur des draps, incapable du moindre effort, traité comme un enfant par des infirmières autoritaires, réduit à la compagnie des autres malades, privé de la moindre liberté d'agir pour un temps indéterminé. Pour différente qu'elle fût de celle du stalag, la promiscuité n'en existait pas moins.

Son voisin de lit, plus atteint que lui, n'en finissait pas de s'apitoyer sur son sort et d'évoquer sa femme et ses deux enfants dont il était séparé. Mais ces bavardages monotones ne détournaient que brièvement les pensées de Gabriel. Dans cette petite station de montagne perdue, loin de la civilisation il avait bien le temps de se livrer aux troubles délices de l'introspection. Honnête avec lui-même, il reconnaissait, même s'il n'en avait pas pris aussitôt conscience, que cette jalousie féroce avait pris naissance le jour où Marc lui avait montré, triomphant, la photo représentant la voluptueuse Armelle à Deauville. Habitué à l'allure discrète des dames de la famille, Gabriel avait dissimulé de son mieux étonnement et envie : il ne soupçonnait même pas l'existence de créatures de cette espèce. Et d'apprendre, car ce dernier prit plaisir à s'en vanter, que Marc avait la libre disposition de ses charmes, alors que lui, Gabriel, était encore puceau, l'avait exaspéré.

Et plus encore peut-être, la certitude que de se trouver face à une personne comme Armelle l'eût épouvanté...

Cet épisode se situait en 1939, Gabriel allait avoir vingt-trois ans. Quelle expérience avait-il des femmes ? Un flirt un peu poussé avec Catherine qui lui permettait de caresser et d'embrasser ses petits seins, doux et fermes, une ou deux brèves étreintes avec une servante d'auberge dont l'odeur forte avait rapidement calmé ses ardeurs, une tentative avortée avec une dactylo au visage prometteur mais qui n'était qu'une pimbêche cupide... Ah! certes, piteux tableau de chasse!

D'un geste machinal, il enleva ses lunettes pour les nettoyer, opération qu'il était contraint d'effectuer plusieurs fois par jour. Les arbres dont il distinguait les branches l'instant précédent se fondirent en un magma vert foncé. Une fois de plus, il s'interrogea : sa mauvaise vue était-elle une des causes de son malaise à exister? Il l'avait souvent pensé, jusqu'au moment où il s'était lié avec Philippe de Maistre, lui aussi affligé de lunettes et qui, à l'entendre, ne comptait plus ses conquêtes... Sans doute était-il un peu hâbleur? A diverses reprises, il l'avait surpris sinon à mentir, du moins à travestir la vérité pour jouer le beau rôle... La pensée que celui qu'il avait si longtemps considéré comme son meilleur ami et pour lequel il éprouvait désormais des sentiments mitigés, moisissait toujours derrière les fils de fer barbelés et perdait son temps le réconforta...

Il se réjouit à la pensée d'être de nouveau chez lui, dans un peu plus d'un mois, pour passer Noël en famille. Le soir, au cours du dîner, le directeur du centre arriva d'un air égaré dans la salle à manger. Il annonça le débarquement des Alliés en Afrique du Nord et l'invasion de la zone libre par la Wehrmacht [1].

Cette quatrième année de guerre touchait à sa fin. En rentrant chez elle, Charlotte ne prêta guère attention aux crieurs de journaux qui annonçaient l'assassinat de l'amiral Darlan [2] : la politique ne l'intéressait pas. Ce qui la préoccupait c'était le dîner familial de ce soir de Noël, rue du Bac auquel elle n'avait pas été conviée. Elle savait pourtant que sa mère s'était efforcée de fléchir Germain. Il n'avait rien voulu savoir. Une

1. 11 novembre 1942.
2. 24 décembre 1942.

nouvelle fois, Inès supplia sa fille de mettre un terme à ses *mauvaises fréquentations*.

Et encore, Inès ne savait pas tout. Elle était loin de soupçonner que depuis deux mois, Charlotte était devenue la maîtresse d'un officier allemand...

Depuis quelque temps, elle avait senti une désaffection progressive de la part de Georges. Ils continuaient à sortir souvent ensemble, mais sous des prétextes divers, réveil matinal, affaires en cours, rendez-vous important ou déplacement en province, il s'attardait moins volontiers chez elle. S'était-il lassé? Elle savait pourtant que son élégance et le fait qu'elle appartînt à un milieu social supérieur au sien le flattaient. Aurait-il fait la connaissance d'une autre femme? Ou bien, les premiers temps passés, était-il dans la nature des hommes de se montrer moins attentionnés? N'ayant connu que Bruno et Georges, il lui était difficile de trancher.

Elle aurait volontiers espacé les rapports sexuels avec Georges : s'ils ne lui étaient pas désagréables, car son amant se montrait patient et gentil, elle n'en éprouvait pas un besoin impérieux, loin de là. Elle savait que c'était le prix à payer en échange de ce qu'elle souhaitait. Deux ou trois fois, la pensée fugitive l'avait effleurée que les prostituées ne se comportaient pas d'une manière très différente. Pourtant, que faisaient d'autre après tout, les jeunes femmes qu'elle fréquentait désormais, Célia Darmont et Antoinette Sellier, que sa mère eût qualifiées de demi-mondaines. A part qu'Antoinette s'était toujours refusée à paraître à une soirée où se seraient trouvés des Allemands, plus encore à dîner au restaurant en leur compagnie. Célia ne faisait pas preuve de la même intransigeance.

Charlotte n'avait pas l'esprit vif, et surtout ne se souciait guère de la provenance de l'argent que Georges avait tant de plaisir à dépenser, parfois même avec ostentation! Pourboires énormes au Fouquet's, chez Maxim's, ou au Colisée suscitant parfois le regard ironique de ceux-là mêmes qui en étaient les bénéficiaires...

Elle savait maintenant que Georges collaborait avec un

bureau d'achat de l'armée allemande pour le compte duquel il négociait de l'or et des métaux précieux. Ses profits étaient considérables. Chaque fois qu'il pouvait se libérer, Hans auquel Georges devait ce pactole, venait retrouver la petite bande et se montrait de plus en plus empressé auprès de Charlotte tout en faisant preuve de tenue et d'une certaine discrétion. Quelquefois ses compliments étaient un peu appuyés, ce qui était sans doute à mettre sur le compte de la lourdeur teutonne bien connue. Georges ne semblait pas en prendre ombrage.

Un soir, alors qu'elle arrivait chez lui, avant un dîner au restaurant, le domestique lui dit qu'il n'était pas encore rentré et lui proposa un verre de champagne, dont un magnum se trouvait au frais dans un grand seau d'argent. On sonna, il alla ouvrir et introduisit Hans qui s'étonna ou, devait-elle penser plus tard, feignit de s'étonner.

— Georges n'est pas là?
— Non, mais il ne va pas tarder.

Pendant une demi-heure, ils burent du champagne, parlant à bâtons rompus. Quand Georges téléphona pour dire que sa voiture était tombée en panne aux environs de Paris et qu'il ne savait pas quand il rentrerait, Charlotte ne fut pas surprise : avec les gazogènes, les incidents étaient fréquents. Il demanda à sa maîtresse de le remplacer auprès de leur hôte. Il avait retenu une table au Fouquet's et elle n'aurait qu'à dire qu'on lui envoie l'addition.

En attendant Georges, Hans et elle avaient déjà vidé la moitié du magnum. Ce ne fut que plusieurs instants après avoir raccroché qu'elle réalisa la situation : dans un endroit très couru, elle se trouverait attablée en tête-à-tête avec un officier allemand... n'était-ce pas descendre un degré de plus dans l'infamie? Sa réputation était déjà ternie, mais elle aggravait son cas.

Pour l'instant, elle n'était compromise que dans l'esprit des autres. Si Hans lui avait été antipathique ou s'était conduit de manière trop pressante, s'il s'était montré arrogant ou mal élevé, elle aurait sans doute trouvé la force d'enrayer ce proces-

El-Alamein, 1942

sus qui la conduisait de manière inéluctable à commettre une action qui la déconsidérerait à ses propres yeux. Aussi, au lieu de ce lien si distendu désormais entre eux qu'il serait bientôt inexistant, un amour véritable pour Georges lui eût servi de rempart...

En quittant le restaurant, où elle avait fait honneur à un excellent Hermitage, elle accepta d'aller boire et danser. Elle appréhendait de se trouver dans les bras d'Hans, de sentir son corps mince et musclé contre le sien. Bien qu'il fût en civil, pas un instant, elle ne pouvait oublier qui il était : un colonel allemand, un ennemi, pas seulement un homme quelconque qui lui aurait fait la cour.

Dans cette pénombre propice à l'intimité, bercée par une musique douce, un peu étourdie par les boissons, elle se sentit partir à la dérive, stupéfaite et incapable de résister à ce trouble insidieux, si inattendu, qui naissait au plus profond d'elle-même. Pour la première fois, elle ressentait une véritable attirance physique qui la faisait presque trembler. Avec Bruno ou avec Georges, elle n'avait jamais éprouvé rien de semblable...

LA CHUTE DE LA MAISON PÉTAIN, 1943

Assez imprudentes pour s'aventurer en Russie, les forces du Reich avaient accumulé les revers en cette année 43. Tout avait commencé à basculer à l'est avec l'encerclement de la VIe armée allemande dont les derniers tronçons avaient capitulé en février, à la consternation d'une Allemagne justement fière d'une longue suite de succès.

Son alliée, l'Italie, ce *ventre mou de l'Axe*, disait Churchill, n'était guère plus heureuse : à la perte de l'Ethiopie au printemps 41, avait succédé l'année suivante le désastre de Libye, prélude à la capitulation de l'armée germano-italienne de Tunisie au cap Bon [1]. Inexorablement, l'étau se resserrait.

Marc avait participé au débarquement en Sicile. La réussite de cette opération avait entraîné la perte du petit coq qui paradait aux balcons du Capitole : elle lui valut d'être arrêté. Mussolini fut remplacé par Badoglio le 25 juillet.

Le lieutenant Marc de Préville avait accompagné les troupes de Montgomery débarquées à Reggio, en Calabre [2]. En convoyant un raid de bombardiers de la RAF, son Spitfire fut touché. Il put s'éjecter avant que son appareil ne s'abîme en flammes. Atteint à l'épaule pendant la descente en parachute, il arriva au sol dans un état piteux. Marc avait été rapidement

---

1. 13 mai 1943.
2. 3 septembre 1943.

récupéré, soigné et renvoyé en Angleterre pour passer sa convalescence. Malgré la rééducation, à laquelle il s'adonnait avec une patiente énergie, il savait qu'il ne retrouverait jamais le plein usage de son bras. Adieu tennis, ping-pong et chasses. Il serait même handicapé pour nager. Au repos aux environs de Londres, dans un centre hospitalier militaire, avec d'autres blessés plus gravement atteints que lui pour la plupart, le spectacle permanent qui s'offrait de tant de souffrances, assombrissait un moral que l'attribution de la prestigieuse Distinguished Service Order ne parvint pas à améliorer.

Il avait reçu quelques visites de Mrs Davis et de Jennifer, Lady Margaret avait seulement pris de ses nouvelles. Harold continuait à se battre dans le ciel d'Italie qui tout en affirmant sa volonté de poursuivre la lutte aux côtés d'Hitler, n'en avait pas moins signé un armistice secret [1] avec les forces alliées débarquées à Salerne, à Tarente et à Brindisi. Pas dupes, les Allemands avaient occupé par surprise Rome et toute l'Italie centrale et septentrionale.

Au début de décembre, encore fatigué mais autonome, Marc regagna Londres... Il n'était pas question dans l'avenir immédiat de reprendre du service actif : d'ailleurs, serait-il encore apte à piloter un avion de chasse ? Il en doutait... Et il était si las...

Sa première visite fut pour les Davis, heureux de retourner dans cette maison où il avait toujours été traité avec tant d'amitié. Il trouva son hôtesse accablée : elle venait d'apprendre la disparition d'Harold abattu au-dessus de la Méditerranée :

— Notre fils unique, gémissait-elle. La mer l'a englouti... Nous ne pourrons même pas l'ensevelir, il avait vingt-cinq ans. C'est si injuste !

Sans pudeur, Marc mêla ses larmes à celles de cette mère éplorée au visage soudain vieilli et flétri. Harold était devenu son meilleur ami. Marc avait presque honte d'être là, bien vivant malgré son bras encore raide. Ne devait-elle pas se dire : « Pourquoi Harold et pas Marc ? » Il demeura auprès d'elle

---

1. 3 septembre 1943.

La chute de la maison Pétain, 1943

jusqu'au retour de son mari, lui tenant la main et l'incitant à absorber le gin-tonic que le *butler* compatissant et désolé lui avait préparé puis il prit congé, promettant de revenir le lendemain.

Il avait prévu de retrouver Jennifer, qu'il n'avait pas vue depuis un mois, mais le courage de sortir lui manquait et son épaule le faisait souffrir. Il lui téléphona pour se décommander. Elle proposa de venir et même d'apporter de quoi dîner. Mais conversation ou tendres ébats, il n'avait le cœur à rien et refusa, conscient de la déception qu'il lui causait. Il demeura longtemps prostré. Il vida presque entièrement une bouteille de whisky en pensant au disparu, se remémorant la chaleur de son accueil pour le soldat exilé, tant de moments partagés, de projets formés pour l'après-guerre : visiter le sud de la France qu'Harold, comme tant de ses compatriotes, rêvait de connaître, l'Espagne peut-être et surtout s'amuser, retrouver un peu de cette jeunesse et de cette insouciance que la guerre leur avait volées.

Malgré la discrétion de son ami, Marc savait qu'il souhaitait revoir Laurence. En dépit d'une longue séparation, il ne l'avait pas oubliée. Dans sa chambre, il y avait une petite photo d'elle, fièrement campée sur un cheval, prise à Fox Hall durant l'été 39...

Marc s'aperçut qu'il ignorait absolument les sentiments de sa sœur : ressentirait-elle un véritable chagrin ou cette mort la laisserait-elle indifférente?

Il mesura la distance pas seulement due à l'éloignement qui s'était établie entre lui et sa famille. N'avait-il pas perdu tout intérêt pour ce qui la concernait depuis qu'il avait fait la connaissance d'Armelle? Il imaginait mal sa sœur, une femme maintenant, qui poursuivait sans doute avec acharnement ses études. Oublieuse d'Harold, elle avait peut-être rencontré un homme qu'elle aimait et songeait à épouser...

Et Gabriel, le bûcheur brillant, où en était-il? Comment ce binoclard, pataud et inapte à tout effort physique, si peu armé pour la guerre, s'en était-il tiré? Comme il l'avait fait bisquer avec la photo d'Armelle... En était-il assez fier à l'époque! Et encore ne lui avait-il pas montré celle où elle posait nue dans l'encadrement d'une fenêtre, juste parée de son collier de perles qui descendait entre ses seins... Souvenir d'une époque révolue, qui lui arracha un sourire désabusé. Le nom de M. de Rivière avait-il suffi à protéger une femme juive avec laquelle il ne vivait plus? Ou bien Armelle avait-elle été obligée de fuir, essayant de gagner le Portugal ou l'Amérique?

Avant de s'endormir lourdement, il eut une dernière pensée apitoyée pour Mrs Davis qui pleurait son fils et remercia le destin qui lui valait de se trouver là, ivre dans cette chambre, au lieu d'être la pâture des poissons, au fond de la Méditerranée...

A la tombée de la nuit, Gilbert quitta le château, chaudement vêtu pour affronter le froid cinglant de décembre, son cou entouré d'une grosse écharpe de laine noire, les pieds chaussés de ses bottes de chasse. Il avait hésité à emmener les chiens de Germain dont la queue avait frétillé d'espoir en le voyant se préparer à sortir. Finalement, il partit seul, c'était plus prudent. Un éventuel gibier eût déclenché des aboiements qu'il était préférable d'éviter. Ils inquiéteraient ceux qu'il allait retrouver.

Quelques étoiles apparaissaient dans le ciel limpide de décembre. La lune presque pleine éclairait la surface lisse de l'étang. Chargé des précieux documents, Gilbert s'enfonça dans le bois des Mattes, tant de fois parcouru depuis son enfance. Il pouvait s'y orienter de nuit sans la moindre difficulté. Atout non négligeable en cas de poursuite.

A Paris, avec quelques camarades, dont la plupart étaient comme lui, des hommes d'affaires, Gilbert centralisait et triait les renseignements demandés par Londres, dans le domaine industriel : emplacement et plan détaillé d'usines et d'entrepôts, état des stocks, chargement de marchandises à destination de l'Allemagne, date et fréquence des transports, sabotages possibles que d'autres se chargeraient d'accomplir...

L'ancien pavillon de chasse de Germain servait de lieu de rendez-vous depuis des mois. Peut-être depuis trop long-

La chute de la maison Pétain, 1943

temps... Mais cet endroit isolé néanmoins pourvu de l'électricité, était commode et présentait l'avantage d'être situé dans une petite clairière dont le relief un peu en surplomb facilitait l'émission et la réception des messages. Derrière un faux panneau on avait dissimulé le nouveau poste émetteur : un jour, un inconnu l'avait apporté avec des quartzs de rechange, de la part de Thierry, en remplacement du précédent qu'on avait enterré au pied d'un arbre dans la forêt après qu'on en eut retiré les pièces susceptibles de servir encore.

Gilbert fit silencieusement le tour du pavillon et constata avec agacement que malgré ses recommandations, une faible lueur filtrait à travers les volets. Imprudence regrettable car le bois des Mattes n'était pas aussi désert la nuit qu'il y paraissait : à deux ou trois reprises, Gilbert avait trouvé des collets et même une fois, un garenne qui s'y était pris. Parmi ces visiteurs, braconniers d'occasion, dont certains n'étaient autres que les bûcherons, même s'ils n'étaient pas malintentionnés, il pouvait se trouver un curieux ou un bavard... Des gardes-chasse, au service des Sénéchal depuis des lustres, il était à peu près sûr.

Il apostropha Simon Lissonot :

— On voit de la lumière à l'extérieur! Tu as encore oublié de tirer le rideau!

C'était Inès avec l'aide d'Angela, qui avait confectionné et posé ces rideaux en feutrine, parfaitement opaques. Encore fallait-il les utiliser!

Le jeune frère de Mlle Lissonot, apprenti électricien et bricoleur doué, était parfois négligent. Ses dix-sept ans n'étaient pas une excuse, alors qu'on lui avait dit et répété que la sécurité des uns dépendait de la prudence des autres. Gilbert avait hésité à engager celui qu'il considérait encore comme un enfant, à peine plus âgé que son propre fils... Mlle Lissonot elle, frôlait la trentaine et n'avait toujours pas trouvé de mari. Le dimanche, elle continuait à tenir l'harmonium à Sarranches et dirigeait la chorale des enfants : contrainte par l'instituteur à leur apprendre *Maréchal nous voilà*, elle avait pour se venger, rallié la Résistance à la suite de son frère et servait désormais de boîte aux lettres.

Dans le lointain, ils perçurent la cloche de l'église de Sarranches qui égrena sept heures.

— Il devrait être là, murmura Gilbert.

— Le docteur est souvent en retard à cause de ses patients, remarqua Simon.

C'était vrai, Gilbert le savait. Mais il était transi et il s'énervait lorsque l'un ou l'autre laissait passer de plus d'un quart d'heure le moment du rendez-vous.

Dans le pavillon, privé de tout chauffage, il faisait presque aussi froid que dehors. Un feu eût révélé leur présence : même si dans l'obscurité la fumée demeurait invisible, quelqu'un s'approchant suffisamment en aurait détecté l'odeur. Et si un visiteur forçait la porte, ce qui n'était guère difficile, la présence de cendres lui paraîtrait insolite et il se poserait des questions... Gilbert prit la bouteille de marc et la tendit au jeune homme :

— Tu veux un coup?

— Ce n'est pas de refus. Je me caille.

Il avala une copieuse gorgée avant de proposer en se frottant les mains :

— Voulez-vous que je commence? Sans ça j'aurai les doigts tellement raides que là-bas, ils ne reconnaîtront pas ma marque.

Gilbert consulta sa montre : presque sept heures et demie...

— On peut déjà sortir le matériel...

En principe, ils étaient toujours deux lorsque Simon émettait : l'un qui faisait une ronde rapprochée dans un périmètre de cent mètres autour du pavillon et l'autre, à trois ou quatre cents mètres : en cas d'alerte, Simon avait le temps de dissimuler le poste, éventuellement de prendre le large...

Enfin Deschars fut là, sans qu'on l'ait entendu arriver, bien qu'ils fussent deux à le guetter, ce qui était un bon point pour lui.

— Il y a un gros paquet à envoyer ce soir, prévint Gilbert qui avait passé une partie de la nuit à condenser le texte au minimum et à le chiffrer.

— Plus de vingt minutes, précisa Simon qui s'était installé à la petite table après avoir sorti l'antenne.

La chute de la maison Pétain, 1943

– Eh bien allons-y, dit Deschars qui reboutonna le gros manteau de loden un peu usagé qu'il revêtait depuis des années pour faire ses tournées.
– Je prends l'extérieur, dit Gilbert.

Même si Deschars le chasseur était un familier du bois, il n'en avait pas la connaissance approfondie et instinctive de Gilbert qui le parcourait depuis l'enfance.

Il partit vers le nord et parvenu au chêne centenaire qui servait de point de repère, – avant la première guerre, il venait pique-niquer avec Jacques et Olivia à l'ombre de sa ramure – il tourna sur sa gauche, veillant à demeurer toujours à peu près à la même distance du pavillon. De temps en temps, il s'arrêtait et écoutait la respiration de la forêt pour vérifier qu'aucun son étranger ne s'y mêlait. Il interprétait le moindre bruit, le craquement d'une branche, – plusieurs à la suite seraient suspects – un bruissement dans le taillis, la course d'un petit rongeur en quête de nourriture qui faisait crisser les feuilles mortes, le hululement des oiseaux de nuit et leur vol lourd dans la ramure... Au printemps et en été, s'y ajoutaient le souffle de la brise à travers le feuillage et parfois le passage bruyant d'un porc-épic ou d'un blaireau qui en cette saison se terraient.

Arrivé au sud, à mi-chemin, il s'arrêta, attentif à un éventuel grondement de moteur provenant de la petite route vicinale située à un kilomètre et qui traversait la propriété : les Allemands arrivaient rarement à pied. En réalité, c'était de ses compatriotes qu'il se méfiait le plus : au village, l'instituteur et le marchand de vin ne cachaient pas leurs opinions pro-allemandes : mais iraient-ils jusqu'à dénoncer leurs voisins ?

Les plus redoutables étaient deux jeunes, à peine plus âgés que Simon, miliciens exaltés, dont l'arrogance et la brutalité ne faisaient que croître avec le temps. Gilbert les connaissait depuis toujours : l'un, Pierre, était le fils du boucher considérablement enrichi grâce au marché noir (et auquel Germain faisait appel pour l'abattage clandestin d'un veau ou d'un cochon dont il se réservait alors une part confortable) et son compère, Albert, celui du maréchal-ferrant, mauvais sujet en quête d'emploi. Guère intelligents, ils avaient fait partie autrefois avec Simon, de la chorale de Mlle Lissonot.

Ces deux enfants du pays constituaient un danger réel. Ne travaillant guère, familiers du terrain, ils avaient tout loisir d'observer des va-et-vient dans la forêt et de repérer toute activité suspecte qu'ils se feraient un plaisir de dénoncer aux Allemands pour ensuite guider ces derniers vers leurs proies.

Certainement moyennant finance, car ils n'étaient pas désintéressés...

Rassuré par sa tournée, après avoir consulté sa montre qui lui indiquait que le temps d'émission devait toucher à sa fin, Gilbert regagna le pavillon et retrouva Deschars.

— Ça a l'air tranquille, dit-il.

Puis il avoua :

— Il n'empêche que je crève de peur chaque fois...

— Il n'y a pas que toi ! J'ai rencontré les deux lascars en tournée, tout à l'heure, avec un uniforme neuf et armés jusqu'aux dents ! Les Boches sont fous de donner des fusils à ces gosses !

— Ils ont besoin de tout le monde maintenant... Nous devons être de plus en plus sur nos gardes... Je voudrais que tu parles à Simon : il est inconscient du danger et ne respecte pas les consignes de sécurité. J'ai quelquefois l'impression qu'il s'agit d'un jeu pour lui...

Deschars qui devait aller visiter sa mère qui s'était cassé le bras en profiterait le lendemain pour lui faire la leçon.

Dans le petit boudoir aménagé en pièce à tout faire, où ils prenaient leurs repas lorsqu'ils venaient à Sarranches l'hiver, environ deux fois par mois, tant pour apporter la collecte de renseignements que pour s'occuper de la propriété, prétexte tout trouvé à ses déplacements, assise au coin du feu, un grand châle sur les épaules, les deux épagneuls couchés à ses pieds, Inès attendait.

L'un d'eux avait posé son mufle noir et humide sur l'avant-bras de sa maîtresse, s'était endormi et rêvait, émettant de temps en temps des grognements sourds assortis de brefs tremblements. Peut-être revivait-il dans son sommeil, les temps heureux où il s'élançait, joyeux et fou dans la campagne à la suite de son maître pour lever et rapporter faisans, bécasses et perdrix... Désormais, la chasse était interdite, la babine de Myra avait blanchi, elle se faisait vieille, tout comme Germain d'ailleurs : il devenait sourd et sa foulée s'était ralentie. Lorsque la guerre serait terminée et que les chasses reprendraient, aucun des deux, s'ils étaient encore de ce monde, ne connaîtrait plus le plaisir de l'affût dans la fraîcheur de l'aube et Myra celui d'une course éperdue à travers champs pour rapporter les yeux brillants de fierté, l'oiseau encore pantelant à son maître, qui la récompenserait d'une caresse.

Inès pensait avec mélancolie à cette époque. A l'instar des fidèles compagnons couchés près du feu, elle-même avait pris un plaisir extrême à accompagner son beau-père tôt le matin, laissant derrière eux une maison encore endormie. Lors des grandes battues aussi, quand Germain invitait des amis escortés de rabatteurs, mais elle préférait à tout les escapades à deux, ces moments partagés d'intimité complice dont Jeanne était jalouse...

Il était évident qu'après le départ des occupants, la vie ne serait plus la même qu'avant la guerre. D'abord, parce que Germain ne serait plus omniprésent à Sarranches. Eprouvant des difficultés à marcher, ne pouvant plus chasser et difficilement monter à cheval, il y viendrait moins. Le temps des grandes réceptions, des week-ends réunissant plus de trente invités, était révolu. Le train de maison ne serait plus le même. Germain avait dit à son fils que désormais, Inès et lui seraient les maîtres de Sarranches. A eux d'en faire ce qu'ils voudraient...

Inès s'en réjouissait et s'en effrayait tout à la fois. Très proche de son beau-père qui s'était souvent confié à elle et à son bon sens pour régler certains problèmes, elle savait le travail que représentaient l'administration et la gestion du château et de son nombreux personnel auquel se surajoutaient les employés du domaine : ce dernier comportait de nombreuses fermes et métairies, une laiterie, des terrains agricoles, des

Sarranches

bois, c'était une véritable entreprise. Comme Gilbert avait repris les affaires familiales, Inès savait qu'il lui demanderait de prendre en main Sarranches jusqu'au moment où Olivier serait en âge d'assurer la relève. Ce n'était pas demain la veille...

Quant au quotidien, Inès était bien résolue à le simplifier. Après ces interminables années d'occupation, les mentalités auraient évolué : il ne serait plus possible de vivre comme avant, d'entretenir cette armée de domestiques, de maintenir le faste instauré par Germain dans les premières années du siècle et conservé jusqu'à la guerre. Certains postes devraient être sacrifiés, comme les serres dont la conservation était ruineuse, et il faudrait réduire le nombre des chevaux et le personnel de l'écurie, aussi celui des gardes-chasse et des rabatteurs. Peut-être serait-il aussi judicieux de limiter les dimensions mêmes du domaine, de vendre certaines fermes situées à la périphérie dont le rapport était faible ou nul, alors que l'entretien des bâtiments demeurait à la charge du propriétaire.

En temps voulu, elle aviserait...

Mais ce dont sa belle-fille se réjouissait le plus, la présence austère et rigide de Jeanne, inséparable de l'ombre de Jacques, ne pèserait plus sur la maison. Jeanne avait eu le génie de gâcher certaines soirées qui avaient tout pour être réussies et elle avait découragé la jeune génération qui venait de moins en moins.

Le feu s'éteignait, Inès le ranima et commença à s'inquiéter comme chaque fois que Gilbert se rendait au pavillon. Souvent, elle préférait l'accompagner plutôt que de demeurer seule avec son anxiété, mais ce soir il faisait si froid qu'elle n'en avait pas eu le courage. Pourvu qu'il ne soit rien arrivé...

Avertie par quelque mystérieux instinct du retour de celui qui était devenu son maître, Myra dressa les oreilles et se précipita vers la porte en jappant de bonheur.

Soulagée, Inès alla à sa rencontre et se jeta dans ses bras :

— Enfin te voilà !

— Tout va bien, rassure-toi, dit-il en souriant. Sers-moi un verre de porto et surtout, ne laissons pas passer l'heure.

300

La chute de la maison Pétain, 1943

Il alluma le poste de radio, et tendant l'oreille à cause du brouillage, ils écoutèrent comme presque chaque soir l'émission *Les Français parlent aux Français*.

Quelques jours auparavant, ils avaient entendu avec stupeur que les Allemands interdisaient désormais au maréchal Pétain de s'exprimer à la radio [1]. En fait, le chef de l'Etat français avait cessé d'exercer ses fonctions.

Sur Radio-Paris, Philippe Henriot, ce chantre de la révolution nationale, qui avait fini par adhérer à la Milice et paradait sur les tribunes en chemise noire, continuait à vitupérer, tout comme l'ignoble Hérold Paquis, adhérent d'honneur à la Waffen SS... Pour faire bonne mesure, il terminait toutes ses émissions par ces mots : « Pour que la France vive, l'Angleterre comme Carthage doit être détruite. »

Lorsque Deschars arriva pour déjeuner, Olivia l'attendait anxieusement. Ne se fiant pas les yeux fermés à l'avis du radiologue, elle voulait le sien : elle lui faisait plus confiance qu'à n'importe quel autre membre du corps médical, fût-il le plus grand spécialiste.

— Alors, montrez-moi ça, dit-il.

Il s'approcha de la fenêtre pour examiner les radios que Gabriel lui tendait et hocha la tête, approbateur :

— Eh bien, il me semble que ton état est tout à fait satisfaisant. Comment te sens-tu ?

— Il m'arrive encore d'être fatigué, avoua Gabriel. Mais je n'ai plus de fièvre le soir.

Cela faisait plusieurs mois qu'il avait quitté le sanatorium. Peu à peu il s'était réadapté à une vie active ou plutôt laborieuse. Depuis son retour de captivité il avait repris du poids : les quelques semaines passées à Sarranches l'été précédent, y avait contribué. A Paris, le régime était malgré tout plus frugal même s'il eût fait rêver le commun des mortels.

— Bientôt, ce ne sera plus qu'un mauvais souvenir, conclut Deschars.

Olivia le regarda avec reconnaissance :

1. 13 novembre 1943.

— Je suis bien soulagée...
— Vous n'avez plus de raison d'être inquiète.

Chaque fois qu'il regardait Olivia, Deschars pensait à Jacques : la structure de son visage, assez carré, bien que désormais celui-ci fût empâté, évoquait irrésistiblement celui du beau jeune homme dont il avait gardé le souvenir. Mais comme le regard était différent! Autant celui de Jacques était perçant, scrutateur, vif avec parfois des éclairs de folie, de cruauté, autant celui de sa sœur rappelait, se disait Deschars non sans quelque malveillance, celui d'une poule effarée.

La porte d'entrée claqua et Laurence fit irruption dans le salon :

— Je meurs de faim, dit-elle. J'espère qu'on va bientôt se mettre à table. Bonjour Eric.

— Bonjour chère consœur!

— Il s'en faut encore de quelques années, soupira-t-elle.

— Elle réussit très bien, dit fièrement Olivia.

Elle qui s'était toujours laissé porter par les événements et s'en était remise aux autres afin d'en diriger le cours, s'étonnait toujours d'avoir enfanté cette fille indépendante et décidée qui lui ressemblait si peu.

Se voulant impartiale, elle ajouta :

— Gabriel aussi. Il a terminé sa licence de lettres et poursuit celle d'histoire.

Malgré ces résultats brillants, Olivia s'inquiétait de l'avenir de son fils qui allait avoir vingt-quatre ans et elle ne voyait pas bien quel métier sinon celui de professeur, ces longues études lui permettraient d'exercer. Entre la guerre, la captivité et la maladie, Gabriel avait perdu plus de deux ans... Il n'y était pour rien. Pourtant, étant donné la gêne de sa famille depuis la mort de Paul, il aurait dû comprendre que sa mère aurait préféré le voir se diriger sur une carrière lucrative. En vain plusieurs fois, avait-elle essayé d'en parler avec lui. Mais il n'avait rien voulu savoir : Gabriel *aimait* étudier, accroître ses connaissances, découvrir de nouveaux auteurs, approfondir certaines questions qui le passionnaient. A cette recherche de culture, se bornaient ses ambitions. Cela lui paraissait un

objectif suffisant en soi et il s'imaginait très bien étudiant perpétuel.
 Ce qu'il ne disait pas à Olivia était qu'il avait commencé un roman. Au sanatorium, il avait lu et relu *La Montagne magique*, livre interdit par les Allemands – il figurait comme toutes les œuvres de Thomas Mann sur la liste Otto – qui se trouvait parmi d'autres médiocres, dans la petite bibliothèque de l'établissement. Cette lecture avait provoqué chez lui l'envie d'écrire et dès qu'il s'était senti mieux, il avait acheté deux cahiers à spirale chez le papetier du village voisin et s'était mis au travail. Il venait d'entamer le second et aurait bien aimé soumettre le début de son manuscrit à un lecteur compétent. Mais le petit groupe d'amis qu'il fréquentait avant la guerre et avec lequel il parlait de littérature, de poésie et d'art, était dispersé. Certains comme Philippe de Maistre – malgré leurs rapports ambigus, c'est de lui seul en fait, qu'il aurait souhaité recevoir les conseils – demeuraient prisonniers, d'autres, comme Jérôme Divert, se battaient en Afrique du Nord. D'autres enfin ne vivaient plus à Paris. Et Gabriel qui avait une haute opinion de lui-même, se refusait à proposer sa prose aux quelques camarades retrouvés ou connus sur les bancs de la Faculté.
 Parfois, il envisageait de solliciter l'avis de l'un de ses anciens professeurs de français, M. Lacroix. Il le croisait parfois car il habitait dans les parages de la Faculté. Mais il ne s'y décidait pas. Il lui fallait travailler encore et les timides observations maternelles concernant son avenir lui paraissaient parfaitement hors de propos. Par Laurence, il savait qu'elle avait été se plaindre de son attitude à Germain qui lui avait répondu en haussant les épaules :
 — Ecoute Olivia, ce pauvre enfant a été très éprouvé, laisse-le faire les études dont il a envie. D'autant plus qu'il réussit très bien... Ce n'est pas comme s'il ne faisait rien et perdait son temps... Nous verrons d'ici un an ce qu'il peut faire. De toute manière, pour l'instant...
 Comme beaucoup d'autres, Germain attendait la fin de la guerre que l'on pouvait maintenant entrevoir. Et puis, Ger-

main qui n'avait pas fait d'études – il avait commencé à gagner sa vie à dix-sept ans – était heureux de pouvoir offrir ce luxe à ses descendants, du moins à ceux qui étaient aptes à en profiter... Il respectait les efforts – et les succès – de Gabriel que depuis longtemps il préférait à ce chenapan de Marc, oisif et débauché. Il ne croyait qu'à moitié Olivia, quand elle prétendait qu'en Angleterre, il était devenu un héros. Pour Germain, le travail était une valeur sacrée.

Si Gabriel consacrait à la vie intellectuelle la majeure partie de son temps, il n'en avait pas moins rencontré sur les bancs de la Faculté une jeune fille, sa cadette de deux ans, dont il appréciait l'intelligence et la rapidité d'esprit sinon la beauté : le physique de Camille, une petite brune maigrichonne à la peau mate, dont les cheveux pendaient en désordre sur ses épaules, plus soucieuse de connaissances que d'une apparence souvent négligée, offrait peu de ressemblances avec celui d'une Armelle de Rivière. Mais son regard pétillant, l'ironie mordante dont elle savait faire preuve à l'égard de leurs professeurs et de leurs condisciples, sa conversation brillante, sa vaste culture séduisaient Gabriel. Pour tout dire, il avait l'impression de se trouver en présence d'une égale avec laquelle on pouvait évoquer tout ce qui lui tenait à cœur.

Ses cousines avaient été ses seules relations féminines – Charlotte ne s'intéressait qu'à elle-même et il pensait Angela mondaine – à une dizaine de filles rencontrées dans les bals et jugées stupides et superficielles, à la gentille Catherine qui se refusait à lui et à quelques servantes d'auberge ou assimilées, il s'agissait d'une révélation. Il existait donc des femmes, autres que Laurence, – sa sœur avait de tout temps constitué une exception – avec lesquelles on pouvait parler...

Si, avant la guerre, il s'était cantonné dans la fréquentation des garçons – en captivité, il n'avait pas eu le choix – c'était en partie par timidité et surtout parce qu'il les imaginait sur le modèle de sa mère et de ses cousines. La découverte de Camille et de quelques autres – si les amies de Camille ne possédaient pas son brio et sa subtilité, elles n'en étaient pas moins en général astucieuses, douées, et capables de réflexion

La chute de la maison Pétain, 1943

— l'avait plongé dans un étonnement extrême et avait modifié sa conception des rapports humains.

Bien que rien ne se soit encore passé avec Camille. Ils déjeunaient ensemble au restaurant universitaire, allaient au cinéma, — ils avaient beaucoup aimé *Le Baron fantôme* avec Jany Holt et Alain Cuny — parfois au théâtre — ils avaient réussi malgré la longue attente aux bureaux de location à se procurer des places pour une représentation d'ailleurs plusieurs fois interrompue par des alertes, du *Soulier de satin* — avec Mary Bell. Ils passaient de longs moments dans les cafés, devant un Viandox ou quelque ersatz, seuls ou avec d'autres, à discuter des livres nouveaux, qu'ils se prêtaient les uns aux autres, car ils étaient chers et les tirages, par manque de papier, limités à un très petit nombre d'exemplaires. Parmi ces titres, ceux de Chardonne, de Drieu La Rochelle ou de Brasillach, mais aussi ceux de Camus, de Mac Orlan et de Montherlant.

Certains de leurs camarades se sentaient davantage concernés par les événements que par la littérature. Gabriel devinait que plusieurs d'entre eux se livraient à un autre genre d'activité en dehors des heures de cours. Il avait fait semblant de ne pas comprendre les discrètes approches dont il avait été l'objet pour se joindre à eux. Il avait fait la guerre, connu la captivité, cela lui suffisait. Plus jeunes, ses condisciples n'avaient pas perdu les deux ans qu'il lui fallait maintenant rattraper en travaillant ferme. Il avait appris sans trop d'émotion la rafle dont avaient été victimes les étudiants de Strasbourg, réfugiés à Clermont-Ferrand [1].

Avec une obstination aveugle, quelques-uns de ses camarades continuaient à prôner la collaboration, l'antisémitisme et l'antibolchevisme. Ils portaient Céline aux nues. Gabriel les évitait.

La semaine précédente, s'enhardissant, durant la projection des *Visiteurs du soir* qu'ils voyaient pour la deuxième fois, Gabriel avait pris la main de Camille... Elle avait serré la sienne... C'est alors qu'il avait décidé qu'il lui ferait la grâce et

---

1. 25 novembre 1943.

l'honneur de lui donner à lire les premières pages de son roman...

Depuis quelque temps, Jeanne souffrait de douleurs diffuses dans le ventre. Concernaient-elles l'estomac ou des organes voisins, elle l'ignorait, n'ayant jamais prêté grande attention à son corps et ne possédant que des notions rudimentaires d'anatomie. Et la ferme éducation de Mme Calvet lui avait appris à ne pas *s'écouter* ni à se plaindre à tout propos comme tant de femmes : pour se rendre intéressantes, comme disait Jeanne.

Mais ces douleurs se faisant plus vives et surtout plus fréquentes, elle en parla à Alberta qui inquiète de ce qu'elle supposait, lui conseilla de consulter sans tarder.

Jeanne se résigna donc à demander l'avis de Deschars : d'abord parce qu'elle le connaissait depuis toujours et qu'elle lui faisait confiance. Pourtant, la perspective d'être examinée – et cette fois-ci, pas pour un banal mal de gorge ou d'oreilles – par celui qui avait été vraisemblablement l'amant de son fils, la perturbait. Moins toutefois que d'aller voir un inconnu recommandé par des amis. Et puis, ces rapports, dont d'ailleurs elle ne se faisait pas une idée très précise, s'ils avaient existé, remontaient si loin dans le temps, qu'on pouvait feindre de les avoir oubliés... Ou mieux encore, de ne pas s'en être doutée...

Toujours secrète, elle n'avait rien avoué à Germain de ses malaises estimant qu'il serait bien temps de l'informer si on lui découvrait quelque affection grave. Elle espérait qu'il pouvait s'agir de banales crampes d'estomac que son amaigrissement avivait.

Mais le résultat des examens ordonnés aussitôt par Deschars, dont la mine inquiète lors de l'auscultation l'avait déjà alertée, eurent tôt fait de dissiper cet espoir : il s'agissait d'un cancer et à un stade avancé. Elle pria le praticien de ne pas divulguer son diagnostic : elle en ferait part à ses proches lorsqu'elle le jugerait bon. Sans doute n'en seraient-ils pas bouleversés, enfants et petits-enfants ne lui ayant jamais porté

La chute de la maison Pétain, 1943

que des sentiments mitigés. Elle-même voulait se faire à la perspective d'une disparition prochaine. Elle allait souffrir dans sa chair mais aussi de tant d'abandons et elle tenait à accomplir seule cette ultime étape. Elle devrait aussi prendre des dispositions et se préparer à la mort. Obnubilée depuis un quart de siècle par celle de Jacques, elle s'apercevait qu'elle n'avait jamais songé à la sienne.

Eprouvait-elle de l'angoisse, du ressentiment contre le Créateur, dont elle pouvait considérer qu'il la rappelait prématurément à l'âge de soixante-huit ans? L'espoir ou bien la certitude de rejoindre son fils dans un monde meilleur? Il lui fallait un temps de réflexion pour démêler entre tous ces sentiments. Du moins une semaine ou deux, avant que ses journées et son énergie fussent accaparées par des soins qu'elle savait d'avance inutiles, malgré les assurances rassurantes et charitables de Deschars qui ne l'abusaient pas, que le traitement opérerait ou du moins ralentirait les effets de la maladie.

Tout de même, d'apprendre que la mort l'attendait au prochain carrefour et non pas à une date inconnue, forcément éloignée dans l'esprit, l'avait secouée. Elle se promettait de demander à Deschars le temps qu'il lui restait à vivre et qu'il lui en fît part sans la ménager. Non que cela revête une très grande importance : quelques mois de plus ou de moins n'y changeraient rien...

En rentrant chez elle, elle trouva Alberta venue aux nouvelles. Elle ne lui dissimula pas la gravité de son état, tout en la priant elle aussi, de garder le secret. Jeanne fut surprise de l'émotion d'Alberta : malgré leur tardive réconciliation, elle n'avait jamais cru à un attachement sincère de sa part. Attachement que cette dernière n'avait jamais exprimé en paroles, mais que son comportement laissait supposer...

Ou bien Alberta réalisait-elle avec une certaine angoisse, qu'après leurs parents, la disparition de son aînée la placerait alors en première ligne : il ne se trouverait plus personne entre elle et la mort...

Sarranches

En ce début de 44, la Gestapo resserrait son étau contre ceux qui la combattaient avec des moyens souvent dérisoires. Pour appuyer l'occupant, Darnand avait été nommé secrétaire général au Maintien de l'ordre [1] ; et désormais, secrétaire d'Etat à l'Information et à la Propagande [2], Philippe Henriot, cet animal oratoire à la voix grave et prenante, sévissait de plus belle sur les ondes.

Cette fois, le voyage de Thierry s'était mieux passé, du moins dans son premier temps : le Lysander l'avait déposé à l'endroit convenu où l'attendait un comité d'accueil. On l'avait aussitôt pris en charge et conduit au train de Paris où il rencontrerait les destinataires de la forte somme qu'il transportait.

Il s'inquiéta de ne trouver personne au lieu fixé pour la rencontre à la sortie du métro Trocadéro. Suivant les instructions, il n'attendit que cinq minutes et s'en fut soucieux.

Trois heures plus tard, il devait se rendre au rendez-vous de repêchage, devant l'église de Saint-Pierre de Chaillot. Tandis qu'il remontait l'avenue Marceau, une jeune inconnue se jeta dans ses bras avec des démonstrations de joie, comme s'il s'agissait d'un vieil ami retrouvé, en lui glissant à l'oreille :

– N'allez pas au rendez-vous. Filez vite.

Ce qu'il s'empressa de faire... Un peu plus tard, il avait appris que dénoncés par l'un des leurs, plusieurs membres du réseau auquel il était venu apporter l'argent avaient été capturés. Certains avaient échappé à la rafle et heureusement pensé à le faire prévenir. Craignant d'être poursuivi, il se réfugia dans une chambre de service vide située à proximité de l'immeuble qu'habitait son futur beau-père et dont il lui avait donné la clef. Pendant quarante-huit heures, il n'en bougea pas, espérant se faire oublier.

Se sachant recherché dans la capitale, il accepta avec reconnaissance l'hospitalité qu'on lui proposait à Sarranches. Gilbert l'y conduisit, dissimulé sous des sacs de jute et des vieux cartons, entassés dans le fond de la camionnette à gazo-

[1]. 1ᵉʳ janvier 1944.
[2]. 6 janvier 1944.

gène du domaine qui une fois par semaine, apportait à Paris les produits des fermes destinés à la consommation familiale.

Compte tenu de la température glaciale de ce mois de janvier, il ne pouvait rester sans chauffage dans le pavillon de la forêt. Deschars ne pouvait l'accueillir dans sa chambre d'ami : trop de gens venaient sonner chez lui à l'improviste... Après bien des hésitations et avec l'accord d'Inès, Gilbert décida finalement de le loger à l'intérieur même du château, dans une pièce équipée d'un petit poêle qu'on pourrait allumer sans attirer l'attention, la seule occupante permanente au logis étant Irma, depuis longtemps acquise à leur cause.

Le régisseur occupait une maison dans le village et les gardiens habitaient à quelque distance, au bout de l'allée, près de la grille, hors de vue du château, Deux fois par semaine, la femme aidait Irma au ménage et l'homme renouvelait les provisions de bois pour les cheminées. Mais ils venaient à des heures à peu près régulières. Ils se montraient peu bavards et Gilbert ignorait leurs opinions : il n'avait aucune raison de croire que leurs sympathies penchaient du côté de l'occupant. Jusqu'au moment où il avait au village rencontré leur fille Sabine, qui travaillait à la poste, au bras de Pierre le jeune milicien. Au service des Sénéchal depuis quinze ans, les gardiens étaient-ils au courant, approuvaient-ils ou déploraient-ils, sans trop oser manifester leur mécontentement, cette dangereuse fréquentation ? Mystère. Il ne fallait pas oublier que Sabine et Pierre, tout comme Albert et Simon s'étaient connus sur les bancs de l'école communale...

La proximité du village obligeait à redoubler de prudence en une époque où les passions s'exacerbaient et ne tarderaient pas à se manifester lorsque, bientôt sans doute, les deux camps s'affronteraient au grand jour... De tout temps, le village s'était intéressé aux *gens du château*, à leurs célèbres invités (on parlait de plus d'un dans les journaux), à leur train de vie, une vie qui faisait rêver et apparaissait à certains comme un conte de fées.

Gilbert en était conscient et Deschars, en contact quotidien avec les habitants, était le pourvoyeur des potins et autres racontars, médisances et calomnies. A Sarranches, comme partout en France où tout le monde ou presque se connaissait, chacun épiait son voisin... Les distractions s'étaient faites rares et les ragots divertissaient...

Gilbert et Inès avaient beaucoup hésité à informer Angela de la présence de Thierry.

– Elle l'apprendra de toute façon, fit observer Inès, et elle nous en voudra beaucoup.

Une fois de plus, Gilbert se rangea à son avis. Et deux jours après l'installation discrète de Thierry, tout semblant calme, il téléphona à Inès de venir avec Angela. Le régisseur les attendrait à l'arrêt du car avec la carriole.

Thierry ne s'éterniserait pas auprès d'eux. Simon Lissonot avait informé Londres de sa présence et de l'importante somme qu'il détenait après la dénonciation de son réseau. On lui indiquerait d'autres destinataires et des précisions sur le lieu où l'avion qui le rapatrierait devait se poser.

Laissant Thierry impatient de voir arriver Angela à la garde d'Irma toute à la préparation d'un poulet, Gilbert gagna le bois à la nuit tombée, suivi par la fidèle Myra.

Tant de responsabilités le perturbaient... A quelque distance, il se retourna pour observer le château : dans l'obscurité, sa masse sombre se détachait à peine et aucun rai de lumière ne filtrait. Irma observait les consignes avec plus de discipline que Simon !

Il avait une reconnaissante sympathie pour cette femme dévouée et courageuse, qui n'ignorant rien de ses activités et des dangers encourus avait choisi librement de rester à ses côtés alors qu'il lui avait proposé de s'installer au village jusqu'à la fin de la guerre. Elle préparait les paniers de provisions qu'Inès portait parfois au pavillon. Au retour, ils étaient emplis de champignons, de châtaignes et même de glands pour le *café*.

Soudain, Myra, jusqu'alors silencieuse, stoppa, l'échine parcourue d'un long frémissement. En chienne bien dressée, elle n'aboya pas mais laissa échapper un faible gémissement et toute son attitude signalait une présence. Un lapin, se dit

La chute de la maison Pétain, 1943

Gilbert, pas vraiment inquiet, un hérisson ou un écureuil à moins qu'il ne s'agisse d'un sanglier dont il avait relevé la trace. Depuis qu'on ne les chassait plus, ils avaient proliféré et élargissaient leur territoire, au grand dam des paysans dont ils saccageaient les récoltes par leurs courses désordonnées à travers champs.

Gilbert prêtait l'oreille sans percevoir le moindre bruit lorsque Myra fonça à sa droite sans tenir compte de ses appels proférés à voix basse. Il la suivit s'attendant à découvrir un gibier pris dans un collet. Si la prise était récente, il la rapporterait à Irma qui cuisinait admirablement le lièvre.

C'est un grand corps étendu sur la mousse qu'il découvrit horrifié. Il alluma sa lampe de poche et reconnut la canadienne de Simon avant même de voir son visage marqué d'ecchymoses. Il le crut mort et fut comme étourdi, paralysé par le choc, incapable de penser, de réagir. En voyant Myra lécher le sang qui avait coulé du nez et d'une large entaille sur le front, il se ressaisit et pensa enfin à s'emparer du bras qui était tiède et à tâter le pouls. Dans la précipitation, il le cherchait trop haut jusqu'au moment où enfin, avec un immense soulagement, il le sentit battre sous son pouce.

– Simon, Simon, c'est moi Gilbert!

Le blessé ne réagissait pas même après que Gilbert l'eut secoué... Si sa figure n'avait pas été réduite à l'état de plaie, il l'aurait giflé pour essayer de le sortir de l'inconscience.

Gilbert se demandait comment il pourrait seul traîner ce grand corps à travers bois jusqu'au pavillon distant de cinq ou six cents mètres. Comble de malheur, Deschars avait prévenu qu'il ne viendrait pas ce soir, ou alors très tard, retenu par un accouchement lointain qui s'annonçait difficile car il s'agissait de jumeaux, à vingt-cinq kilomètres de Sarranches. Le robuste Thierry était seul à pouvoir l'aider : à eux deux, ils parviendraient à transporter le blessé. Mais il ne fallait pas perdre une heure à le rechercher en battant les buissons dans l'obscurité en revenant.

– Myra, tu restes là, tu ne bouges pas.

La chienne se coucha près de Simon, la tête posée sur son

ventre. Gilbert était tranquille, l'animal ne le quitterait pas. Il suffirait de l'appeler doucement et il signalerait sa présence.

Gilbert se hâta et dès qu'il fut sorti du bois, se mit à courir. Mais il n'était pas entraîné, n'avait plus vingt ans et dut ralentir l'allure. Il était essoufflé avec un tenace point de côté. Et sa jambe blessée à la dernière guerre se rappelait à son souvenir : décidément, il n'avait plus l'âge de jouer à Robin des Bois...

Mise au courant pour qu'Inès et Angela ne s'inquiètent pas de leur absence lorsqu'elles arriveraient, Irma, prévoyante, avait rassemblé tous les éléments indispensables aux premiers soins. Gilbert repartit avec Thierry.

— Vous croyez qu'on l'a suivi dans la forêt pour le tabasser?
— Je ne sais pas...
— Qui a pu faire cela? Des gens du village?
— J'ai ma petite idée là-dessus. J'espère qu'il n'a rien de cassé... Et Deschars est absent...
— C'est ce médecin dont vous m'avez parlé?
— Oui. En fait, presque un membre de la famille.

Un faible jappement se fit entendre et ils trouvèrent Simon toujours inconscient. Gilbert le prit par les bras, Thierry attrapa les jambes et ils se mirent en route vers le pavillon avec leur chargement de quatre-vingts kilos. La progression à travers les broussailles était pénible et ils firent halte plusieurs fois.

— C'est la première fois que je transporte un blessé, fit Gilbert en nage malgré le froid.
— Moi aussi...
— J'espère que ses agresseurs ne sont pas restés dans le coin...

Ce transport tragique et de plus en plus lent, l'oreille tendue, cette expérience d'un effort accompli et d'un danger couru en commun, allait souder leur amitié plus que des années d'échanges courants. Jamais ils n'oublieraient ces instants d'anxiété partagée auprès de Simon, maintenant installé sur un divan du pavillon. Après avoir essuyé sommairement son visage où le sang et la terre étaient collés, ils guettèrent un signe de conscience. Gilbert essaya de faire couler quelques

La chute de la maison Pétain, 1943

gouttes de cognac entre les lèvres gonflées, bleuies par le froid tandis que Thierry frictionnait ses mains glacées pour réactiver la circulation.

— Nous ne sommes pas très compétents, soupira Gilbert en déplorant une fois de plus l'absence de son ami médecin.

Finalement, Simon ouvrit les yeux l'air égaré.

— Tu es en sécurité, le rassura aussitôt Gilbert. Je crois que tu n'as rien de cassé. Bois un peu, prends ton temps, quand tu pourras, tu nous raconteras...

L'histoire était simple, sans doute moins grave que ne le redoutait Gilbert. L'agression s'était passée à la sortie du village et pas dans le bois. Pierre et Albert s'étaient jetés sur Simon. S'ils avaient des soupçons puisqu'ils l'avaient traité de « sale terroriste », ils n'avaient visiblement aucune preuve. Et là n'était pas le motif de cette correction musclée. Tout en rendant coup pour coup, Simon finit par comprendre qu'on ne lui reprochait que d'avoir osé jeter les yeux sur Sabine, propriété exclusive du chef Pierre, et qu'il se fût permis de l'inviter la veille à boire un apéritif au bistro du village. Telle était bien la seule cause de cette dégelée. Laissé très mal en point dans le fossé, Simon avait réussi à se traîner jusqu'au bois, puisqu'il devait émettre le soir même. A bout de forces, il s'était évanoui.

Ayant terminé son récit, il s'enquit :

— Celui-là, qui c'est ?

— Thierry, le fiancé d'Angela. Il m'a aidé à te porter jusqu'ici : tu es lourd, tu sais ! C'est à son sujet que tu as contacté Londres avant-hier !

Simon se redressa brusquement :

— Mon Dieu, l'heure de l'émission ! Elle n'est pas passée ?

— Tu as encore cinq minutes... Ça va aller ?

— Bien sûr.

Se tournant vers son second sauveur il ajouta :

— Merci Thierry ! Tiens, aide-moi à installer le poste.

Angela exultait à la pensée de retrouver Thierry et jamais le trajet ne lui avait paru aussi long : pour parcourir quelques soixante-dix kilomètres, le car mettait deux fois plus de temps que l'Hispano du temps de paix. S'y ajoutait un quart d'heure de carriole pour arriver au château.

Elle fut d'autant plus déçue de ne trouver qu'Irma. Obéissant aux recommandations de Gilbert elle se contenta de leur dire qu'ils reviendraient bientôt :

— Venez vite vous réchauffer, j'ai allumé un bon feu.

— Et si j'allais au-devant d'eux? suggéra Angela.

Inès se récria :

— Il n'en est pas question. Il gèle et dans l'obscurité, tu pourrais glisser et te casser une jambe! Ce n'est vraiment pas le moment... Nous ne savons même pas où ils sont...

— Au pavillon, sans doute... murmura Angela.

— Ce n'est pas sûr.

Pour rien au monde, elle n'aurait montré son inquiétude devant sa fille. Pourtant, elle s'étonnait que son mari ait laissé sortir Thierry du château puisque personne ne devait le savoir ici, pas même les gardiens. S'ils apercevaient un inconnu aux côtés de Gilbert, ils se poseraient sûrement des questions... Il avait donc dû se passer quelque chose, sinon de grave, car Inès se refusait à envisager aussitôt le pire, du moins d'imprévu...

— Nous sommes là depuis plus d'une demi-heure, remarqua Angela qui comptait presque les minutes. Et où est Myra?

— Monsieur Gilbert l'a emmenée avec lui, dit Irma.

— Cela fait combien de temps qu'ils sont partis? demanda Inès alors que sonnait la demie de huit heures.

— Pas loin de deux heures...

Il fallait presque une demi-heure pour aller au pavillon, surtout de nuit, autant pour revenir, l'émission ne durait jamais plus de vingt minutes...

Enfin, la porte d'entrée claqua et on entendit les joyeux aboiements de la chienne. Angela se rua hors de la pièce à leur rencontre :

— Thierry! Papa! Que s'est-il passé pour que vous soyez si en retard?

— Un petit incident, dit Gilbert. Sers-nous à boire, nous l'avons bien mérité.

La chute de la maison Pétain, 1943

Inès remarqua une tache de sang sur sa grosse veste, mais il n'avait pas l'air soucieux. Il appela Deschars, chez lequel il avait envoyé Simon se faire panser. Le médecin venait de rentrer...

Angela ne quittait pas Thierry des yeux. Il lui semblait qu'il avait changé. On devinait que les responsabilités qu'il assumait, les décisions qu'il lui fallait prendre, dont dépendaient des vies humaines, étaient à l'origine de cette maturité qui l'avait frappée. Tel qu'il était devenu, plus viril peut-être, il lui plaisait davantage encore : elle avait hâte de voir le dîner terminé et ses parents retirés dans leur chambre, pour se retrouver seule avec lui. Et dans un lit. Elle était impatiente de sentir son poids, ses mains habiles parcourir tout son corps, et ses lèvres écraser les siennes. Et quand elle n'en pourrait plus, son sexe dur et doux la pénétrerait, faisant éclater son plaisir en longues vagues voluptueuses.

Pour la première fois, elle ferait l'amour à Sarranches, juste revanche sur ses angoisses d'autrefois, au moment du bal. Elle méprisait Arnaud. Et cette triste aventure lui faisait d'autant plus apprécier la merveilleuse harmonie qui la liait physiquement si fort à Thierry. Soudain, cet extraordinaire bonheur qui l'avait envahi depuis l'arrivée de Thierry, commença à s'effriter lorsqu'une pensée insidieuse s'y mêla : et l'autre, cette femme qu'il avait si follement aimée, s'il fallait en croire Béatrice Lemoine et Angela n'avait aucune raison de mettre en doute les révélations de son amie, l'avait-il chassée de son esprit et de son corps? N'allait-il pas lui aussi se livrer à des comparaisons qui elles, ne seraient peut-être pas en faveur d'Angela? Le souvenir d'une grande passion ne demeurait-il pas tapi au fond du cœur, à jamais incrusté dans chaque pore de la peau, rendant fade tout nouvel amour?

LE DÉBARQUEMENT

Malgré son désintérêt de la politique dont Hans parlait de moins en moins, Charlotte se rendait compte que la situation n'évoluait pas à l'avantage de l'Allemagne, en dépit des mensonges de Radio-Paris et de Philippe Henriot qui s'évertuait à persuader ses compatriotes que les Allemands gagneraient la guerre. Il lui arrivait de feuilleter *Je suis partout*, *La Gerbe* ou *Le Pilori*. Hans lui-même haussait les épaules à la lecture de tant de contre-vérités flagrantes : il savait bien que les défaites germaniques se multipliaient sur tous les fronts.

Charlotte parvenait de moins en moins à s'étourdir et son avenir s'assombrissait. Oisive dans la journée, elle se sentait très seule : sa famille refusait de la voir, même si sa mère lui téléphonait parfois en cachette de son père. Un jour, en appelant, elle était tombée sur lui : il avait raccroché aussitôt. Rejetée, elle avait souvent le cafard.

Vivant désormais avec une autre, petite blonde vulgaire à la mise tapageuse, Georges Merville l'avait complètement laissée tomber. Deux ou trois fois, Hans et elle avaient rencontré Georges et sa nouvelle conquête au Fouquet's. Il les avait invités à boire le champagne : plus prospère que jamais il s'était mis à fumer d'énormes cigares bagués d'or. Charlotte savait que les deux hommes continuaient à faire des affaires ensemble.

Sarranches

Antoinette Sellier qui n'acceptait pas de fréquenter des Allemands, l'évitait. Cette humiliation supplémentaire n'était pas compensée par la compagnie de Célia Darmont qui changeait d'amant presque chaque mois et s'était mise à boire. Un soir où elle disait n'importe quoi en riant très fort, Charlotte avait vu combien Hans la méprisait.

Elle s'interrogeait parfois sur les propres sentiments qu'elle inspirait à son amant : toujours courtois, – sa distinction tranchait sur l'aspect physique de Georges et de ceux qui évoluaient dans son sillage – attentionné et affectueux, généreux, Hans eût été l'amant parfait. S'il avait été français... Charlotte s'était attachée à lui de plus en plus, et ce sentiment était très différent de celui que lui avaient inspiré Georges ou même Bruno.

Mais cette liaison n'avait aucun avenir : ils en étaient conscients et tristes. Un jour, alors que commençait la bataille de Monte Cassino, Hans dit avec mélancolie :

– Bientôt, cette belle vie sera finie... il faudra que je retourne en Allemagne...

– Vous allez perdre la guerre alors ?

– Oui, c'est inévitable...

– Que vais-je devenir ?

Charlotte se sentait partir dans une dérive de solitude dans un pays qu'elle avait trahi et où elle serait montrée du doigt.

– Je ne sais pas moi-même ce que je deviendrai, dit pensivement Hans. Beaucoup de mes camarades ont été envoyés sur le front russe. La plupart n'en sont pas revenus... D'un jour à l'autre, cela peut m'arriver. Hitler exigera que nous nous battions jusqu'au bout. Pour défendre l'Allemagne pied à pied, il n'hésitera pas à sacrifier jusqu'au dernier d'entre nous...

Il poursuivit :

– Il a fait le malheur de notre pays.

– Pourquoi l'avez-vous suivi ?

Il ne répondit pas et ajouta :

– Tu pourras retourner dans ta famille...

– Elle ne veut plus me voir. Pour eux, je suis déshonorée, dit-elle amère.

Le Débarquement

Elle ne put retenir ses larmes. Elle les versait à la fois pour Hans qu'elle allait perdre et pour le sort affreux qui l'attendait elle.

Sans conviction car il n'y croyait pas, il suggéra :

— Si je m'en tire, la guerre finie, tu pourras venir me rejoindre à Hambourg... ou ailleurs. J'avais une belle maison autrefois, sur les rives de l'Alster avec un jardin...

— Et?

— Elle a disparu sous les bombes...

— Tu y vivais seul?

— Ma femme est morte il y a dix ans. Nous n'avons pas eu d'enfants.

Cependant, Charlotte ne s'imaginait pas installée dans un pays dont elle ignorait la langue, qui avait été l'ennemi héréditaire du sien, dont les coutumes seraient différentes... Elle se trouvait le dos au mur, arrivée au fond d'une impasse. Ces années la marqueraient à jamais, qu'elle aurait tant souhaité, maintenant, n'avoir jamais vécues...

Désormais, libéré de tout problème de santé — une radio de contrôle passée tous les six mois confirmait le bon état de ses poumons — Gabriel se sentait revivre et avait retrouvé tous ses moyens. Il se cultivait, lisait beaucoup, se consacrait en priorité et avec enthousiasme à la rédaction de son roman.

Il attendait avec impatience le verdict de Camille. Si elle n'aimait pas *Le Jeu de l'oie*, cela ne voudrait pas dire que le texte était mauvais. Philippe de Maistre auquel dès son retour de captivité, il communiquerait son manuscrit, sans doute dans un état plus achevé, l'apprécierait peut-être... Il se demandait, ce qui était nouveau, quelle serait entre ces deux lecteurs le jugement qui compterait le plus à ses yeux.

Vêtue de son inséparable duffle-coat, la tignasse ébouriffée, elle pénétra dans le café où ils avaient l'habitude de se retrouver.

— Alors? interrogea-t-il avant même qu'elle fût assise à la table en retrait qu'il avait choisie.

Il ne lisait rien sur son visage : c'était une des forces de Camille, cette maîtrise absolue qu'elle avait d'elle-même.

Sarranches

Elle prit son temps pour s'installer et sortit de son cartable la chemise rouge sur laquelle Gabriel avait soigneusement calligraphié son nom et le titre de l'ouvrage.

— D'abord le style, dit-elle. Pour cela, tu as droit à une excellente note : il est naturel, clair, coulant, bref très agréable à lire. Le vocabulaire est riche, précis, sans vaine recherche. On sent que tu as fréquenté les bons auteurs et que tu en as tiré profit.

— Si tu le penses vraiment, j'en suis heureux, dit Gabriel flatté.

— Tu n'en doutes pas, je le sais. Quant au sujet, cette amitié ambiguë entre deux garçons, il en vaut un autre. Tout dépendra du développement que tu lui donneras. Le texte que tu m'as soumis est trop court pour permettre d'imaginer la suite... Les personnages sont bien campés... Mais ce début laisse une impression de...

— Et de quoi donc?

— Comment te dire?

Camille demeura pensive :

— Peut-être un manque de connaissance de la vie...

— D'expérience?

— Oui, je crois...

— C'est grave, dit Gabriel.

Camille sourit :

— Ce n'est pas irrémédiable. Tu es si jeune encore!

— J'ai quand même vingt-quatre ans, protesta-t-il. D'autres avaient écrit des chefs-d'œuvre à mon âge : Radiguet, Rimbaud...

— Certes... mais ils avaient vécu, éprouvé des passions violentes, amour, haine, jalousie, désespoir, ambition... Bref, ce qui constitue l'essence des romans qu'ils soient de Stendhal ou de Balzac ou de Proust...

Atterré, Gabriel finit par admettre qu'elle avait raison. Cette fille intelligente et lucide avait aussitôt trouvé sa faille : il n'avait qu'une idée abstraite, littéraire, de la vie. Confiné dans les univers créés par d'autres, il n'avait connu d'émotions, d'ardeurs, de vertiges que par personnages interposés.

Le Débarquement

Lui-même, s'était-il jamais enflammé ? Il n'avait rien éprouvé d'intense et de violent, sauf la peur, sous des formes diverses. Au combat d'abord, sous la mitraille, puis à la seule perspective de s'évader – il n'avait pas oublié ses cauchemars – ensuite la maladie. D'autres événements marquants ? La mort de son père ? Ne lui ayant porté qu'une affection modérée, il en avait souffert avec mesure...

Camille poursuivit songeuse, comme si elle lisait à livre ouvert :

— On dirait qu'il ne t'est rien arrivé de grave, d'important... Ou alors, autre hypothèse, que tout s'est évaporé... Pourtant, tu as fait la guerre, tu as connu la captivité, la faim, le froid... Ce sont des expériences... qui comptent, terribles, décisives même... De celles que moi, j'ignore... Tu es aussi familier de la souffrance physique, tu as connu l'angoisse de la mort, puisque tu as été très malade...

Il comprenait parfaitement la subtile Camille en dépit des précautions qu'elle prenait pour ne pas le blesser. C'était vrai qu'il n'était jamais sorti de lui-même, qu'il n'avait jamais aimé. Ni été aimé. De ce côté-là, il était vierge. Elle, sa cadette et une fille, (mais les femmes sont plus précoces, avait-il entendu dire) en savait beaucoup plus dans ce domaine... Plus mûre que lui, plus adulte, elle s'était déjà cognée aux réalités de la vie. Elle ne lui avait pas fait de confidences, mais il devinait que cette ardeur qu'elle mettait à son travail, cet acharnement à conquérir les premières places, à triompher, avaient leur source dans une cruelle déception. Et lui, en comparaison, malgré toute sa culture et son bagage, dont il était assez vain, il se faisait un peu l'effet d'être un enfant prolongé.

— Au fond, constata-t-il, il est trop tôt pour me lancer. Il me faudra attendre d'avoir... de la substance.

— En quelque sorte, approuva Camille. Pour écrire, il ne suffit pas de puiser dans son imagination et de la laisser vagabonder. Il faut qu'elle soit étayée par des souvenirs réels de sentiments éprouvés, d'expériences vécues. Ne te décourage surtout pas : cela viendra très vite...

Il n'en était pas certain. Pour la première fois, Gabriel doutait de lui...

Sarranches

Et s'il manquait de la qualité essentielle sans laquelle il n'est pas de vrais écrivains : la sensibilité ?

En apprenant que sa femme allait mourir avant lui et, selon toute probabilité dans un avenir proche, Germain avait été ahuri.

Son aîné de près d'une dizaine d'années, il n'avait jamais envisagé qu'elle partirait la première et avait pris toutes ses dispositions en conséquence. Notamment pour ce qui concernait Florence et Alain... Il fut un temps où sa disparition lui aurait permis de refaire sa vie avec une femme qui aurait su la rendre joyeuse, agréable et légère. Telle qu'il l'avait rêvée dans sa jeunesse...

Et puis, comme il n'était pas question de divorcer, il avait bien fallu prendre son parti, ménager des plages agréables pour compenser la grisaille de la vie conjugale, du climat difficile qui s'était instauré dès le début de leur mariage. Mme Calvet était en grande partie responsable : cette puritaine sèche et corsetée, n'avait pas su donner à sa fille le goût du bonheur ni même celui du plaisir. Si on les a vues tenues pour rien durant l'enfance et l'adolescence, ce sont-là des qualités qu'il est difficile d'acquérir par la suite. A moins de tomber sur un partenaire très doué... et très patient. Germain avait sans doute manqué de patience avec Jeanne. Car bien avant le tragique épisode avec Alberta, il s'était lassé de la rigidité d'une femme de devoir qui certes, lui témoignait une affection sincère, se révélait bonne mère, mais n'avait jamais un élan, un désir spontané. Il ne pouvait rien partager avec elle de cette joie de vivre qui l'habitait, de ce désir de profiter de chaque instant, une fois le travail accompli.

Germain avait beaucoup travaillé. En peu d'années, il avait décuplé la dot remise après tant de réticences par M. Calvet, et offert à sa fille un cadre et un train princiers : l'hôtel de la rue du Bac et Sarranches auraient comblé la femme la plus exigeante. Sans parler des toilettes, des bijoux, des réceptions, des voitures, des voyages et des domestiques...

Elle n'avait rien su apprécier de tout cela. Déçu, Germain n'y comprenait rien et s'en affligeait. Puis il s'était fait une raison... Alberta quant à elle, avait profité au maximum du moindre de ses cadeaux. Car, quoi qu'en ait pensé Jeanne qui l'avait accusé de faire ses largesses à sa sœur avec son argent à elle, il s'agissait de broutilles : un ou deux petits meubles, quelques robes, un bracelet modeste, sans comparaison possible avec les bijoux somptueux qu'il offrait à sa femme, quelques sorties... La bénéficiaire en avait témoigné une reconnaissance éperdue et montré une joie d'enfant en recevant ce qui pour lui, ne constituait que des babioles. Le présent le plus magnifique n'avait jamais réussi à éclairer ainsi le visage de Jeanne, à faire briller ses yeux... Pas une fois, il n'avait eu l'impression de lui faire un vrai plaisir...

C'était Alberta qui l'avait averti de l'état de sa sœur, transgressant la défense pourtant formelle qui lui avait été faite. Interrogé, Deschars avait confirmé.

Germain s'étonnait du sentiment de désarroi, de détresse même, qui l'envahissait en voyant Jeanne qui avait été bien en chair, désormais si frêle, presque perdue dans la grande bergère où elle se tenait frileusement recroquevillée, au coin du feu. Un soir qu'ils se trouvaient seuls, il s'étonna :

— Pourquoi ne m'avoir rien dit ?
— Parce que cela n'a vraiment aucun intérêt, répondit-elle.
— Tout de même...

Elle leva la main, comme pour lui intimer de ne pas poursuivre.

— Je vous assure. C'est un sujet qui m'ennuie. Parlons d'autre chose. Est-il vrai que cet horrible Déat a été nommé secrétaire d'Etat [1] ?

En sortant d'un cinéma du Quartier latin, Laurence aperçut Gabriel.

— Tu crois qu'il nous a vus ?
— J'en ai peur, dit Bruno. Cela devait arriver un jour ou l'autre. Et s'il pense que nous l'évitons...

Jusqu'à présent, ils n'avaient fait aucune rencontre à part des collègues de Bruno, ce qui était sans importance.

---

1. 16 mars 1944.

Elle remarqua qu'une jeune fille l'accompagnait.

— Vous êtes Camille n'est-ce pas? dit-elle aussitôt. Mon frère m'a beaucoup parlé de vous. Je vous présente notre cousin Bruno Lorrimond.

— Si nous allions prendre un verre? proposa ce dernier. Nous avons encore le temps avant le couvre-feu.

— Excellente idée, dit Gabriel.

Laurence n'en était pas sûre, mais de toute manière, le mal était fait. Quelle malchance de tomber sur son frère auquel elle avait pris grand soin, comme à quiconque d'ailleurs, de cacher cette liaison.

Camille lui sourit :

— Et vous, vous êtes Laurence, le fameux crack!

— N'exagérons pas!

D'emblée, elle aima le petit visage chiffonné de Camille, son regard impertinent irradiant d'intelligence, cet air bohème détaché des contingences. Certes, elle n'était pas jolie, mais dès qu'elle parlait, on l'oubliait. Sa présence en imposait tout naturellement. Laurence comprenait maintenant la fascination qu'elle exerçait sur Gabriel, alors qu'il avait jusqu'à présent préféré la compagnie des garçons. Et se disait Laurence, méprisé le sexe opposé. On devinait aussi chez Camille une assurance, rare à son âge, dénuée de toute prétention. C'était une façon tranquille de s'affirmer telle qu'elle était, brillante et spirituelle, et d'assumer son physique médiocre, sa petite taille, sans paraître en être gênée ou dépitée.

Telle qu'elle était, avec son esprit acéré, elle séduisait visiblement Gabriel : en était-il vraiment épris? Ce n'était pas exclu : ce garçon qui se montrait parfois si suffisant, si présomptueux, avait aussi un besoin éperdu d'admirer. Autrefois, son ami Philippe que Laurence n'avait jamais beaucoup apprécié, en avait été l'objet exclusif. Mais il semblait que la captivité ait quelque peu modifié cet engouement bien que la photo du jeune homme fût toujours sur son bureau...

A ses côtés, Laurence sentait Bruno décontenancé par Camille, crispé par la situation. Il s'efforçait néanmoins de se mêler à la conversation : quoi de plus normal que d'emmener sa cousine au cinéma? D'autant plus que le divorce avait enfin été prononcé, aux torts exclusifs de Charlotte... Mais à aucun prix, cet homme scrupuleux n'aurait voulu compromettre une *jeune fille*...

Laurence savait aussi que Bruno l'aimait vraiment et qu'il ne tarderait pas à lui demander de l'épouser. Très accaparée par un travail qui la passionnait, elle se trouvait trop jeune pour s'engager. Et puis, elle n'était pas certaine de vouloir faire sa vie avec lui. La situation actuelle lui convenait parfaitement: elle lui permettait de satisfaire un tempérament qu'elle avait découvert exigeant et de conserver une liberté à laquelle elle était très attachée... Que demander de plus pour l'instant?

Elle aurait aimé discuter de tout cela avec Camille, qui avait son âge, des problèmes et des préoccupations identiques ou voisins, et qui par certains côtés lui ressemblait. Privée d'*amie intime* puisque Clémence Hatier était désormais incapable de jouer ce rôle, elle l'aurait volontiers dévolu à Camille... il lui semblait qu'elle aurait gagné au change...

Tout en buvant une mauvaise limonade à la saccharine, Laurence observait son frère: avait-il des soupçons? Ou, accaparé par Camille, ne s'était-il pas même posé de questions?

L'heure du couvre-feu approchant, le café se vidait:

— Il est temps que je raccompagne Camille, dit Gabriel. Pas question de rater le dernier métro...

— Je m'occupe de ta sœur, ne t'inquiète pas...

Gabriel ne paraissait nullement inquiet.

— J'espère que nous nous reverrons, dit Laurence avec une chaleur qui l'étonna elle-même.

— J'en suis sûre...

La porte d'entrée se refermait et Olivia appela du salon:

— C'est toi Laurence?

— Oui? Tu n'es pas couchée?

— Tu rentres tard...

— J'étais au cinéma.

— Avec qui?

Laurence biaisa avec la vérité :
— Avec Bruno, Gabriel et son amie.
— Ah! la fameuse Camille! Comment la trouves-tu? demanda Olivia avec une curiosité non dissimulée. Il n'a jamais voulu l'amener ici...

Ou était-ce elle qui avait refusé de venir?
— Merveilleuse. Tout à fait ce qui lui convient. Très intelligente.
— C'est vrai? Eh bien tant mieux? Je suis contente de voir enfin ton frère mettre le nez hors de ses livres et s'occuper d'une fille. Cela prouve qu'il est tout à fait guéri... Elle est jolie?
— Je ne dirais pas ça... Mais elle ne manque pas de séduction.
— L'important, c'est qu'ils se plaisent, conclut Olivia.
— A ta place, je ne lui en parlerais pas.
— Pourquoi? fit Olivia.

Laurence ne répondit pas : « Parce qu'il n'aime pas qu'on se mêle de ses affaires. »
— Il est très... secret.
— Je sais, dit Olivia.

Après s'être désolée des *fréquentations* de Marc autrefois, elle s'était inquiétée que son jumeau se limitât à la seule compagnie des garçons. Malgré son inexpérience de l'époque, l'obsession de son amour pour Augustin et le désespoir qui avait suivi, elle avait perçu sinon compris que Jacques était différent dans ses goûts et dans sa conception de l'existence. Sans oser en parler à quiconque elle imaginait que Gabriel pourrait avoir les mêmes tendances. La seule personne à laquelle elle aurait pu se confier était Alberta : mais elle n'avait pas connu son neveu adolescent.

C'est pourquoi l'arrivée de cette Camille dans l'entourage de Gabriel, lui apportait un réel soulagement. Elle était prête à l'accueillir à bras ouverts et elle avait proposé plusieurs fois de l'inviter : Gabriel s'y était toujours refusé.

Elle en était arrivée à penser que pour quelque raison il en avait honte, que la jeune fille ne devait pas être présentable...

Mais puisque Laurence, dont elle appréciait le jugement, la qualifiait de « merveilleuse »?

— Ton frère est difficile, soupira-t-elle.

— Il n'est plus en Allemagne ni au sanatorium. Il se trouve de nouveau auprès de toi et en bonne santé... Que veux-tu de plus?

— Tu as raison, admit Olivia en souriant, j'ai toujours tendance à me tourmenter...

Bien que très attentive à ses enfants, Inès ne s'était pas aperçue qu'Olivier avait beaucoup changé. Certes, la transformation de son apparence physique était évidente – il était devenu un beau et grand garçon qui désormais la dépassait presque d'une tête – elle ne s'était pas rendu compte qu'il n'était plus un enfant.

Le temps n'était plus où Angela lui faisait réciter ses leçons : il se présentait au baccalauréat en juin et désormais, elle ne pouvait plus suivre ses études. Depuis longtemps, il avait compris que ses parents faisaient de la Résistance. Par hasard, il avait aussi appris que sa sœur aînée vivait avec un Allemand. Et cette découverte l'avait profondément secoué.

Inès lui avait dit que Charlotte et Bruno avaient divorcé. Cela n'expliquait pas l'absence de Charlotte à la table familiale alors que Bruno continuait à venir déjeuner ou dîner deux ou trois fois par mois... On lui cachait quelque chose...

N'ayant pas une affection débordante pour sa sœur aînée, si indifférente – s'était-elle jamais souciée de lui, contrairement à Angela? – il n'avait pas approfondi la question.

Puis, un soir, en quittant Janson, il avait rencontré une Charlotte particulièrement chaleureuse. C'était bien la première fois... Elle lui avait proposé de venir boire un verre et curieux, il l'avait suivie chez elle. Après deux ans, il la trouva nerveuse... Tout en proposant du champagne, elle demandait des nouvelles de tous et il s'aperçut qu'elle n'en savait plus rien : elle ignorait la maladie de Jeanne, les quasi-fiançailles d'Angela, le retour de Gabriel du sanatorium et les brillantes études de Laurence.

Sarranches

Dans l'entrée, Olivier remarqua des bottes d'homme. Sur la table basse du salon, le cendrier débordant de mégots, alors que Charlotte ne fumait pas. Et la grosse serviette en cuir noir sur le bureau ne lui appartenait sûrement pas...

Une heure s'était écoulée lorsque la clef tourna dans la serrure. Charlotte pâlit :

— Je n'ai pas vu le temps passer...

— Qui est-ce ?

— Un ami.

Il était évident que Charlotte ne l'attendait pas si tôt et qu'elle s'alarmait de la rencontre inévitable qui allait suivre.

En uniforme de colonel, l'Allemand pénétra dans la pièce, comme s'il était chez lui... Très gênée, Charlotte fit les présentations :

— Mon frère... Hans Geller.

Epouvanté de ce qu'il devinait, Olivier se leva précipitamment :

— Il faut que je m'en aille. Merci pour le champagne.

Maintenant, il regrettait de l'avoir bu : c'était sûrement ce Hans qui l'avait apporté...

Il ignora la main que lui tendait l'Allemand, eut le temps de croiser son regard surpris puis désolé. Il s'étonna du vague sentiment de pitié qui lui venait. Le rouge aux joues, Charlotte le suivit dans l'entrée :

— Tu ne leur diras rien ? supplia-t-elle à voix basse.

— Je crois qu'ils savent... répondit-il.

Très perturbé, Olivier rentra chez lui et y trouva sa tante Olivia, Gabriel et Laurence qui venaient partager leur modeste dîner : un gâteau de pommes de terre avec quelques petits morceaux de lard pour lui donner un peu de moelleux précédait une salade de poireaux provenant du potager de Sarranches et assaisonnée d'une vinaigrette qui manquait singulièrement d'huile...

Tandis qu'on évoquait la prochaine visite de Pétain à Paris [1] Olivier réfléchissait. Il éprouvait le besoin de parler. Encore

---

1. 26 avril 1944.

une fois, c'est à Laurence qu'il avait envie de se confier : il n'était pas question d'en parler à ses parents. Et fiancée à un résistant, Angela qui ignorait probablement que sa sœur vivait en concubinage avec un Allemand, car telle était bien la situation, pousserait les hauts cris.

Sous le prétexte de lui montrer un livre, après le dîner il entraîna sa cousine dans sa chambre. Lui ayant fait promettre le secret, il conta sa rencontre avec Charlotte. Elle parut moins surprise qu'il ne s'y attendait.

— C'est épouvantable tu ne trouves pas ? Comment peut-elle se conduire ainsi ?

— Epouvantable pour elle surtout lorsque les Allemands partiront, ce qui j'espère, ne tardera plus maintenant. Personne ne voudra plus la voir... Peut-être qu'on la mettra en prison. Comment est ce Hans ?

— Je ne l'ai même pas trouvé antipathique, avoua Olivier avec regret. Dans un sens, j'aurais préféré... Il est plutôt bien physiquement... Il n'a pas l'air bête.

— Tu as eu l'impression qu'il aimait Charlotte ?

— C'est difficile à dire... je n'ai pas une grande expérience et je suis parti très vite, je ne voulais pas lui parler tu comprends...

— Et Charlotte ?

— Elle a l'air d'y tenir beaucoup...

— Il vit vraiment chez elle ?

Revoyant les bottes dans l'entrée, la serviette, un pull-over sur le bras d'un fauteuil, Olivier hocha la tête.

— Tu crois que Bruno est au courant ?

— Ce n'est pas moi qui le lui apprendrai... Et puis, ils ne sont plus mariés.

Se ravisant, Laurence trouva qu'il serait préférable de l'en avertir et que ce fût elle qui s'en chargeât. Elle s'efforcerait d'atténuer le choc, certaine que Bruno, même divorcé, serait ulcéré et consterné par la conduite infamante d'une femme qui avait porté son nom. Le désespoir de ses beaux-parents accentuerait sa propre peine.

Sa convalescence achevée, Marc avait repris du service. Comme il le redoutait, il ne serait plus pilote. Prise par d'autres, cette décision le soulageait secrètement : sachant ses réflexes moins rapides, il aurait craint de ne plus être à la hauteur.

Cantonné au sol dans un emploi de bureau, il travaillait sans enthousiasme avec le responsable des missions, sur ce même terrain d'où, si souvent, il s'était envolé vers le continent et sur lequel Harold et tant d'autres n'étaient pas revenus se poser.

Avec le printemps, bien que la date en demeurât archisecrète, les indices se multipliaient de la proximité du Débarquement : c'était une question de semaines.

Dans le bus qui le ramenait à Londres pour deux jours de permission, Marc envisageait qu'à pareille époque, l'année prochaine, il aurait retrouvé la France. Dans quel état après les récents bombardements – 600 morts à Lyon, plus de 800 à Saint-Etienne, près de 2 000 à Marseille – et les violents combats qui opposeraient les Allemands aux Alliés dès que ceux-ci auraient posé le pied sur le sol français...?

Et il aurait retrouvé les siens qui, à la vérité, ne lui auraient guère manqué. Angela avait-elle toujours une cour d'admirateurs ? Et Charlotte la revêche, son fichu caractère ? A vrai dire, il n'avait jamais trouvé le moindre intérêt à cette petite bourgeoise aux ambitions médiocres et que le mariage n'avait pas épanouie.

Bien davantage qu'à celle de ses cousines, il s'intéressait à l'évolution de son jumeau : du fait d'expériences distinctes, ce long temps de guerre n'aurait sans doute fait qu'accentuer leurs différences. La promiscuité des chambrées, le baptême du feu, le contact avec le danger, avaient-ils contribué à viriliser un peu ce délicat, ce précautionneux et à lui faire perdre ce côté intellectuel, binoclard et sclérosé, ignorant des femmes, des *créatures* comme il devait les appeler ? A ses yeux épouvantés, Armelle n'avait-elle pas incarné le comble de la luxure ? Ou bien était-il demeuré tel qu'en lui-même, avec sa bande de prétentieux qui s'imaginaient pouvoir refaire le monde grâce à leurs discours fumeux, et dont le chef de file était Philippe de Maistre, ce garçon infatué et plein de morgue, qui se croyait supérieur au reste de l'humanité ?

Et Laurence, petite jeune fille si tôt obstinée, – de tous ses petits-enfants, c'était celle qui ressemblait le plus à Germain – sans doute était-elle mariée et pourquoi pas, mère de famille...

Cette plongée familiale l'accaparait au point qu'il faillit laisser passer l'arrêt d'Hyde Park Corner, proche de la maison des Davis. Il ne venait jamais à Londres sans rendre visite à l'inconsolable mère d'Harold qui s'était consacrée à diverses œuvres patriotiques : elle s'occupait des veuves de guerre et des orphelins dont les parents avaient péri sous les bombardements, alors qu'envoyés à la campagne dès le début des hostilités, les enfants avaient été préservés.

Oisive, gâtée autrefois, cette femme frivole et capricieuse, un peu extravagante, dont la luxueuse élégance frôlait parfois le mauvais goût, avait révélé des qualités d'organisatrice et de gestionnaire qui en avaient étonné plus d'un parmi ses amis. Il semblait aussi que le dévouement inlassable dont elle faisait preuve à l'égard d'autrui, lui apportât quelque sérénité. Elle répétait à Marc : « Vous comprenez, je dois être digne d'Harold qui a donné sa vie pour son pays. »

Au début Marc lui rendait visite par convenance et par reconnaissance aussi : s'il occupait désormais un grand studio dans un bon quartier de Londres où il allait le plus souvent possible et où il pouvait recevoir Jennifer, c'était grâce à elle. Avec le temps, il s'était pris d'une réelle affection pour cette femme courageuse qui avait su réagir : comme rien ne pouvait lui faire plus plaisir que l'évocation des dernières semaines de combat d'Harold, il l'entretenait souvent de ses exploits : il était le seul à pouvoir le faire. Elle en ignorait tout, son fils modeste, ne lui en avait pas fait part.

Quelquefois, chez elle, il rencontrait Lady Margaret qui lui était devenue indifférente. Le fantasme conçu à son égard et entretenu pendant les premiers temps de l'exil, s'était atténué, pour s'évanouir tout à fait à l'apparition de Jennifer et des agréments tangibles qu'elle lui offrait. Leur liaison durait maintenant depuis près de deux ans à leur satisfaction réciproque. Parfois, il s'imaginait même qu'il la ramènerait en France pour l'épouser. Sans doute y songeait-elle aussi car elle s'était mise à apprendre le français avec application.

Bien qu'elle s'efforçât de les dissimuler à son entourage, Jeanne sentait les progrès de la maladie dans son corps amaigri. Deschars ne lui avait d'ailleurs pas dissimulé les approches inéluctables de la mort. Posant sur elle un curieux regard où se devinait une vague inquiétude, il lui avait discrètement laissé entendre que le moment était venu de prendre certaines dispositions, si elle le souhaitait. Ou plutôt, si elle y consentait...

Par son seul regard, elle lui fit comprendre qu'elle avait tout saisi de son propos :

— Soyez tranquille, dit-elle enfin. Tout disparaîtra avec moi.

Pour la première fois, elle admettait devant lui qu'elle n'ignorait rien de cet amour insensé et fatal que deux jeunes gens avaient autrefois éprouvé l'un pour l'autre.

Deschars avait raison de lui rappeler qu'avant de disparaître, un devoir s'imposait : celui de détruire tous les papiers concernant Jacques — et par conséquent son amant — dont elle avait eu la faiblesse de conserver certains. En aucun cas, ils ne devaient tomber entre des mains étrangères, encore moins sous les yeux des membres de la famille...

Brûler ces lettres et ces poèmes c'était accomplir un premier pas vers la fin et l'incertitude qui l'accompagnait, — retrouverait-elle Jacques ou sombrerait-elle dans le néant ? — accepter la prochaine étreinte de la mort en espérant qu'elle ne serait pas trop douloureuse. Sur cette fin, Deschars veillerait, il le lui avait fait comprendre sans ambiguïté. Lui aussi avait dit : « Soyez tranquille... »

D'un tiroir toujours fermé à clef de son secrétaire, — depuis combien de temps ne l'avait-elle pas ouvert ? — elle retira une boîte en carton, entourée d'une ficelle rouge. Elle s'étonna de trouver dans le fond du tiroir une liasse de lettres où elle reconnut sans aucun doute possible la grande écriture de Germain, qui s'étalait du haut en bas sur les pages, en remontant légèrement, avec des traits qui accusaient encore la fermeté de la jeunesse. Elle avait complètement oublié l'existence de ces lettres, à l'encre désormais pâlie, reçues au début de leur mariage et qui dataient donc de la fin du siècle dernier.

Songeuse, elle en parcourut quelques-unes : elle avait bien été la destinataire de ces brûlantes missives où Germain lui manifestait un amour passionné dont les termes parfois trop précis avaient dû plonger la jeune femme candide d'alors dans un état de gêne dont elle percevait encore l'écho assourdi par les années et les expériences de la vie.

Elle avait donc connu une période, par la suite totalement occultée par sa trahison avec Alberta, où Germain lui avait témoigné ces sentiments enflammés. Le temps avait estompé le souvenir de ces années de bonheur que les lettres retrouvées faisaient revivre, témoignage irrécusable d'une réalité qui avait existé.

Et c'était au moment de mourir que ce retour dans le passé lui permettait de mesurer l'ampleur du gâchis, ce grand amour perdu, que son cœur avait dédaigné parce que son corps ne voulait pas s'y soumettre et le partager...

Du fond de sa mémoire sollicitée, remontaient des impressions de stupeur, de dégoût, de terreur même, puis de résignation devant certaines avances, certains gestes auxquels rien à vrai dire dans son éducation, ne l'avait préparée... Tout au long de son adolescence, Mme Calvet ne lui avait-elle pas inculqué avec une opiniâtreté jamais démentie, une invincible horreur des contacts physiques, qui rendaient l'homme semblable aux bêtes, et la crainte de l'inévitable dégradation entraînée par le plaisir ?

Mme Calvet avait cité l'exemple d'une superbe jeune femme, une certaine Flora appartenant à la meilleure société lyonnaise. Séduite par un petit lieutenant qui lui tourna la tête, elle quitta le domicile conjugal pour le suivre : et cette folie qui s'était emparée de ses sens, lui avait fait perdre mari, enfants, situation, fortune et plus encore, dignité. Les premières ardeurs passées, épouvantée de sa conduite, et de l'avenir qu'elle entrevoyait, privée de *respectabilité*, elle s'était mise à boire et se laissait aller. Rapidement abandonnée par le petit lieutenant à la moustache conquérante tout à l'enivrement d'une nouvelle conquête, sans un sou vaillant, elle n'avait eu d'autre alternative que de se jeter dans le Rhône dont les flots tumultueux avaient ballotté son corps coupable de luxure.

— Que cette histoire te serve de leçon, avait conclu Mme Calvet...

A l'époque, Jeanne n'avait rien osé répliquer.

Sans doute avait-elle tenu le même discours, un peu plus tard, à Alberta et manifestement cette mise en garde était restée sans effet! Beaucoup plus indépendante, peut-être plus mûre, — Jeanne se refusait à penser : plus intelligente — elle en avait toujours fait à sa tête, dans la mesure du possible, sans tenir compte des objurgations maternelles.

Au début de son mariage, Alberta avait été très amoureuse d'Hubert de Chandon qui était magnifique. Avant leur départ pour l'Asie, lorsqu'elle sortait le matin de sa chambre à Sarranches, sa mine radieuse ne laissait ignorer à personne les satisfactions de la nuit passée. Les seules qu'elle retirererait d'ailleurs de cette union trop vite conclue, comme elle devait s'en apercevoir par la suite....

Jeanne jetait les lettres une à une dans la cheminée. Il était trop tard, bien trop tard, pour avoir des regrets. Pensive, elle n'entendit pas la porte du petit salon s'ouvrir :

— Tiens, vous faites du feu? Il ne fait pourtant pas froid...
— Je mettais un peu d'ordre.

Germain s'approcha :
— En brûlant des lettres...

Il sourit :
— Des lettres d'amour?
— Exactement, répondit Jeanne. Les vôtres.

Quelques semaines après le dernier passage de Thierry qui remontait au mois d'avril, Angela était enceinte. Elle se souvenait de ses tourments lorsqu'elle avait craint d'attendre un enfant d'Arnaud. Cette fois, même si elle aurait préféré s'appeler déjà Mme Masson, elle était heureuse d'en faire part aux siens. Inès laissa paraître une certaine contrariété :

– ... Vous avez été bien pressés. Vous auriez pu prendre des précautions.

Elle jugeait cette conception prématurée.

– La dernière fois, nous avons oublié, révéla Angela à peine confuse. Nous nous marierons dès que possible...

– Et surtout, attendre la fin de la guerre... poursuivit Inès.

Elle eut la délicatesse de ne pas ajouter « Et le retour définitif d'un Thierry sain et sauf ».

Elle partageait les inquiétudes de Gilbert à son sujet : les missions qu'il effectuait étaient de plus en plus risquées. Capturé lors de ses parachutages en France, il pouvait être torturé, fusillé, au mieux si l'on ose dire, déporté, et l'on commençait à soupçonner que bien peu en reviendraient. Tant des membres de leur réseau avaient déjà disparu ou succombé... Exploitant des informations arrachées à des corps défaillants après des heures ou des jours de souffrance atroce, aidée par des agents retournés et par les miliciens, la Gestapo multipliait les actions de police et les représailles en tous genres. N'était-ce pas folie, dans une telle situation, de mettre un enfant au monde qui risquait d'être orphelin de père, avant même d'être né ? Angela n'en semblait pas consciente, ne songeant qu'aux répercussions familiales d'un tel événement. Car ses fiançailles avec Thierry étaient tenues secrètes. Ses parents et Olivier étaient seuls au courant.

– ... Je ne dirai rien sauf à papa évidemment. Cela ne se verra pas avant deux mois au moins, dit-elle. Quant à grand-mère...

– Sera-t-elle encore parmi nous à cette date ? Pour l'instant, prends donc rendez-vous avec Deschars.

Elle connaissait sa légendaire discrétion. Ce camarade de combat se réjouirait avec elle...

– Si seulement je pouvais le faire savoir à Thierry...

– Il a d'autres soucis pour le moment, dit Inès avec un ton sec qu'elle n'aurait pas souhaité.

Elle n'arrivait pas à partager l'allégresse pourtant communicative de sa fille. Etait-ce uniquement pour ces raisons que devant elle, elle s'était abstenue de formuler ou d'autres, plus subtiles et moins avouables, s'y ajoutaient-elles?

Cette naissance ferait accéder Inès avant Noël au statut de grand-mère... Elle avait beau se dire que si Charlotte avait procréé, ce serait le cas depuis belle lurette, aujourd'hui il lui fallait envisager la chose de manière concrète...

La soudaine perspective d'une accession officielle à la génération supérieure ne l'enchantait pas. Elle était parvenue à un âge où les hommages masculins se faisaient plus rares. Bien sûr, elle n'espérait ni ne souhaitait plus une aventure similaire à celle qu'elle avait vécue avec Miguel Romero... Mais, entre la conviction qu'on ne céderait plus à la tentation et la certitude qu'elle ne se reproduirait pas il y avait un monde... de quelques années : celles qui faisaient toute la différence entre une femme encore désirable, demeurée dans la course de la séduction, et les autres, celles qui ayant renoncé en deviennent transparentes... Et Inès avait encore envie de plaire...

Ces pensées mesquines ne lui ressemblaient pas. Elle n'avait jamais été jalouse de la beauté d'Angela. A presque cinquante ans, elle avait beau se dire que cette naissance n'aurait pas de répercussions sur son apparence physique : elle savait que les gens poseraient sur elle un regard différent...

Mais le lendemain, ces pensées s'envolèrent : dès l'aube, un appel téléphonique réveilla Gilbert. Il courut dans son bureau. Encore à moitié endormie, Inès l'entendit s'exclamer. La crainte d'une mauvaise nouvelle concernant l'un de leurs camarades la fit se lever en hâte et rejoindre son mari. Gilbert était en larmes, malgré la joie qui illuminait son visage. Il serra Inès très fort dans ses bras en s'exclamant :

— Enfin, ils ont enfin débarqué...

LA LIBÉRATION

Jeanne se sentait très lasse et affaiblie. En ce jour de liesse, elle ferait l'effort de descendre à la salle à manger. Elle ne quittait plus guère sa chambre où on lui montait ses repas : elle avait interrompu les séances de rayons très fatigantes, aux bienfaits desquels elle ne croyait pas.

Alberta lui tenait la plupart du temps compagnie, tour à tour confidente, lectrice ou partenaire à la crapette, jeu qu'affectionnait Jeanne : voulait-elle par ces bons procédés faire oublier le passé? Quoi qu'il en fût, Jeanne était heureuse de la présence de sa sœur au cours de cet été qu'elle savait être le dernier.

Elle mourrait sereine. Son ultime désir avait été exaucé : assister à la libération de Paris. Maintenant, ça lui était égal de disparaître, même si la guerre n'était pas finie.

Avec une exaltation qui faisait trembler sa voix, Gilbert lui avait raconté l'insurrection, les combats de rue, l'arrivée des blindés de Leclerc et le fameux discours du général de Gaulle à l'Hôtel de Ville : « Paris outragé! Paris brisé! Paris martyrisé! Mais Paris libéré! » Et puis, cet extraordinaire défilé de l'Etoile à Notre-Dame, sous la mitraille des occupants en fuite.

Et c'était justement pour fêter cet événement tant espéré, si longtemps attendu, qu'en ce samedi du début de septembre un dîner réunissait la famille à Sarranches, ce symbole d'un monde en sursis.

Un peu avant huit heures, Gilbert et Noël vinrent proposer une aide que Jeanne était bien contrainte d'accepter. Maintenant, elle regrettait de s'être toujours opposée à l'installation d'un ascenseur, estimant que c'était un luxe superflu à la campagne...

Même soutenue de chaque côté, la descente du grand escalier était pour elle une épreuve... Epuisée, elle s'effondra dans la bergère de velours rouge :

– Je pense qu'aujourd'hui, vous ne refuserez pas un peu de champagne, dit Germain, le verre déjà à la main.

Il avait fait monter de la cave trois magnums de Dom Pérignon et pour arroser le repas, meursault et aloxe-corton : rien ne semblait trop beau en ce jour béni pour accueillir Marc enfin de retour et Thierry Masson, le fiancé d'Angela.

Jeanne passait les arrivants en revue. Sans doute, les voyait-elle réunis pour la dernière fois...

Angela s'avança vers elle pour lui présenter Thierry qui avait servi d'agent de liaison avec l'armée anglaise depuis le Débarquement. Elle comprit aussitôt le pourquoi de l'urgence du mariage qui serait célébré la semaine suivante, dans l'église de Sarranches : on lui avait caché – sans doute pour la ménager, pensa-t-elle, un peu dépitée – l'état intéressant de la fiancée, dont la mine radieuse rappela à Jeanne celle d'Inès, un quart de siècle auparavant : la mère et la fille étaient bien de la même race, de celle des femmes qui aiment les hommes, la vie et en profitent sans vergogne...

Beau garçon, distingué, Thierry lui fit bonne impression : sa conduite héroïque lui avait valu la Légion d'honneur et une décoration anglaise, car il avait réussi dans des conditions plus que périlleuses à faire sortir de France un pilote de Lysander et un radio accidentés, qui seraient tombés aux mains des Allemands.

Angela exultait à la pensée d'épouser enfin celui qu'elle aimait depuis si longtemps, qu'elle avait attendu fidèlement, dans l'inquiétude, tandis leur enfant se developpait, arrondissant sa taille jusqu'alors si fine.

La Libération

Mais le futur père n'était pas le seul héros de la journée : blessé au combat, Marc lui aussi, s'était vu récompenser par la DSO. Jeanne le reconnut avec peine tant il avait changé en cinq ans... Ce n'était plus le jeune homme jouisseur à l'expression un peu veule, qui buvait trop durant les bals et soupait volontiers dans les boîtes de nuit russes en compagnie d'une *gourgandine*. Mais un homme fatigué, assagi, mûri, meurtri aussi après tant de dangers, d'épreuves physiques et la perte de nombreux camarades. Jeanne se réjouit en pensant que finalement, à cause de ces terribles années de guerre, Marc ne tournerait pas mal comme on l'avait redouté. Mais quel allait être son avenir avec ce bras handicapé qui lui rendait la conduite automobile encore malaisée ? Il ne l'avait pas empêché de servir d'interprète à l'armée alliée qu'il avait accompagnée depuis le Débarquement.

Avant de quitter Londres, Marc avait fait ses adieux à Mrs Davis qui lui avait fait promettre de revenir la voir avec Laurence. Dès la guerre finie, elle projetait la réouverture de Fox Hall, presque abandonné depuis la mort d'Harold.

— La présence d'un peu de jeunesse dans la maison nous stimulera mon mari et moi, dit-elle. Si nous nous bornons à nos seuls contemporains, nous deviendrons vieux avant l'âge.

Marc promit bien volontiers de revenir d'autant plus qu'il lui fallait prendre une décision en ce qui concernait Jennifer.

Il l'aimait, sans aucun doute, mais n'était pas sûr de tenir à elle au point de l'épouser. Curieusement, lui qui n'avait guère tenu compte des siens dans le passé, éprouvait le besoin de se replonger dans sa famille. Alors qu'auprès de Jeanne il retrouvait l'apparat de Sarranches, et tandis que Noël passait les apéritifs sur un plateau d'argent, il se demandait si Jennifer, étrangère issue d'un milieu modeste, — son père était contrôleur des chemins de fer et sa mère infirmière, — aurait bien sa place dans ce milieu. Y serait-elle acceptée et heureuse ?

Il avait tiré un trait sur sa vie passée. Tout de même, il avait tenu à prendre des nouvelles d'Armelle de Rivière. Par Célia Darmont, il avait appris qu'elle avait disparu depuis 1941. Le nom de son mari, dont elle était d'ailleurs séparée, l'avait-il protégée? Avait-elle pu fuir en Amérique comme elle le projetait? Ou avait-elle été arrêtée ou embarquée pour un de ces sinistres voyages dont on ne revenait pas? Comme le pauvre Mayer, toujours présent dans les grandes occasions, dont la place eût été aujourd'hui à la droite de Jeanne.

La comparaison entre ses deux petits-fils frappa Jeanne à l'arrivée de Gabriel : comme son allure était moins virile que celle de son frère dont il semblait le cadet, un cadet qui aurait été épargné! Pourtant, entre la captivité et la maladie, à lui non plus, les épreuves n'avaient pas manqué... Son visage lisse, presque poupin, aurait pu être celui d'un adolescent...

Depuis son retour du sanatorium, Gabriel avait beaucoup travaillé. Ayant réussi sa licence, il préparait l'agrégation d'histoire. Il pensait avoir enfin trouvé sa voie : ayant admis non sans dépit qu'il n'était pas doué pour la fiction, il avait décidé de consacrer son goût de l'écriture à l'histoire. Plus tard, peut-être serait-il capable de créer des personnages doués de vie et non des marionnettes manipulées par des fils. Il devait beaucoup à l'amitié et à la sagacité de Camille qui l'avait présenté à un de ses oncles rédacteur d'une revue historique, qui lui avait commandé quelques articles. Très bien accueillis au point que Gabriel deviendrait sans doute un collaborateur régulier de la revue *La Grande Histoire pour tous*.

Particulièrement attiré par le XVIIe siècle, il se spécialisait dans cette période. Non sans témérité, il s'était attaqué à la biographie d'un moraliste dont il appréciait le scepticisme et la hauteur. La vie de La Rochefoucauld alliait celle d'un grand seigneur en proie à de violentes et déraisonnables passions – tout le contraire de Gabriel – à celle d'un guerrier valeureux manquant parfois de discernement quand il s'agissait de choisir son camp. Ce grand connaisseur de l'âme humaine termina sa vie en philosophe, choyé par les femmes les plus intelligentes de son temps, Mme de La Fayette, Mme de Sévigné, Mme de Sablé. Cette existence n'était-elle pas en elle-même un prodigieux roman aux innombrables rebondissements, tels que Gabriel n'aurait jamais été capable de les imaginer?

Le temps n'avait fait que resserrer ses liens avec Camille,

maintenant lectrice dans une maison d'édition en dépit de son jeune âge. Aussi travailleuse que Gabriel, elle s'était attelée à la rédaction d'une thèse sur Cromwell et à la traduction d'un gros roman anglais dont les sanglantes péripéties se déroulaient à l'époque de Charles Ier. Il ne passait pas un jour sans la voir ou lui téléphoner : elle lui était devenue indispensable.

Etait-ce de l'amour ?

Après le Débarquement, Philippe de Maistre avait réussi tardivement à s'évader en compagnie de trois camarades et à regagner Paris non sans mal. Il y était resté quelques jours avant de s'engager dans l'armée Leclerc. En dépit de cette halte brève, après avoir fait l'éloge de l'un à l'autre, Gabriel réunit Philippe et Camille dans un bar de la rue Saint-Benoît. Ce ne fut pas un succès comme Gabriel l'avait un peu naïvement escompté.

Philippe avait commencé par traiter la jeune fille en quantité négligeable. A peine la regardait-il, ne parlant qu'à Gabriel. A la suite d'une remarque qu'elle trouva stupide, Camille, presque silencieuse, l'avait étendu en deux phrases cinglantes, le faisant dégringoler en un instant de son piédestal.

Son ami lui était apparu sous un nouveau jour, plutôt déplaisant. Ou bien était-ce lui qui avait changé d'optique ? Il avait méchamment rappelé devant Camille les hésitations de Gabriel quand ils envisageaient de s'évader grâce à la complicité passive de Fritz tout en insistant sur ses exploits personnels. Gabriel n'avait pas apprécié...

Avant même de connaître l'impression de Camille, les airs supérieurs de Philippe, sa prétention arrogante à la limite de la muflerie, l'avaient consterné. Lui parti, Camille commenta :

— Il se prend pour un génie... Il est brillant, cultivé, mais son autosatisfaction limite son intelligence.

— Il a vraiment changé, dit Gabriel pour se défendre.

Cette protestation manquait de conviction... Un peu morfondu, il devait admettre qu'elle avait raison. Comment avait-il pu se laisser si longtemps épater par tant de faconde et de cuistrerie, agrémentées certes d'un peu d'esprit et pas toujours du meilleur, éblouir par une assurance fondée sur le seul contentement de soi ? Esprit faux dont il s'était fait une sorte de maître à penser ? Il n'en voulait pas à Camille, bien au contraire de l'avoir lucidement déboulonné.

Il s'était enfin décidé à l'inviter à la table familiale. Quoiqu'un peu déconcertée par son aspect bohème, sa liberté de ton et d'allure, consciente de tout ce qu'elle apportait à son fils, Olivia fut vite conquise par son naturel, sa gaieté et sa gentillesse. Malgré sa personnalité peu conventionnelle, elle se serait réjouie de l'avoir pour belle-fille : elle serait parfaite pour Gabriel.

Pour une fois, Laurence qui appréciait beaucoup Camille, partageait l'opinion de sa mère et avait entrepris discrètement son frère dans ce sens. Mais il ne se sentait pas encore mûr... Et bien qu'il fût l'amant de Camille depuis six mois, il n'était pas du tout sûr qu'elle fût d'accord.

De nouveau Jeanne dut recourir à l'aide de Gilbert pour passer à table. Une seconde, fermant les yeux, elle imagina la scène comme elle aurait *dû* se dérouler, c'est-à-dire Jacques la soutenant de l'autre côté, au lieu de Gabriel. Mais elle se heurtait à une impossibilité : Jeanne ne parvenait pas à se représenter le visage vieilli d'un jeune homme disparu à vingt-quatre ans qui serait le contemporain de Gilbert. Déjà, son image était devenu si floue dans son souvenir... Et curieusement, – était-ce l'approche de sa propre mort ? – la pensée de son fils aîné l'obsédait moins. Les griffes qui avaient si longtemps comprimé son cœur, l'empêchant de battre, s'étaient desserrées, comme à bout de forces. Jacques avait perdu son importance capitale, primordiale. Sa mort avait cessé de la révolter, le chagrin s'était enfin dissipé pour faire place... à quoi en fait ? A un vide, à une absence ? Ou, depuis la découverte des lettres et des poèmes, au soulagement ?

N'était-il pas étrange que l'objet de cet amour insensé fût lié à son autre fils par trente ans d'une amitié indéfectible, une complicité qui les avait amenés à déguiser deux suicides, un engagement commun dont les risques les avaient encore rapprochés ? Qu'il se trouvât là, dans le salon de Sarranches qu'il

La Libération

n'avait jamais quitté, comme s'il lui avait fallu demeurer sur les lieux mêmes de sa passion, indispensable, indissolublement agrégé à la famille, comme s'il en était issu ? Pour la première fois, Jeanne se dit que pour lui aussi, la vie avait dû s'arrêter au bord de l'étang...

Maintenant, il s'asseyait à côté d'elle, s'assurant qu'elle était bien installée, et prenait bien son médicament, ramassant la serviette qu'elle avait laissée tomber. Elle s'aperçut qu'elle l'aimait. Soudain, elle eut envie de le lui faire savoir. Au lieu de cela, elle dit :

— Que ferais-je sans vous Eric ?

En face d'elle, Germain appréciait le vin que Noël venait de lui servir : jusqu'au bout, il resterait ce sybarite qui savait jouir de chaque instant, de chaque occasion. Ce n'était pas pur égoïsme de sa part, car il aimait faire plaisir et partager.

— Comme je suis content de voir Jeanne à table aujourd'hui, dit-il à Alberta sa voisine de droite.

— Elle y tenait absolument...

— Il y a quinze jours, elle était si mal que je n'aurais pas cru cela possible...

— En apprenant la libération de Paris, elle a retrouvé quelques forces... Même si ce mieux n'est que très provisoire.

— Le mieux de la fin...

Alberta hocha la tête : le déclin de sa sœur la peinait et l'angoissait. Préfigurait-il le sien ? Leur mère aussi était morte d'un cancer et Alberta redoutait cette mauvaise hérédité, même si Deschars lui répétait :

— Rien n'est fatal en ce domaine. Et vous n'avez pas du tout le même tempérament que votre sœur et votre mère.

A côté d'Alberta, Gilbert considérait la tablée au complet, à l'exception de Charlotte, préoccupation majeure en ce jour de réjouissances...

Après quelques hésitations, il avait finalement prié ses parents d'inviter Bruno bien qu'officiellement, il ne fît plus partie de la famille. Il serait heureux de retrouver Sarranches.

Inès s'était chargée de la pénible mission de faire part à Germain de la vie que menait l'aînée de ses petites-filles, lui laissant toute latitude d'en informer sa femme. Il s'y résigna. Jeanne en demeura stupéfaite, presque incrédule puis outrée...

Comme il le redoutait, en avril le colonel Geller avait été envoyé sur le front russe, mal résigné à mourir, surtout pour satisfaire la folie sanglante d'un régime dont la chute inéluctable se précipitait. Convaincue qu'il se perdrait dans les steppes russes, Charlotte l'avait vu partir avec un véritable désespoir, certaine de ne jamais plus le revoir.

Avec l'absence, la solitude pénétra dans sa chair : Hans lui manquait terriblement. De temps en temps, elle manipulait l'un ou l'autre des objets qu'il avait touchés... Il avait laissé chez elle presque tout ce qu'il possédait : à quoi bon emporter quoi que ce soit dans l'enfer où on l'envoyait ? Les pillards détrousseraient son cadavre gelé...

Le silence de l'appartement empêchait Charlotte d'entendre la rumeur de la rue, de l'immeuble...

Toute à la douleur de la séparation, elle n'avait pas remarqué le changement d'attitude de la concierge à son égard. Elle qui s'aplatissait devant le colonel, réservait désormais à Charlotte des regards dépourvus d'aménité. Dans l'oreille complaisante des autres locataires, elle susurrait « que certaines personnes s'étaient conduites de manière scandaleuse et qu'il faudrait tout de même faire un exemple ». Depuis le Débarquement, la loge était devenue un quartier général où se préparait la vengeance, où se déversaient les rancœurs accumulées, les haines rentrées dont l'explosion n'allait pas tarder.

Enfin consciente de ce qui couvait, affolée, ne sachant à qui s'adresser, dans cette situation que l'avance alliée rendait chaque jour plus précaire, Charlotte se tourna vers sa mère.

Rennes avait été libéré et Inès décida que Charlotte devait disparaître sans attendre et se faire oublier... Elle lui conseilla de se réfugier dans la villa de Biarritz où elle n'était pas retournée depuis des années et où personne ne connaissait sa liaison avec un Allemand. Angela et Thierry iraient s'installer chez elle. Le rôle de ce dernier dans la Résistance, ses relations, permettraient de passer ce cap difficile et d'éviter le saccage de l'appartement.

La Libération

Munie d'une petite valise, un foulard enserrant sa tête, portant des lunettes teintées, Charlotte s'enfuit de chez elle à l'aube comme une voleuse.

Il n'était que temps...

Profondément humiliés, Germain et Jeanne firent front pour cacher ce déshonneur. Seul Deschars fut mis dans la confidence. Jeanne ne put s'empêcher de verser quelques larmes (c'était la première fois depuis bien longtemps). Pourtant, pas plus que Germain, elle n'aimait Charlotte.

Aujourd'hui, au côté d'Inès, Bruno faisait figure de veuf. Mais un veuf qui ne serait pas triste. En l'entendant rire avec Gabriel, Jeanne se dit qu'il était plus détendu qu'au temps de Charlotte. La Libération en était-elle cause et les copieuses libations auxquelles elle donnait lieu ? La vraie raison était plus profonde. En ce jour où il aurait été désolant d'être seul, sans personne avec qui partager son allégresse, il était heureux d'être accueilli par une famille qui ne l'avait pas rejeté après son divorce. Se réjouissait-il simplement d'avoir retrouvé sa liberté ? Ou vivait-il un nouvel amour ?

Inès avait toujours éprouvé une prédilection pour ce gendre qu'elle traitait comme un fils, estimant peut-être qu'elle avait gagné au change... Soudain, Jeanne imagina la prochaine fois qu'on se réunirait dans cette salle à manger et toutes les fois suivantes : Inès occuperait sa place. Bientôt, vis-à-vis de Germain, elle commencerait par officier en tant que maîtresse de maison à Sarranches avant d'en être la maîtresse tout court. Jeanne en revint à sa prochaine et inéluctable disparition, oubliée depuis qu'elle avait quitté sa chambre de malade.

Germain s'en accommoderait fort bien : il avait toujours raffolé d'Inès. C'est avec une femme comme elle qu'il eût été heureux...

Un soir qu'il rentrait visiblement bouleversé, Jeanne l'avait interrogé.

— Florence est morte d'un arrêt cardiaque... C'est injuste, elle était encore si jeune...

Il aurait pu ajouter : et belle...

Elle avait tellement craint de perdre son fils, puis de le voir

sombrer dans la dépression à la suite de sa blessure, – elle avait même redouté un moment, qu'il mît fin à ses jours – qu'elle s'était usée prématurément. Son cœur avait fini par lâcher.
— Alain reste seul, dit encore Germain.
— Il vous a...
Bien qu'attentif, il n'avait été qu'un père de passage.
— Ce n'est pas pareil...
Encore une fois, Jeanne le stupéfia :
— Lorsque je ne serai plus là, vous pourrez l'inviter à Sarranches si Gilbert y consent... Après tout, c'est son demi-frère...
Elle était sûre que Gilbert accepterait. Et Inès elle aussi accueillerait le bâtard de Germain. Un instant, par curiosité, Jeanne avait envisagé de le convier à partager leurs agapes. Après tout, quelle importance désormais ? Mais elle s'était ravisée, ne voulant pas s'offrir en spectacle telle qu'elle était devenue, une vieille femme malade, flétrie, à un jeune homme dont la mère avait été sa rivale... Si Florence avait vécu, une fois veuf, Germain l'aurait-il épousée pour reconnaître Alain ? La loi le lui permettrait... Mais Gilbert ne serait sans doute pas d'accord. Les intérêts de son propre fils avaient priorité.

Olivier dont l'enfance avait été gâchée par la peur d'être un nain, avait subitement grandi la puberté venue, et sa taille atteignait celle de Gabriel : et à dix-sept ans, sa croissance n'était pas achevée. Il venait de passer son second bac avec mention et se préparait à succéder à son père. Gabriel avait choisi une autre voie et Marc se montrait très vague quant à son avenir. Comme il l'avait dit à Germain, il attendrait la fin des hostilités, avant de décider le choix d'une carrière. Il ne se faisait guère de souci : ceux qui comme lui avaient fait une *belle guerre*, et étaient au surplus bilingues, trouveraient facilement une situation.

Et s'il épousait Jennifer, – il avait montré sa photo à Laurence mais n'avait pas encore parlé d'elle à sa mère – peut-être s'installerait-il quelque temps en Angleterre... Mr Davis lui avait proposé de le prendre dans une de ses affaires... et sa femme avait beaucoup insisté pour qu'il accepte cette proposition. Marc avait réservé sa réponse.

La Libération

Ses enfants réunis autour d'elle, Olivia rayonnait. Comblée qu'il fussent vivants, même si l'un demeurait fragile et l'autre handicapé, – Laurence elle, affichait une santé insolente – elle considérait que pour elle, la guerre était terminée. Pourtant, à moins de cent kilomètres de Paris, on se battait furieusement pour reconduire l'ennemi à la frontière et parvenir à Berlin. Et à Londres, la nouvelle arme V2 terrifiait la population.

Oh non! même si Olivia se croyait désormais à l'abri, si Pétain et Laval remplacés par de Gaulle qui formait son premier gouvernement, étaient partis pour l'Allemagne, la guerre n'était pas finie, il s'en fallait!

Olivia couvait du regard ses fils mais n'oubliait pas le pauvre Paul, disparu depuis plus de six ans. Fidèle, elle irait tout à l'heure, déposer des fleurs sur sa tombe : ne fallait-il pas l'associer à cette journée? Elle demanderait à Laurence de l'accompagner : elle aimait son équilibre, sa force, même si elle s'étonnait de son indépendance farouche et de son refus obstiné de penser au mariage avant la fin de ses études. Toujours prompte à s'inquiéter Olivia s'alarmait qu'à son âge, elle n'eût aucun soupirant déclaré. Elle se désolait aussi que Gabriel ne se décidât pas à épouser l'étrange mais charmante Camille... Elle était un peu jalouse d'Inès, qui serait grand-mère avant la fin de l'année...

Olivia s'étonnait du manque de réaction de Jeanne à la vue d'Angela qui aurait peine à dissimuler son état le jour de son mariage. Les temps avaient changé! Où étaient passées la rigueur, l'impitoyable sévérité dont Olivia adolescente avait été la victime avant 14? Jamais Jeanne n'aurait accepté de recevoir, fût-il un héros, l'homme qui avait engrossé sa petite-fille. Le passage de deux guerres, l'éclatement puis la disparition d'un monde, des valeurs et de certains préjugés qui avaient déterminé sa manière de vivre, avaient-ils modifié le regard qu'elle portait sur les êtres et les événements?

Laurence n'aurait pas souhaité être à la place d'Angela. Même si elle approuvait le choix de Thierry, qui réunissait l'intelligence, le courage, l'ambition et l'humour : Angela trouverait le bonheur dans une telle union, tout comme sa mère avec Gilbert. La vie se déroulerait harmonieusement, sans autre objectif pour Mme Thierry Masson que de la rendre agréable à son mari et à ses enfants.

Epanouie par le bonheur et sa prochaine maternité, Angela n'avait sans doute jamais nourri d'autres aspirations que celle-là, inculquée à des générations de femmes pour la continuation de l'espèce. Elle se contenterait de cette existence protégée, choyée, paisible, plus ou moins oisive, qui serait son lot.

Trois ans les séparaient mais c'était un monde qui différenciait Angela de sa cousine ou de filles comme Camille, beaucoup plus exigeantes, conscientes qu'elles étaient de leur valeur et qui voulaient exister par elles-mêmes, peu soucieuses de se cantonner dans l'ombre d'un mâle. Avides, Laurence comme Camille, voulaient profiter de toutes les possibilités qui s'offraient à elles, avoir une activité, vivre pleinement, prendre leur destin en main, donner un sens à leur vie. Sans pour autant renoncer à l'amour.

Ces ambitions n'étaient pas modestes et au cours de leurs fréquents échanges, elles en convenaient. Décidées à tout faire pour les satisfaire, et conscientes des difficultés qu'il leur faudrait vaincre, des découragements éventuels, de la pression de leur entourage. Bruno déjà s'agaçait de l'importance primordiale que Laurence accordait à son travail au détriment des heures agréables qu'ils auraient pu partager. Elle lui avait fait gentiment comprendre qu'elle n'était pas à sa disposition, surtout quand elle préparait ses examens. Bientôt peut-être, il se lasserait de ses refus répétés de se décider au mariage. Elle le regretterait car elle l'aimait tendrement et elle l'estimait. Mais elle se jugeait trop jeune et demeurait rétive à l'engagement conjugal. Il était naturellement exclu, malgré le vif désir de Bruno, de se mettre à faire des enfants, avant la fin de ses études, suffisamment difficiles, sans y ajouter des contraintes supplémentaires. Mariée, elle ne pourrait s'y refuser...

Germain avait un peu abusé des nectars qu'il avait offerts à ses hôtes et s'étonna d'une lassitude teintée de mélancolie qui ne lui était pas habituelle. Charlotte n'était pas seule absente, il manquait quelqu'un autour de cette table, quelqu'un qui aurait dû s'y trouver de toute évidence.

La Libération

Impalpable, l'ombre familière et douloureuse de Mayer flotta quelques instants au-dessus des convives, Mayer dont on avait fini par savoir qu'après un séjour à Drancy, un train l'avait emmené à Dachau. Germain pensait bien ne plus le revoir : si par miracle un souffle de vie l'habitait encore, supporterait-il un autre hiver ? Comment ce vieil homme déjà en mauvaise santé lors de son arrestation aurait-il la force d'attendre, combien de mois, qu'on vienne l'arracher à l'enfer ?

Perdu dans ses pensées, Germain perçut soudain une certaine agitation autour de Jeanne qui avait pâli.

– Elle a un malaise, s'exclama Deschars, montons-la vite dans sa chambre.

Gilbert et Noël se précipitèrent. Tout le monde s'était levé et Germain par le seul regard confia à Inès le soin de faire rasseoir ceux qui n'étaient pas indispensables autour de Jeanne qui aurait besoin d'air. Accompagné d'Alberta, il monta lourdement l'escalier tandis que Deschars courait dans l'entrée chercher la trousse dont il ne se séparait jamais.

Allongée sur son lit, Jeanne respirait mieux. Mais elle sentit que ce mieux serait passager, peut-être quelques minutes et que cette fois, c'était la fin...

Elle abandonna son bras à Alberta qui remonta doucement sa manche pour permettre à Deschars de faire une piqûre. Elle le laissa faire : quelle importance ? Le murmure autour d'elle s'atténua, devint confus et la dernière vision qu'emporta Jeanne avant de sombrer dans l'inconscience fut celle de son mari et de sa sœur, penchés côte à côte à son chevet...

TABLE

Sarranches 11

Le bal 43

Funérailles 81

Les accords de Munich 99

L'été 39 139

Mobilisation 157

La drôle de guerre 169

La débâcle 189

L'Occupation 203

L'année noire 225

Pearl Harbor 255

El-Alamein, 1942 273

La chute de la maison Pétain, 1943 291

Le Débarquement 317

La Libération 337

Cet ouvrage a été réalisé par la
SOCIÉTÉ NOUVELLE FIRMIN-DIDOT
Mesnil-sur-l'Estrée
pour le compte des Éditions Grasset
en avril 1995

Imprimé en France
Dépôt légal : avril 1995
N° d'édition : 9735 – N° d'impression : 30505
ISBN : 2-246-49151-7